JAN LUCAS

CYRUS DOYLE
und das letzte
Vaterunser

atb aufbau taschenbuch

JAN LUCAS ist das Pseudonym eines Autors zahlreicher erfolgreicher historischer Romane und Thriller. Er lebt in Deutschland, hält sich aber immer wieder gern auf der Kanalinsel Guernsey auf. Mit Chief Inspector Cyrus Doyle ist im Aufbau Taschenbuch bereits »Cyrus Doyle und der herzlose Tod« erschienen.

Mehr zum Autor unter: www.facebook.com/Jan.Lucas.Autor

Cyrus Doyle genießt warme Herbsttage auf Guernsey, als plötzlich ein fremder Mann vor ihm auf die Knie fällt. Dessen Sohn wurde angeblich zu Unrecht wegen Mordes an seiner Geliebten verhaftet. Cyrus Doyle wird misstrauisch, als man ihn dazu drängen will, den alten Fall nicht neu aufzurollen. Nur Pat glaubt, dass die Ermittlungen damals zu schnell abgeschlossen wurden. Die Nachforschungen der beiden führen tief hinein in lang gehütete Geheimnisse und bringen rätselhafte Verstrickungen zum Vorschein. Als Pat spurlos verschwindet, beginnt für Cyrus Doyle ein Wettlauf gegen die Zeit.

JAN LUCAS

CYRUS DOYLE

und das letzte Vaterunser

KRIMINALROMAN

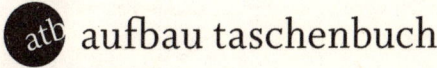

aufbau taschenbuch

Jederzeit bequem zwischen Buch und digitalem
Lesen wechseln. Anleitung siehe letzte Seite des Buches.

MIX
Papier aus verantwor-
tungsvollen Quellen
FSC® C083411

ISBN 978-3-7466-3337-4

Aufbau Taschenbuch ist eine Marke
der Aufbau Verlag GmbH & Co. KG

1. Auflage 2017
© Aufbau Verlag GmbH & Co. KG, Berlin 2017
Dieses Werk wurde vermittelt durch die AVA international GmbH
Autoren- und Verlagsagentur, München. www.ava-international.de
Umschlaggestaltung © U1berlin, Patrizia Di Stefano
unter Verwendung von Motiven von © mauritius images / age Fotostock /
Ian Murray und © lizard / 123RF
Gesetzt aus der Whitman durch die LVD GmbH, Berlin
Druck und Binden CPI books GmbH, Leck, Germany
Printed in Germany

www.aufbau-verlag.de

Für meine wundervolle Frau –
danke für Anteilnahme, Ermutigung und Unterstützung

GUERNSEY

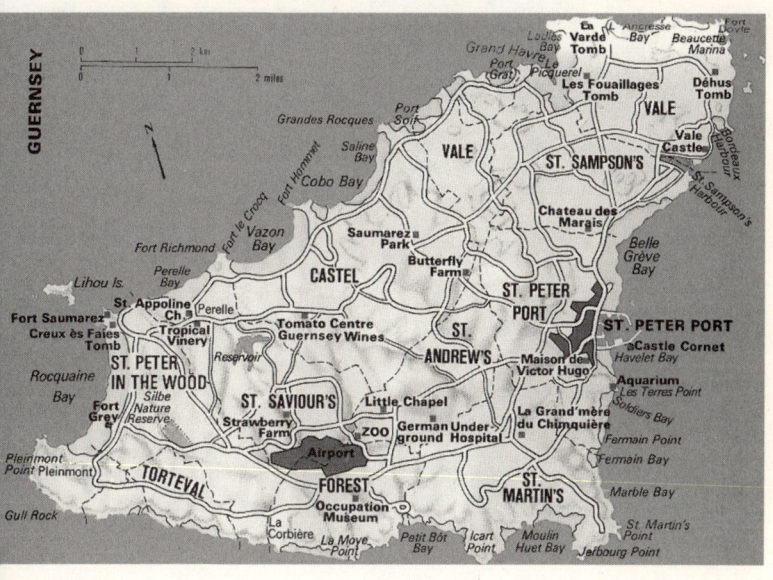

GUERNSEY

Grand Havre (Port Grat)

Ancresse Bay
Fort Doyle
L'Islet Bay
Les Amarreurs
En Varde Tomb
Beaucette Marina
Les Fouaillages Tomb
Déhus Tomb
VALE
Vale Castle
St. Sampson's Harbour
Bordeaux Harbour

Grand Havre

Picquerel

Grandes Rocques

Port Soif

Saline Bay

Cobo Bay

Fort le Crocq

Fort Hommet

Vazon Bay

Saumarez Park

VALE

ST. SAMPSON'S

Chateau des Marais

Belle Grève Bay

Fort Richmond

Perelle Bay

Lihou Is.

St. Appoline Ch.

Perelle

CASTEL

Butterfly Farm

ST. PETER PORT

Fort Saumarez
Creux ès Faies Tomb

Tropical Vinery

Reservoir

Tomato Centre
Guernsey Wines

ST. ANDREW'S

ST. PETER PORT
Castle Cornet
Aquarium
Les Terres Point
Havelet Bay
Soldiers Bay

Rocquaine Bay

ST. PETER
IN THE WOOD

Silbe Nature Reserve

Fort Grey

ST. SAVIOUR'S

Strawberry Farm

Little Chapel

ZOO

Maison de Victor Hugo

German Underground Hospital

La Grand'mère du Chimquière

Fermain Point

Fermain Bay

Pleinmont Point Pleinmont

TORTEVAL

Airport

FOREST

Occupation Museum

ST. MARTIN'S

Marble Bay

St. Martin's Point

Gull Rock

La Corbière

La Moye Point

Petit Bôt Bay

Icart Point

Moulin Huet Bay

Jerbourg Point

0 1 2 km
0 1 2 miles

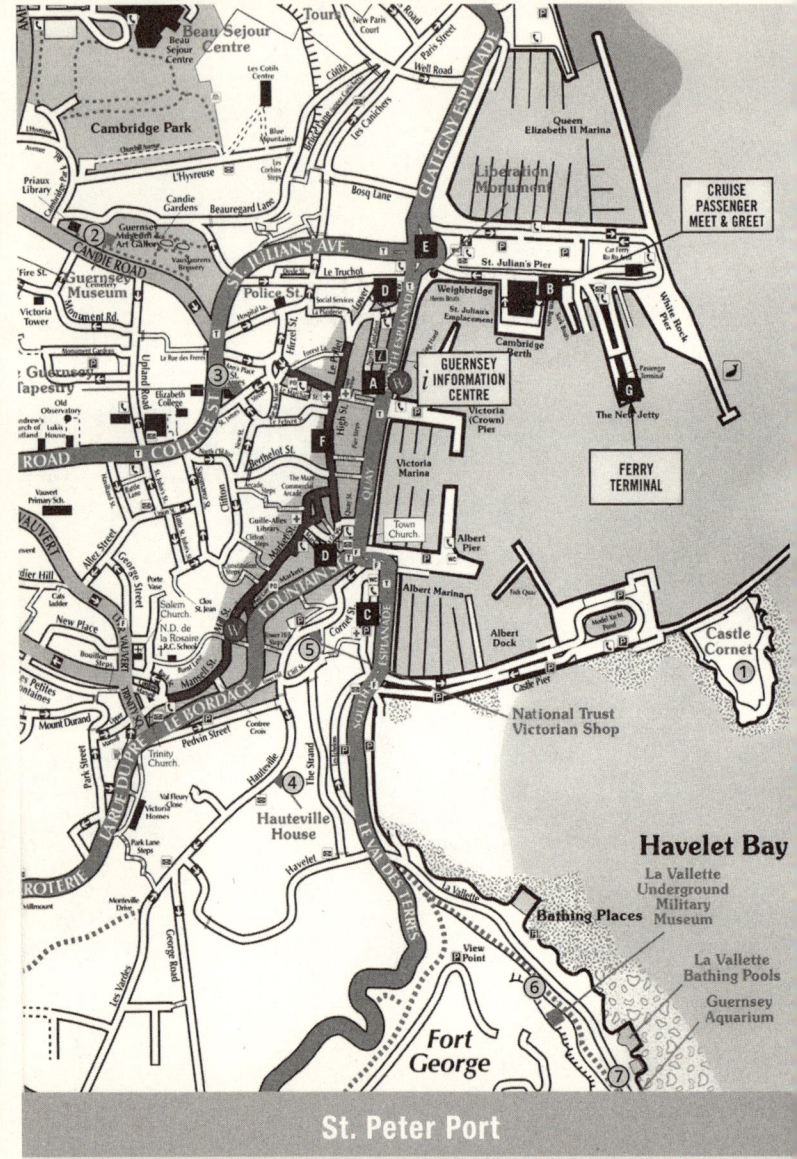

St. Peter Port

1. Castle Cornet
2. Guernsey Museum and Art Gallery
3. The Guernsey Tapestry (St. James)
4. Hauteville House
5. Victorian Shop and Parlour
6. La Vallette Underground Military Museum
7. Aquarium

ERSTER TAG

Dienstag, 14. Oktober

KAPITEL 1

Nichts deutete auf den ungewöhnlichen Vorfall hin, der sich in weniger als fünf Minuten mitten im Zentrum von Guernseys Hauptstadt ereignen sollte. Warmes Sonnenlicht und blauer Himmel ließen die Straßen von St. Peter Port aussehen wie im Hochsommer, als Detective Chief Inspector Cyrus Doyle und Detective Inspector Patricia Holburn das aus grauem Guernseygranit errichtete Gerichtsgebäude verließen, die ebenfalls grauen Treppenstufen zur Rue du Manoir hinuntergingen und sich nach links wandten. Die Wärme der Mittagssonne war deutlich zu spüren, und Doyle streifte die Jacke seines anthrazitfarbenen Anzugs ab, um sie sich lässig über die Schulter zu werfen. Pat trug einen Hosenanzug in einem fast identischen Farbton, als hätten sie sich abgesprochen. Sie beide hatten heute im Pfeilmörderprozess, wie die Medien es nannten, ausgesagt, und Doyle war zufrieden mit dem Fortgang des Verfahrens. Es lief ganz offensichtlich auf eine Verurteilung in dem ersten Mordfall hinaus, den Doyle als DCI auf Guernsey aufgeklärt hatte. Ihm war sehr daran gelegen, auch aus persönlichen Gründen.

Doyle schüttelte die Gedanken an das Vergangene ab und schloss zu Pat auf, die zügig ausschritt und schon fast die Kreuzung erreicht hatte. Wären sie geradeaus in die Hirzel Street gegangen, hätte sie das zum Polizeihauptquartier geführt, aber das war nicht ihr Ziel.

»Du hast aber ein ganz hübsches Tempo drauf, Pat.«

Sie wandte den Kopf zur Seite und sah ihn lächelnd an. Auch wenn es nur ein kollegiales Lächeln war, ging ihm dabei das Herz auf.

»Ich habe Hunger, Cy. Und wenn ich dich vorhin in der Verhandlungspause richtig verstanden habe, hast du mich zum Mittagessen bei Christie's eingeladen.«

»Das hast du«, bestätigte Doyle. »Ich finde, wir haben uns eine Stärkung mehr als verdient.«

Nebeneinander gingen sie die Smith Street hinunter in Richtung High Street, inmitten von Geschäftsleuten in dunklen Anzügen und Flaneuren, die für den goldenen Oktober noch einmal ihre leichte Sommerkleidung aus dem Schrank geholt hatten.

»Viel los heute«, stellte Pat dann auch fest. »Vielleicht hätten wir einen Tisch reservieren sollen.«

»Für zwei Personen auf der Terrasse mit Meerblick.«

»Ganz genau.« Pat blieb abrupt stehen und starrte ihn an. »Hast du etwa …«

Er nickte.

»Ich habe.«

»Wann hast du bei Christie's angerufen?«

»Heute Morgen, gleich nach dem Wetterbericht.«

»Aber da hattest du mich noch gar nicht gefragt.«

Doyle lächelte wie ein ertappter Sünder.

»Da habe ich wohl einfach auf mein Glück gehofft.«

Sie setzten ihren Weg fort, und schon zwanzig Sekunden später wusste Doyle, dass sein Glück ihn verlassen hatte. Es würde nichts werden mit dem Lunch bei Christie's, mit dem

Tisch auf der sonnenüberfluteten Terrasse, mit der Aussicht auf den Hafen von St. Peter Port, mit einer entspannten Stunde zusammen mit Pat. Er wusste es in dem Moment, als sein Blick den eines Mannes im teuren Nadelstreifen-Dreiteiler kreuzte. Wahrscheinlich Mohair, dachte er. Der Mann war groß, um die fünfundfünfzig und schlank. Das sorgfältig geschnittene Haar war dunkelbraun, an den Schläfen schon grau. Ein erfolgreicher Geschäftsmann, wie es an dem internationalen Finanzplatz Guernsey so viele gab, vermutlich mit einer leitenden Position im Bank- oder Versicherungswesen. Der Mann starrte Doyle an wie hypnotisiert und trat dann mit langsamen Schritten auf ihn zu.

Doyle war seit mehr als zwanzig Jahren Polizist. Er spürte, dass der Unbekannte etwas von ihm wollte, aber er spürte genauso, dass von ihm keine Gefahr ausging. Kannten sie sich vielleicht von früher? Doyle überlegte scharf, aber ihm wollte nichts einfallen.

Da hatte der Mann im feinen Zwirn ihn und Pat auch schon erreicht und sank zu Doyles Verwunderung vor ihm auf die Knie. Notgedrungen blieb Doyle stehen, Pat ebenso. Auch einige Passanten hielten an, weil die merkwürdige Szene ihre Neugier geweckt hatte. Doyle bemerkte das nur am Rande, sein Blick war auf das längliche Gesicht des Unbekannten gerichtet, und in dessen Zügen las er pure Verzweiflung.

Seinen Blick unverwandt auf Doyle geheftet, faltete der andere die sehnigen Hände wie zum Gebet und sagte mit zittriger Stimme: »*Haro! Haro! Haro! A l'aide, mon Prince, on me fait tort.*«

Auch wenn Doyle nicht so gut französisch gesprochen hätte, hätte er die Bedeutung dieser Worte gekannt wie jeder, der auf Guernsey zur Schule gegangen war: »Hör mich an! Hör mich an! Hör mich an! Komm mir zu Hilfe, mein Prinz, weil mir ein Unrecht angetan wird.«

Für einen Augenblick war Doyle, als schwankte der Boden unter seinen Füßen. Er fühlte sich um Jahrhunderte in die Vergangenheit versetzt. In jene Zeit, als der *Clameur de Haro*, den der Fremde an ihn richtete, noch häufig gebraucht wurde. Es war ein altes normannisches Recht, das auf den Kanalinseln galt, da sie einmal zum Herzogtum Normandie gehört hatten. Das Recht eines Menschen, dem Unrecht getan wird und der keine andere Möglichkeit mehr sieht, als sich mit der Bitte um Aufschub und Hilfe an seinen Prinzen zu wenden. Ein Recht, das man oft auch als das letzte Vaterunser bezeichnete, weil zum Erbitten der letztmöglichen Hilfe auch das Aufsagen des Vaterunsers auf Französisch gehörte.

Und genau das tat der Unbekannte jetzt: »*Notre Père qui est aux cieux. Ton nom soit sanctifié. Ton règne vienne. Ta volonté soit faite sur la terre comme au ciel. Donne-nous aujourd'hui notre pain quotidien. Et nous pardonne nos offenses, comme nous pardonnons à ceux qui nous ont offensés. Et ne nous induis point en tentation, mais délivre-nous du mal.*«

Aber das war noch nicht alles, wie Doyle aus seiner Schulzeit wusste. Auf Guernsey war ein *Clameur de Haro* erst dann wirksam, wenn sich an das Vaterunser ein französisches Gnadengebet anschloss.

Da fuhr der kniende Mann vor ihm auch schon fort: »*La Grâce de Notre Seigneur Jésus Christ, la dilection de Dieu et la sanctification de Saint Esprit soit avec nous tous éternellement. Amen.*«

Inzwischen hatte sich eine dichte Menschentraube um Doyle, Pat und den Unbekannten gebildet. Die Leute hatten Handys und Kameras gezückt, um die ungewöhnliche Szene festzuhalten. Für all das hatte Doyle nur einen kurzen Blick übrig, dann sah er wieder den verzweifelten Mann, der immer noch vor ihm kniete und dem jetzt Tränen über die Wagen liefen.

»Wer sind Sie? Was wollen Sie von mir?«

Das Einzige, was der Mann über die Lippen brachte, waren ein paar gestammelte Worte: »Helfen … Sie mir … bitte …« Dann versagte ihm die Stimme, und er begann zu schluchzen.

Pat legte eine Hand auf Doyles Schulter und sagte leise: »Ich fürchte, Cy, du hast jetzt mächtig Ärger am Hacken.«

Verwundert blickte er Pat an.

»Du kennst den Mann?«

Sie nickte.

»Wie wohl jeder Polizist auf Guernsey. Außer dir, weil du da noch in London warst. Vor dir kniet Julian Prideaux, der unglücklichste Mann auf der ganzen Insel.«

Prideaux! Doyle hatte den Namen schon gehört, erinnerte sich aber nicht, in welchem Zusammenhang. Die anschwellende Menschenmenge um sie herum, Dutzende und Aberdutzende von neugierigen Blicken, das unaufhörliche Klicken der Kameras – all das ging ihm auf die Nerven, widerte ihn geradezu an, als sein Blick auf den verzweifelten Mann fiel, dem Tränen in den Augen standen.

Noch hatte Doyle nicht die geringste Ahnung, was dieser Julian Prideaux von ihm wollte und ob er ihm helfen konnte. Aber eins wusste er: Sie mussten ihn von hier wegschaffen, so schnell wie möglich.

Kaum eine Viertelstunde später waren sie der aufdringlichen Menge entkommen, und Julian Prideaux saß im Besprechungsraum des Kriminaldienstes, von der stets aufmerksamen Mildred Mulholland mit Tee und Sandwiches versorgt. Doyle hatte ihm versprochen, ihn gleich anzuhören, aber vorher war er mit Pat in sein Büro gegangen und hatte sie gefragt, wer dieser Mann sei.

»Aus welchem Grund ist er so verzweifelt?«

Doyle hatte schon einiges im Polizeidienst erlebt, aber er war nicht abgebrüht. Der Vorfall mit Mr Prideaux hatte ihn verstört, und dieses Gefühl dauerte an.

»Es geht um seinen Sohn«, erklärte Pat. »Er sitzt seit ein paar Monaten im Gefängnis, lebenslänglich. Der letzte Mordfall, den Charlie Mourant aufgeklärt hat.«

Doyle erinnerte sich an ein Gespräch mit Charlies Frau Barbara. Sie hatte einen jungen Mann namens Prideaux erwähnt.

»Cameron Prideaux, nicht wahr? Er soll seine Freundin ermordet haben, wenn ich mich nicht täusche.«

»Ja, Cameron heißt der Sohn. Und er hat seine Freundin getötet, Anne Corbin. Jedenfalls hat das Gericht ihn für schuldig befunden und wegen Mordes zu lebenslänglicher Haft verurteilt.«

»Wann war das?«

»Der Mord geschah am dritten Januar dieses Jahres, im März fiel das Urteil.«

»Dann habt ihr nicht lange zur Aufklärung gebraucht. Oder war Prideaux junior von Anfang an geständig?«

»Im Gegenteil, er hat die Tat bis zum Schluss geleugnet.«

»Aber ihr habt ihn festgenagelt?«

»Sagen wir, Charlie hat ihn an der Angel gehabt und ihn so lange zappeln lassen, bis er reif war, sich von DCI Mourant pflücken zu lassen.«

Doyle horchte auf.

»Höre ich da einen missbilligenden Ton heraus? Warst du nicht einverstanden mit Charlies Vorgehen?«

»Ich an seiner Stelle hätte mir etwas mehr Zeit gelassen.«

»Warum? Die Beweise gegen Cameron Prideaux haben offenbar ausgereicht, um das Gericht zu überzeugen.«

»Davon spreche ich nicht. Ich hätte auch in andere Richtungen ermittelt, aber Charlie hat das nicht zugelassen. Für ihn stand von vornherein fest, dass der junge Prideaux der Täter ist.«

»Gab es denn andere Richtungen, in die man hätte ermitteln können?«

Pat hob seufzend die Schultern und ließ sie wieder sinken.

»Wie gesagt, Charlie hat die Ermittlungen mit sehr strenger Hand geführt.«

»Verstehe«, murmelte Doyle, dem die Sache in Wahrheit eher nebulös erschien. »Aufgrund welcher Beweise wurde Cameron Prideaux verurteilt?«

»Nennen wir es lieber Indizien«, sagte Pat und versank für einen Augenblick in Gedanken, um sich den Fall noch einmal vor Augen zu führen. »Es hat Streit gegeben zwischen Cameron Prideaux und Anne Corbin, mächtigen Streit. Er hatte sie in Verdacht, eine Affäre mit einem anderen zu haben, vermutlich einem wohlhabenden Mann, älter als sie.«

»Wie kam er darauf?«

»Anne kam aus eher einfachen Verhältnissen. Ihre Eltern lebten getrennt, und sie wohnte bei ihrer Mutter. Liz Corbin hatte ein gutes Einkommen als Sekretärin in einem Maklerbüro, konnte sich aber keine großen Sprünge leisten. Der Vater hatte sich schon vor ein paar Jahren nach Neuseeland abgesetzt und sich so seiner Unterhaltspflicht entzogen. Er galt damals als nicht auffindbar. Anne hatte einiges an neuem Schmuck und neuer Kleidung, beides nicht von ihrer Mutter bezahlt.«

»Wer hat es bezahlt?«

»Sie selbst, hatte Anne zumindest zu Cameron gesagt. Sie habe ihr Taschengeld eisern gespart und sich hin und wieder durch Aushilfsjobs etwa dazuverdient. Aber Cameron hat ihr das nicht geglaubt. Jedenfalls hat es ein Riesengeschrei gegeben, das war an einem Dienstagnachmittag. Am nächsten Morgen wurde sie tot in einem Waldstück am Portelet Harbour aufgefunden, dem bevorzugten Treffpunkt der beiden. Erschlagen mit einem stumpfen Gegenstand, vermutlich einem Stein.«

»Cameron Prideaux hatte also ein Motiv«, sagte Doyle leise. »Eifersucht, vielleicht auch eine Tat im Affekt. Welche Indizien sprechen noch gegen ihn?«

»Er wurde zur Tatzeit in der Nähe des Tatorts gesehen, in seinem Wagen. Er sagt dazu, er sei in der Gegend herumgefahren, um seine Freundin zu suchen, aber er habe sie nicht gefunden. Er wollte sich angeblich mit ihr aussprechen.«

»Warum hat er sie nicht einfach angerufen?«

»Nach dem Streit hat Anne Corbin seine Anrufe nicht mehr entgegengenommen.«

Doyle setzte eine missmutige Miene auf und sah in Pats leuchtend blaue Augen.

»Ihr Frauen könnt manchmal echt nachtragend sein.«

»Das können wir, wenn wir einen guten Grund dafür haben.«

Pat sagte das ohne jede Emotion, aber beiden war klar, dass sie von sich selbst sprachen. Vor über zwanzig Jahren hatte Doyle Guernsey verlassen und damit auch Pat. Er konnte nicht erwarten, dass sie ihm das verzieh. Und doch hätte er alles darum gegeben.

Er schnippte mit den Fingern, wie um sich aus den eigenen Gedanken zu reißen.

»Also war es ein reiner Indizienprozess, der Cameron Prideaux hinter Gittern gebracht hat.«

»Ja, aber es gab keine anderen Verdächtigen.« Sie zögerte kurz. »Jedenfalls hat Charlie Mourant nicht nach ihnen ermitteln lassen.«

Doyle blickte sie mit zusammengekniffenen Augen an.

»Zumindest einen gibt es wohl doch!«

Pat war überrascht.

»Von wem sprichst du?«

»Von dem Mann, der Anne Corbin mit Kleidern und Schmuck beschenkt hat. Möglicherweise hatte sie tatsächlich einen wohlhabenden Liebhaber.«

»Sie hat das noch kurz vor ihrem Tod abgestritten«, erwiderte Pat.

»Vielleicht hat sie gelogen.«

»Aber wir haben keine Hinweise auf einen Liebhaber gefunden.«

»Sagtest du nicht eben, Charlie Mourant hätte sich mehr Zeit lassen sollen? Und er habe in keine anderen Richtungen ermittelt?«

»Ja, schon, aber ...«

Pat brach mitten im Satz ab und seufzte schwer.

»Aber?«, hakte Doyle nach.

»Du willst doch nicht wirklich DCI Mourants letzten Fall neu aufrollen? Er wurde auf grausame Weise ermordet, und du bist sein Nachfolger. Es würde irgendwie schäbig aussehen, als wolltest du dich auf seine Kosten profilieren.«

»Da hast du recht, Pat, andererseits ...«

»... muss ein Mann tun, was ein Mann tun muss«, beendete sie den Satz. »Richtig?«

»Julian Prideaux hat mich um Hilfe angefleht.«

»Aus seiner Sicht ist das verständlich, aber der *Clameur de Haro* verpflichtet dich zu nichts. Er hat in der heutigen Zeit kaum noch Gültigkeit, und ganz sicher nicht bei Mordfällen.«

»Hören wir uns doch erst einmal an, was Mr Prideaux uns zu sagen hat«, schlug Doyle vor. »Ich denke, das sind wir ihm schuldig.«

Auf dem Weg in den Besprechungsraum trafen sie Mildred, und Doyle bat sie, ihm alle Unterlagen über den Mordfall Anne Corbin herauszusuchen.

Julian Prideaux wirkte wie ein Häufchen Elend auf ihn. Mit eingefallenen Schultern saß er, in sich zusammengesunken, auf einem Stuhl, das Gesicht grau, die sehnigen Hände inein-ander verschränkt, aber immer wieder unruhig zuckend. Von seinem Tee hatte er nur genippt, und die von Mildred liebevoll zubereiteten Sandwiches hatte er gar nicht erst angerührt. Beim Eintreten der beiden Polizisten straffte sich seine Gestalt ein klein wenig. Er blickte Doyle und Pat entgegen, und der Anflug eines Hoffnungsschimmers huschte über seine dunkel-braunen Augen.

»Verzeihen Sie, dass wir Sie warten ließen«, sagte Doyle, als er und Pat ihrem Gast gegenüber Platz nahmen. »Ich wollte mich erst etwas mit der Angelegenheit vertraut machen. Wie Sie wohl wissen, bin ich noch recht neu bei der Guernsey Po-lice.«

Prideaux nickte leicht und sagte mit leiser, aber deutlicher Stimme: »Ich habe mich über Sie erkundigt, Chief Inspector. Ich weiß daher, dass Sie erst vor zwei Monaten auf die Insel gekommen sind. Zurückgekommen, trifft es wohl besser. Sie sind ein echter Gurn, sonst hätte ich mich kaum mit dem *Cla-meur de Haro* an Sie gewandt.«

Pat strich eine blonde Haarsträhne aus ihrer Stirn und fixierte Prideaux.

»Wenn Sie so gut informiert sind, Sir, werden Sie auch wissen, dass der *Clameur de Haro* in der Strafjustiz schon seit langer Zeit keine Anwendung mehr findet.«

Der Mann im Nadelstreifenanzug zuckte mit den Schultern.

»Ich bin ein verzweifelter Mann. Erst die Sache mit Cameron und jetzt auch noch Vera.«

»Vera?«, fragte Doyle.

»Meine Frau.«

»Was ist mir ihr?«

»Sie hätte gestern um ein Haar versucht, sich das Leben zu nehmen.«

Bei diesen Worten klang Prideaux' Stimme seltsam ruhig, als hätte er einem Geschäftspartner einen Termin bestätigt.

Doyle sah ihn auffordernd an.

»Ja?«

»Ich kam gestern Abend zufällig dazu, als sie im Bad stand und eine ganze Packung Pillen schlucken wollte. Ein starkes Schlafmittel, das ihr unser Hausarzt nach der Sache mit Cameron verschrieben hat. Allerdings mit der Maßgabe, nicht mehr als eine am Tag einzunehmen. Vera ist wohl noch verzweifelter als ich. Ich habe heute Morgen ihre Schwester angerufen, und sie ist jetzt bei meiner Frau. Aber so kann es nicht weitergehen. Es muss etwas geschehen. Und als ich Sie vorhin auf der Straße sah, da …«

Prideaux musste heftig schlucken und sprach nicht weiter.

»Ist Cameron Ihr einziges Kind?«, erkundigte sich Doyle.

»Ja, das macht alles nur noch schlimmer für uns. Besonders für Vera. Ich habe ja noch meinen Job bei English Channel Investments. Aber sie brütet den lieben langen Tag über Camerons Schicksal – über unser Schicksal.«

»Sie beide halten Ihren Sohn für unschuldig?«

»Absolut.«

»Wieso?«

»Weil wir ihn kennen, seit dreiundzwanzig Jahren, seit seiner Geburt. Cameron könnte keinen Menschen töten, schon gar nicht jemanden, den er liebt.«

»Das behaupten die meisten Eltern von ihren Kindern«, sagte Pat. »Und viele haben sich dabei schon geirrt.«

»Vera und ich, wir irren uns nicht!«

»Wenn Sie sich da so sicher sind, weshalb hat Ihre Frau dann anfangs Ihrem Sohn ein falsches Alibi gegeben?« Mit dieser Bemerkung fing sich Pat einen fragenden Blick Doyles ein, und sie fuhr fort: »Vera Prideaux hat gegenüber der Polizei erklärt, ihr Sohn Cameron sei zur Tatzeit bei ihr zu Hause gewesen. Erst als sich mehrere Zeugen meldeten, die ihn zur fraglichen Zeit in der Nähe des Tatorts gesehen hatten, hat sie diese Behauptung zurückgezogen.«

»Eben weil Vera so fest an Camerons Unschuld glaubt, hat sie das gesagt. Für sie, wie auch für mich, ist es einfach unvorstellbar, dass Cameron das getan haben soll.«

Pat wiegte ihren Kopf hin und her.

»Mag schon sein, aber mit dieser Falschaussage hat sie Ihrem Sohn einen Bärendienst erwiesen.«

»Heißt das, Sie wollen nichts für ihn tun?«

»Mr Prideaux, ich werde mir die Akte noch einmal vornehmen«, versprach Doyle. »Aber das bedeutet nicht, dass der Fall neu aufgerollt wird. Es ist vorläufig nur ein informeller Vorgang, nicht mehr. Wenn ich auf etwas Verdächtiges stoße, kann sich das ändern. *Kann*, verstehen wir uns?«

Prideaux erhob sich schwerfällig, fast wie in Zeitlupe, als müsste er sich gegen eine geradezu erdrückende Last hochstemmen.

»Ich danke Ihnen, Chief Inspector. Ich wusste doch, dass Sie ein echter Gurn sind.«

Doyle blickte ihm nach, als Prideaux den Raum verließ. Er schien etwas Hoffnung geschöpft zu haben, und der Anflug eines schlechten Gewissens beschlich Doyle. Was, wenn er dem Mann ganz zu Unrecht Hoffnung gemacht hatte? Der Umstand, dass Charlie Mourant den Fall zügig abgeschlossen hatte, bedeutete keineswegs, dass er sich in der Person des Täters geirrt haben musste. Ganz im Gegenteil, er war ein erfahrener DCI gewesen und hatte keinen ersichtlichen Grund gehabt, jemanden ans Messer zu liefern, von dessen Schuld er nicht überzeugt gewesen war.

Pat hatte ihn aufmerksam betrachtet.

»Du siehst alles andere als zufrieden aus, Cy. Ich ahne den Grund.«

»Und der wäre?«

»Du hast eine undankbare Aufgabe übernommen. Niemand in der Einheit wird begeistert sein, wenn du an DCI Mourants Denkmal kratzt.«

»Kannst du meine Gedanken lesen?«

»In diesem Fall ist das nicht schwer. Schließlich bin ich auch Polizistin. Wir hätten wohl alle gut auf den Auftritt von Mr Prideaux und auf seinen *Clameur de Haro* verzichten können, aber besonders du.«

Doyle warf ihr einen fragenden Blick zu.

»Wieso besonders ich?«

»Ich habe den Eindruck, das ist gerade keine einfache Zeit für dich. Auch wenn der Prozess den gewünschten Verlauf nimmt, er ruft doch viele unangenehme Erinnerungen in dir wach. Ich habe es dir während deiner Aussage heute vor Gericht deutlich angesehen. Und jetzt noch Prideaux' *Clameur de Haro* ...«

»Das ist es nicht allein«, gestand er mit einem Seufzer. »Ich mache mir Gedanken über meinen Vater.«

Der Schatten eines Erschreckens huschte über Pats Gesicht. »Geht es ihm nicht gut?«

»Nein, das ist es nicht. Aber seine Betreuung ist doch einigermaßen aufwendig und geht mächtig ins Geld, jetzt, wo keine Nachbarin mehr da ist, die sich für ein geringes Entgelt rund um die Uhr um ihn kümmert. Über kurz oder lang muss ich eine andere Lösung finden, besser über kurz.«

»Denkst du daran, deinen Vater in ein Heim zu geben?«

»Natürlich habe ich an diese Möglichkeit gedacht. Dann könnte ich unser Haus verkaufen und mir eine kleine Wohnung nehmen. Das Geld aus dem Hausverkauf dürfte einige Zeit reichen, um den Unterhalt für Dad zu bestreiten.«

»Aber deshalb bist du nicht nach Guernsey zurückgekommen, oder?«

»Ich sage ja, du liest meine Gedanken, Pat. Ich wollte möglichst viel Zeit mit Dad verbringen, mich um ihn kümmern. Deshalb bin ich wieder hier. In unserem alten Haus ist das einfach etwas anderes als in einem Pflegeheim.«

»Weißt du schon, was du machen willst?«

»Nein, ich warte noch auf eine Eingebung.« Doyle straffte sich. »Kommen wir zurück zum Fall Prideaux beziehungsweise zum Fall Corbin. Ich halte es für eine gute Idee, wenn Sergeant Baker und Constable Allisette sich noch einmal sämtliche Akten vornehmen und alles sammeln, was ihnen dabei merkwürdig vorkommt.«

Pat lächelte hintergründig.

»Diese Arbeit werden wir nicht auf die beiden abwälzen können. Sie sind unterwegs. Der Einbrecher von Belle Greve, du erinnerst dich?«

»Natürlich, auch wenn ich es gerade verdrängt hatte. Der Typ, den ihr auch den Monopoly-Dieb nennt. Was genau hat es damit eigentlich auf sich?«

»Vor sechs Jahren gab es eine Reihe von Einbrüchen in Belle Greve. Der Täter nahm nur Bargeld mit, sonst nichts, nicht einmal wertvollen Schmuck oder Uhren. Und er ließ, quasi als Ersatz für das gestohlene Geld, die entsprechende Summe als Spielgeld zurück.«

»Ein Dieb mit Sinn für Humor. Hat er sonst noch etwas hinterlassen, eine Visitenkarte vielleicht?«

»Nein, das nicht.«

»Wäre ja auch zu schön gewesen.« Doyle dachte an die beiden Hauseinbrüche der letzten zwei Tage in der nördlich des Zentrums von St. Peter Port gelegenen Belle Greve Bay. »Und bei den beiden neuen Einbrüchen wurde ähnlich verfahren, ja?«

»Ziemlich ähnlich, um nicht zu sagen, genauso. Wieder wurde nur Bargeld gestohlen, und wieder wurde die entsprechende Summe in Form von Spielgeld zurückgelassen.«

»Geld aus Monopoly-Spielen?«

»Nicht nur, auch aus anderen Brettspielen. Das war schon damals so. Aber die Bezeichnung Monopoly-Dieb hat sich bei uns eingebürgert.«

»Also lautet die Frage: ein und derselbe Täter oder ein Nachahmer?«

»Schon, ja«, sagte Pat zögernd. »Gegen einen Nachahmer spricht aber, dass wir die Sache mit dem Spielgeld nicht publik gemacht haben. Eigentlich weiß nur die Polizei davon.«

»Und wohl auch die damals Geschädigten.«

Pat schnippte mit den Fingern. Stimmt, eine gute Idee. Ich werde das an Baker und Allisette weitergeben. Wäre schon ziemlich kurios, wenn eins der damaligen Opfer jetzt mit derselben Methode auf Diebestour ginge.«

»Wie sagte doch damals, als ich zur Polizei ging, einer meiner Ausbilder: ›Die Kriminalgeschichte ist voll von kuriosen Fällen‹.« Doyle lachte leise, wurde aber schnell wieder ernst. »Und von tragischen, womit wir wieder bei Cameron Prideaux und Anne Corbin wären.«

Sie nahmen sich die Akten vor und – als Ersatz für den ausgefallenen Lunch bei Christie's – die Sandwiches, die Julian Prideaux nicht angerührt hatte.

Die Sonne war längst im Ärmelkanal versunken, als Doyle nach Hause kam. Nach Hause! Das hatte für ihn, der zweiundzwanzig Jahre in London gelebt hatte, einen besonderen Klang. Er drosselte das Tempo, und die Scheinwerfer seines TVR Tamoras strichen fast andächtig über die halb zerfallene Mauer, die »Le Petit Château« umschloss. Das kleine Schloss, so hatte die Familie Doyle einst, ebenso stolz wie unbescheiden, ihr eindrucksvolles Haus über den Klippen von Guernseys südlicher Küste genannt. Der Brauch, den Häusern eigene Namen zu geben, war auf der Insel weit verbreitet. Und oft waren es französische Namen, da Frankreich viel näher lag als England und da Guernsey lange unter normannischer Herrschaft gestanden hatte. Sonst, schoss es ihm durch den Kopf, hätte es hier auch kein normannisches Gewohnheitsrecht gegeben und keinen *Clameur de Haro*.

Er lenkte den Tamora durch die Einfahrt und sah, dass mehrere Zimmer beleuchtet waren. Das lag an Ben, dessen Mini

Cooper vor dem Haus stand. Früher wäre es abwegig für Doyle gewesen, sich über verschwendetes Geld durch eine unnötige Beleuchtung Gedanken zu machen. Das hatte sich in den vergangenen Wochen geändert. Zum Beispiel durch Ben Everitt, der für einen privaten Pflegedienst arbeitete und nicht an feste Arbeitszeiten gebunden war. Er blieb abends so lange bei Doyles Vater, bis Doyle heimkam, aber das ließ sich der Pflegedienst auch einiges kosten. Dennoch war Doyle froh, Ben angeheuert zu haben. Für den Detective Chief Inspector der Guernsey Police gab es keinen verlässlichen Dienstschluss.

Er fand seinen Vater und Ben vor dem Fernseher, in dem eine Game-Show lief. Leonard Doyle sah zwar auf den Flachbildschirm, wirkte aber geistig abwesend. Ben ließ sich davon nicht entmutigen und animierte Doyles Vater, sich für eine der vorgegebenen Antworten zu entscheiden. Der alte Mann brabbelte etwas, das Doyle nicht verstand.

»Sie meinen also Antwort C, Mr Doyle?«, erwiderte Ben. »Na, wollen mal sehen, ich bin ja mehr für A.«

Doyle machte sich mit einem knappen Gruß bemerkbar und fragte: »Hat mein Vater wirklich C gesagt?«

»Ich glaube, ja, wenn es nicht B oder D war.« Als Ben Doyles in zweifelnde Falten gelegte Stirn sah, fügte er hinzu: »Man muss immer im Gespräch bleiben, das ist der Trick.«

Die richtige Antwort war C, und Leonard Doyle klatschte erfreut in die Hände.

»Also habe ich ihn doch richtig verstanden«, stellte Ben zufrieden fest.

»Und weshalb waren Sie für A?«

»Tja, ein Irrtum. Offenbar kennt sich Ihr Vater mit den Hochwasserphasen der Amazonas-Nebenflüsse besser aus als ich.«

Doyle warf einen irritierten Blick zuerst auf Ben, dann auf seinen Vater.

Ben wuchtete seinen großen, breitschultrigen Körper aus dem Sessel und ging in Richtung Küche.

»Ich mache Ihnen die Reste vom Abendessen warm, Sir. Ihrem Vater und mir hat es gut geschmeckt.«

Doyle sah dem hünenhaften Mann nach und fragte sich zum wiederholten Mal, warum Ben sich ausgerechnet in einen Mini Cooper quetschte.

»Was gibt es denn?«

»Gemüsesuppe mit Rindfleisch, leider nur aus der Dose.«

Doyle sehnte sich für einen kurzen Moment nach Violet Brehauts Kochkünsten zurück, aber das war Vergangenheit.

Er wollte ein Gespräch mit seinem Vater über dessen Tag in Gang bringen, aber Leonard Doyle winkte mit einer seiner knochigen Hände ab und starrte gebannt auf den Bildschirm, wo der auf berufsjugendlich gestylte Moderator gerade nach der Wachstumszeit von Bananen bis zu ihrer Ernte fragte.

»Antwort A: ein Monat. Antwort B: drei Monate. Antwort C: ein Jahr. Antwort D: Bananen werden nicht geerntet, sondern fallen von selbst ab. Entscheiden Sie jetzt!«

»Fallen von selbst ab, dummes Zeug«, murmelte Leonard Doyle.

»Und wie lautet die richtige Antwort?«

»Drei Monate natürlich, Antwort B.«

Da verkündete der Moderator auch schon: »Die richtige Antwort ist B.«

Verwundert rieb Doyle sich den Hinterkopf.

»Woher weißt du so etwas, Dad?«

»Diese Sendungen bilden ungemein, Junge.«

Dieser geistesabwesende Blick trat wieder in die Augen seines Vaters, aber Doyle ahnte, dass er sich vorhin getäuscht hatte. Leonard Doyle war nicht gedanklich abwesend, er konzentrierte sich auf das Fernsehquiz.

Während Doyle aß und dazu ein kühles Randalls Guilty trank – ein Bier, das in St. Peter Port gebraut wurde –, schien sein Vater müde zu werden, und Ben brachte ihn zu Bett. Doyle steckte dem unermüdlichen Pfleger einen Extraschein zu, als sie sich verabschiedeten. Er war wirklich ein guter Mann, und es war ganz bestimmt nicht seine Aufgabe, auch Doyle zu bekochen.

»Falls Sie sich über das Allgemeinwissen Ihres Vaters wundern, Sir«, sagte Ben mit einem breiten Grinsen. »Dieses Quiz wurde schon öfter ausgestrahlt, und Mr Doyle hat es heute mindestens zum dritten Mal gesehen.«

Leicht amüsiert stand Doyle in der offenen Haustür und verfolgte, wie Ben sich in seinen kleinen Wagen zwängte. Wie ein menschliches Taschenmesser, das sich von selbst zusammenklappte.

Sein Vater schlief fest, davon hatte er sich überzeugt, als Doyle vor die Haustür trat und tief durchatmete. Die Luft war überraschend kühl und erinnerte ihn daran, dass es bereits Mitte Oktober war. Tagsüber täuschten die wärmenden Strahlen der Sonne darüber hinweg. Vielleicht half ihm die frische Abendluft dabei, einen klaren Kopf zu bekommen. Er hatte sich zu einem kleinen Spaziergang entschlossen, um das späte Essen zu verdauen und um seine Gedanken zu ordnen, die immer wieder um einen Mann kreisten: Julian Prideaux.

Er ging nur ein kurzes Stück die schmale Straße entlang, dann duckte er sich und zwängte sich durch eine enge Lücke im Gebüsch. Hier war es so dunkel, dass er kaum den Boden erkennen konnte, und er ließ seine kleine LED-Leuchte, die er für den Spaziergang eingesteckt hatte, aufflammen. Der schmale Weg, nicht mehr als ein ausgetretener Pfad, den er jetzt deutlich unter seinen Füßen sah, führte ihn zum Wasser und zum Saints Harbour. Kurz dachte er an Sharon, mit der er hier einen wunderschönen Abend verbracht hatte. Aber was immer er sich damals erhofft hatte, es hatte sich sehr schnell als Trugschluss erwiesen.

Das Licht der Gestirne fiel aus dem fast wolkenlosen Himmel auf das Wasser der Bucht und ließ die vielen kleinen Fischerboote, denen die Saints Bay als ein natürlicher Hafen diente, als Schattenrisse erkennbar werden. Sie dümpelten im schwachen Wellengang gemütlich vor sich hin, und nur gelegentlich hörte Doyle ein Klatschen, wenn eine etwas stärkere Welle gegen die Bootskörper schwappte. Er schloss für einen Moment die Augen, hörte auf das leise Glucksen der Wellen und atmete tief ein und aus. Die Seeluft, die nach Salz und Tang schmeckte, tat ihm gut. Es war die Luft seiner Kindheit, seiner Heimat.

Oft war er als Junge hier unten gewesen, allein oder mit Freunden, die Fischerboote waren zu spanischen Schatzgaleonen oder mächtigen Linienschiffen aus der Zeit von Schießpulver und wehenden Segeln geworden, und er hatte auf den Namen Francis Drake oder Horatio Hornblower gehört. Viele, viele Bücher hatte er über die Helden der Seefahrt gelesen, aber nicht genug, und sein Vater hatte ihm abends, vor dem Schlafengehen, noch Geschichten aus jener Zeit erzählen müssen, als Guernsey ein Paradies für Schmuggler und Kaperfahrer gewesen war.

Ihm war, als trüge die sanfte Brise, die in die Bucht hereinwehte, ihm die Stimmen der Seefahrer zu, deren Erlebnisse seine Kindheit mit so vielen bunten Abenteuern bereichert hatten. Zu seiner Ernüchterung musste er feststellen, dass es die Stimmen eines jungen Liebespaars waren, das sich weiter unten zwischen den Felsen eine geschützte Stelle für einen romantischen Abend ausgesucht hatte. Er wollte die beiden nicht belauschen und wandte sich ab, um zu »Le Petit Château« zurückzukehren. Jetzt war er kein Seeheld mehr, sondern wieder Polizist. Mit einem Schlag standen ihm die verzweifelten Züge von Julian Prideaux wieder lebhaft vor Augen, und er glaubte, erneut das auf Französisch vorgetragene Gebet zu hören – das letzte Vaterunser.

ZWEITER TAG

Mittwoch, 15. Oktober

KAPITEL 2

Der Oktober blieb golden, und es war wieder ein sommerlich warmer Tag. Die kaum hörbar vor sich hin summende Klimaanlage sorgte für eine angenehme Temperatur in Doyles Büro. Wenn er durch die Fenster auf das weitläufige Grün von Candie Gardens sah, durch das mehr und mehr Spaziergänger flanierten, bekam er Lust, augenblicklich das Polizeihauptquartier an der Hospital Lane zu verlassen und sich ihnen anzuschließen. Obwohl in der historischen Gartenanlage aus der Zeit Königin Viktorias bereits die Herbstblumen blühten, trugen die meisten Besucher leichte Sommerkleidung. Aber er hatte eine Menge Arbeit zu erledigen, zumeist Administratives.

Als er die Londoner Metropolitan Police verlassen hatte, hatte er gehofft, auch den größten Teil von dem Verwaltungskram hinter sich zu lassen. Leider hatte er sich getäuscht. Aus der guten alten Einheit, wie die Guernsey Police von ihren Angehörigen gern genannt wurde, war längst ein moderner Polizeiapparat geworden – mit dem entsprechenden Papierkrieg. Auch wenn der weitgehend in der papierlosen Computerwelt stattfand, machte ihn das nicht weniger aufwendig. Trotz aller Bemühungen kam Doyle heute kaum voran, es ging bei ihm zu wie im Taubenschlag.

Zuerst erschienen Detective Sergeant Calvin Baker und Detective Constable Jasmyn Allisette, um ihm in der Angelegenheit der Belle-Greve-Einbrüche zu berichten.

»Zweimal Einbrüche in Wohnungen, deren Besitzer abwesend waren«, sagte der gut genährte Baker. »Wir gehen davon aus, dass der Einbrecher die Häuser an der Belle Greve Bay entweder genau auskundschaftet oder dass er aus anderen Gründen gut informiert ist. Vielleicht arbeitet oder wohnt er dort oder beides.«

»Und er hat wirklich nur Geld mitgenommen und die entsprechende Summe in Spielgeld dagelassen, ganz so wie damals der sogenannte Monopoly-Dieb?«

»Ja, Sir.«

»Wie wollen Sie weiter vorgehen?«

Die sommersprossige Jasmyn Allisette trat einen halben Schritt vor.

»Als Calvin vorhin einen Schoko-Karamell-Riegel verspeist hat, ist ihm eine tolle Idee gekommen. Lassen Sie uns nur machen, Sir.«

»Dann verfolgen Sie zwei mal Sergeant Bakers tolle Idee.«

Mit einem leichten Nicken bekräftigte Doyle, dass die beiden entlassen waren. Nur mühsam konnte er ein Schmunzeln so lange unterdrücken, bis sie sein Büro verlassen hatten. Sergeant Baker hatte zwei Vorlieben: Schokoriegel und seine hübsche Kollegin. Die Schokoriegel verhalfen ihm oft zu tollen Ideen. Die heimliche Zuneigung zu Jasmyn Allisette allerdings würde wohl unerwidert bleiben. Wie Doyle von Pat erfahren hatte, war der rothaarige Constable in dieser Hinsicht nur dem eigenen Geschlecht zugetan. Baker schien das nicht zu wissen, oder er hatte beschlossen, es zu ignorieren.

Daran musste Doyle keine zwanzig Minuten später denken, als Mildred bei ihm erschien, ein hübsch mit violettem Samtpapier verpacktes und mit einer weißen Schleife verziertes kleines Etwas in der Hand. Eine besondere Praline aus dem großen Süßwarenladen am unteren Ende der High Street, wie sie ein Bote zweimal pro Woche für Jasmyn Allisette abgab. Es war inzwischen ein offenes Geheimnis, dass Baker dahintersteckte, offenbar der alten Weisheit folgend, wonach Liebe durch den Magen geht.

»Ist Constable Allisette schon weg?«, fragte Mildred.

»Vermutlich. Sergeant Baker hatte mal wieder eine seiner Ideen, den Monopoly-Dieb betreffend, und der wollten er und Allisette nachgehen. Essen Sie die Praline doch, Mildred. Ich fürchte, Constable Allisette bekommt allmählich einen Schokoladenschock.«

Mildred schüttelte ihren Kopf, auf dem die brünette Hochfrisur wie festzementiert thronte.

»Letzte Woche erst habe ich gesehen, wie sie eine von diesen Pralinen mit großem Genuss verspeist hat. Außerdem wäre das kaum im Sinne ihres anonymen Verehrers.«

»Anonym?«

»Ich gebe nichts auf wilde Gerüchte, Sir.« Sie hielt das kleine Präsent ein Stückchen höher. »Das hier werde ich auf Allisettes Schreibtisch deponieren.«

Mildred verließ sein Büro, aber Doyle hatte sich kaum wieder dem Memo über die Veränderungen in der Personalstruktur innerhalb der vergangenen zehn Jahre zugewandt, da trat nach einem knappen energischen Klopfen der Verfasser dieses Memos höchstselbst ein: Colin Chadwick.

»Guten Morgen, Cyrus«, sagte der Polizeichef, obwohl Doyle von allen anderen, die ihn beim Vornamen nannten, einfach nur mit Cy angesprochen wurde.

Doyle erwiderte den Gruß und erkannte an Chadwicks ernsten Zügen, dass der Chief Officer diesen Morgen für gar nicht so gut hielt.

Chadwick blieb vor Doyles Schreibtisch stehen und warf ein zusammengefaltetes Papierbündel auf die Tischplatte.

»Heute schon Zeitung gelesen?«

Doyle wies einladend auf einen der Besucherstühle.

»Nein, Colin, noch keine Zeit gehabt. Anscheinend sollte ich das schnellstens nachholen.«

Während Chadwick sich setzte, faltete Doyle die heutige Ausgabe des *Guernsey Spectator* auseinander und sah gleich, was den Unwillen seines Chefs erregt hatte. Auf der Titelseite prangte ein großes Farbfoto von Doyle und Pat. Vor ihnen kniete Julian Prideaux und sah Doyle mit einem flehenden Blick an. Daneben stand in fetten schwarzen Buchstaben die Schlagzeile *DCI DOYLE UND DER CLAMEUR DE HARO – ÜBERRASCHENDE WENDE IM MORDFALL ANNE CORBIN*. Der dazugehörige Artikel referierte die wichtigsten Fakten in dem Mordfall und das Ereignis von gestern Mittag. Offenbar hatte die Zeitung mit Mr Prideaux gesprochen. Er wurde mit der Bemerkung zitiert, er und seine Frau hielten ihren Sohn Cameron nach wie vor für unschuldig und hätten große Hoffnung, dass die Wiederaufnahme des Falles durch DCI Doyle zu Camerons baldiger Freilassung führen würde.

»Der *Clameur de Haro*!« Chadwick schüttelte energisch den Kopf. »Ein seltsamer Brauch. Ich musste mich erst mal erkundigen, was das überhaupt ist.«

»Hier auf den Kanalinseln lernt das jedes Schulkind, aber im Rest der Welt dürfte der *Clameur* weitgehend unbekannt sein.«

»Zu Recht!«, schnaubte der Chief. »Das Ganze ist ja geradezu lächerlich.«

»In früheren Zeiten war es für einen Mann, dem großes Unrecht angetan wurde, oft die letzte – und auch einzige – Möglichkeit, um zu seinem Recht zu kommen.«

»Sie sagen es, Cyrus, in früheren Zeiten. Ich habe mich informiert. Heutzutage findet dieser ... dieser Brauch nur noch in Grundstücksangelegenheiten Anwendung und auch dann nur unter sehr engen Voraussetzungen. Sie sind also Mr Prideaux gegenüber zu nichts verpflichtet.«

»Rein rechtlich nicht.«

»Rein rechtlich? Worauf wollen Sie hinaus?«

Doyle hielt die Zeitung ein Stück hoch.

»Mit diesem Artikel hier weiß die ganze Insel Bescheid. Ich könnte mir durchaus vorstellen, dass genau das in Prideaux' Absicht lag.«

»Und weiter?«

»Damit haben wir – oder ich, das bleibt sich wohl gleich – die moralische Verpflichtung, uns seines Ansinnens anzunehmen. Jeder echter Gurn wird das so empfinden.«

»Was für ein Ansinnen?«

»Den Mordfall Anne Corbin noch einmal unter die Lupe zu nehmen. Genau darum geht es doch, oder?«

Chadwick stand sein Unwille deutlich ins Gesicht geschrieben, und die rötlichen Brauen, die zur Farbe seines Bürstenhaars passten, zuckten mehrmals.

»Dieser Fall ist bereits genau unter die Lupe genommen worden, Cyrus. Erst von DCI Mourant und seinem Team und dann vom Gericht. Von dem Gericht, das aufgrund der von Charlie Mourant vorgelegten Fakten Cameron Prideaux für schuldig befunden und zu einer lebenslangen Freiheitsstrafe verurteilt hat.«

»Wie Sie gerade sagten, Colin, hat das Gericht sich auf die Ermittlungen meines Vorgängers gestützt. Falls diese Ermittlungen aber, sagen wir mal, etwas ungenau waren, weil Charlie es zu eilig hatte, den Täter zu finden, dann hätte das Gericht auf einer falschen Grundlage geurteilt. Und dann hat es vielleicht auch den Falschen ins Gefängnis geschickt.«

Der Chief starrte ihn jetzt nicht nur unwillig, sondern geradezu empört an.

»Das möchte ich aus Ihrem Mund nicht wieder hören, Cyrus, verstehen Sie? DCI Charlie Mourant konnte auf eine tadellose Laufbahn bei der Guernsey Police zurückblicken, und ich sehe keine Veranlassung, durch die Aufnahme neuer Ermittlungen sein Andenken zu beschmutzen oder gar das Vertrauen der Öffentlichkeit in unsere Arbeit zu erschüttern. Um es ganz deutlich auszudrücken: Sie lassen Ihre Finger von dieser Sache. Der Mordfall Anne Corbin ist abgeschlossen!«

»Was ist, wenn die von Ihnen angesprochene Öffentlichkeit nachfragt, ob und wie wir auf den *Clameur de Haro* reagieren?«

»Mit der Öffentlichkeit meinen Sie vermutlich die Presse? Nun, Sie werden sich jeder öffentlichen Äußerung enthalten. Ich werde Superintendent Ogier bitten, eine Erklärung für die Medien abzugeben.«

»Mit welchem Inhalt?«

»Wir werden unser Verständnis für die verzweifelte Lage ausdrücken, in der sich Cameron Prideaux' Eltern befinden. Gleichzeitig werden wir betonen, dass wir neue Ermittlungen in dem Fall nicht in Betracht ziehen, da wir keinen Grund haben, das Gerichtsurteil anzuzweifeln. Das ist alles.«

»Und ich …«

»Sie, Cyrus«, unterbrach ihn der Chief, während er sich erhob und auf den Computerbildschirm zeigte, »tun nichts anderes, als sich meinem Memo zu widmen. Bis morgen Mittag erwarte ich von Ihnen einen Zehn-Punkte-Plan mit den wichtigsten Schlussfolgerungen, die Sie aus der Personalentwicklung der vergangenen zehn Jahre ziehen. Da Sie erst seit zwei Monaten bei uns sind, wird Ihnen das bestimmt dabei helfen, sich mit der jüngeren Geschichte unserer Einheit vertraut zu machen.«

Calvin Baker fand eine Parklücke nahe der Bucht und zwängte den metallicsilbernen Škoda zwischen einen mit allem möglichen Schnickschnack ausgestatteten SUV und den Lieferwagen einer Wäscherei.

Als er seinen fülligen Leib nach draußen wuchtete, brummte er mit Blick auf den SUV: »Angesichts der engen Straßen auf Guernsey sollten Privatfahrzeuge ab einer gewissen Größe verboten werden.«

»Leute mit großem Vermögen fahren gern auch große Autos, und eine Steueroase wie Guernsey zieht nun mal Vermögende an«, sagte Jasmyn Allisette, die dem Zivilfahrzeug der Polizei viel flinker entstieg als ihr Kollege. Sie lächelte und fügte mit einem Augenzwinkern hinzu: »Die vermögen ihr Vermögen eben nicht anders zu zeigen.«

Baker lachte, strich sein von der Fahrt zerknittertes Jackett glatt und atmete die salzige Luft ein, die über der Belle Greve Bay lag. Es war Flut, das Wasser reichte bis an die Ufermauer, und etliche kleine Boote in den verschiedensten Farben schaukelten im Blau des Wassers. Bei Ebbe, wenn ein breiter Uferstreifen frei lag, war der Anblick der auf Land liegenden Boote eher ernüchternd, aber jetzt schien es ein ganz anderer Ort zu sein. Ein paar Möwen segelten über der Bucht und beschwerten sich kreischend darüber, dass das Ufer, auf dem sie sonst im Schlick nach Würmern, kleinen Krebsen oder verendeten Fischen suchten, mit Wasser bedeckt war. Gegenüber der Ufermauer auf der anderen Straßenseite reihte sich in einem sanft geschwungenen Bogen ein Haus an das andere. Die meisten Gebäude erinnerten an die Zeit Königin Viktorias, waren drei Stockwerke hoch und hatten einen weißen oder cremefarbenen Anstrich.

Ein wenig geduckt, als hielte es sich nicht für vollwertig, stand dazwischen ein nur zweistöckiges Haus im dunklen Grau des Guernseygranits. Über dem Eingang hing ein großes Schild, und Baker schirmte seine Augen zum Schutz gegen die Sonne mit der flachen Hand ab.

»Guernsey Games and Model Kits.« Er wandte sich zu Jasmyn um. »Da ist es, das graue Haus.«

»Jetzt bin ich aber mal sehr gespannt«, sagte sie, während sich beide gleichzeitig in Bewegung setzten.

In dem Spielzeug- und Modellbaugeschäft war es erstaunlich düster. Zum einen verfügte es, ursprünglich ein reines Wohnhaus, über keine großen Schaufenster. Zum anderen standen die Regale mit Brettspielen, Zubehör und Regelwerken für Tabletop-Spiele, Pappschachteln mit Plastikmodellen in allen nur denkbaren Größen sowie Werkzeug und Farbtöpfe zum Zusammenbauen und Bemalen der Modelle so dicht beieinander, dass Baker unwillkürlich seinen Bauch einzog.

Jasmyn war das nicht entgangen, und sie sagte mit einem breiten Grinsen: »Greif jetzt bloß nicht zu einem der Schokoriegel, die deine Jackentaschen ausbeulen, Calvin, sonst kriegen wir dich nachher nicht mehr hier raus.«

»Sehr komisch, Constable. Aber das kenne ich schon aus der Schule. Wer den Bauch hat, braucht für den Spott nicht zu sorgen.«

Sie tippte kurz auf seinen Bauch, der sich aus dem offenen Jackett vorschob.

»Spiel jetzt nicht den Dünnhäutigen, das passt nicht zu dir.«

Eine Gestalt näherte sich aus den dämmerigen Tiefen des Ladens, ein kleiner, älterer Mann mit einem weißen Haarkranz und einer wuchtigen Hornbrille auf der spitzen Nase.

»Guten Morgen, die Herrschaften. Kann ich Ihnen weiterhelfen. Suchen Sie etwas für sich selbst oder für Ihre Kinder?« Er unterzog Jasmyn einer eingehenden Musterung. »Na, so alt können die Kleinen ja noch nicht sein. Da muss ich Sie wohl enttäuschen. Unser Angebot richtet sich leider nicht an die ganz Kleinen.«

Jetzt war es an Baker, breit zu grinsen, als er eine Hand auf Jasmyns Schulter legte.

»Sie ist nicht mehr so jung, wie sie aussieht.«

Jasmyn streifte ihn kurz mit einem tadelnden Blick, zog ihren Polizeiausweis hervor und hielt ihn dem Weißhaarigen vor die spitze Nase.

»Guernsey Police. Ich bin Constable Allisette, das ist Sergeant Baker. Und Sie sind?«

»Edmund Kellaway, mir gehört dieses Geschäft. Aber an Sie beide werde ich nichts verkaufen, nehme ich an.«

»So ist es.« Jasmyn steckte ihren Ausweis wieder ein. »Arbeitet für Sie ein Harrison Fournier?«

»Ja, Harry Fournier. Er ist hinten im Lager, die neuen Lieferungen einsortieren. Soll ich ihn rufen?«

»Vorerst nicht«, sagte Baker, zog ein Blatt Papier aus einer Innentasche seines Jacketts und faltete es auseinander. »Sind die Brettspiele, die Sie anbieten, offen oder eingeschweißt?«

Kellaway war sichtlich irritiert über die Frage.

»Eingeschweißt schon, aber in der Regel haben wir von jedem Spiel ein offenes Exemplar für unsere Kunden zum Anschauen und Testen.«

»Gut.« Baker blickte auf seine Liste. »Zeigen Sir mir dann bitte das Testexemplar von Monopoly.«

»Welche Ausgabe soll es denn sein? Das klassische Monopoly, die Zombieversion Monopoly The Walking Dead, Star Wars Monopoly, Disney Classic Monopoly oder die Disney Princess Edition, Monopoly The Mega Edition, die Endzeitvariante Fallout Monopoly, Pokemon Monopoly, Christmas Monopoly, Metallica Rock Band Monopoly, KISS Monopoly, Monopoly Game of Thrones oder vielleicht …«

»Halt, halt, halt!«, fuhr Baker dazwischen und suchte in seinen Taschen hastig nach einem Plastikbeutel, in dem verschiedene Spielgeldscheine steckten. Er zeigte auf einen blauen Schein mit der Zahl 10 in der Mitte. »Aus welcher Ausgabe ist der?«

»Vermutlich aus dem klassischen Monopoly, sagen Sie das doch gleich.«

»Wieso vermutlich?«

»Bei einigen Monopoly-Varianten verwendet der Hersteller die Geldscheine aus dem klassischen Spiel, bei anderen nicht.«

Jasmyn schüttelte leicht den Kopf.

»Das ist ja eine Wissenschaft für sich.«

»Das können Sie durchaus sagen. Deshalb bin ich ganz froh, dass Harry hier arbeitet. Er ist ein kluger Kopf.«

Baker raschelte mit dem Plastikbeutel.

»Mr Kellaway, könnten Sie bitte nachprüfen, ob aus einem Ihrer offenen Monopoly-Spiele fünfzehn dieser Scheine fehlen? Möglicherweise verteilt sich die Summe auch auf mehrere Spielversionen mit den gleichen Scheinen.«

»Das ist aber ein reichlich seltsames Ansinnen, Sergeant.«

»Sie würden mir und meiner Kollegin damit einen großen Gefallen tun.«

»Na, dann kommen Sie mal.«

Baker und Allisette folgten dem Ladeninhaber bis zu einem hohen, langen Regal, vor dem Kellaway stehenblieb.

»Das hier sind alle Monopoly-Spiele, die wir derzeit anbieten. Es sei denn, es haben sich noch ein paar Exemplare im Lager versteckt. Aber dazu sollten wir besser Harry fragen.«

»Den werden wir noch fragen, ganz bestimmt«, sagte Baker und wies auf das Regal. »Aber jetzt nehmen wir uns erst mal dieses Regal vor. Wenn Sie so freundlich wären, Sir?«

Kellaway ging zum Anfang des Regals, zog ein nicht verschweißtes Exemplar des klassischen Monopoly-Spiels heraus und ging damit zu einem kleinen Tisch mit zwei Hockern. Dort öffnete er den Karton, ohne sich hinzusetzen, nahm alle blauen Spielgeldscheine heraus und zählte sie zweimal.

»Hier fehlen tatsächlich welche, aber nur acht.«

»Sind Sie sich da sicher?«, fragte Jasmyn.

»Natürlich, ich habe sie ja gerade gezählt.«

»Sie haben im Kopf, wie viele es sein müssen?«

»Selbstverständlich. Ich übe meinen Beruf inzwischen seit mehr als dreißig Jahren aus.«

»Constable Allisette zweifelt nicht an Ihrer beruflichen Eignung, Sir«, versicherte Baker. »Aber Sie werden verstehen, dass wir uns sicher sein müssen. Könnten Sie jetzt die übrigen Monopoly-Versionen auf weitere fehlende Zehnerscheine prüfen?«

Kellaway folgte der Bitte und stellte schließlich fest, dass sieben weitere blaue Scheine in dem Ansichtsexemplar von Monopoly Token Madness fehlten.

»Sehr gut, damit hätten wir die fünfzehn blauen Zehner«, sagte Baker, erleichtert darüber, dass seine Vermutung sich als wahr zu erweisen schien. »Wir haben da noch einige weitere

Scheine aus anderen Spielen. Würden Sie bitte auch nach denen sehen? Diese beiden Spiele sind übrigens beschlagnahmt.«

Der Ladeninhaber legte die hohe Stirn in Falten.

»Also, wenn die Polizei für einen Spieleabend ...«

»Beschlagnahmt als Beweisstücke«, fiel ihm Baker ins Wort.

Kellaway brummte etwas Unverständliches, auf jeden Fall eine Missfallensäußerung, und suchte nach den anderen Spielen. Tatsächlich entdeckte der Ladeninhaber genau die Fehlmenge der jeweiligen Scheine, die auf Bakers Liste verzeichnet war.

Baker sah Jasmyn mit einem strahlenden Lächeln an.

»Bin ich genial, oder bin ich genial?«

»Du bist genial«, bestätigte sie und wandte sich an Kellaway. »Jetzt wäre es an der Zeit, ein Wörtchen mit Mr Fournier zu wechseln.«

»Gut, ich werde ihn holen.«

»Wir kommen besser mit«, entschied Baker.

Erneut runzelte Kellaway seine Stirn und stieß auch wieder jenes unverständliche Brummen aus, sagte sonst aber nichts weiter und setzte sich mit leicht schleppendem Schritt in Bewegung, gefolgt von Baker und Jasmyn. Am hinteren Ende des Raums, eingepfercht zwischen einem Regal mit Star-Wars-Figuren und einem voller kleiner Panzer und anderer Militärfahrzeuge, blieb der Alte stehen und öffnete unter lautem Quietschen eine Metalltür. Der Raum dahinter schien kein Tageslicht zu kennen und wurde nur durch einige Neonröhren erhellt, von denen eine ständig flackerte. Auch hier stand Regal an Regal, aber es war kein Mensch zu sehen.

»Harry, kommst du mal bitte her?«, rief Kellaway in den Lagerraum.

»Schon unterwegs«, antwortete eine raue Stimme, und ein

mittelgroßer Mann um die vierzig mit dunklem Haar und Dreitagebart, bekleidet mit Jeans und einem blau-gelben Karohemd, erschien in dem Gang vor ihnen. Als sein Blick auf Kellaways Begleiter fiel, blieb er abrupt stehen. »Was gibt es denn, Boss?«

Ehe Baker es noch verhindern konnte, antwortete Kellaway: »Die Polizei will dich sprechen.«

Harry Fournier zögerte keine Sekunde. Mit einer schwungvollen Bewegung stieß er das vor ihm stehende Regal um, so dass es den Gang versperrte, und Dutzende, wenn nicht Hunderte von Pappschachteln fielen heraus. Er drehte sich um und verschwand aus Bakers Blickfeld.

»Was ist denn nur los?«, entfuhr es dem hilflosen Ladeninhaber.

Baker wandte sich an Jasmyn.

»Ich verfolge ihn, du nimmst die Eingangstür.« Er bemerkte ihren Blick, der sich auf seinen Bauch richtete, und sagte missmutig: »Okay, ich nehme die Eingangstür.«

Sie nickte, schob sich an Kellaway vorbei, lief in den Lagerraum und zwängte sich unter dem umgestürzten, schräg stehenden Regal hindurch.

Baker drehte sich wortlos um und trabte zu der Tür, durch die sie den Spielzeugladen betreten hatten. In Gedanken stieß er einen Fluch aus, sauer darüber, dass Fournier ihnen so leicht entkommen war.

Seit Colin Chadwick vor über zehn Minuten sein Büro verlassen hatte, sah Doyle auf den Bildschirm mit dem Memorandum, aber ihm wollten keine zehn Punkte dazu einfallen, nicht mal ein einziger. Je länger er auf die Buchstaben starrte, desto unverständlicher erschienen sie ihm. Der Sinnzusammenhang der Sätze, ja sogar einzelner Wörter löste sich auf, und er hätte ebenso gut auf kyrillische Schrift oder auf Hieroglyphen blicken können. Er fühlte sich wie ein ungehorsamer Schüler, der von seinem Lehrer eine Strafarbeit aufgebrummt bekommen hatte, und seine Laune wurde noch schlechter.

Als jemand gegen seine Tür klopfte, fühlte er sich geradezu erleichtert und rief: »Herein!«

Ein uniformierter Mann um die vierzig folgte der Aufforderung. Er hatte ein kantiges, sonnengebräuntes Gesicht unter kurzen schwarzen Haaren, sein Körper war muskulös, aber nicht massig. Er wirkte durchtrainiert und war es auch, wie Doyle aus eigener Erfahrung wusste. Um sich fit zu halten, hatte Doyle wieder mit dem Boxen angefangen, und der frisch zum Chief Inspector beförderte Kenneth Frobisher war sein Sparringspartner im »Island Police Sports and Social Club«. Frobisher leitete die uniformierte Truppe der Guernsey Police und hatte damit die Nachfolge des vor zwei Monaten ermordeten Chief Inspectors Dennis Ingram angetreten.

Frobisher verzog das Gesicht, als er vor Doyles Schreibtisch stehen blieb.

»Morgen, Cy. Sie sehen aus wie sieben Tage Regenwetter.«

Doyle deutete auf einen der leeren Stühle, und sein Besucher nahm Platz.

»Da hat vor zehn Minuten noch der Chief gesessen und mir das hier vorgehalten.«

Er zeigte auf den Artikel im *Spectator*.

»Was hält Chadwick davon?«

»Weniger als nichts. Nur daran zu denken, den Mordfall Anne Corbin noch einmal näher zu betrachten, ist schon tabu.« Doyle zeigte auf den Flachbildschirm. »Stattdessen Arbeitstherapie.«

48

Frobisher lächelte mitfühlend.

»Zehn Thesen?«

»Woher wissen Sie das, Ken?«

»Ich habe meine schon fertig. Ich werde sie Ihnen schicken, dann können Sie sie ein wenig umformulieren. Der Chief wird staunen, wie einig wir uns sind.«

Doyles Gemüt heiterte sich schlagartig auf.

»Danke, Ken! Dann habe ich den Kopf wenigstens frei.«

»Für den Mordfall Anne Corbin?«, fragte Frobisher und hob abwehrend die Hände. »Nein, sagen Sie lieber nichts dazu. Was ich nicht weiß, macht mich nicht heiß. Aber Sie sollten Chadwick zumindest verstehen. Seit er die neuen Fahrzeuge für die Einheit angeschafft hat und laut darüber nachdenkt, auch noch einen sündhaft teuren Polizeihubschrauber zu kaufen, steht er unter medialem Dauerfeuer. Da kann er zusätzliche schlechte Presse nicht gebrauchen.«

»Was uns nicht davon abhalten sollte, unsere Arbeit zu tun. Zumal dann, wenn möglicherweise ein Unschuldiger zu einer lebenslangen Haftstrafe verurteilt wurde.«

»Und wenn dieser angeblich Unschuldige doch schuldig ist? Die schlechte Presse über eine nicht gewissenhaft arbeitende Polizei ist dann in der Welt und bleibt es auch.«

»Ich weiß«, seufzte Doyle. »Ich hätte gestern einfach umkehren sollen, als ich Julian Prideaux auf mich zukommen sah.«

»Vielleicht kann ich Sie auf andere Gedanken bringen. Der eigentliche Grund meines Besuchs ist: Ich möchte Ihnen einen Wohltätigkeitsboxkampf vorschlagen, wir beide gegeneinander vor hoffentlich gut zahlendem Publikum.«

»Ich weiß nicht, ob ich schon so weit bin.«

»Das sind Sie, Cy, ganz sicher. Außerdem ist es ja für einen guten Zweck.«

»Für welchen?«

»Unterstützung für die Hinterbliebenen meines Vorgängers.«

»Für Moira Ingram und die beiden Kinder?«

Frobisher nickte.

»Ich wusste nicht, dass sie Geldsorgen haben.«

»Die Ingrams hatten in letzter Zeit wohl unerwartete Unkosten durch ein paar Krankenhausaufenthalte, ich weiß da nichts Genaues. Jetzt, wo Dennis Ingrams Einkommen fehlt, bringt das die arme Moira in eine Zwangslage. Ich habe es auch erst vor kurzem erfahren, als Constable Watkins mit einer Sammelbüchse in meinem Büro erschien. Das brachte mich auf die Idee mit dem Boxkampf. Bei Ihnen war Watkins also noch nicht?«

»Nein, bisher nicht.«

»Dann wird sie nicht lange auf sich warten lassen, sie ist in solchen Dingen sehr engagiert.« Frobisher erhob sich. »Überlegen Sie sich die Sache mit dem Boxkampf.«

»Wenn Moira Ingram das Geld gut gebrauchen kann, bin ich dabei.«

»Das Wort eines echten Gurn.« Frobisher reichte ihm die Hand. »Also abgemacht! Über die Einzelheiten reden wir später.«

Als er hinausging, drängte sich eine kompakte Mittdreißigerin in Uniform an ihm vorbei und hielt Doyle eine weiße Sammelbüchse hin.

»Constable Watkins, ich habe Sie schon erwartet«, sagte Doyle und nahm ein paar Pfundnoten aus seiner Brieftasche.

Calvin Baker war für einen Augenblick wie geblendet, als er aus dem Dämmerlicht des Spielzeugladens ins Freie trat und damit ins helle Licht der Vormittagssonne. Vor ihm lag die gut befahrene Straße und dahinter die Ufermauer, hinter der, als wäre nichts geschehen, die vielen bunten Boote ungestört im Blau des Atlantiks vor sich hin schaukelten. Er blickte sich um, nach rechts, nach links. Weder sah er Harry Fournier noch Jasmyn, die dem Flüchtenden gefolgt war.

Eine kleine Lkw-Kolonne kam von links, aus Richtung der Industriestadt St. Sampson, und hüllte Baker in eine wahre Dieselwolke. Er musste husten, und seine Augen tränten. Als die Lastwagen, die sämtlich blau lackiert waren und in fetten, weißen Buchstaben die Aufschrift *HST* trugen, an ihm vorbei waren und weiter in Richtung Zentrum von St. Peter Port fuhren, spie er aus, um den Dieselgeschmack in seinem Mund loszuwerden. Gleichzeitig zog er ein nicht mehr ganz weißes Taschentuch hervor und wischte über seine Augen, bis er wieder klar sehen konnte. Links von ihm, zwei Häuser weiter, kam eine junge Frau in grauen Stretchjeans und hellem Blazer aus einem schmalen Durchgang gelaufen und blickte sich ähnlich suchend um wie Baker.

»Jasmyn!«, rief er ihr zu. »Wo ist Fournier?«

»Das wollte ich dich gerade fragen, Calvin. Du musst ihn gesehen haben. Er ist vor mir durch diesen Gang zur Straße gelaufen.«

»Wann?«

»Vor einer halben Minute vielleicht.«

»Ich habe ihn nicht gesehen. An mir vorbei ist er jedenfalls nicht.«

»Nicht gesehen?« Jasmyns Stimme klang ungläubig und verärgert. »Hast du Tomaten auf den Augen?«

»Nein, nur Diesel«, sagte Baker, ohne dass sie ihn verstand.

Seine Gedanken überschlugen sich. An ihm vorbeigelaufen

war Harry Fournier garantiert nicht, das hätte er trotz der Dieselwolke bemerkt. Falls Fournier sich in die andere Richtung, nach links, gewandt hatte, hätten sie ihn dann nicht noch sehen müssen? Vermutlich, falls er sich nicht in eins der anliegenden Häuser geflüchtet hatte. Aber es gab noch eine Möglichkeit!

Mit einem Spurt, der im krassen Widerspruch zu seiner korpulenten Figur stand, überquerte er die Fahrbahn, die eher kleine Lücke zwischen einem Fort Mondeo und einem Vauxhall Signum nutzend. Der Fahrer des Signums quittierte sein riskantes Manöver mit einem wütenden Hupen, aber dem schenkte Baker keine Beachtung. Er beugte sich über die Ufermauer und blickte aufs Wasser.

Da war er: Ein Mann im blau-gelben Karohemd hievte sich über die Reling eines kleinen, hellblauen Motorboots. Offenbar hatte Fournier in der kurzen Zeitspanne, als Baker wegen der Lkw-Kolonne nicht richtig sehen konnte, die Fahrbahn überquert und war über die von Land aus niedrige Granitmauer ins Wasser gesprungen. Fournier verlor keine Zeit. Er zog die Ankerkette ein und machte sich am Außenbordmotor zu schaffen.

»Was ist los, Calvin? War dein Sprint eben ein Selbstmordversuch?«

Erst jetzt bemerkte er, dass Jasmyn neben ihm stand.

Er streckte einen Arm aus und zeigte zu dem Boot.

»Da ist der Mistkerl. Er entwischt uns!«

Tatsächlich sprang der Bootsmotor nach einem kurzen, unentschlossenen Knattern an und lief auch schon rund. Fournier hockte sich hin und steuerte das Boot aus der Bucht hinaus in Richtung St. Sampson.

»Verfluchtes Pech, dass er ein Boot hier hat«, meinte Jasmyn.

»Wer sagt das?«, erwiderte Baker säuerlich. »Vermutlich hat er das Ding einfach nur geklaut.«

Als er sich enttäuscht zur Straße umdrehte, sah er im Sonnenlicht etwas auf der Fahrbahn glitzern.

»Sieh mal, Jasmyn, ein Handy!« Er tastete nach seinem eigenen. »Meins ist es nicht.«

»Meins auch nicht.«

»Fournier muss es verloren haben. Es liegt an genau der Stelle, wo ihr aus dem Durchgang gekommen seid. Handyfahndung können wir also vergessen«, meinte Baker und wartete auf eine Lücke im Straßenverkehr, um das Handy aufzuheben. »Aber vielleicht helfen uns die auf dem Handy gespeicherten Daten trotzdem, Fournier zu finden.«

Ein fast vollbesetzter Bus fuhr an ihnen vorbei in Richtung St. Peter Port. Danach war das, was eben noch ein Handy gewesen war, ein Haufen kleinster Schrottteile.

»Ich glaube das jetzt nicht«, sagte ein fassungsloser Baker.

Jasmyn nutzte eine Lücke im Verkehr, trat auf die Fahrbahn und kniete sich hin.

»Selbst die SIM-Karte ist Schrott. Ich fürchte, wir müssen uns auf die guten alten Fahndungsmethoden wie verstärkte Polizeipatrouillen und Personenkontrollen verlassen, falls die Handydaten nicht in einer Cloud gespeichert sind.«

Mit einem tiefen Seufzer des Unwillens griff Baker nach seinem Handy, um die inselweite Fahndung nach Harry Fournier einzuleiten. Über ihnen kreischten wieder ein paar Möwen, und diesmal hörte es sich für ihn an wie höhnisches Gelächter.

KAPITEL 3

Cyrus Doyle war so sehr in die Akten vertieft, dass er Pat erst nach geraumer Zeit wahrnahm. Sie stand in der Tür seines Büros und sprach zu ihm, aber er hatte ihr nicht zugehört. Erst jetzt fiel ihm wieder ein, dass Pat ihm gesagt hatte, sie würde heute später kommen, wegen eines Zahnarzttermins.

»Sorry, Pat, ich war ganz in Gedanken, wie war es beim Onkel Doktor?«

»Alles im grünen Bereich – sagt jedenfalls die Tante Doktor.«

»Freut mich sehr«, sagte er aufrichtig.

Sie nickte. »Ich hatte dich übrigens etwas gefragt. Was wollte der Chief von dir? Mildred sagte, er sei bei dir gewesen.«

»Ja, stimmt. Er hat mir jegliche Ermittlungen im Mordfall Corbin untersagt.«

»So etwas dachte ich mir. Es hat aber nichts genützt. Wie ich sehe, gehst du gerade die Akten noch einmal durch.«

Er grinste breit.

»Das ist jetzt aber ein neuer Fall.«

Pat brachte ihren Kopf in eine zweifelnde Schieflage.

»So, tatsächlich?«

»Aber ja! Baker hat kürzlich den Monopoly-Dieb zur Fahndung ausschreiben lassen. Er ist ihm und Allisette offenbar entwischt, obwohl sie ihn fast schon hatten.«

»Du sagst das in einem Ton, Cy, als würde dich das geradezu begeistern.«

»Das tut es. Und wie es das tut!« Er blätterte weiter in dem Aktenordner und sagte plötzlich: »Ja, hier steht es. Anne Corbins beste Freundin, die damals von Charlie vernommen wurde.«

»Und die hat etwas mit dem geflohenen Monopoly-Dieb zu tun?«

»Das wäre immerhin möglich. Sie heißt Vanessa Fournier.«

»Und?«

»Der Mann, den Baker zur Fahndung ausschreiben ließ, heißt Harrison Fournier, Rufname Harry.«

»Der Familienname ist jetzt nicht so ungewöhnlich für die Kanalinseln. Hier haben viele einen französischen Namen. Vielleicht ist es nur ein Zufall.«

»Vielleicht aber auch nicht. Gestern hat mich der Vater von Anne Corbins angeblichem Mörder mit dem *Clameur de Haro* um Hilfe gebeten, und heute flieht ein Mann vor der Polizei, der denselben Familiennamen hat wie Anne Corbins beste Freundin. An so einen Zufall kann ich nicht glauben.«

Pat lächelte verständnisvoll.

»Du willst es auch gar nicht glauben, richtig? Weil es dir die Möglichkeit gibt, das Verbot des Chiefs zu umgehen.«

Doyle lächelte zurück.

»Wir haben den Auftrag, den Monopoly-Dieb zu fassen. Oder etwa nicht? Da ist es nicht mehr als unsere Pflicht, in alle Richtungen zu ermitteln.« Er blickte wieder in die Akten. »Vanessa lebt bei ihrer Mutter Nathalie Fournier im Norden an der L'Ancresse Bay, nahe dem Golfplatz. Hast du Lust auf einen kleinen Ausflug?«

»Klar, zumal ich deinen Tamora auf dem Parkplatz gesehen habe. Wahrscheinlich gibt es dieses Jahr nicht mehr viele Gelegenheiten, um mit offenem Verdeck zu fahren.«

»Also, ehrlich gesagt, ich verstehe das immer noch nicht«, brummte Edmund Kellaway und fuhr mit einer Hand durch seinen weißen Haarkranz.

Er stand mit Baker und Jasmyn vor dem Eingang seines Ladens und blinzelte verwirrt in die strahlende Sonne, die er wohl nicht sehr häufig sah. Baker erkannte das an der bleichen Kopfhaut.

»Ich habe Harry einen Job und ein Dach über dem Kopf gegeben, habe ihm vertraut. Und dann bestiehlt er mich. Aber er klaut nichts Wertvolles, sondern nur ein paar Spielgeldscheine. Können Sie sich einen Reim darauf machen?«

»Das können wir, wenigstens so ungefähr«, versicherte Baker, dessen Wut über den Verlauf der Dinge noch nicht verraucht war. »Aber mehr können wir Ihnen dazu im Augenblick nicht sagen. Würden Sie uns sein Zimmer zeigen, Sir?«

Sein Handy meldete sich mit der Melodie der alten TV-Puppentrickserie *Das Zauberkarussell*. Der Anrufer war DCI Doyle, und Baker trat ein paar Schritte zur Seite, um mit ihm zu sprechen.

Als das Gespräch beendet war, trat er wieder zu den anderen und warf Jasmyn einen missmutigen Blick zu.

»Das haben wir jetzt davon. Offenbar hält uns der DCI für zu dämlich, diesen Job zu machen. Er kommt hierher und bringt Inspector Holburn mit. Ich glaube, ich brauche jetzt eine kleine Aufmunterung.«

Seine Hand fuhr in eine Tasche des Jacketts und förderte einen Schokoriegel zutage. Mit geübten Griffen öffnete er die Verpackung und zog sie ein Stück nach unten.

»Noch jemand?«, fragte er, aber Jasmyn und Kellaway schwiegen nur und sahen zu, wie Baker herzhaft in die Schokolade biss.

Er hatte seine Mahlzeit kaum beendet, da rollte ein metallicblauer Roadster mit offenem Verdeck ein paar Häuser weiter in eine enge Parklücke. Sofort erkannte er den Wagen seines Chefs. Gut, dass er den Schokoriegel bereits verdrückt hatte, denn auf einen Schlag war ihm der Appetit vergangen.

Doyle beeilte sich mit dem Aussteigen, ging schnell um den Tamora herum und öffnete die Beifahrertür.

»Bitte sehr, die Dame.«

Pat sah ihn mehr amüsiert als verwirrt an.

»Im Dienst ist das nicht üblich.«

»Bei diesem wunderbaren Wetter schon. Wie du vorhin sagtest, der Sommer wird bald vorbei sein. Außerdem bin ich dein Vorgesetzter und untersage dir hiermit jedwede Kritik.«

Er fasste Pat leicht am Unterarm, um ihr aus dem niedrigen Sitz zu helfen. Dann gingen sie zu dem Spielzeugladen, vor dem Sergeant Baker, Constable Allisette und ein älterer, fast kahlköpfiger Mann standen. Allisette sagte leise etwas zu Baker, und der wischte mit einem Taschentuch ein paar Schokoladenkrümel von seiner Unterlippe. Offenbar fühlte der Sergeant sich nicht recht wohl in seiner Haut, er starrte Doyle an wie das Kaninchen die Schlange.

Doyle klopfte ihm jovial auf die Schulter.

»Glückwunsch, Sergeant, Ihre tolle Idee hat sich ausgezahlt.«

»Hat sich ausgezahlt?«, wiederhole Baker ungläubig. »Aber, Sir, er ist mir entkommen. Vor meinen Augen ist er mit einem vermutlich gestohlenen Motorboot aus der Bucht getuckert, ganz gemütlich.«

Allisette räusperte sich.

»*Uns* ist er entkommen. Vor *unseren* Augen ist er aus der Bucht getuckert.«

»Kein Grund zur Aufregung, wir werden ihn schon kriegen«, sagte Doyle. »Wie ich hörte, hat er ein kleines Boot mit Außenborder genommen.«

»Das stimmt, Sir«, bestätigte Allisette.

»Damit wird er nicht bis nach Frankreich fahren wollen,

sonst kann er gleich die Seenotrettung bestellen. Er ist Richtung St. Sampson abgehauen?«

Wieder antwortete Allisette: »Ja, Sir.«

»Vermutlich ist er, sobald er aus Ihrer Sichtweite war, an Land gegangen. Er wird sich denken können, dass wir nach dem Boot suchen.«

»Aber an Land kann er sich verstecken«, wandte Baker ein.

»Das hier ist eine Insel, gerade mal zweiundsechzig Quadratkilometer groß. So leicht versteckt sich hier niemand. Außerdem sind wir Polizisten und haben gelernt, wie man solche Leute aufspürt. Oder, Sergeant?«

»Sie haben recht, Sir.«

Baker war sichtlich froh über den Verlauf des Gesprächs und entspannte sich ein wenig.

»Wo wohnt Fournier?«, fragte Doyle.

Der Mann mit dem weißen Haarkranz trat vor.

»Er wohnt bei mir, im ausgebauten Dachgeschoss.«

»Und Sie sind?«

Edmund Kellaway stellte sich Doyle vor.

»Mr Kellaway, zeigen Sie uns bitte die Dachgeschosswohnung.«

Vom hinteren Teil des Ladens führte eine Treppe ins Obergeschoss, wo Kellaway wohnte und auch sein Büro hatte. Am Ende eines kurzen Gangs gab es eine weitere, sehr schmale Treppe, über die sie ins Dachgeschoss gelangten. Sie drängten sich dort in einem schmalen Vorraum dicht zusammen. Durch ein winziges Fenster drang nur unzureichend Licht herein.

»Hoffentlich ist es in der Wohnung ein bisschen heller.«

Doyle wollte die Eingangstür öffnen, aber sie war verschlossen. Er wandte sich an Kellaway.

»Haben Sie einen Schlüssel, Sir?«

»Ja, aber ich weiß nicht recht.«

»Was wissen Sie nicht recht, Mr Kellaway?«

»Ob ich Sie da einfach reinlassen darf. Haben Sie denn einen, wie heißt das Ding?«

»Durchsuchungsbeschluss?«, schlug Doyle vor.

»Ja, genau. Haben Sie den?«

»Nein, und den brauchen wir auch nicht. Gefahr im Verzug. Wenn Sie uns die Tür nicht öffnen, Mr Kellaway, helfen Sie einem flüchtigen mutmaßlichen Straftäter. Behinderung der polizeilichen Ermittlungen, Begünstigung, da machen Sie sich schnell selbst strafbar.« Je länger Doyle gesprochen hatte, desto schärfer war seine Stimme geworden. Als er fortfuhr, schwang ein drohender Unterton in ihr mit: »Oder haben Sie etwa von Fourniers Raubzügen gewusst? Sind Sie vielleicht sogar daran beteiligt?«

Der Ladeninhaber wurde noch blasser, als er es ohnehin schon war.

»Nein, natürlich nicht! Wie können Sie mir nur so etwas unterstellen? Ich weiß nichts von irgendwelchen Raubzügen.«

Hastig nestelte er einen Schlüsselanhänger in Form eines silberfarbenen Panzers hervor, suchte den passenden Schlüssel und öffnete die Tür zu Harry Fourniers Dachwohnung.

Doyle und seine Leute drängten sich hinein. Die Wohnung bestand aus zwei hintereinanderliegenden Zimmern und einem kleinen Bad, das wiederum hinter dem zweiten Raum lag. Das vordere Zimmer war ein Wohnbereich mit einer kleinen Kochecke, das hintere ein Schlafzimmer. Das nahmen sich Baker und Allisette vor, während sich Doyle und Pat vorne umsahen.

Zielstrebig steuerte Doyle auf eine Anrichte zu, auf der zwei eingerahmte Fotos standen. Auf einem Foto waren eine blonde Frau und ein kleines Mädchen, ebenfalls blond, zu sehen. Das zweite Foto zeigte das Mädchen allein, als es ein paar Jahre älter war, vielleicht zehn oder elf. Es wirkte nicht mehr ganz so unschuldig wie auf dem ersten Foto, das sie eng an die erwachsene Frau gekuschelt zeigte. Auf dem zweiten Foto blickte sie beinah kokett in die Kamera.

Doyle winkte den Ladeninhaber, der in der Tür verharrte, heran.

»Wer ist das auf den Fotos, Mr Kellaway?«

»Harrys Frau und seine Tochter. Harry lebt schon seit Jahren getrennt von seiner Familie. Er hat so gut wie gar nicht über die beiden gesprochen.«

»Und Sie haben nicht weiter nachgefragt?«

»Wozu? Er schien nicht über sie sprechen zu wollen, das habe ich akzeptiert.«

»Danke«, sagte Doyle und widmete sich wieder den beiden Aufnahmen.

»Das ist wirklich interessant.«

»Was?«, fragte Pat.

»Dass Harry Fournier offenbar noch an seiner Tochter hängt.«

»Und wohl auch an seiner Frau.«

»Da bin ich mir nicht so sicher. Schließlich steht hier kein Einzelbild von ihr.«

»Meinst du, das Foto von ihr hat Fournier nur aufgestellt, weil seine Tochter mit drauf ist?«

»Vielleicht. Gut möglich, dass uns die Tochter eher zu Harry Fournier führt als die Frau.«

In diesem Moment rief Sergeant Baker etwas aus dem Bad. Hinter ein paar losen Kacheln hatten er und Constable Allisette ein Versteck gefunden. Darin lagen ein ganzes Bund Dietriche, diverse andere Einbruchswerkzeuge und eine Plastiktüte mit Bargeld.

Baker zählte das Geld.

»1385 Pfund. Genau die Summe, die bei den beiden jüngsten Einbrüchen erbeutet wurde. Damit dürften auch die letzten Zweifel daran beseitigt sein, wer der Monopoly-Dieb ist.«

»Gut gemacht«, lobte Doyle. »Aber sagen Sie mal, Sergeant, was war eigentlich Ihre tolle Idee, die Sie zu Harry Fournier geführt hat?«

»Ich habe zuerst nachgesehen, wer nach dem Ende der Einbruchsserie vor sechs Jahren Guernsey verlassen hat, und dann, wer von diesen Personen seit diesem Jahr wieder auf der Insel ist. Der Personenkreis ist nicht besonders groß, und Fournier ist der Einzige von ihnen, der in einem Spielzeugladen arbeitet. Wie auch schon vor seinem Verschwinden. Da war es ein Geschäft im Stadtzentrum, das heute nicht mehr existiert. Wie Sie sehen, Sir, eine eher simple Idee.«

»Aber man muss drauf kommen!«, sagte Allisette.

Doyle lächelte. »Ich stimme Ihnen zu, Constable.«

Die ersten Takte von John Barrys Titelmelodie zum Film *Frei geboren* erklangen, und Pat zückte ihr Handy. Nach einem kurzen Gespräch wandte sie sich den anderen zu.

»Das Motorboot, mit dem Fournier geflohen ist, wurde gefunden. Jemand hat es zwischen Vale Castle und Bordeaux Harbour auf Land gesetzt.«

»Dieser Jemand dürfte Harry Fournier gewesen sein«, sagte Doyle. »Ich habe mir ja gleich gedacht, dass er mit dem kleinen Boot keine große Strecke zurücklegt.«

Allisette blickte in die Gesichter ihrer Kollegen.

»Die Frage ist nur, wohin er sich gewandt hat? Oder wo versteckt er sich?«

»Theoretisch kann das überall auf der Insel sein«, meinte Pat. »Wobei ich es für reichlich unwahrscheinlich halte, dass er sich hier noch einmal blicken lässt.«

»Falls doch, wird Mr Kellaway uns umgehend benachrichtigen, nicht wahr?«

Als der Ladeninhaber Doyles halb fragenden, halb auffordernden Blick auf sich spürte, nickte er mehrmals.

»Gewiss doch, Sir.«

Sie verließen Fourniers Wohnung. Doyle verschloss sie wieder und behielt den Schlüssel.

»Auch Sie haben vorläufig keinen Zutritt, Mr Kellaway. Die Kollegen von der Spurensicherung werden sich hier noch ganz genau umsehen.«

Als sie sich von dem Ladeninhaber verabschiedet hatten und draußen vor dem Geschäft im hellen Licht der Sonne standen, die sich ihrem Zenit näherte, fragte Doyle in Richtung Baker und Allisette: »Wo hat Fournier vor sechs Jahren gewohnt, bevor er Guernsey verließ?«

»Bei seiner Familie in Vale«, antwortete Baker und nannte die Adresse eines Hauses mit dem Namen »La Mouette de L'Ancresse«.

»Ist er hier an der Bucht aufgewachsen?«

»Ja. Er hat seine Einbrüche immer in dieser Gegend verübt. Das lässt darauf schließen, dass er sich hier gut auskennt.«

»Hat er noch Verwandte hier?«

»Nein, keine Menschenseele außer seiner Frau Nathalie und seiner Tochter Vanessa. Letztere besucht übrigens eine angesehene Schule, das ›Julia Beaumont College for Young Ladies‹. Seine Eltern sind verstorben, und Geschwister hatte er nicht. Die Eltern kamen ursprünglich aus Liverpool, deshalb hat Fournier auf Guernsey keine sonstigen Verwandten.«

»Vanessa«, wiederholte Doyle. »Dann ist Harry Fournier tatsächlich der Vater unserer Zeugin im Fall Corbin. Sehr gut!«

»Die Fourniers hängen mit dem Fall Corbin zusammen?«, staunte Baker. »Das ist jetzt echt ein Ding!«

»Etwas geht mir nicht aus dem Kopf«, sagte Allisette. »Wieso fehlen im Laden exakt so viele Spielgeldscheine, wie Fournier sie gebraucht hat, um seine Beute zu ersetzen, wenn man es denn so nennen will? Er konnte doch nicht im Voraus wissen, wie viel er jeweils erbeuten wird.«

»Das ist leicht zu erklären«, sagte Baker. »Er wird die nicht gebrauchten Scheine wieder zurückgelegt haben. Als Kellaways Angestellter hatte er dazu Gelegenheit genug.«

»Aber wozu überhaupt der Aufwand?«

»Trotz seiner kriminellen Neigung scheint Fournier auf seine Weise ein gewissenhafter Mensch zu sein.«

»Hm«, machte Allisette und sah Baker zweifelnd an. »Ein Einbrecher mit Gewissen also, willst du das sagen, Calvin?«

»Genau das. Dafür spricht ja auch, dass er Spielgeld für das gestohlene Geld hinterlegt hat. Ich glaube nicht, dass er die Bestohlenen verhöhnen wollte. Es war seine Art zu zeigen, dass es ihm eigentlich leid tut und dass er das Geld nur genommen hat, weil er sich nicht anders zu helfen wusste.«

Allisettes grüne Augen drückten weiterhin ihre Zweifel aus.

»Das saugst du dir jetzt aus den Fingern, Calvin. Warum soll Fournier sich nicht anders zu helfen gewusst haben? Was für Sorgen haben ihn bedrückt?«

»Vermutlich Geldsorgen«, antwortete Baker.

»Sehr lustig, darauf wäre ich auch noch gekommen.«

»Meiner Meinung nach denkt Sergeant Baker genau in die richtige Richtung«, sprach Doyle dem Sergeant heute zum wiederholten Mal sein Lob aus. »Wie auch immer, wir sollten uns an die Arbeit machen.« Er drückte Pat eins der beiden Fotos, die er beschlagnahmt hatte, in die Hand. »Pat, du nimmt den Škoda und beobachtest die Schule. Möglich, dass Fournier versucht, dort Kontakt zu seiner Tochter aufzunehmen. Du nimmst Constable Allisette mit und setzt sie am Hauptquartier ab. Dort, Constable, werden Sie alle Details über die Familie Fournier herausfinden, die es herauszufinden gibt. Besonderes Augenmerk legen Sie dabei, ohne es jemandem außer Mildred zu sagen, auf den Fall Anne Corbin.«

»Welche Aufgabe soll ich übernehmen?«, fragte Baker.

»Sie, Sergeant, gehen zurück in den Laden und warten auf die Spurensicherung. Und darauf, dass Fournier hier vielleicht doch noch mal auftaucht. Dann dürfen Sie ihn auch gern festnehmen.«

»Und wenn Fournier nicht kommt?«

Doyle grinste.

»Es gibt sehr schöne Solo-Brettspiele. Oder widmen Sie sich den Modellbausätzen. Ich habe da drinnen einen Bausatz der *HMS Victory* gesehen mit nur 2107 Teilen.«

KAPITEL 4

Der Wind streichelte sein Haar und kitzelte seine Nase mit dem Salzgeruch des nahen Meeres, während Doyle mit weiterhin offenem Verdeck nach Norden fuhr, in Richtung Vale. Obwohl er auf der Suche nach einem Flüchtigen war, genoss er die Fahrt, die ihn entlang der Ostküste Guernseys führte. Noch mehr hätte er sie genossen, wenn Pat neben ihm gesessen hätte. Pat, die er als Kollegin sehr schätzte – und an die er sein

Herz verloren hatte. Es war schon eine seltsame Sache mit den Gefühlen. Zweiundzwanzig Jahre lang hatte er Pat nicht gesehen. Seitdem er Guernsey verlassen hatte, um in London bei der Metropolitan Police Karriere zu machen. Seitdem er Pat auf Guernsey hatte sitzenlassen. Seine Karriere war ihm damals wichtiger gewesen als sie, und er konnte das heute einfach nicht mehr verstehen. Was für ein Narr war er gewesen, ein Dummkopf, ein Esel, geschlagen mit der Verblendung und der Arroganz der Jugend. Mit jener Arroganz, die davon ausgeht, dass das Leben mit jedem neuen Tag neu begonnen wird. Und die dabei vergisst, dass jeder vergangene Tag nicht mehr zurückzuholen ist.

Seit er vor zwei Monaten auf seine Heimatinsel zurückgekehrt war und ganz unerwartet Pat wieder gegenübergestanden hatte, war es um ihn geschehen. Zweiundzwanzig Jahre waren wie weggewischt, und er wünschte sich nichts sehnlicher, als wieder mit ihr zusammen zu sein. Es war für ihn schmerzlich gewesen, als er feststellen musste, dass Pat seine Gefühle nicht erwiderte. Er verstand sie gut, aber das minderte seinen Schmerz nicht. Der Umstand, dass Pat sich auf den freigewordenen Posten als DCI beworben und Chadwick, der auch von der Metropolitan Police kam, Doyle kurzfristig vorgezogen hatte, machte das Verhältnis zwischen den beiden nicht gerade unkomplizierter.

»Es hat keinen Sinn, darüber zu lamentieren«, sagte er leise zu sich selbst. »Konzentrier dich lieber auf den Fall!«

Aber auf welchen Fall? Auf den Fall Anne Corbin oder auf den Fall Harry Fournier? Waren wirklich beide miteinander verknüpft, wie es jene innere Stimme ihm zuflüsterte, die ihn in all den Jahren bei der Polizei fast nie getrogen hatte? Gab es irgendeine Absprache zwischen Julian Prideaux und Fournier?

Doyle konnte nicht daran glauben, zu wenig Gemeinsamkeiten schien es zwischen den beiden Männern zu geben. Aber zumindest eine Sache verband die beiden, und die konnte schon ausreichen: Beide hatten, mochte es auch nur mittelbar sein, mit dem Mordfall Anne Corbin zu tun. Selbst wenn es keinen anderen Zusammenhang zwischen den beiden Männern gab, konnte Fournier der Schlüssel sein, der Doyle die von Colin Chadwick versperrte Tür zu dem Mordfall öffnete.

Als sein Smartphone sich mit der Titelmelodie von *Van der Valk* meldete, war er froh über die Freisprecheinrichtung, die er sich erst kürzlich in den Tamora hatte einbauen lassen. Die jugendliche Stimme Jasmyn Allisettes informierte ihn darüber, dass es keine Cloud mit den gespeicherten Daten von Harry Fourniers Handy gab.

»Dann habe ich mich um Nathalie Fournier gekümmert. Die Datensammlung läuft noch. Leider konnte ich bislang nicht herausfinden, wo sie arbeitet. Falls sie arbeitet.«

»Ein bisschen was muss ich ja auch noch tun, Constable. Vielen Dank.«

Als er das kurze Gespräch beendete, fuhr er am Hafen von St. Sampson entlang. Sein Blick fiel auf die Kaianlagen, wo im neunzehnten Jahrhundert das große Geschäft mit dem Guernseygranit, damals ein Exportschlager, abgewickelt worden war. Heute wurde der Hafen für alle Arten von Flüssigkeiten, für Treibstoff und für Waren, die nicht in Containern transportiert wurden, genutzt. Davon zeugten Verladekräne, Lagerhäuser und Silos ebenso wie etliche rund ums Hafenbecken geparkte Last- und Lieferwagen.

Zu seinem Bedauern musste er, bevor er den Hafen noch ganz umrundet hatte, die Küstenstraße verlassen, die Route landeinwärts war kürzer. Er fuhr auf der Vale Avenue stadtauswärts und legte an der großen Kreuzung, wo sich die Straße verzweigte, eine kurze Pause ein, um den Tamora aufzutanken und auf die Schnelle einen Kaffee in einem dieser schrecklichen Pappbecher zu trinken. Während er noch trank, nahm er sein Handy und wählte Pats Nummer.

»Was kann ich für dich tun, Cy?«

»Ich wollte nur mal hören, wie es dir so geht.«

»Sehr spaßig.« Sie klang etwas genervt. »Ich sitze im Auto vor der Schule und zähle die Minuten. Und das kann noch dauern, da der Unterricht erst in ein paar Stunden zu Ende ist.«

»Harry Fournier könnte schon vorher versuchen, zu seiner Tochter Verbindung aufzunehmen, zum Beispiel in einer der Pausen.«

»Aber wie kann sie ihm helfen?«

»Ich weiß es nicht. Aber er ist in einer Notlage, und sie ist sein einziges Kind, soweit wir wissen. Tut mir leid, dass ich dir keine anspruchsvollere Aufgabe zugeteilt habe. Soll ich dich ablösen lassen, Pat?«

»Nein, schon gut. Vielleicht habe ich ja Glück und erwische Fournier. Dann darfst du mich ruhig für einen Orden vorschlagen.«

»Mehr noch, ich lade dich dann zum Dinner ein, in ein Restaurant deiner Wahl.«

Jetzt hörte er Pat lachen, ihr Missmut schien verflogen.

»Dann halte ich die Augen natürlich ganz besonders aufmerksam offen. Und was machst du gerade?«

»Ich trinke einen Kaffee in Gesellschaft einer reizenden Lady.«

»Wer ist das?«

»Du«, sagte Doyle und erzählte ihr, wo er sich befand.

Pat lachte noch lauter.

Als Doyle die Fahrt fortsetzte, hörte er ihr Lachen nachklingen und stellte sich vor, wie sie dabei aussah. Die kleinen Grübchen, die sich dabei in ihren Wangen bildeten, und die Lachfalten um den Mund, die bis zur Nase gingen. Er wünschte sich, das Bild nicht nur vor seinem inneren Auge zu sehen, und er wünschte sich, wenn er an Pat dachte, noch viel mehr.

Er lenkte den Tamora in nordwestlicher Richtung, wo die Gegend zusehends ländlicher wurde. Vale war die nördlichste Gemeinde Guernseys, eine Halbinsel, die früher einmal eine Gezeiteninsel gewesen war – bei Hochwasser durch einen Priel vom Rest der Insel getrennt. Bis Anfang des neunzehnten Jahrhunderts Sir John Doyle, der Vizegouverneur Guernseys, den Priel zuschütten und die beiden Inselhälften auf Dauer miteinander verbinden ließ. Doyles Familie führte ihre Abstammung auf jenen Sir John Doyle zurück, aber er glaubte nicht recht daran. Für diese Geschichte existierte kein einziger Beleg, was seine Familie nicht daran hinderte, sie von der einen in die nächste Generation weiterzutragen.

Sobald er auf die Route de L'Ancresse einbog, eine Fortführung der Küstenstraße, die er in St. Sampson verlassen hatte, weil sie einen rechtwinkligen Bogen schlug, hielt er nach dem Haus Ausschau, das Constable Allisette ihm genannt hatte. »La Mouette de L'Ancresse« hieß es, die Möwe von L'Ancresse. Der Name L'Ancresse wiederum sollte von dem französischen Wort *ancrage* für Ankerplatz abstammen, lag in der Nähe doch die flache L'Ancresse Bay, zu früheren Zeiten wohl ein beliebter Anlegeplatz. Heute nutzten die Wassersportler den Ort für ihre kleinen Sportboote oder um zu surfen. Wie so oft auf Guernsey gab es aber auch hier abweichende Theorien für den alten französischstämmigen Namen. Doyle erinnerte sich dunkel daran, dass man den Namen auch mit den Normannen und der nordischen Sprache in Verbindung brachte. Er wusste es nicht mehr genau, aber nach dieser Ansicht hatte es etwas mit den geheimnisvollen Steinkreisen aus alter Zeit zu tun, deren Überreste man noch heute auf der Insel fand.

Das gesuchte Haus stand hinter einer dichten Rosenhecke. Durch das zweiflügelige Zufahrtstor aus Gusseisen sah Doyle an der weißen Wand neben der Haustür ein schmiedeeisernes Schild, das eine Möwe im Flug zeigte und daneben in verschnörkelten Buchstaben den Namen »La Mouette de L'Ancresse«. Die Hecke mit ihren trotz der fortgeschrittenen Jahreszeit noch in einem dunklen Rot blühenden Rosen, die mit hellem Kies bestreute Zufahrt, der Rasen mit Blumenbeeten und das zweistöckige Haus selbst mit dem Carport daneben, alles machte auf Doyle einen sehr gepflegten Eindruck. In dem Carport sah er das Heck eines eher kleineren SUVs. War Nathalie Fournier zu Hause?

Offenbar nicht. Das Tor war verschlossen, und als er die Klingel daneben betätigte, blieb die Gegensprechanlage stumm.

Ein Wagen hielt hinter dem Tamora, auch ein SUV, aber wuchtiger als der im Carport. Das Fenster auf der Fahrerseite glitt geräuschlos nach unten, und ein Mann in den Fünfzigern streckte seinen kantigen Quadratschädel nach draußen. Die im Verhältnis zum übrigen Kopf klein wirkenden Augen blinzelten Doyle misstrauisch an.

»Wer sind Sie, und was wollen Sie von Nathalie?«

Es war keine höfliche Frage, eher ein Kasernenhofton.

Doyle trat zu dem Mann ans Auto und lächelte kalt.

»Wer sind denn Sie?«

»Ich habe zuerst gefragt, Mann«, schnarrte der SUV-Fahrer.

»Aber ich habe das hier«, erwiderte Doyle ruhig und zog seinen Dienstausweis aus dem Jackett. »Also, Ihr Name?«

»Polizei?« Die Arroganz auf dem geröteten Gesicht des Mannes verschwand und machte Verwirrung und Besorgnis Platz. »Warum sind Sie hier? Ist etwas mit Nathalie? Oder mit ihrer Tochter?«

»Ihr Name, bitte, Sir!«

»Ja, natürlich. Ich heiße Hubert, Maurice Hubert. Mir gehört ein Transportunternehmen in St. Sampson, Hubert & Son Transports. Sie haben sicher schon davon gehört.«

»Bedaure«, erwiderte Doyle knapp, als er seinen Ausweis wieder zurücksteckte. »Was tun Sie in dieser Gegend, Mr Hubert?«

»Ich bin auf dem Weg zum Clubhaus.«

»Zu welchem Clubhaus.«

»Na, zu dem vom ›Vale Golf Club‹. Ich bin der Präsident des Clubs.«

»In welcher Beziehung stehen Sie zu Nathalie Fournier?«

»Nathalie arbeitet für mich, also, für unseren Club. Sie managt das Clubhaus, die dazugehörige Bar und ist auch dafür zuständig, Sauberkeit und Ordnung auf dem Golfplatz zu überwachen.«

»Ehrenamtlich oder für Geld?«

»Sie ist im Club festangestellt.«

»Für ein festes Honorar also?«

»Ja, natürlich. Sagen Sie mal, Inspector …«

»Chief Inspector«, korrigierte Doyle.

»Meinetwegen, Chief Inspector. Warum interessiert Sie das alles?«

»Eben weil ich Chief Inspector bin. Neugier ist da eine unerlässliche berufliche Eigenschaft.«

»Aber Sie müssen doch einen konkreten Anlass haben, sich für Nathalie zu interessieren.«

»Den habe ich in der Tat, Sir.«

Mehr sagte Doyle nicht. Dem Präsidenten des »Vale Golf Clubs« war anzusehen, dass er sehr mit sich ringen musste, um ruhig zu bleiben.

»Ich nehme an, mehr werden Sie mir darüber nicht erzählen, Chief Inspector?«

»Das ist korrekt.«

Hubert stieß hörbar die Luft aus, es war beinah ein Schnauben. Vielleicht hörte sich so ein wütender Stier an, schoss es Doyle durch den Kopf.

»Na, dann kann ich ja weiterfahren«, sagte Hubert. »Es sei denn, Sie wollen vorher noch eine Fahrzeugkontrolle durchführen.«

»Danke für das freundliche Angebot, aber diesmal nicht. Bevor Sie sich verabschieden, könnten Sie mir vielleicht noch sagen, wo ich Mrs Fournier finde.«

Hubert überlegte kurz. »Heute ist Mittwoch, nicht?«

»Schon den ganzen Tag.«

»Um diese Uhrzeit müsste sie auf dem Golfplatz zu finden sein. Mittwochs und samstags macht sie da ihren Kontrollgang. Sonst noch was?«

»Danke, nein, Sir, Sie haben mir sehr geholfen.«

Ohne sich zu verabschieden, ließ Hubert die Seitenscheibe wieder hochgleiten, setzte den SUV ein kurzes Stück zurück und fuhr dann mit einer solchen Beschleunigung an, dass Doyle und sein Tamora in eine kleine Staubwolke gehüllt wurden.

Doyle klopfte seinen Anzug mehr schlecht als recht ab. Nach kurzem Überlegen ließ er seinen eingestaubten Wagen vor »La Mouette de L'Ancresse« stehen und ging das letzte Stück bis zum nahen Golfplatz zu Fuß.

Kaum war Doyle nicht mehr zu sehen, da löste sich eine Gestalt aus dem Schatten einer kleinen Gruppe von Buchen und Kastanien. Es war ein Mann in blauen Jeans und einem blau-gelb karierten Hemd. Er lief zu einem rötlichen Stein in Form einer Schildkröte, der vor der Rosenhecke lag, hob ihn ein wenig an und schob einen Zettel darunter. Der Mann warf einen kurzen Blick durch das schmiedeeiserne Tor auf das weiße Haus. Dann verschwand er so schnell, wie er aufgetaucht war.

KAPITEL 5

Es war nicht einfach, Nathalie Fournier auf dem Golfplatz zu finden. Falls sie überhaupt hier war, dachte Doyle. Er hätte Maurice Hubert nach ihrer Mobilfunknummer fragen sollen. Vielleicht hatte Hubert ihn aus reiner Bosheit auf einen sinnlosen Spaziergang geschickt. Während er einen der Wege entlangging, die über den Achtzehn-Loch-Golfplatz führten, malte er sich aus, wie er Hubert wegen Behinderung der polizeilichen Ermittlungsarbeit drankriegen würde. Er sah weit und breit niemanden, der erkennbar zum Golf-Club gehörte und den er hätte fragen können.

In weiter Ferne schlenderte ein junges Paar, beide einen Rucksack umgeschnallt, über den Platz, ohne Zweifel Touristen. Das war nicht ungewöhnlich, war der Golfplatz, der nur von der Gemeinde Vale gepachtet war, doch nicht eingezäunt und für Spaziergänger frei zugänglich. Hier gab es einige Megalithgräber zu besichtigen, was aber mit der Gefahr verbunden war, dass einem ein Golfball gegen den Kopf flog. Unwillkürlich musste Doyle schmunzeln. Guernsey hatte schon so seine Eigenarten.

Er blieb stehen, beschattete die Augen mit der rechten Hand und ließ den Blick bedächtig über den Platz gleiten, der ihn an ein Meer mitten auf dem Land mit grasbewachsenen Wellen erinnerte. Was daran lag, dass L'Ancresse Common, wie das weitläufige Gebiet hieß, von dem der Golfplatz nur die Hälfte einnahm, eigentlich eine Dünenlandschaft war. Inmitten von kleinen und großen Steinen, manche davon zu magisch anmutenden Kreisen angeordnet, von Brombeer- und Ginstersträuchern sah er plötzlich eine Frau, die sich interessiert einige der Ginstersträucher ansah. Er konnte ihr Gesicht nicht genau erkennen, aber ihr schulterlanges Haar war blond wie das der Frau auf Fourniers Foto. Sie trug eine bordeauxfarbene Strickjacke und eine azurblaue Stretch-Cordhose, die ihre langen, schlanken Beine betonte.

Mit schnellen Schritten hielt er auf sie zu und rief, als sie ihn bemerkte: »Sind Sie Nathalie Fournier?«

Die Frau strich eine Haarsträhne, mit der der leichte Wind spielte, aus ihrem länglichen und sehr ansehnlichen Gesicht.

»Ganz recht, Sir. Und wer sind Sie?«

Er blieb vor ihr stehen und stellte sich vor.

»Von der Polizei sind Sie also.« Nathalie Fournier blickte ihn nicht unfreundlich an, wirkte aber etwas verwirrt. »Ich nehme nicht an, Sie sind wegen der Rowdys gekommen.«

»Rowdys?«

Sie wies auf den Ginster, und erst jetzt bemerkte Doyle, wie viel Abfall das Gestrüpp beherbergte: Chipstüten, Bierdosen, Weinflaschen und anderes mehr.

»Jugendliche aus der Umgegend, schätze ich«, sagte Nathalie Fournier mit einem Blick in die Runde. »Sie feiern hier nachts ihre Partys. Im Grunde habe ich nichts dagegen, aber in letzter Zeit nimmt es leider Überhand.«

»Haben Sie deshalb Anzeige erstattet?«

»Nein, Mr Doyle.«

»Tun Sie das, und ich komme gern wegen der Rowdys wieder. Heute aber bin ich wegen Ihres Mannes da.«

Verwirrung zeichnete sich auf ihrem Gesicht ab.

»Wegen Harry?«

»Die Guernsey Police hat Ihren Mann zur Fahndung ausgeschrieben. Er ist auf der Flucht. Wissen Sie, wo er sich aufhält oder aufhalten könnte?«

»Was hat er denn überhaupt getan?«

»Einbruchsdiebstahl in zwei Fällen. Wahrscheinlich gehen ein paar weitere Taten, begangen vor sechs Jahren, ebenfalls auf sein Konto. Sämtliche Einbrüche wurden an der Belle Greve Bay verübt.«

»Ja, Harrys alte Heimat, da ist er aufgewachsen.«

»Er wohnt da auch jetzt wieder. Oder wohnte da. Er dürfte kaum dahin zurückkehren.«

Wieder strich sie sich eine Haarsträhne aus dem Gesicht.

»Das wusste ich nicht. Seit Harry vor sechs Jahren von Guernsey weg ist, leben meine Tochter und ich ohne ihn.«

»Hatten Sie keine Ahnung davon, dass er wieder auf Guernsey ist?«

»Doch, er hat mich drei- oder viermal kontaktiert. Er wollte, dass wir wieder eine Familie sind. So hat er sich ausgedrückt. Ich habe ihm gesagt, dass sechs Jahre eine lange Zeit sind. Eine zu lange Zeit, um jemanden noch zu lieben, der sich einfach so, ohne jedes erklärende Wort, davongemacht hat.«

»Hat er Sie angerufen oder persönlich kontaktiert?«

»Beides. Einmal stand er vor unserem Haus, und einmal tauchte er in der Bar des Clubhauses auf. Als er vor dem Haus stand, habe ich ihm nicht geöffnet. Und im Clubhaus hatte ich einen guten Grund, ihn schnell hinausbegleiten zu lassen. Blue Jeans sind dort nicht erlaubt.«

Doyle blickte an sich hinab.

»Da habe ich ja Glück, dass ich meinen Anzug trage.«

Sie lächelte bei diesen Worten.

»Heißt das, Sie möchten mich in der Clubbar auf einen Drink einladen, Mr Doyle?«

»Wenn Sie mich für repräsentabel halten und mir noch etwas mehr über Ihren Mann erzählen, sehr gern.«

»Einverstanden. Wir haben im Club bestimmt auch eine Kleiderbürste für Sie.«

Er klopfte auf einen Ärmel seines Jacketts und produzierte damit ein Staubwölkchen.

»Das habe ich Ihrem Präsidenten zu verdanken, Mr Hubert. Er fährt einen scharfen Stil.«

Jetzt lachte sie laut und reichte ihm ihren Arm.

»Kommen Sie schon. Es sieht ganz so aus, als müsste der gute Maurice unsere Drinks bezahlen.«

Das mit der Kleiderbürste war kein Scherz gewesen. Nachdem Doyle sich entstaubt hatte, ging er mit Mrs Fournier in die Bar des »Vale Golf Clubs«. Es war ein sehr großer Raum, ein richtiges Restaurant, rustikal eingerichtet mit viel Holz. Nussbaum, wie Doyle an der eindringlichen dunklen Farbe und der unregelmäßigen Maserung mit den breiten Adern erkannte.

»Sehr beeindruckend, die Bar, und bestimmt nicht gerade billig«, sagte er zu seiner Begleiterin.

»Auf eine gewisse Exklusivität wird hier schon Wert gelegt.«

»Sie sind aber kein Mitglied, oder?«

»Doch, aber zu vergünstigten Bedingungen. Sagen wir, mein

Mitgliedsbeitrag wird mit meinem Gehalt verrechnet. Sonst könnten Vanessa und ich uns das nicht leisten.«

»Ihre Tochter spielt auch Golf?«

»Sie ist hier Juniormitglied.«

Sie hatten die Theke erreicht, als Doyle seinen leeren Magen spürte. Das Frühstück lag einige Stunden zurück und hatte aus nicht mehr als zwei Scheiben Toast mit Orangenmarmelade bestanden.

»Sagen Sie, kann man hier auch einen ordentlichen Lunch bekommen?«

»Selbstverständlich.«

»Dann möchte ich meine Einladung gern auf einen Lunch ausweiten. Vorausgesetzt, Sie haben ebenfalls Appetit.«

»Den habe ich immer, wenn ich draußen auf dem Platz war. Vielleicht liegt es an der Bewegung, vielleicht auch an der frischen Luft. Suchen Sie uns doch einen Tisch aus, während ich der Küche Bescheid gebe.«

Nur zwei Tische waren besetzt, es gab also genügend Auswahl.

Doyle setzte sich an einen Fenstertisch, der einen guten Ausblick aufs nahe Meer bot. Zwei Segelboote kreuzten dort, ein ganzes Stück weiter draußen glitt eine große Motoryacht am Horizont entlang.

Er musste an Harry Fournier und seine kurze Flucht per Motorboot denken. Wo mochte er jetzt stecken?

Nathalie Fournier kehrte zurück, und er bewunderte einmal mehr ihre natürliche Eleganz.

»Ein so verträumter Blick aufs Meer, Chief Inspector? Denken Sie an Ihre Liebste?«

Ohne darauf zu antworten, erhob er sich und rückte ihr einen Stuhl zurecht. Er hatte sich kaum wieder hingesetzt, da dröhnte eine Stimme, die er kürzlich erst gehört hatte: »Siehe da, wir haben die Polizei im Haus!«

Es war Maurice Hubert, der in Begleitung eines anderen Mannes die Bar betrat. Während Hubert einen dunklen Anzug mit weißem Hemd und bordeauxfarbener Clubkrawatte trug, war sein hagerer Begleiter eher sportlich-leger gekleidet: eine bordeauxfarbene Kappe mit dem Clubemblem und einen ebenfalls in Bordeaux gehaltenen Sweater mit demselben Emblem über der linken Brust.

Doyle wurde bewusst, dass auf Nathalie Fourniers Strickjacke dasselbe Symbol über der linken Brust prangte. Es zeigte die drei Löwen aus Guernseys Wappen und die ineinander verschlungenen Buchstaben VGC, die unzweifelhaft für den »Vale Golf Club« standen.

Der Mann mit der Golfkappe sah seinen Begleiter neugierig an. »Die Polizei?«

»Detective Chief Inspector Doyle von der Guernsey Police«, erläuterte Hubert und sah dann Doyle an. »Darf ich bekanntmachen? Das hier ist Peter Jehan, unser Captain. Der mit Abstand beste Spieler in unserem Club und im Privatleben ein erfolgreicher Rechtsanwalt.« Ein unechtes Lächeln flog über das fleischige Gesicht des Clubpräsidenten. »Und Sie, Chief Inspector, haben hoffentlich einen guten Grund, hier zu sein.«

Nathalie Fournier stieß einen Seufzer des Unwillens aus.

»Sei nicht so unfreundlich zu Mr Doyle, Maurice. Als Clubmitglied darf ich sehr wohl Gäste mitbringen, wie du weißt.«

»So, er ist also dein Gast, Nathalie?«

»Ja. Das heißt, eigentlich hat er mich zum Lunch eingeladen. Die Rechnung aber wirst du bezahlen.«

»Ich?« Hubert lachte laut auf. »Nur komisch, dass ich nichts davon weiß.«

Mrs Fournier schenkte ihm ein übertrieben süßliches Lächeln. »Deshalb, mein Lieber, habe ich es dir soeben mitgeteilt.«

»Kann sich ein leitender Beamter der Guernsey Police das Essen in unserem Club nicht leisten? Oder warum soll ich seine Rechnung begleichen?«

»Sieh es als Anzahlung an.«

»Anzahlung? Entschuldige, Nathalie, hast du heute die Cocktailstunde vorgezogen? Eine Anzahlung auf was?«

»Auf die Reinigungskosten für Mr Doyles Anzug. Oder willst du bestreiten, dass du ihn mit deiner großen Blechkiste eingestaubt hast?«

Der Präsident hob abwehrend die Hände.

»Schon gut, ich gebe mich geschlagen und bezahle euer Essen.« Er wandte sich an seinen Begleiter. »Oder ist das aus der Sicht meines Anwalts ein zu großes Schuldeingeständnis?«

Peter Jehan schmunzelte.

»Ich denke, der Chief Inspector wird in diesem Fall Gnade vor Recht ergehen lassen und dich nicht wegen Sachbeschädigung anzeigen.«

»Aber nur, wenn das Essen gut ist«, sagte Doyle.

»Das ist es, verlassen Sie sich drauf«, erwiderte Hubert und wollte schon weitergehen. Aber er hielt plötzlich inne und sah Nathalie an. »Darf man fragen, was die Polizei von dir will? Vielleicht können Peter und ich helfen?«

»Danke, Maurice, wir kommen schon allein zurecht.«

Der Präsident des »Vale Golf Clubs« und sein Captain setzten sich an einen freien Tisch in einiger Entfernung, während eine junge Kellnerin zu Doyle und Nathalie Fournier an den Tisch trat. Sie trug eine dunkle Hose und eine Bluse im Clubbordeaux. Ihr Lächeln wirkte geschäftsmäßig, entbehrte aber

nicht einer gewissen Warmherzigkeit, als sie ihnen die Lunch-
karte aushändigte.

Mit nicht geringem Erstaunen betrachtete Doyle die gesalze-
nen Preise und war jetzt mehr als zuvor gewillt, Maurice Hubert das Begleichen der Rechnung zu überlassen. Er entschied
sich für ein gegrilltes Sirloin-Steak mit Kartoffeln, Pilzen und
Tomaten, seine Tischpartnerin für ein Zitronenrisotto aus Krab-
benfleisch, Chorizo und Erbsen.

»Chief Inspector, können Sie mir etwa Näheres über die Einbrüche sagen, die Sie Harry zur Last legen?«

»Das darf ich leider nicht, aus ermittlungstechnischen Gründen.«

»Ich frage mich nur, ob Harrys Verschwinden vor sechs Jahren mit jenen Einbrüchen zusammenhängt, die Sie vorhin erwähnt haben. Hat er sich abgesetzt, um in Ruhe die Beute zu
genießen? Falls es sich gelohnt hat.«

»Das könnte schon sein. Es waren, so viel darf ich sagen, etliche tausend Pfund. Für mich ist aber interessanter, dass er
wieder hier ist. Und vor allem: Warum ist er wieder hier?«

»Glauben Sie nicht, dass er zu Vanessa und mir zurückkommen möchte?«

»Doch, aber was konkret hat ihn zu seiner Rückkehr veran-
lasst, nach immerhin fünf Jahren?«

»Ich verstehe Sie nicht, Mr Doyle.«

»Ihr Mann kehrte Anfang dieses Jahres nach Guernsey zurück, und Anfang des Jahres wurde auch Anne Corbin ermordet. Ich nehme stark an, Sie haben Anne gekannt.«

»Ja, natürlich, sie und Vanessa waren gut befreundet. Aber
ich verstehe immer noch nicht, worauf Sie hinauswollen. Wollen Sie andeuten, Harry könnte Annes Mörder sein? Aber warum sollte er das getan haben? Außerdem wurde doch Annes

Freund wegen der Tat verurteilt. Cameron Prideaux, er sitzt im Gefängnis, lebenslänglich.« Sie schwieg für einen Augenblick und dachte nach. »Jetzt geht mir das berühmte Licht auf. Der Zeitungsartikel über Sie und Camerons Vater, ich habe ihn bisher nur überflogen. Deshalb habe ich gar nicht geschaltet, als Sie mich auf dem Golfplatz angesprochen haben. Rollen Sie tatsächlich den Fall Anne Corbin wieder auf?«

Doyle wartete, bis die Kellnerin das Essen serviert hatte, bevor er antwortete: »Davon kann keine Rede sein, jedenfalls nicht offiziell. Andererseits irritiert es mich. Bis Julian Prideaux gestern den *Clameur de Haro* an mich richtete, hatte ich kaum etwas vom Mordfall Corbin gehört. Und heute, nur einen Tag später, überführen meine Kollegen den Vater von Annes bester Freundin als Einbrecher. Schon ein seltsames Zusammentreffen.«

»Finden Sie? Guernsey ist eine Insel, eine kleine Gemeinde von etwas über sechzigtausend Menschen. Ist hier nicht jeder irgendwie mit jedem verwandt oder bekannt?«

»Manchmal hat man den Eindruck, aber in einem Mordfall kommt es auf Fakten an, nicht auf Eindrücke.«

»Haben Sie Fakten, die Sie an Cameron Prideaux' Schuld zweifeln lassen?«

»Ich stecke gerade mitten in den Ermittlungen, und vielleicht können Sie und Ihre Tochter mir dabei helfen. Was für ein Mensch ist Cameron Prideaux Ihrer Meinung nach, Mrs Fournier? Trauen Sie ihm einen Mord zu?«

»Das kann ich wirklich nicht beurteilen, dazu kenne ich ihn zu wenig. Ich fürchte, Vanessa wird Ihnen etwas Ähnliches sagen.«

»Aber sie war doch Annes beste Freundin.«

»Stimmt, aber wenn Anne mit Cameron zusammen war, dann

waren sie meistens für sich. So jedenfalls hat Vanessa es mal gesagt. Sehen Sie, Cameron ist ein paar Jahre älter, und Anne war sehr stolz darauf, ihn zum Freund zu haben. Sie wollte wohl nicht, dass ihre Freundinnen versuchen, ihn ihr auszuspannen.«

»Das klingt nicht so, als hätte Cameron sich darüber Gedanken machen müssen, ob Anne ihm treu ist.«

»Weiß ich, was wirklich in ihm vorgeht?«, seufzte Nathalie Fournier und widmete sich ihrem Risotto.

Eine Weile aßen sie schweigend, bis Doyle fragte: »Würden Sie mir gestatten, mit Ihrer Tochter zu sprechen?«

Mrs Fournier musterte Doyle eingehend, als wollte sie die Gedanken hinter seiner Stirn lesen.

»Unter einer Bedingung, Chief Inspector: Ich werde bei dem Gespräch dabei sein.«

»Einverstanden. Haben Sie irgendwelche Befürchtungen?«

»Annes Tod war natürlich ein Schock für Vanessa. Inzwischen ist sie einigermaßen darüber hinweg. Ich möchte nicht, dass alte Wunden neu aufgerissen werden. Das Gespräch wird deshalb abgebrochen, sobald ich es sage. Sind wir uns da einig?«

»Vollkommen.«

Mrs Fournier sah nicht begeistert aus, aber das war Doyle gleichgültig. Sie blickte auf das grüne Zifferblatt ihrer nicht gerade billig wirkenden Armbanduhr.

»Vanessa kommt heute sehr früh nach Hause, in etwa einer Stunde. Die letzten Schulstunden fallen aus, weil Miss Brown, ihre Lehrerin in Design und Technologie, überraschend erkrankt ist.«

»Dann haben wir ja noch Zeit, in Ruhe unseren Lunch zu beenden«, sagte Doyle zufrieden.

Observieren war noch nie Pats Lieblingstätigkeit gewesen, jedenfalls dann nicht, wenn es nichts zu observieren gab. Sie hatte den Škoda an der Amherst Road geparkt und stand hier schon viel länger, als es Autofahrer eigentlich durften. Vor einer halben Stunde hatte sie einen weiblichen Constable, der ihr ein Strafticket ausstellen wollte, mit ihrem Polizeiausweis abgewimmelt. Immerhin war das mal eine Abwechslung in der Eintönigkeit des Wartens gewesen.

Sie saß zurückgelehnt auf dem Fahrersitz und beobachtete den Gebäudekomplex des »Julia Beaumont College for Young Ladies«, einer altehrwürdigen Privatschule für Mädchen. Und einer ziemlich teuren. Nathalie Fournier musste nicht schlecht verdienen, wenn sie ihrer Tochter den Besuch dieses Colleges ermöglichen konnte. Pats Eltern hatten es sich nicht leisten können, sie und ihre Schwester Alison auf eine Privatschule zu schicken.

Ihr Magen knurrte, und sie kaute auf einem Schoko-Erdnuss-Riegel herum, den sie im Handschuhfach gefunden hatte. Der Riegel stammte wohl aus Sergeant Bakers Vorrat, aber sie hatte kein schlechtes Gewissen. Baker war mit Schokoriegeln immer gut versorgt und machte überdies nicht den Eindruck, als könnte er leicht verhungern.

Sie musste lächeln, als sie an Baker dachte. Sie mochte den Sergeant, der wegen seiner massigen Gestalt auf Außenstehende oft einen ungelenken Eindruck machte. Dabei war er geistig sehr rege. Pat arbeitete gern mit ihm zusammen, und sie empfand Mitleid für ihn, weil er sich offenbar unsterblich in Jasmyn Allisette verliebt hatte – ohne eine Aussicht auf Erwiderung. Auf der anderen Seite imponierte Pat seine Beharrlichkeit, so wie ihr auch Cys Beharrlichkeit imponierte. Doch sie hatte beschlossen, standfest zu bleiben, wenn auch aus anderen

Gründen als Constable Allisette. Pat konnte die Vergangenheit nicht vergessen und wollte denselben Fehler nicht zweimal machen.

Sie verbannte Cy aus ihren Gedanken, es führte zu nichts, und beobachtete, wie schon seit einer gefühlten Ewigkeit, jede männliche Person, die auch nur in die Nähe der Schule kam. Bis jetzt hatte sie niemanden gesehen, den sie für Harry Fournier gehalten hätte. Aber sie bemerkte, dass plötzlich mehr und mehr Autos in der Straße parkten, die meisten ebenso wenig legal wie Pats Škoda. Die Fahrer waren Frauen und Männer mittleren Alters, Mütter und Väter. Es gab nur eine Schlussfolgerung: Zumindest ein Teil der Schülerinnen hatte heute vorzeitig Schulschluss. Dem Alter der Eltern nach zu urteilen, waren es die älteren Mädchen, die Sechzehn- bis Achtzehnjährigen.

Genau die kamen jetzt aus der Schule. Zwei bis drei Dutzend junge Frauen in marineblauen Schuluniformen, die sie allesamt jünger aussehen ließen. Noch eins bewirkten die Uniformen: Die Mädchen sahen einander sehr ähnlich. Pat blickte auf das Foto von Vanessa, das in Harry Fourniers Wohnung gehangen hatte, und wieder zu dem Mädchenpulk. Die ersten Schülerinnen stiegen in die wartenden Autos, andere traten den Heimweg zu Fuß an.

Dann entdeckte sie Vanessa. Derselbe kecke Gesichtsausdruck wie auf dem Foto, nur noch selbstbewusster. Aus dem Kind war unverkennbar eine junge Frau geworden. Das Gesicht wirkte jetzt schmaler, hatte auch den letzten Anflug von Babyspeck verloren.

Vanessa ging mit einer Mitschülerin, die dunkelhaarig war und einen halben Kopf kleiner als sie, auf einen weißen Ford Focus zu. Das dunkelhaarige Mädchen öffnete die Beifahrertür und nahm neben der ebenfalls dunkelhaarigen Fahrerin, wohl ihrer Mutter, Platz. Vanessa setzte sich auf die Rückbank.

Pat hatte bereits den Zündschlüssel herumgedreht und steuerte den Škoda aus der Parklücke, sobald der weiße Ford an ihr vorbei war. Im Augenblick war auf der Amherst Road einfach zu viel Verkehr, als dass sie einen größeren Sicherheitsabstand zu dem Ford hätte lassen können. Wie auch die Fahrerin des Fords bog sie nach rechts in die Fosse André ab. Jetzt vergrößerte sie den Abstand ein wenig und ließ ein Taxi zwischen sich und den Ford. Immer wieder blickte sie in den Rückspiegel, um festzustellen, ob noch ein Wagen dem Ford folgte, einer mit Harry Fournier am Steuer. Aber das war nicht der Fall.

Der Ford bewegte sich in nördlicher Richtung aus St. Peter Port hinaus. Das Taxi bog auf der Höhe von Cobo Bay und Saline Bay in Richtung Westküste ab. Pat hielt den etwas größeren Abstand ein und folgte dem Ford weiterhin nach Norden. Offenbar wurde Vanessa Fournier von der Mutter einer Freundin nach Hause gebracht.

Ihre Vermutung bestätigte sich, als der Wagen vor einem Haus mit großer Hecke anhielt. Vanessa stieg aus, hängte sich ihre Tasche über die Schulter und schlug die Autotür zu. Sie winkte dem wieder anfahrenden Ford hinterher und musterte dann den Roadster mit offenem Verdeck, der vor dem Haus stand. Pat hatte Cys Tamora längst erkannt. Der Wagen wirkte etwas eingestaubt.

Vanessa ging halb um den Tamora herum und trat dann wieder zu dem Tor, das die dichte Hecke unterbrach und die Einfahrt versperrte. Sie holte einen Schlüsselanhänger aus ihrer Tasche und öffnete das große Tor, das sie gleich wieder hinter sich verschloss, bevor sie aus Pats Blickfeld verschwand.

Pat hatte drei Häuser entfernt angehalten und so getan, als suche sie etwas im Handschuhfach. Als Vanessa außer Sicht war, griff sie zum Handy und drückte die Speichertaste mit Cys Nummer.

»Ja, Pat, was ist?«

Er sprach etwas undeutlich, schien beim Sprechen zu kauen.

»Du hast etwas im Mund.«

»Das weiß ich. Ein Stück von einem sehr leckeren Sirloin-Steak. Der Lunch im Restaurant des ›Vale Golf Clubs‹ ist sehr gut. Hast du schon etwas gegessen?«

Pat lachte leise.

»O ja, einen Schoko-Erdnuss-Riegel, wahrscheinlich aus Bakers schier unerschöpflichem Vorrat.« Dann berichtete sie, wo sie sich jetzt befand. »Offenbar hatten die älteren Schülerinnen heute eher schulfrei.«

»Ich weiß. Die Lehrerin, die sie in Design und Technologie unterrichtet, ist erkrankt.«

»Du bist aber gut informiert, Cy.«

»Vanessas Mutter leistet mir beim Lunch Gesellschaft.«

»Ah.«

Mehr sagte Pat nicht dazu.

»Mrs Fournier und ich wollen übrigens gleich rüber zu ihrem Haus. Du kannst also nach St. Peter Port zurückfahren und etwas Vernünftiges essen.«

»Vielen Dank, zu gnädig«, sagte sie etwas verschnupft und beendete das Gespräch.

Als Pat den Wagen wendete und dann etwas zu harsch beschleunigte, musste sie sich ihre plötzliche schlechte Laune wohl oder übel eingestehen. Was sie sich nicht eingestehen wollte, war der Grund dafür.

Der Škoda war noch keine zwei Minuten weg, da öffnete Vanessa Fournier erneut das schmiedeeiserne Tor. Sie trat einen Schritt nach draußen und sah sich vorsichtig um. Dann ging sie zügig an dem metallicblauen Sportwagen vorbei und blieb bei dem schildkrötenförmigen Stein stehen. Noch einmal sah sie sich um. Niemand zu sehen. Sie hob den Stein an, nahm den Zettel darunter an sich, ohne ihn weiter anzusehen, und kehrte zum Haus zurück. Wobei sie nicht vergaß, das Tor wieder zu verschließen.

KAPITEL 6

»Gibt es was Neues?«, fragte Nathalie Fournier ihn nach seinem Telefonat mit Pat.

»Leider nein, Ihr Mann ist noch nicht aufgetaucht. Eine Kollegin hat die Schule Ihrer Tochter observiert und ist dann dem Wagen gefolgt, der Vanessa nach Hause gebracht hat. Eine Schulfreundin mit ihrer Mutter, nehme ich an?«

»Kira Westerby ist eine Freundin von Vanessa, ja. Manchmal holt Mrs Westerby die beiden ab, manchmal ich. Es passt ganz gut, weil die Westerbys in der Nähe wohnen, an der Route de L'Islet.«

»War Kira auch gut mit Anne Corbin befreundet?«

»Ich weiß es nicht genau. Der Kontakt zwischen Vanessa und Kira hat sich jedenfalls erst nach Annes Tod gefestigt.« Mrs Fournier trank einen Schluck Tafelwasser. »Ist sie nett, Ihre Kollegin?«

Doyle hätte sich fast an seinem letzten Bissen Fleisch verschluckt.

»Wie bitte?«

Mrs Fournier lächelte.

»Ich habe Sie gefragt, ob Sie Ihre Kollegin nett finden? Oder vielleicht sogar sehr nett?«

»Wie kommen Sie darauf?«

»Als Sie eben mit ihr telefonierten, lag so ein gewisser Unterton in Ihrer Stimme.«

Peter Jehan erlöste Doyle aus der unangenehmen Situation. Der Rechtsanwalt stand von dem Tisch auf, an dem er mit Maurice Hubert gesessen hatte, und trat zu Doyle und Mrs Fournier.

»Verzeihen Sie die Störung. Aber dürfte ich Sie kurz sprechen, Chief Inspector?«

Mrs Fournier wollte sich erheben.

»Ich lasse Sie beide besser allein.«

Jehan hob abwehrend die Hände.

»Nicht nötig, Nathalie, wirklich nicht.«

»Wie Sie meinen, Peter.«

»Was kann ich für Sie tun, Sir?«, fragte Doyle.

»Es geht um einen meiner Mandanten.«

»Und der wäre?«

»Cameron Prideaux.«

»Jetzt müsste ich wohl überrascht sein, aber aus irgendeinem Grund bin ich es nicht.«

»Camerons Vater war gestern noch bei mir und hat mir von dem *Clameur de Haro* erzählt, von dem heute ja auch in der Zeitung zu lesen war.«

»Ein *Clameur de Haro*, dem jede Rechtswirkung fehlt. Glauben Sie nicht, dass ich mich aus der Verantwortung stehlen will, aber der Chief Officer erschießt mich, wenn ich das nicht klarstelle.«

»Das macht mich sehr froh.«

Doyle runzelte die Stirn.

»Dass der Chief mir die Hölle heiß macht?«

»Nein, dass Sie sagen, Sie wollen sich nicht aus der Verantwortung stehlen. Ich hatte gehofft, dass Sie als echter Gurn einen *Clameur de Haro* nicht einfach ignorieren, mag er nun den rechtlichen Anforderungen des einundzwanzigsten Jahrhunderts entsprechen oder nicht.«

»Und was erwarten Sie konkret von mir?«

»Gehen Sie einfach allem nach, was Ihnen auffällig erscheint. Ich hatte schon damals, als man Cameron vor Gericht gestellt und verurteilt hat, den Eindruck, dass da was faul ist im Staate Dänemark. Ihr Vorgänger hat versucht, meinen Mandanten mit allem Möglichen zu belasten, aber zur Entlastung wurde nichts vorgebracht.«

»Vielleicht war DCI Mourant schlichtweg davon überzeugt, den Richtigen gefasst zu haben, eben weil er nichts Entlastendes gefunden hat.«

»Trotzdem bin ich sehr froh, dass sich ein Mann mit Ihrer Erfahrung den Fall noch einmal vornimmt, Chief Inspector.«

»Charlie Mourant hatte nicht weniger Erfahrung.«

»Mag schon sein, aber jeder hat mal eine schwache Stunde. Vielleicht hatte Mourant sie gerade beim Fall Anne Corbin. Sie sollen nur wissen, Sir, dass mein Mandant und ich Sie selbstredend nach Kräften unterstützen werden. Vielleicht möchten Sie gern mit Cameron persönlich sprechen?«

»Das steht weit oben auf meiner Liste. Aber, Mr Jehan, alles unter einer Bedingung: Nichts von dem, was wir besprechen, geht weiter an die Medien!«

»Einverstanden.«

»Ich werde auch schweigen wie das viel zitierte Grab«, versprach Mrs Fournier.

Jehan zog sein Smartphone hervor und tippte auf die kleine Tastatur. »Hier in meinem Kalender sehe ich, dass ich morgen Vormittag eine größere Terminlücke habe. Passt Ihnen ein Treffen um halb elf, gleich am Gefängnis?«

»Das passt mir gut.«

»Wollen Sie nicht in Ihren Terminkalender sehen?«

»Habe ich schon«, sagte Doyle und tippte an seine Stirn.

Die Bekanntschaft mit Peter Jehan war ein interessanter Kontakt, das Essen hatte sehr gut geschmeckt, und Maurice Hubert hatte tatsächlich die Rechnung bezahlt. Rundum gutgelaunt verließ Doyle an der Seite von Nathalie Fournier das Clubhaus und ging mit ihr über die sanft gewellten Wiesen von L'Ancresse Common. Der weite Strand der benachbarten Bucht hatte sich um die Mittagszeit zunehmend bevölkert. Sommerlich bekleidete Leute gingen oft barfuß durch den Sand, und obwohl das türkisfarbene Wasser längst nicht mehr die Temperaturen des Hochsommers erreichte, sahen sie auch ein paar unerschrockene Badegäste. Gerade lief ein junges Paar Hand in Hand immer tiefer ins Wasser, und ihr Jauchzen drang bis zu Doyle und seiner Begleiterin.

»Sie wohnen in einer schönen Lage«, sagte Doyle zu ihr. »Ihren Arbeitsplatz haben Sie ebenso in der Nähe wie die Annehmlichkeiten von Pembroke und L'Ancresse. Hatten Sie nach dem Verschwinden Ihres Mannes vor sechs Jahren keine Schwierigkeiten, das Haus zu halten?«

»Sie meinen, ein Verkauf hätte unser finanzielles Polster erheblich aufbessern können?«

»Etwa nicht?«, erwiderte Doyle und dachte dabei an eine andere Frau, die sich derzeit in einer ähnlichen Lage befand: die Witwe von Cief Inspector Dennis Ingram.

»Doch, Sie haben schon recht. Zum Glück konnten wir einen Hausverkauf vermeiden. Ich hänge sehr an ›La Mouette de L'Ancresse‹ und Vanessa erst recht. Sie ist hier aufgewachsen.«

»Ist die Privatschule teuer?«

»Was glauben Sie, warum ich im Club gleich mehrere Jobs mache?«

»Hoffentlich können Sie es sich dann erlauben, mich jetzt zu Ihrer Tochter zu begleiten?«

»Kein Problem, ich kann mir meine Zeit einigermaßen einteilen. Gewisse Aufgaben müssen natürlich zu einer bestimmten Zeit erledigt werden, aber sonst habe ich hier große Freiheiten, die ich sehr genieße.«

Als sie »La Mouette de L'Ancresse« erreichten, warf Doyle einen gepeinigten Blick auf seinen heißgeliebten Tamora. Staub lag auf dem Lack der Karosserie, auf der Windschutzscheibe, auf den Armaturen und – besonders deutlich erkennbar – auf den schwarzen Ledersitzen. Schlagartig verschwand der letzte Rest eines schlechten Gewissens darüber, dass er seine Rechnung im Golfclub Maurice Hubert überlassen hatte, und er beschloss, am Geld für die Wagenreinigung nicht zu sparen.

Seine Begleiterin schloss das schwere Tor auf, und auf einmal erschien ihm das schöne, weiße Haus mit dem gepflegten Vorgarten wie eine Festung, und die hohe Hecke war die Festungsmauer.

»Gibt es hier keinen kleineren Eingang als den für die Autozufahrt?«, fragte er, während er Mrs Fournier auf ihr Grundstück folgte.

»Den gab es mal, aber wir haben ihn durch ein Stück Hecke ersetzt. Wozu braucht man zwei Tore?«

»Wir? Sprechen Sie von sich selbst und Ihrem Mann?«

»Nein, von mir und Vanessa. Das geschah, nachdem Harry sich so sang- und klanglos abgesetzt hatte.«

Sie blieben vor der Haustür stehen, und Mrs Fournier fischte einen anderen Schlüssel aus ihrem Schlüsselbund.

»Fürchten Sie und Ihre Tochter sich vor jemandem?«

»Fürchten? Nein, wieso?«

»Ich habe ein wenig den Eindruck.«

»Wir leben hier allein. Zwei Frauen. Da sollte man schon vorsichtig sein, oder?«

»Selbstverständlich. Ich habe mich nur gefragt, ob sich zu Ihrer allgemeinen Vorsicht eine spezielle Furcht gesellt. Vielleicht vor Ihrem Mann Harry?«

»Nein, warum? Es gab ja keinen Streit zwischen uns. Er ist einfach abgehauen.«

»Er hat keine Drohungen gegen Sie ausgesprochen, auch nicht nach seiner Rückkehr, als er versuchte, wieder Kontakt zu Ihnen aufzunehmen?«

»Harry ist nicht der Typ dafür. Er kann einem zwar lästig fallen, aber ich glaube nicht, dass er gewalttätig werden kann.«

»In den fünf Jahren seiner Abwesenheit kann er sich verändert haben.«

»Schon möglich. Der Harry, den ich kannte, war jedenfalls eher friedfertig.«

Sie wollte ins Haus gehen, aber Doyle blieb vor der Haustür stehen und zeigte auf die Hecke.

»Wann genau haben Sie die Fußgängerpforte durch ein Stück Hecke ersetzt?«

»Tja, wann war das? Vor ein paar Monaten, höchstens vor einem Jahr, so in dem Bereich.«

Doyle hatte seinen Blick fest auf sie gerichtet.

»Erinnern Sie sich bitte etwas genauer!«

»Anfang des Jahres war es, richtig.«

»Also nachdem Harry nach Guernsey zurückgekehrt war.«

Das war eine Feststellung Doyles, keine Frage.

»Stimmt, es war kurz danach, aber seine Rückkehr war nicht der Auslöser.«

»Sondern?«

»Anne Corbins Tod. So etwas verunsichert einen, gerade, wenn man sich persönlich kennt. Ich wollte irgendetwas tun, damit Vanessa sich sicherer fühlt. Daher die Ausweitung der Hecke. Das bringt natürlich nicht wirklich mehr Sicherheit, es ist eher ein Symbol. Es sollte Vanessa das Gefühl vermitteln, dass wir etwas getan haben, um uns zu schützen.«

»Verstehe«, sagte Doyle mit einem verbindlichen Lächeln, als glaube er ihr jedes Wort.

Das Haus war innen sehr stilvoll eingerichtet, aber nichts wirkte überteuert. Die eher spärliche Möblierung schien auch nach dem Preis ausgesucht worden zu sein. An den Wänden hingen Reproduktionen bekannter Impressionisten. Doyle erkannte Monet und natürlich Renoir, der im Spätsommer des Jahres 1883 auf Guernsey gewesen war und die Insel als Motiv für mehrere Gemälde gewählt hatte. Wer hier etwas auf sich hielt, hatte selbstredend mindestens eine Renoir-Reproduktion in seinen vier Wänden hängen.

Mrs Fournier holte ihre Tochter aus dem Obergeschoss. Vanessa gab sich höflich und zurückhaltend, ein wohlerzogenes Schulmädchen. Aber dieser Eindruck, dachte Doyle, wurde zweifellos zu einem nicht geringen Anteil durch die Schuluniform hervorgerufen, die sie noch trug. Modische Kleidung und ein bisschen mehr Make-up, und vor ihm stünde eine attraktive junge Frau, das jüngere Ebenbild ihrer Mutter.

Doyle sagte ihr, weshalb er hier war.

»Hast du heute etwas von deinem Vater gehört?«

Vanessas Züge verdüsterten sich.

»Ich habe keinen Vater mehr. Nicht mehr, seit er Mum und mich im Stich gelassen hat.«

»Wenn ich von deinem Vater spreche, stell dir vor, ich sagte jedes Mal ›biologischer Erzeuger‹. Okay?«

Ihre Züge hellten sich wieder auf, sie lächelte sogar ein wenig.

»Ja, Sir, das ist natürlich okay. Entschuldigen Sie. Was Ihre Frage betrifft, ich habe schon ewig nichts mehr von ihm gehört.«

»Hat er nie versucht, dich allein zu kontaktieren? Zum Beispiel vor oder nach der Schule?«

»Nein. Das geht auch schlecht. Ich werde hingebracht und abgeholt, entweder von Mum oder von Mrs Westerby.«

»Auch kein Brief? Kein Anruf oder so etwas?«

»Nein, Sir, wenn ich es Ihnen doch sage.«

»In Ordnung, Vanessa, dann will ich dich mit diesem Thema nicht weiter nerven. Können wir uns noch ein wenig über Anne Corbin unterhalten, oder belastet dich das sehr?«

Sie tauschte einen kurzen Blick mir ihrer Mutter. Die lächelte und nickte ihr zu.

»Ich kann das schon ab.«

»Hast du Cameron Prideaux gemocht?«

»Was soll ich darauf sagen?«

»Entweder ja oder nein«, schlug Doyle vor.

»Naja, ich habe Anne schon um ihn beneidet, irgendwie. So wie es die anderen Mädchen in der Schule auch taten. Immerhin war Cameron ein paar Jahre älter, hatte schon ein eigenes Auto und so. Aber das hatte nichts mit ihm persönlich zu tun. Ich war nicht in Cameron verliebt oder so etwas.«

»Hältst du ihn für Annes Mörder?«

Vanessa hob die Schultern an und ließ sie wieder sinken.

»Ich bin keine Richterin. Wie soll ich das wissen?«

»Du sollst es nicht wissen. Ich frage dich nur nach deiner Einschätzung, nach deinem Gefühl.«

Wieder folgte ein kurzer, stummer Austausch mit ihrer Mutter, bevor Vanessa sagte: »Ich hätte ihn nicht für gewalttätig gehalten, für so brutal, dass er Anne ...«

Sie starrte Doyle aus geweiteten Augen an, den Mund halb geöffnet, als wolle der Rest des Satzes noch heraus, aber er kam nicht.

Nathalie Fournier ergriff das Wort: »Sie sehen ja, Chief Inspector, dass meine Tochter von der ganzen Angelegenheit immer noch sehr mitgenommen wird. Ich denke, das reicht für heute.«

»Natürlich«, gab sich Doyle verständnisvoll. »Wenn Ihnen oder Ihrer Tochter noch etwas einfällt, melden Sie sich bitte bei mir. Ebenso, falls Harry doch noch auftaucht oder sonst wie von sich hören lässt.«

Er gab Mrs Fournier seine Karte und verabschiedete sich. Er konnte sich nicht helfen, aber als er draußen vor dem Tor stand, wirkte das heimelige Haus wieder wie eine Festung auf ihn. Nach einem letzten Blick auf »La Mouette de L'Ancresse« befreite er mit einem Taschentuch die Armaturen und den Fahrersitz, so gut es ging, von dem hellen Staub und stieg in seinen Wagen.

Er wollte zurück nach St. Peter Port, zum Polizeihauptquartier, hatte es aber nicht besonders eilig. An einer Tankstelle hielt er an, um den Tamora gründlich reinigen zu lassen. Er nutzte die Zeit für einen Kaffee und ein paar Notizen, ganz altmodisch auf Papier.

Zurück im Hauptquartier, setzte sich Doyle mit Pat und Constable Allisette zusammen.

»Denkst du nicht, wir sollten das Haus der Fourniers observieren?«, fragte ihn Pat.

»Willst du dich für den Job bewerben? Ich weiß doch, dass stundenlanges Observieren zu deinen Lieblingsbeschäftigungen gehört.«

»Ich habe nur einen konstruktiven Vorschlag machen wollen, Sir.«

Pat zog einen Schmollmund, der aber ebenso wenig ernstgemeint war wie die förmliche Anrede.

»Je länger wir nach Harry Fournier suchen, desto weniger glaube ich, dass er uns so einfach ins Netz gehen wird. Was haben Sie über ihn herausgefunden, Constable?«

»Nichts sonderlich Aufregendes.« Jasmyn Allisette sah auf den Bildschirm ihres Laptops. »Aufgewachsen in Belle Greve als einziges Kind von Walter Fournier und seiner Frau Marjorie, die beide zwei Jahre vor seiner Geburt aus Liverpool nach Guernsey gekommen sind und …«

»Halt!«, unterbrach Doyle sie. »Da steht schon seit Längerem etwas quer in meinem Kopf.«

Pat schmunzelte.

»Das hast du aber sehr schön formuliert, Cy.«

Er warf Pat einen drohenden Blick zu, musste dann aber grinsen.

»Mach nur so weiter, und du darfst das Haus der Fourniers rund um die Uhr observieren.« Er wandte sich wieder Allisette zu. »Ich meine den Familiennamen. Hier auf Guernsey sind französische Namen so normal wie Möwen, Buchten und Klippen. Aber in Liverpool? Der Name Fournier passt da irgendwie nicht hin.«

»Das haben Sie gut erkannt, Sir«, sagte Allisette und sah wieder auf ihren Bildschirm. »Die Vorfahren der Fourniers stammen tatsächlich von unserer Insel. Harry Fourniers Großvater hat in Belle Greve gelebt, bis der Zweite Weltkrieg ausbrach. Kurz bevor die Deutschen die Kanalinseln besetzt haben, ist die ganze Familie nach England übergesiedelt. Der Großvater hat im Krieg beim Royal Tank Regiment gedient und ist für seine Tapferkeit bei der Landung in der Normandie ausgezeichnet worden. Nach dem Krieg sind die Fourniers in England geblieben. Harrys Großvater hat in Liverpool die Tochter eines Bestattungsunternehmers geheiratet und ist in das Geschäft ihrer Familie eingetreten. Auch Harrys Vater ist Bestattungsunternehmer gewesen und hat nach seiner Übersiedlung nach Guernsey ein entsprechendes Geschäft in Belle Greve aufgemacht.«

»Weshalb ist er nach Guernsey gekommen?«, fragte Pat.

»Das habe ich bis jetzt nicht herausfinden können. Vielleicht war es einfach die Sehnsucht nach der Heimat seines Vaters. Auch Harry hat den Beruf des Bestatters erlernt und nach dem Tod seiner Eltern das Geschäft in Belle Greve übernommen, aber er musste es schon nach kurzer Zeit verkaufen. Er hatte ziemliche Geldprobleme.«

»Weshalb?« Diesmal kam die Frage von Doyle.

»Spielschulden. Er spielt anscheinend für sein Leben gern, aber nicht besonders gut. Immer wieder ist er als junger Mann mit der Fähre rüber nach Frankreich und hat das Casino in Saint-Malo besucht. Bis er pleite war und das ererbte Geschäft verkaufen musste.«

»War er da schon mit Nathalie Fournier verheiratet?«, fragte Doyle.

Constable Allisette schüttelte den Kopf.

»Nein, aber kurz danach. Da fragt man sich doch, ob die Braut über das finanzielle Desaster ihres Bräutigams informiert war. Zum Glück hatte sie Geld von ihren Eltern geerbt und ein Grundstück in Vale.«

»Auf dem heute ein nettes Haus mit dem netten Namen ›La Mouette de L'Ancresse‹ steht, nehme ich an.«

»Ja, Sir. Das ist im Großen und Ganzen auch schon Harry Fourniers Geschichte. Nach der Heirat hat er in verschiedenen Jobs gearbeitet, aber niemals für sehr lange und auch niemals für sehr viel Geld, wie es aussieht. Dann verschwand er plötzlich, zur selben Zeit, als der Monopoly-Dieb zum ersten Mal aktiv war. Mit seinem Verschwinden hörten die Einbrüche damals auf, aber das hatte ja auch schon Calvin herausgefunden.«

Doyle schlug sich mit der flachen Hand gegen die Stirn.

»Oh, Sergeant Baker, den hätte ich beinah vergessen. Da ich nicht damit rechne, dass Harry Fournier jetzt noch in dem Spielzeugladen auftaucht, sollten wir Baker zurückrufen, ehe er tatsächlich noch die ganze HMS *Victory* zusammenbaut.«

»Wird erledigt«, versprach Allisette.

»Morgen suchen Sie und Baker das ›Julia Beaumont College for Young Ladies‹ auf und erkundigen sich dort nach Harry Fournier«, fuhr Doyle fort. »Besorgen Sie sich ein gutes Foto von ihm, und das zeigen Sie jeder Schülerin aus den obersten Jahrgängen, jeder Lehrerin und jedem Lehrer, der diese Jahrgänge derzeit unterrichtet, und dem gesamten Dienstpersonal. Ich will wissen, ob Fournier irgendwie versucht hat, mit seiner Tochter Kontakt aufzunehmen.«

Pat beugte sich interessiert vor. »Hat Vanessa das behauptet?«

»Nein, sie hat es bestritten.«

»Und warum glaubst du ihr nicht?«

»Erstens aus Prinzip und zweitens, weil mir alles, was mir die beiden Fournier-Ladys erzählt haben, irgendwie ein wenig zu schlüssig erscheint.«

»Du hattest ja wohl einen ausgiebigen Lunch mit Mrs Fournier, da wird sie dir so einiges mitgeteilt haben.«

Doyle entschloss sich, die Ironie in Pats Worten zu überhören, und berichtete von dem Gespräch mit Mrs Fournier und auch von der Verabredung, die er mit Rechtsanwalt Peter Jehan getroffen hatte.

»Anschließend warst du doch auch bei Vanessa Fournier. Was hat sie dir erzählt?«

»Haargenau dasselbe wie ihre Mutter. Vanessa wirkte nicht wie die Tochter, sondern wie ein Klon von Nathalie Fournier.«

»Wenn ihre Aussagen so sehr übereinstimmen, kann das ein Hinweis darauf sein, dass sie schlichtweg wahr sind.«

»Möglich, Pat. Oder es ist ein Hinweis darauf, wie gut sie sich abgesprochen haben. Und dann stellt sich die Frage nach dem Warum.«

»Mir geht die ganze Zeit über noch eine andere Frage nicht aus dem Kopf«, sagte Allisette. »Und zwar …

Doyle nickte ihr zu. »Sie haben vollkommen recht, Constable. Das ist die Frage, über die wir alle intensiv nachdenken sollten.«

»Aber, Sir, Sie wissen doch gar nicht, von welcher Frage ich spreche.«

»Zehn Pfund, dass ich es weiß?«

»Einverstanden«, sagte Allisette schnell entschlossen.

»Die große Frage ist«, begann Doyle und streckte fordernd die Rechte in Richtung Allisette aus, »was hat das alles mit dem Mordfall Anne Corbin zu tun?«

Missmutig kramte Allisette eine Zehn-Pfund-Note hervor

und legte sie in Doyles Hand. Doyle rief nach Mildred Mulholland.

Die Sekretärin des Kriminaldienstes erschien binnen weniger Sekunden. »Was kann ich für Sie tun, Sir?«

Doyle überreichte ihr den Geldschein.

»Zehn Pfund für unsere Kaffeekasse, Mildred.«

Mildred nahm das Geld an sich.

»Das ist aber großzügig von Ihnen, Sir.«

»So bin ich nun einmal«, sagte Doyle und zwinkerte dabei Constable Allisette zu.

KAPITEL 7

Es war merklich kühler geworden, als Doyle abends das Hauptquartier verließ. Die untergehende Sonne verlor zusehends an Kraft, und er hatte das Verdeck des Tamoras geschlossen, als er in südlicher Richtung an St. Peter Ports Hafen entlangfuhr. So richtig kalt, und das war ein tröstlicher Gedanke, wurde es auf den Kanalinseln nie. Dafür sorgten der aus Mexiko kommende Golfstrom, an dem sie lagen, und die allgemein vor Wetterunbilden geschützte Lage der Inseln im Golf von Saint-Malo. Doyle malte sich die vor ihm liegenden Wintertage aus, die häufig sehr sonnig werden konnten, und versuchte, sich damit von den hinter ihm liegenden Ereignissen abzulenken.

Ganz wollte es ihm nicht gelingen, und immer wieder kehrten seine Gedanken zu der Familie Fournier zurück. Er fühlte sich etwas erschöpft, als läge ein ereignisreicher Tag hinter ihm. Doch so viel war, wenn er Rückschau hielt, gar nicht passiert, jedenfalls nicht seit Harry Fourniers Flucht mit dem Motorboot. Der mutmaßliche Monopoly-Dieb blieb verschwunden, und seine Verwicklung in den Mordfall Anne Corbin blieb schleierhaft.

»Falls es die überhaupt gibt«, sagte Doyle leise zu sich selbst.

Ein anderer Gedanke, der ihn seit seiner Unterhaltung mit Chief Inspector Frobisher beschäftigte, drängte sich in den Vordergrund, und er entschied sich, nicht zur heimatlichen Saints Bay abzubiegen. Zwar hätte er sich gern mit seinem Vater unterhalten, soweit dieser heute dazu in der Lage war, aber das musste warten. Was Doyle vorhatte, war wichtig, auch für seinen Vater. Und bis er nach Hause kam, würde sich der stets verlässliche Ben Everitt um alles kümmern.

Doyle beschleunigte den Tamora und fuhr über die gut ausgebaute Forest Route nach Westen. Bald blinkten vor ihm die vielen Lichter, mit denen der Guernsey Airport auf die einsetzende Abenddämmerung antwortete. Als der Flughafen zu seiner Rechten lag, nahm er eine Abzweigung nach links und lenkte den Wagen in Richtung Südküste und La Corbière.

Das Haus, vor dem er schließlich anhielt, war in beiden Geschossen erleuchtet. Neben der Haustür brannte eine Lampe, und zum ersten Mal fiel ihm auf, dass auch dieses Haus einen eigenen Namen trug: »Our Happy Home«.

Der Name mochte einmal gepasst haben, aber seit zwei Monaten war hier bestimmt niemand mehr glücklich. Damals waren erst der alte Douglas Ingram und dann dessen Sohn Dennis, zu dem Zeitpunkt Chief Inspector und Leiter der Uniformed Operations, nicht weit entfernt von ihrem Haus ermordet worden. Bei dem Gedanken daran spürte Doyle ein flaues Gefühl im Magen, und er atmete noch einmal tief durch, bevor er den altmodischen, schweren Türklopfer betätigte.

Er hörte Schritte und dann eine Frauenstimme.

»Wer ist da?«

»Cyrus Doyle. Entschuldigen Sie, dass ich so spät noch störe, Mrs Ingram. Ich möchte gern etwas mit Ihnen besprechen.«

Die Haustür wurde geöffnet, und vor ihm stand die verwitwete Moira Ingram. Sie trug Jeans und einen blauen Rollkragenpullover, der einen guten Kontrast zu ihren roten Locken bot. Die Verwunderung über seinen Besuch, die ihr ins Gesicht geschrieben stand, wich einem kleinen Lächeln.

»Guten Abend, Chief Inspector. Wir waren doch schon bei Moira, oder?«

Doyle erwiderte das Lächeln und nickte.

»Guten Abend, Moira. Wir waren ja auch schon bei Cy. Leider haben wir uns viel zu lange nicht gesehen. Ich hätte mich eher erkundigen müssen, wie es Ihnen und den Kindern geht.«

Sie bat ihn herein und führte ihn in die Küche, wo der Tisch zum Abendessen gedeckt war.

»Die Kinder sind schon fertig mit dem Essen, sie wollten schnell wieder nach oben zum Spielen. Aber vielleicht mögen Sie mir Gesellschaft leisten, Cy? Es gibt allerdings keine kulinarischen Leckerbissen, fürchte ich. Gebratene Würstchen mit Kartoffelbrei. Die Kinder essen das für ihr Leben gern.«

»Und da haben sie noch etwas übrig gelassen?«

»Ich mache lieber zu viel als zu wenig.«

Doyle rieb über seinen Bauch.

»Irgendwie seltsam, aber ich kriege plötzlich einen Riesenappetit auf gebratene Würstchen mit Kartoffelbrei.«

Moira lachte. »Dann setzen Sie sich nur, Cy. Es ist schön, zum Essen einmal andere Gesellschaft zu haben als die Kinder.« Sie lauschte kurz ihren eigenen Worten nach. »Das klingt jetzt bestimmt grässlich, als wäre ich eine Rabenmutter. Das stimmt aber nicht. Ich bin so froh, dass ich die beiden habe.«

»Ich verstehe Sie sehr gut«, sagte Cy. »Auch meine Familie hat, zumindest in gewisser Weise, unter der Pfeilmörder-Affäre gelitten. Natürlich nicht so schlimm wie Ihre.«

Als Moira das Essen aufgetragen und sich zu Doyle an den Tisch gesetzt hatte, blicke sie ihn an und sagte einfach nur: »Danke.«

»Wofür?«

»Ken Frobisher hat heute Nachmittag angerufen und mir von dem Wohltätigkeitsboxkampf erzählt, den Sie am Sonntag austragen wollen, um meinen Kindern und mir zu helfen. Ich finde das großartig von Ihnen beiden.«

»Das machen wir doch gern.«

Doyle wunderte sich nur über den frühen Termin für den Kampf und besonders darüber, dass Frobisher zwar Moira Ingram, aber nicht ihn angerufen hatte.

»Wir hatten kurz vor Dennis' Tod einige unerwartete Ausgaben. Nichts, was wir nicht in den Griff gekriegt hätten, so dachten wir zumindest. Aber jetzt fehlt sein regelmäßiges Einkommen an allen Ecken und Enden.«

»War Ihr Mann nicht versichert?«

»Doch, aber nicht sehr hoch. Auf Dauer wird uns das nicht helfen. Ich werde mir einen Job suchen müssen, ganztags am besten. Aber dann werde ich mich nicht mehr so um die Kinder kümmern können wie bisher.«

»Kann Ihnen Ihre Schwester in Castel nicht mit den Kindern helfen?«

»Doch, Joyce hat das bereits angeboten. In den Wochen nach Dennis' Tod war sie mir auch schon eine große Hilfe. Aber sie hat ihre eigene Familie, und es wäre keine dauerhafte Lösung. Verstehen Sie mein Problem?«

»Ich verstehe Sie vielleicht besser, als Sie denken, Moira. Auch ich mache mir Gedanken über die finanzielle Zukunft.«

Doyle berichtete ihr in allen Einzelheiten von der Situation seines Vaters und von den Pflegekräften, die er zurzeit bezahlte. »Da habe ich mich gefragt, ob das vielleicht ein Job für Sie wäre.«

»Ich als Ganztagspflegerin für Ihren Vater?«

»Genau. Zudem auch als Haushälterin und Köchin. Und das Ganze würde, im Verhältnis zu Ihrem Arbeitsaufwand betrachtet, leider auch noch unterdurchschnittlich bezahlt.« Er zog eine Grimasse, als schäme er sich. »Ist das nicht ein tolles Angebot?«

Moira sah ihn an, als sei er ein bisschen – oder auch mehr als ein bisschen – plemplem.

»Wenn ich Sie nicht besser kennen würde, Cy, würde ich denken, Sie treiben hier einen geschmacklosen Scherz mit mir.«

»Wenn Sie dieses Haus verkaufen, müssten Sie nicht länger den Unterhalt bezahlen und hätten auf einen Schlag einen Haufen Geld zur Verfügung.«

»Und wo sollen die Kinder und ich wohnen?«

»Bei meinem Vater und mir. In ›Le Petit Château‹ ist eine Menge Platz. Sie hätten Ihr eigenes Reich, und auch Joel und Isabel hätten eigene Zimmer. Wenn die Kinder aus der Schule kommen, wären Sie bei ihnen. Kost und Logis hätten Sie drei selbstverständlich frei. Und damit wir uns von vornherein richtig verstehen, das hier soll in keiner Weise eine Art unmoralisches Angebot sein.«

»So etwas hätte ich von Ihnen auch nicht gedacht.« Moira starrte ihn ungläubig an. »Sie meinen das alles wirklich ernst, glaube ich.«

»Absolut. In meinen Augen ist das für alle Beteiligten eine Win-Win-Situation. Am wenigsten vielleicht noch für Sie persönlich. Sie hätten eine Menge Arbeit, von morgens bis abends. Und manchmal benötigt mein Vater auch nachts Hilfe. Ein Zuckerschlecken wird das sicher nicht.«

»Wie jetzt? Wollen Sie mir den Job schmackhaft machen oder ihn mir ausreden?«

»Ich möchte, dass Sie es sich genau überlegen, Moira. Keinesfalls will ich Sie in etwas hineindrängen, das Sie später bereuen.«

»Vielleicht werden Sie es bereuen, nämlich dann, wenn Joel und Isabel bei Ihnen durchs Haus toben.«

»Ich wohne in meinem eigenen Turm.« Doyle grinste dabei, wurde aber auf einen Schlag ernst, als er an seine toten Halbgeschwister denken musste, die er nie kennengelernt hatte. »Außerdem hat ›Le Petit Château‹ schon viel zu lange keine tobenden Kinder mehr erlebt.«

Moira schwieg eine ganze Weile. Doyle nahm sich noch von den Würstchen, dem Kartoffelbrei und der Gravy, der dazugehörigen Sauce.

»Schmeckt Ihnen das Essen, Cy?«

»Es schmeckt wunderbar. Meine Mutter hat das früher oft gemacht, und ihre Gravy war einzigartig. Das dachte ich jedenfalls bis heute, aber Ihre schmeckt genauso. Sie ist nicht aus dem Supermarktregal, sondern selbstgemacht, richtig?«

»Ihre detektivische Spürnase hat Sie nicht getäuscht.«

»Woraus besteht sie? Auf jeden Fall sind Zwiebeln drin.«

»Wieder richtig erkannt, Detective Chief Inspector. Gehackte Zwiebeln, gekocht in einer Halbe-Halbe-Mischung aus Fleischbrühe und ...«

»Rotwein«, ergänzte Doyle.

»Stimmt. Dazu kommen zwei Teelöffel Dijon-Senf und ein Teelöffel Worcestershire-Sauce.«

»Und eine Löffelspitze zerriebenen Thymians.«

Moira hob beide Hände und applaudierte.

»Kein Wunder, dass Ihre Onion Gravy schmeckt wie die meiner Mutter. Sie arbeiten mit demselben Rezept.«

»Aber es ist ein altes Familienrezept.«

»Genau das hat meine Mutter auch immer gesagt.«

Sie sahen einander an und fingen in derselben Sekunde an zu lachen.

»Ab nächsten Montag vierzehn Tage zur Probe«, schlug Moira vor. »Natürlich ohne Honorar.«

»Ab nächsten Montag vierzehn Tage zur Probe«, bestätigte Doyle. »Selbstverständlich gegen volles Honorar. Und am Montagabend gibt es Ihre gebratenen Würstchen mit Kartoffelbrei und Onion Gravy.«

KAPITEL 8

Der einsame Mann blickte in den düsteren Himmel. Wolken hatten sich nach Einbruch der Dunkelheit über dem Norden Guernseys zusammengezogen, erst wenige, dann immer mehr. Sie hatten sich zu einer dichten Decke vereinigt, die lediglich ein paar kleine Lücken aufwies. Nur durch diese wenigen Lücken konnten Mond und Sterne ihr blasses Licht auf L'Ancresse Common werfen. Das inzwischen geschlossene Clubhaus des »Vale Golf Clubs« wirkte auf ihn wie ein großes, klobiges Tier, das zwischen Meer und Land hockte. Wie ein Wesen aus jenen fernen Zeiten, aus denen auch sein Ziel stammte: La Varde.

Er hatte nicht einmal eine Taschenlampe, aber er fand sich auch so auf dem verlassenen Golfplatz zurecht. Vor Jahren, als er dringend Geld hatte verdienen müssen und jeden Job angenommen hatte, hatte er als Touristenführer gearbeitet. Besonders viel Spaß hatten ihm damals die Touren zu den vorzeitlichen Hinterlassenschaften auf Guernsey gemacht, zu Menhiren und Gräbern. Dabei hatte er dem staunenden Publikum allerlei Schauergeschichten erzählt, die in der Regel über das wissenschaftlich Verbürgte weit hinausgegangen waren. Den Leuten hatte es gut gefallen, und das hatte recht erfreuliche Auswirkungen auf die Höhe seines Trinkgelds gehabt.

Das Gelände vor ihm stieg leicht an. La Varde lag auf dem höchsten Punkt des Golfplatzes. Er blieb kurz stehen und lauschte, aber außer dem entfernten Brummen eines Autos und dem beständigen leichten Klatschen des gegen die nahe Küste brandenden Atlantiks war nichts zu hören. Von den Jugendlichen, die sich manchmal nachts hier herumtrieben und Party machten, gab es weit und breit keine Spur. Vielleicht war es ihnen zu dunkel und auch zu kühl. Er selbst merkte plötzlich, dass er fror. Kein Wunder, er hatte keine Jacke. Das bisschen Geld in seiner Hosentasche hätte auch nicht gereicht, um eine zu kaufen. Er benötigte dringend Hilfe, vor allem Geld, deshalb war er hier.

Ein plötzlicher Schmerz in seinem rechten Unterschenkel ließ ihn anhalten. Er war gegen einen großen, scharfkantigen Stein gestoßen, den er in der Dunkelheit übersehen hatte. Es tat verdammt weh, und er stieß einen leisen Fluch aus. Als er die schmerzende Stelle betastete, wurden seine Fingerspitzen feucht. Blut. Der Scheißstein hatte seine Jeans und seine Haut aufgerissen. Wahrscheinlich war Guernsey der einzige Ort auf dem Planeten, wo mitten auf dem Golfplatz scharfkantige Steinblöcke herumlagen.

Mit einem tiefen Durchatmen setzte er seinen Weg fort. Zum Glück hatte er sein Ziel bald erreicht. Er war jetzt vorsichtiger und achtete genau auf den Boden zu seinen Füßen. Unangefochten erreichte er die Kuppe der kleinen Erhebung mit dem Eingang zu der aus Granitplatten errichteten Grabanlage.

Vor zweihundert Jahren hatte man sie entdeckt und vorsichtig ausgegraben. Er blieb vor dem Eingang in den zehn Meter tiefen Granittunnel stehen und starrte hinein, als könne er in der absoluten Finsternis irgendetwas erkennen. Das konnte er nicht, und er hörte auch nichts. Immerhin kam es schon mal vor, dass sich Jugendliche einen besonderen Kick verschafften, indem sie da drin miteinander schliefen. Für ihn unvorstellbar, da war ihm ein weiches, bequemes Bett allemal lieber. Aber er war ja auch längst kein Jugendlicher mehr. Nachdem er ein, zwei Minuten gelauscht hatte, war er sicher, dass niemand dort drinnen war und unerwünschter Zeuge des geplanten Treffens werden könnte.

Er betrat den Eingang des Grabes, hielt aber schon nach zwei Schritten an, damit er noch erkennen konnte, wenn sich jemand näherte. Jetzt, da er sein Ziel erreicht hatte, fühlte er sich erschöpft. Nach diesem langen, anstrengenden Tag spürte er Hunger und Durst, aber dagegen konnte er im Augenblick nichts tun. Nur gegen die Erschöpfung. Er setzte sich auf den Boden und störte sich nicht weiter an der Kälte, die durch seine Jeans drang. Hauptsache, er konnte sich etwas ausruhen.

Wieder ertönte von fern ein Fahrzeugmotor, der abrupt verstummte. Das Meer konnte er hier drin nicht mehr hören, und um ihn war absolute Stille, vom regelmäßigen Geräusch seines eigenen Atmens abgesehen. Erneut dachte er an die Touristen, die er früher nach La Varde geführt hatte, und an die Geschichte des Grabes aus der Jungsteinzeit.

Irgendwann zwischen 3500 und 2000 vor Christi Geburt hatte man hier Menschen begraben, vielleicht sogar lebendig.

Für ihn war das eine Steilvorlage gewesen, den Leuten erfundene Gruselgeschichten über Kratzspuren im Granit und Ähnliches zu erzählen. Es hatte ihm solchen Spaß gemacht, dass er sogar daran gedacht hatte, Horrorromane zu schreiben. Aber zum Schreiben, das hatte er nach den ersten Versuchen gemerkt, brauchte man Ausdauer, und die hatte er einfach nicht.

Ein Geräusch drang an sein Ohr.

Schritte.

Er hielt den Atem an und lauschte. Ja, es waren tatsächlich Schritte. Leise und vorsichtig, aber sie kamen unzweifelhaft näher.

Rasch erhob er sich, trat aber nicht nach draußen. Hier im Grab verbarg ihn die Finsternis, während sich sein Besucher zumindest umrisshaft vor dem schwachen Licht der Gestirne abzeichnen musste.

War seine Vorsicht übertrieben? Wer sonst sollte sich da nähern außer der Person, die er erwartete?

Aber je länger er darüber nachdachte, desto unsicherer wurde er. Verdammt, hätte er doch eine Waffe!

Er ließ sich auf die Knie nieder, spürte dabei einen plötzlichen Schmerz in seinem aufgerissenen Unterschenkel und suchte den Boden mit tastenden und zugleich fahrigen Bewegungen ab.

Da, ein Stein, etwa faustgroß!

Besser als gar keine Waffe. Er umschloss den Stein mit seiner Rechten und wollte sich wieder erheben.

Im selben Augenblick traf ein beinah schmerzhaft blendender Lichtstrahl seine Augen.

»Bleib da auf dem Boden«, ertönte leise, aber deutlich eine Stimme.

Er hatte, noch immer auf den Knien, seine geblendeten Augen mit der linken Hand abgeschirmt und versuchte jetzt, durch die leicht gespreizten Finger etwas zu erkennen. Die Umrisse einer menschlichen Gestalt zeichneten sich vor ihm ab. Die Gestalt streckte einen Arm in seine Richtung aus, und etwas lag in ihrer Hand.

Eine Waffe.

DRITTER TAG

Donnerstag, 16. Oktober

KAPITEL 9

Die in der Nacht aufgezogenen Wolken hatten sich fast vollständig verflüchtigt, und es schien ein weiterer sonniger Spätsommertag zu werden. Der weiße Gebäudekomplex mit den roten Schindeldächern inmitten grüner Wiesen wirkte auf Doyle im Sonnenschein eher wie eine Residenz für Touristen oder ein Konglomerat aus Wohnhäusern als wie eine Strafanstalt. Jedenfalls, solange er sein Augenmerk nicht auf die vergitterten Fenster legte oder auf die Mauer, die das gesamte Areal umgab. Les Nicolles Prison in St. Sampson war das einzige Gefängnis auf Guernsey. Hier waren Männer, Frauen und Jugendliche untergebracht, verurteilte Straftäter ebenso wie Untersuchungshäftlinge. Der auf die grüne Wiese gesetzte Bau war 1989 in Betrieb genommen worden als Ersatz für das alte Gefängnis in St. Peter Port, das mit der Zeit zu klein und zu unmodern geworden war.

»Ich staune immer wieder, wie idyllisch es hier aussieht«, sagte Doyle zu seiner Beifahrerin, als er den Tamora auf dem Parkplatz vor dem Gefängnis ausrollen ließ.

»Das klingt fast so, als möchtest du hier einziehen«, erwiderte Pat und stieg aus, bevor Doyle den Gentleman spielen und ihr die Tür aufhalten konnte.

»Ich schlafe lieber hinter Türen, die ich selbst zuschließe.«

Doyle blinzelte in den sonnigen Himmel und beschloss, dass er den Roadster ohne Verdeck stehen lassen konnte.

Ein weiteres Cabriolet in Silbermetallic näherte sich deutlich schneller, als Doyle gefahren war, und der Fahrer parkte den BMW 640i direkt neben dem Tamora. Peter Jehan schob die Ray-Ban-Sonnenbrille nach oben über seine Stirn und warf einen bewundernden Blick auf Doyles Roadster.

»Guten Morgen, Chief Inspector, ist das Ihr Wagen?«

»Ja«, sagte Doyle nur.

Der Rechtsanwalt stieg aus dem BMW und nahm sein Jackett und einen Aktenkoffer vom Beifahrersitz. Als er das Jackett überstreifte, stellte Doyle fest, dass Jehans Anzug ausgesprochen gut saß, wahrscheinlich eine Maßanfertigung. Die nach einem teuren, italienischen Design aussehenden Schuhe bestätigten Doyles Annahme, dass der Anwalt großen Wert auf seine äußere Erscheinung legte.

»Nicht schlecht, wirklich nicht schlecht«, murmelte Jehan. »So einer fehlt noch in meiner Sammlung. Haben Sie schon mal daran gedacht, ihn zu verkaufen?«

»Nein.«

Doyles Stimme klang kühl, als hätte Jehan vorgehabt, den Tamora zu stehlen.

»Sollten Sie Ihre Meinung ändern, denken Sie bitte an mich.« Jetzt erst schien der Anwalt Pat zu bemerken. »Hallo, wen haben wir denn da?«

»Ich fahre nur einen alten Golf«, sagte Pat. »Der wird Sie sicher nicht interessieren.«

»Der Wagen kaum, seine Besitzerin dafür umso mehr.« Jehan lächelte breit und zeigte zwei Reihen strahlend weißer Zähne. Er ließ seinen Blick an Pat hinabgleiten, die heute einen hellgrauen, ihre weibliche Figur betonenden Hosenanzug trug.

»Manchmal sind eben nicht die Autos die wahren Schätze, sondern ihre Fahrerinnen.«

Doyle räusperte sich. »Ich teile Ihren Enthusiasmus in dieser Hinsicht voll und ganz, Mr Jehan, und darf also davon ausgehen, dass Sie nichts gegen die Anwesenheit von Inspector Holburn bei unserem Gespräch mit Cameron Prideaux einzuwenden haben.«

»Ganz und gar nicht, im Gegenteil.«

Ich inzwischen aber, dachte Doyle. Er hatte Pat gebeten, ihn zu dem Termin zu begleiten, weil er Wert auf ihre Einschätzung legte. Immerhin war nicht auszuschließen, dass die Suche nach dem immer noch flüchtigen Monopoly-Dieb mit der Sache Prideaux-Corbin zusammenhing. Noch aber galt Colin Chadwicks Ermittlungsverbot hinsichtlich des offiziell abgeschlossenen Mordfalls. Mit dem Gefängnisbesuch an diesem Morgen bewegte sich Doyle auf dünnem Eis, und er konnte die Hilfe einer so erfahrenen Kollegin wie Pat gut gebrauchen. Aber Jehans nicht gerade dezenter Annäherungsversuch begann, ihn wirklich zu ärgern.

»Ist der Chief Officer über diesen Termin informiert?«, fragte der Anwalt.

»Nein, nur mein Team. Noch arbeiten wir nicht offiziell am Mordfall Corbin. Aber Sie legen doch Wert auf das Gespräch mit Ihrem Klienten Cameron Prideaux, richtig?«

»Ganz recht, ja.«

»Dann liegt es auch in Ihrem Interesse, dass der Chief Officer außen vor bleibt, jedenfalls im Augenblick.«

»Geht in Ordnung, Doyle. Ich dachte nur, ich könnte hilfreich sein, weil Colin ein Golfkamerad von mir ist. Ihr Vorgänger Mourant hat ihn damals bei uns eingeführt.«

»Ich kenne Colin auch ganz gut aus der gemeinsamen Zeit

bei der Met und weiß, wie ich mit ihm umzugehen habe, Jehan. Also überlassen Sie das bitte mir.«

Doyle hatte nicht gewusst, dass Chadwick Mitglied im »Vale Golf Club« war, und er war sich im Augenblick nicht sicher, ob er erfreut darüber sein sollte oder eher nicht. Was ihn ganz sicher nicht erfreute, war Jehans Versuch, sich in seine Belange einzumischen. Mourants Mitgliedschaft im Club erstaunte ihn nicht, schließlich galt Golf als ein Sport der Wohlhabenden. Ihn beschäftigte mehr der Umstand, dass es auf einmal um ihn herum von Mitgliedern des Golfclubs nur so wimmelte.

Der Anwalt ging voran und schien das Gefängnispersonal gut zu kennen. Er scherzte mit den Wärtern und nannte einige beim Vornamen. Trotzdem mussten sich alle einer Kontrolle unterziehen.

»Fotoapparate und alle Geräte, die über eine Fotofunktion verfügen, sind abzugeben«, schnarrte ein korpulenter Gefängniswärter, als Doyle vor dessen Schalter stand.

Doyle schaltete sein Handy aus und reichte es dem Mann.

»Spitze und scharfkantige Gegenstände ebenso.«

Hierauf schüttelte Doyle nur kurz den Kopf.

»Feuerzeuge, Tabak, Zigaretten, Zigarren, Filter, Pfeifen, E-Zigaretten?«

Wieder schüttelte Doyle den Kopf.

»Wir sind nämlich das zweite komplett raucherfreie Gefängnis in ganz Europa.«

Mit unverhohlenem Stolz warf sich der Gefängniswärter so in die Brust, dass sein weißes Uniformhemd bedenklich spannte und die schwarze Krawatte über dem Bauch zur Seite rutschte.

»Ach«, sagte Doyle. »Und welches ist das erste?«

Das grobporige Gesicht des Wärters verfinsterte sich.

»Das auf der Isle of Man.«

Als Pat durch die Kontrolle ging, neigte Jehan seinen Kopf in Richtung Doyle und fragte leise: »Welcher Schatz ist Ihnen wichtiger, Doyle, Ihr Roadster oder Ihre Kollegin?«

Genauso leise erwiderte Doyle: »Welche Sportarten betreiben Sie noch neben dem Golf, Jehan?«

Der wirkte irritiert. »Ich laufe und ich segle. Wieso?«

»Und wie sieht es mit dem Boxen aus?«

»Nein, ich boxe nicht.«

»Aber ich.«

»Ich habe verstanden, Doyle. Keine Sorge, ich werde nicht in Ihrem Teich fischen.«

Kaum war Pat durch die Kontrolle, da näherte sich ihnen ein grauhaariger Mittfünfziger in einem gutsitzenden grauen Anzug und begrüßte zunächst Jehan sehr herzlich. Ein Golfkamerad, da hatte Doyle keine Zweifel.

Der Grauhaarige wandte sich Doyle und Pat zu.

»Anthony Palmer, Gefängnisdirektor«, stellte er sich vor. »Mein Freund Peter Jehan hat mich schon über Ihren Besuch informiert. Wird denn der Fall, in dem Cameron Prideaux verurteilt ist, neu aufgerollt?«

»Das ist noch nicht sicher und keinesfalls offiziell«, sagte Doyle. »Im Augenblick sind meine Kollegin und ich offiziell nicht einmal hier. Ich zähle da auf Ihre Verschwiegenheit, Sir.«

»Das ist doch selbstverständlich, Chief Inspector.«

»Können wir mit Cameron sprechen?«, fragte Jehan.

»Sicher doch. Als ich hörte, dass Sie da sind, habe ich gleich nach ihm geschickt. Er war draußen bei der Arbeit.«

»Draußen?«, wunderte sich Pat.

»Ja, an der frischen Luft, aber auf dem Anstaltsgelände. Er gehört zu unserer Gärtnerei und kümmert sich um das Obst und Gemüse, das wir zur Eigenversorgung anbauen. Wir leben hier nämlich sehr gesund und sind sogar ...«

»Das zweite komplett raucherfreie Gefängnis in ganz Europa«, sagte Doyle. »Ich habe es bereits vernommen.«

Direktor Palmer lachte kurz auf.

»Da sind wir halt mächtig stolz drauf.«

»Aber noch nicht mal E-Zigaretten? Ist das nicht sehr streng?«

»Unsere Einsitzenden dürfen in der Freizeit durchaus E-Zigaretten rauchen. Die können sie von ihrem Geldbudget in unserem Shop kaufen. Wir sind aber gegen die ungehinderte Einfuhr der E-Zigaretten in unsere Anstalt, damit nicht so etwas wie eine Parallelwährung entsteht.«

Palmer führte sie durch mehrere Gänge in einen kleinen Aufenthaltsraum, an dem ein junger Mann in blauer Arbeitskleidung an einem Tisch saß. Hinter ihm an der Wand stand breitbeinig und mit über der Brust verschränkten Armen ein Aufseher.

»Ich lasse Sie dann mit Mr Prideaux allein«, sagte der Gefängnisdirektor und wandte sich dem Aufseher zu. »Watkins, Sie warten auf dem Gang. Die Gesprächszeit ist unbegrenzt.«

»Sind Sie verwandt mit Police Constable Watkins?«, fragte Doyle, als der Aufseher an ihm vorbeiging.

»Meine Frau, Sir.«

Jehan stellte überflüssigerweise den jungen Mann als Cameron Prideaux vor. Er war groß und schlank wie sein Vater, hatte aber helleres, sandfarbenes Haar. Er wirkte nicht mehr ganz so jung wie auf den Fotos, die Doyle von ihm gesehen hatte. Die hinter ihm liegenden Ereignisse und der Gefängnisaufenthalt hatten ihre Spuren hinterlassen.

Der Anwalt stellte nun die beiden Polizisten vor, und die

drei Neuankömmlinge setzten sich zu Prideaux an den halbrunden Tisch. An einer Seite des Tisches standen zwei Plastikflaschen mit Wasser und ein paar Trinkbecher aus Plastik, aber niemand bediente sich.

Doyle sah das Misstrauen in den Zügen des Häftlings. Prideaux kniff die dunkelbraunen Augen zusammen, noch eine Gemeinsamkeit mit seinem Vater. Er musterte die beiden Polizisten so, wie ein Tier Feinde ansieht, die in sein Revier eingedrungen sind.

»Was soll das Ganze hier?«, fragte er schließlich mit Blick auf seinen Anwalt. »Warum noch einmal Polizei? Was soll die noch über mich rausfinden? Ich bin doch schon zu lebenslänglich verurteilt.«

»Sei nicht so feindselig, Cameron«, sagte Jehan. »Chief Inspector Doyle und Inspector Holburn sind nicht hier, um dich zu belasten. Im Gegenteil, sie wollen dir helfen.«

Prideaux lachte heiser.

»Ich habe von dieser dusseligen Geschichte mit dem *Clameur de Haro* in der Zeitung gelesen. Mein Vater muss ziemlich verzweifelt gewesen sein, wirklich. Damit hat er den Chief Inspector ganz hübsch in die Klemme gebracht.« Er blickte jetzt Doyle an. »Nicht wahr? Sie müssen jetzt so tun, als würden Sie meinen Dad ernstnehmen, damit Presse und Öffentlichkeit zufrieden sind. Geben Sie doch zu, dass Sie nur deshalb hier sind. Dann können wir uns alles Weitere sparen. Ich habe nämlich noch zu arbeiten.«

»Glauben Sie, auf uns wartet keine Arbeit?«, fragte Doyle. »Was haben Sie zu verlieren, wenn Sie mit uns kooperieren?«

»Meine Selbstachtung. Ich weiß nämlich genau, dass Sie nur hier sind, um Ihr Image aufzupolieren.«

»Woher wollen Sie das wissen?«

»Weil die Polizei bisher nichts getan hat, um mir zu helfen. Ihr Vorgänger, der ermordete DCI, hat nur Beweise gegen mich gesammelt, damit ich möglichst schnell für alle Zeit hier verschwinde.«

»Warum hätte er das tun sollen?«

»Für seine Personalakte. Für eine weitere Sprosse in seiner Karriereleiter.«

Pat stand von ihrem Stuhl auf und ging lässig zu dem vergitterten Fenster. Für ein paar Sekunden stand sie stumm da und blickte nach draußen ins helle Sonnenlicht. Schließlich wandte sie sich um und sah Prideaux an.

»Ich kann gut verstehen, dass Sie jetzt lieber draußen Ihre Gärtnerarbeit fortsetzen würden. Die letzten Spätsommertage auf Guernsey haben immer etwas Besonderes. Noch einmal am Strand spazieren gehen, mit den nackten Füßen im Wasser. Oder auf den Klippenpfaden die überreifen Brombeeren von den Sträuchern pflücken. Als ich ein paar Jahre im Ausland war, habe ich mich immer danach gesehnt. Das geht wohl jedem Gurn so. Na ja, sieht ganz so aus, als hätten Sie diesen Sommer verpasst, Cameron. Ein Garten hinter hohen Mauern ist dann doch nicht dasselbe. Oder?«

Prideaux knetete seine sehnigen, von der Gartenarbeit rissigen Hände ineinander, und Doyle sah den Zorn in ihm förmlich brodeln.

»Wollen Sie mich in all meinem Unglück auch noch verhöhnen?«, herrschte der Gefangene Pat an. »Sind Sie nur deshalb hergekommen?«

»Sie reden andauernd von Ihrem Unglück, aber Sie schlagen jede Hand, die man Ihnen zur Hilfe reicht, aus«, sagte Pat ganz ruhig. »Wissen Sie, was ich glaube, Cameron? Sie wollen gar keine Hilfe. Die stört Sie nur in Ihrem Selbstmitleid und Ihrer

Selbstgerechtigkeit, und in beidem haben Sie sich doch gerade so hübsch eingerichtet. Mag sein, dass Sie unschuldig sind. Mag sein, dass der Tod Ihrer Freundin Anne Sie schwer getroffen hat. Mag auch sein, man hat Ihnen bei der polizeilichen Untersuchung und im Gerichtsverfahren übel mitgespielt. Aber wollen Sie wirklich aus Ihrer behaglichen Opferrolle heraus? Wollen Sie wieder an dem Leben teilnehmen, das dort draußen ist, jenseits der Mauern?« Sie blickte dabei zum Fenster. »Dann müssen Sie nämlich etwas dafür tun, Cameron, Sie müssen sich auf andere Menschen, die Ihnen helfen wollen, einlassen. Auch auf die Gefahr hin, dass Sie abermals enttäuscht werden.«

Wieder verkneteten sich die Hände des jungen Mannes, seine Gesichtsmuskeln zuckten, aber er sagte nichts, starrte nur an allen vorbei ins Leere.

Mit einem Seufzer kehrte Pat zum Tisch zurück, blieb neben Doyles Stuhl stehen und legte eine Hand auf seine Schulter.

»Ich glaube, wir verschwenden hier unsere Zeit, Cy. Lass uns ins Hauptquartier zurückkehren, der Schreibtisch quillt über vor Arbeit. Je eher wir damit fertig sind, desto eher kommen wir zu dem Strandspaziergang, den du mir versprochen hast.«

Doyle gab sich alle Mühe, seine Überraschung über den angeblich versprochenen Strandspaziergang zu verbergen.

Er blickte lächelnd zu ihr auf und sagte: »Du hast recht, Pat.«

Als er seinen Stuhl zurückschob, um aufzustehen, rief Prideaux: »Halt, warten Sie! Bitte! Ich will mit Ihnen reden. Vielleicht können Sie ja doch etwas für mich tun.«

Pat setzte sich wieder neben Doyle, und Jehan nickte seinem Mandanten auffordernd zu.

Prideaux wirkte plötzlich unsicher und sah fast etwas verlegen zu Doyle und Pat herüber.

»Was soll ich Ihnen denn erzählen?«

»Zunächst einmal alles, was Sie von Ihrem angeblichen Rivalen wissen«, sagte Doyle. »Von dem Mann, der Anne Corbin so teure Geschenke gemacht haben soll.«

»Ich weiß nichts von ihm. Anne hat zu mir ja nie von ihm gesprochen.«

»Hat sie Ihnen gegenüber wenigstens bestätigt, dass ein solcher Mann existiert?«

»Nein, sie hat es immer bestritten.«

»Wie kamen Sie dann zu der Annahme, dass Sie einen Nebenbuhler haben?«

»Es kam immer öfter vor, dass sie abends keine Zeit für mich hatte. Mal hieß es, sie habe sich mit Freundinnen zu einem Mädchenabend verabredet. Dann wieder, sie müsse zu Hause bleiben und für die Schule lernen. Wenn so etwas war, hatte sie am nächsten Tag meistens ein neues Schmuck- oder Kleidungsstück. Immer etwas Teures, das sah man gleich.«

Pat sah ihn durchdringend an. »Hat Anne Ihnen nicht gesagt, sie habe sich das Geld dafür zusammengespart?«

»Hat sie, ja.«

»Und Sie haben ihr nicht geglaubt?«

»So viel konnte sie nicht zusammengespart haben. Annes Vater war ja längst abgehauen, und was Annes Mutter verdient hat, das reichte mal so eben.«

»Besonders weil Anne auf eine teure Privatschule ging, auf das ›Julia Beaumont College for Young Ladies‹.«

Prideaux erwiderte Pats Blick und nickte. »Ja, Ma'am, das stimmt. Ich habe Annes Mutter selbst sagen hören, sie wisse manchmal kaum, wie sie die Schulgebühren aufbringen solle. Einmal war sie wohl bei der Schulleiterin und hat mit ihr über die Möglichkeit einer Ratenzahlung gesprochen.«

»Wie ist das Gespräch ausgegangen?«

»Das weiß ich nicht. Anne musste die Schule jedenfalls nicht verlassen.«

»Gibt es weitere Indizien, die Sie an den bislang leider nicht verifizierten Liebhaber Ihrer Freundin glauben ließen?«, fragte Doyle.

»Anne hat sich mit ihren Freundinnen abgesprochen, wenn sie von ihnen ein Alibi benötigte. Aber einmal hat Kira sich verplappert, als ich am nächsten Tag bei ihr nachgefragt habe. Sie schien gar nichts von einem Mädchenabend zu wissen. Sie hat sich dann zwar korrigiert, aber dabei wurde sie puterrot.«

»Kira Westerby?«

»Ja, so heißt sie.«

»Erzählen Sie weiter«, forderte Doyle den Häftling auf.

»Ich bin auch einmal überraschend bei Anne zu Hause aufgekreuzt, als sie angeblich pauken musste. Sie ging nämlich nicht an ihr Handy, als ich sie anrief. Als ich es dann über das Festnetz versuchte, hatte ich Mrs Corbin dran. Ich sagte ihr, ich wolle Anne nur ganz kurz sprechen, aber Mrs Corbin weigerte sich, sie ans Telefon zu holen. Sie wolle Anne nicht in ihrer Konzentration stören, sagte sie.«

»Sie haben Mrs Corbin genauso wenig geglaubt wie in dieser anderen Sache Kira Westerby?«

»Ja. Deshalb bin ich zu den Corbins gefahren. Ich musste eine ganze Weile an der Haustür klingeln, bis Mrs Corbin mir endlich öffnete. Sie hat sich rundweg geweigert, mich zu Anne zu lassen oder sie auch nur kurz an die Tür zu holen. Mehr noch, sie forderte mich auf, sofort zu verschwinden. Dabei hat sie mir mit der Polizei gedroht.«

»Und Sie vermuten, dass Anne gar nicht zu Hause war.«

»Na, das liegt doch auf der Hand.«

»Wenn Sie damit recht haben, Cameron«, sagte Pat, »dann müsste Annes Mutter von dem Liebhaber ihrer Tochter wissen. Bei der Polizei und vor Gericht hat sie das aber bestritten.«

»Ihr hat das Gericht geglaubt, mir nicht. Deshalb sitze ich hinter diesen Mauern. Und Annes wahrer Mörder läuft da draußen noch frei herum.«

»Wann war dieser Vorfall mit Annes Mutter?«, fragte Doyle.

»Zwei Tage vor Annes Tod.«

»Also am Neujahrsabend.«

»Ja, Chief Inspector. Am Neujahrsabend hat ein Mädchen wie Anne angeblich nichts Besseres vor, als für die Schule zu pauken. Am Abend davor waren wir noch zusammen auf einer Party und haben ins neue Jahr reingefeiert. Da hat Anne nichts davon erzählt, dass sie dringend lernen muss.« Nach einer kurzen Pause fügte er leise hinzu: »Das war das letzte Mal, dass ich Anne in den Armen gehalten und geküsst habe.«

»Wie ging es nach diesem Neujahrsabend weiter?«

»Ich wollte von Anne selbst hören, wo sie an diesem Abend war, und habe sie am nächsten Tag nach der Schule abgepasst.«

»Nach der Schule?«, hakte Pat ein. »Sind Sie da sicher?«

»Natürlich.«

Pat blickte ihn prüfend an. »Da waren noch Ferien. Die Mädchen hatten erst am siebten Januar wieder Unterricht.«

»Das stimmt, aber Anne war in der Schwimmstaffel ihrer Schule. Die hatten schon für den zweiten Januar ein Training angesetzt, damit die Schwimmerinnen über die Feier- und Ferientage nicht zu sehr aus der Übung kommen.«

»Das ist richtig, ich habe es nachgeprüft«, meldete sich Jehan zu Wort. »Die Schulleitung wird es Ihnen bestätigen.«

»Okay«, sagte Doyle und wandte sich an Prideaux. »Kam es

bei dieser Gelegenheit zu dem Riesenkrach zwischen Ihnen und Anne?«

Cameron schluckte schwer, die Erinnerung war ihm sichtlich unangenehm.

»Ich hatte sofort das neue Schmuckstück an ihr bemerkt. Eine teure Halskette, die sie sich selbst niemals hätte leisten können. Anne wollte mir weismachen, es sei nur eine billige Kette, die sie schon länger hätte. Das war natürlich Bockmist.«

»Haben Sie eine Ausbildung zum Goldschmied gemacht?«, fragte Pat.

»Nein, zum IT-Fachmann. Aber ich erkenne teuren Schmuck. Meine Mutter hat eine Menge davon.«

»Nehmen wir das mal so hin«, sagte Doyle. »Wie endete der Streit?«

»Anne beharrte auf ihren Lügen und sagte, wenn ich ihr nicht glaubte, bräuchte ich ihr nie wieder unter die Augen zu kommen.«

»Dafür gab es mehrere Zeugen, Mitschülerinnen«, gab Doyle wieder, was er in den Akten gelesen hatte.

»Ja, die anderen aus der Schwimmstaffel.«

»War auch Kira Westerby darunter?«

»Ja.«

»Und Vanessa Fournier?«

»Die auch.«

Jehan beugte sich interessiert zu Doyle vor.

»Wie kommen Sie ausgerechnet auf Vanessa Fournier?«

»Laut Aktenlage war sie Anne Corbins beste Freundin.«

»Stimmt, natürlich.«

Doyle richtete seine Aufmerksamkeit wieder auf Cameron Prideaux und fragte ihn, wie es nach dem Streit weitergegangen sei.

»Ich war wütend und bin eine Weile durch die Gegend gefahren, mit voll aufgedrehten Boxen, um mich abzureagieren.«

»Was für Musik?«

»Heavy Metal.«

»Sicher gut zum Abreagieren«, meinte Doyle. »Und dann?«

»Abends bin ich in den Pub, in meine Stammkneipe, und
habe mir dort die Kante gegeben.«

»Sie haben also an diesem Tag keinen Kontakt mehr zu
Anne gehabt und auch nicht versucht, ihn herzustellen?«

»Richtig.«

»Und am nächsten Tag?«

»Da ging es mir richtig beschissen. Nicht nur wegen der Sau-
ferei, sondern besonders wegen Anne. Unser dummer Streit,
das tat mir plötzlich alles so leid. Ich wollte sie anrufen, aber ihr
Handy war ausgeschaltet. Ich rief wieder auf dem Festnetz an,
aber auch dort ging niemand ran, nur ein blöder Anrufbeant-
worter. Da bin ich in meinen Wagen und hin zu den Corbins,
aber diesmal öffnete niemand. Plötzlich machte ich mir große
Sorgen um Anne und bin durch die Gegend gefahren, um nach
ihr zu suchen.«

»Woher kamen diese plötzlichen Sorgen?«

»Ich weiß es nicht. Die waren auf einmal da. Ich hatte das
Gefühl, dass Anne in großer Gefahr ist. Aber ich kann es Ihnen
nicht erklären, wirklich nicht.«

»Und wo haben Sie nach ihr gesucht?«

»Erst in der Gegend, wo sie wohnt … wohnte, in Torteval.
Dann bin ich so durch die weitere Umgegend gefahren.«

»Sie waren am Portelet Harbour.«

»Ja«, sagte Prideaux zögernd.

»Dort hatten Sie und Anne einen gemeinsamen Lieblingsplatz
oder geheimen Treffpunkt, wie immer man es nennen will.«

»Und?«

»War das der Ort, an dem man Annes Leiche aufgefunden hat?«

»Das haben die Ermittlungen ergeben.«

»Haben Sie Annes Leiche dort gefunden?«

Prideaux schlug mit den flachen Händen auf die Tischplatte. »Ich war an dem Morgen gar nicht dort.«

Doyle stand mit einer ruckartigen Bewegung auf, war mit zwei schnellen Schritten bei Prideaux und schrie ihn an: »Haben Sie Annes Leiche dort gefunden, ja oder nein?«

»Ja«, kam es kaum hörbar über die Lippen des Häftlings. Er wurde blass und sank in sich zusammen.

Doyles laute Stimme hatte den Wärter auf dem Flur alarmiert, der mit fragendem Blick hereinkam.

»Ich habe alles unter Kontrolle«, sagte Doyle, jetzt mit vollkommen ruhiger Stimme. »Sie können die Tür wieder schließen, Mr Watkins.«

Der Wärter nickte knapp und verdrückte sich wieder auf den Gang. Doyle goss Wasser in einen Trinkbecher und stellte ihn vor Prideaux auf den Tisch, bevor er zu seinem Platz zurückging und sich setzte.

»Wieso rücken Sie nur so zögerlich mit der Wahrheit heraus, Cameron?«

Prideaux leerte den halben Becher in einem Zug.

»Ich … mache mich doch damit nur noch mehr verdächtig. Schließlich habe ich bei der Polizei und vor Gericht nichts davon gesagt. Woher wussten Sie, dass ich da war?«

»Halten Sie mich für dämlich? Sie waren in der Gegend, auf der verzweifelten Suche nach Ihrer Freundin, und wollen dann nicht an Ihrem gemeinsamen Lieblingsplatz gewesen sein? Wo gibt es denn sowas?«

»Aber sonst hat mir das jeder abgenommen.«

»Tja, offenbar hat man bei den Ermittlungen damals tatsächlich etwas zu viel Dampf gemacht.«

»Jetzt halten Sie mich auch für Annes Mörder«, sagte Prideaux mutlos.

»Keineswegs«, erwiderte Doyle. »Wenn Sie weiterhin gelogen hätten, spräche viel mehr für Ihre Täterschaft. Aber nach Lage der Dinge bin ich geneigt, Ihnen zu glauben. Auch wenn es Ihnen schwerfällt, Cameron, erzählen Sie bitte, wie es war, als Sie Ihre Freundin zum letzten Mal gesehen haben. Sie war da schon tot, nehme ich an.«

»Ja, das war sie.« Prideaux' Blick wurde wieder starr und richtete sich in die Vergangenheit. »Ich habe meinen Wagen an der Rue de la Varde geparkt und bin durch den Wald zu der kleinen Lichtung. Zu … unserem Ort. Da habe ich Anne auch schon gesehen. Sie lag auf dem Boden. Erst dachte ich, sie sei müde und ruhe sich nur ein wenig aus. Ich habe nach ihr gerufen, mehrmals, aber sie hat nicht geantwortet, hat nicht einmal den Kopf gehoben, um nach mir zu sehen. Da wusste ich, dass etwas nicht stimmte. Ich bin näher ran und habe ihren Kopf gesehen, ganz voller Blut. Sie schien mich anzusehen, aber … ihre Augen, die waren wie aus Glas. Ganz starr. Da habe ich es verstanden. Sie war tot.«

»Und dann?«

»Ich bin in meinen Wagen und nach Hause. Dort habe ich zwei Schlaftabletten genommen und mich ins Bett gelegt. Ich konnte nicht mehr.«

»Sie haben keinen Versuch gemacht, Hilfe für Ihre Freundin zu holen?«

»Was für Hilfe? Sie war doch tot!«

»Aber Sie haben Anne nicht angefasst und näher untersucht?«

»Nein. Ich konnte auch so sehen, dass sie tot war. Da wollte ich nur noch weg. Ich weiß, das war feige von mir und unentschuldbar.« Prideaux seufzte tief. »Ja, es war unendlich feige, und schon allein dafür verdiene ich es, hier zu sein.«

»Mit Ihrem Gewissen müssen Sie ganz allein klarkommen«, sagte Doyle. »Aber Feigheit wird vom Gesetz nicht bestraft. Hier drin sollte Annes Mörder sein und …«

Die Tür wurde abermals aufgestoßen, und eine kräftig gebaute Gefängnisaufseherin mit dunklem Pferdeschwanz blickte herein.

»Ist hier ein Chief Inspector Cyrus Doyle?«

Doyle blickte sie neugierig an. »Was gibt's denn?«

»Ein Anruf für Sie, Sir. Dringend, heißt es. Sie können das Gespräch im Büro des Direktors annehmen.«

Doyle entschuldigte sich bei den Anwesenden und folgte der uniformierten Frau nach draußen und durch mehrere Gänge.

»Wer ist der Anrufer?«, fragte er, während sie im Eilschritt um eine Ecke bogen.

»Ein Sergeant Fraker oder Straker.«

»Oder Baker?«

»Kann auch sein, Sir.«

Es war Sergeant Baker, und Doyle fragte ungehalten: »Was ist los, Baker? Ich hatte doch extra gesagt, dass ich bei dem Gefängnistermin keine Störung wünsche.«

»Deswegen hat Mildred auch zuerst Jasmyn und mich in Marsch gesetzt. Wir waren gerade am ›Julia Beaumont College for Young Ladies‹, als sie uns zum Golfplatz von L'Ancresse geschickt …«

»Was ist passiert?«, fuhr Doyle ihm in die Rede.

»Wir haben hier eine Leiche, Sir.«

»Wo?«

»Im Grab.«

»Ein Grab auf dem Golfplatz?«

»Ja, dieses Vorzeitgrab auf dem Hügel.«

»La Varde?«

»Genau, Sir.«

»Und die Leiche? Ist sie bereits identifiziert?«

»Ich fürchte, ja, Sir«, sagte Baker zögernd und nannte den Namen. »Ich habe ihn gleich wiedererkannt, auch wenn der halbe Kopf fehlt.«

Der Sergeant erläuterte kurz die näheren Umstände.

Doyle stieß einen halblauten Fluch aus, atmete einmal tief durch und sagte: »Inspector Holburn und ich kommen sofort!«

KAPITEL 10

Doyle wendete den Tamora, trat aufs Gaspedal und verließ mit aufheulendem Motor den Gefängnisparklatz. Im Rückspiegel blitzte noch einmal kurz die Silbermetallic-Lackierung von Peter Jehans BMW im Sonnenlicht auf. Der Anwalt, der noch bei seinem Mandanten Prideaux geblieben war, hatte wissen wollen, weshalb Doyle und Pat es auf einmal so eilig hatten, aber Doyle hatte es ihm nicht gesagt. Er wollte keine Gerüchte über einen Zusammenhang zwischen dem mutmaßlichen Mord an Harry Fournier und dem Fall Anne Corbin streuen, auch wenn er selbst so etwas vermutete. Spekulationen, die einmal in der Welt waren, blieben auch dort.

»Harry Fournier liegt tot im Grab von La Varde?« Pat konnte es kaum glauben. »Aber es könnte ein Suizid sein?«

»Sagt zumindest Sergeant Baker. Der Tote hält wohl eine

Schusswaffe in der Hand, die möglicherweise die Tatwaffe ist.«

Am Ende der Gefängniszufahrt bog er nach links auf die Baubigny Road ab und erhöhte das Tempo.

»Eins wissen wir jedenfalls mit hundertprozentiger Sicherheit«, sagte Pat. »Diesmal ist Cameron Prideaux nicht der Täter.«

»Apropos Prideaux. Meine Anerkennung dafür, wie du ihn zum Reden gebracht hast, Pat. Mir wäre das nicht so schnell gelungen.«

»Das ist wahrscheinlich eine Frage der Geschlechter. Du als Mann und damit eine Art Stellvertretervater hast in Cameron trotzigen Widerspruchswillen hervorgerufen. Ich als Stellvertretermutter hatte es dagegen leichter, an seinen Emotionen zu rühren.«

»Respekt, Ms Freud. Vielleicht hältst du darüber mal einen Vortrag im Rahmen der polizeilichen Fortbildung.«

»Dazu müsste mir erst mal ein passender Titel einfallen.«

»Den habe ich schon: *Die Rolle des weiblichen Polizisten als Stellvertretermutter bei der Zeugenvernehmung.* Klingt doch arg wissenschaftlich, oder?«

»Total«, bestätigte Pat, und beide brachen in ein leises Lachen aus.

Doyle genoss das gelöste Gespräch mit Pat. So konnte er sich ein wenig entspannen. Wusste er doch, dass am Ende dieser Fahrt etwas auf sie wartete, das alles andere als komisch war. Er nahm an, dass Pat es ähnlich empfand.

Zur Rechten passierten sie Oatlands Village, eine Mischung aus Einkaufsparadies für Touristen und Freizeitpark für Kinder. Während die Eltern hier allerlei kunsthandwerkliche Artikel, handgestaltete Kleidung, Schmuck, Blumen oder hausgemachte Schokolade kauften, konnten sich ihre Sprösslinge auf der Minigolfanlage, beim Herumtoben im Dschungelhaus, auf Rollerblades oder in elektrisch betriebenen Gokarts vergnügen. Doyle hatte schon länger vorgehabt, hier mal wieder herzukommen, um sich die alten Ziegelbrennöfen anzusehen, die Oatlands Kilns, die auf dem Gelände zu bewundern waren.

An der Kreuzung vor ihm leuchtete eine rote Ampel auf. Er bremste den Tamora ab und blinzelte in den blauen Himmel.

»Das gute Wetter scheint sich zu halten.«

»Ein Gespräch über das Wetter«, wunderte sich Pat. »Das ist ja wie bei einem alten Ehepaar, dem sämtliche anderen Themen ausgegangen sind.«

»Ich meine ja nur«, sagte Doyle und grinste sie breit an. »Schließlich freue ich mich auf unseren Strandspaziergang. Der macht bei schönem Wetter doch viel mehr Spaß.«

Doyle fuhr nach rechts auf die besser ausgebaute Route du Braye, der er in nordwestlicher Richtung folgte.

»Glaubst du Cameron Prideaux, Pat?«

»Auch wenn es mir schwerfällt, das zuzugeben: Ja, ich glaube ihm.«

»Warum fällt es dir schwer?«

»Ich habe im Mordfall Anne Corbin zu DCI Mourants Ermittlerteam gehört. Wenn damals Fehler gemacht wurden, und das glaube ich immer mehr, dann fällt das auch auf mich zurück. Aber wir haben keine Spuren von Prideaux am Tatort gefunden. Das untermauert seine Aussage, er habe nur einen Blick auf die Tote geworfen, bevor er sich in Panik aus dem Staub gemacht habe. Wie du schon sagtest, sein Verhalten mag nicht für seinen Charakter sprechen, aber es stempelt ihn auch nicht zum Mörder ab, im Gegenteil. Auch der Rest seiner Aussage passt zu den Tatsachen. Die uniformierten Kollegen haben ihn tatsächlich mitten am Tag aus dem Bett im Haus seiner Eltern geholt, wo er unter der Einwirkung eines Schlafmittels stand.«

Schon wieder eine rote Ampel. Dann bog Doyle nach links ab, auf die Route Militaire, der er jetzt nur noch zu folgen brauchte, bis sie unter dem Namen Route de L'Ancresse direkt zum Golfplatz führte. Vor zwei Monaten, als er nach langer Abwesenheit mit nur gelegentlichen Heimatbesuchen nach Guernsey zurückgekehrt war, hatte er ein paar Probleme gehabt, sich auf Guernseys Straßen zurechtzufinden. Aber jetzt, viele Ausflüge mit dem Tamora später, war seine Ortskenntnis tadellos.

»Anne Corbin und ihre Mutter scheinen nicht gerade Geld im Überfluss gehabt zu haben«, stellte Doyle fest. »Camerons Eltern dagegen sind wohl weit entfernt von allen Geldsorgen. Wie haben sie auf das Verhältnis ihres Sohns mit der viel jüngeren – und ärmeren – Anne reagiert?«

»Julian Prideaux hat das alles sehr entspannt gesehen, sagt er jedenfalls. Er hat das für eine Jugendliebe seines Sohns gehalten, aber nicht für etwas Endgültiges. Vera Prideaux war da nicht ganz so locker. Sie hat Cameron hin und wieder geraten, sich doch eine Freundin aus seinen Kreisen, wie sie es nannte, zu suchen. Aber ich denke nicht, dass ihre Abneigung gegen Anne Corbin ausreicht, um ihr ein Mordmotiv zu unterstellen.«

»Zumindest Mr Prideaux hat ja auch ein lückenloses Alibi, wenn ich die Akten richtig gelesen habe. Er war zur fraglichen Zeit in einer beruflichen Besprechung. Aber seine Frau war in St. Peter Port unterwegs, ohne dass das jemand bezeugen kann.«

»Ja, Cy, das ist die Aktenlage. Mrs Prideaux hat ausgesagt, sie sei in der Innenstadt gewesen, um ein paar Besorgungen zu erledigen.

»Also zum Shoppen.«

»Manche mögen das als ein weibliches Laster ansehen, aber bis zum Mord ist es doch ein sehr weiter Weg.«

Links vor ihnen lag L'Ancresse Common mit dem Golfplatz, aber der hatte nicht mehr sehr viel mit dem ruhigen Ort zu tun, als den Doyle ihn am Vortag erlebt hatte. Jede Menge Fahrzeuge standen am Straßenrand, viele davon Dienstwagen der Guernsey Police. Doyles Kollegen hatten den Golfplatz mit Absperrbändern gesichert. Überall standen Uniformierte, um die Einhaltung der Absperrung zu überwachen. Im Norden des Platzes, wo La Varde lag, liefen zahlreiche Leute umher, wohl hauptsächlich Polizisten. Doyle parkte den Tamora zwischen zwei Polizeifahrzeugen.

Sobald sie ausgestiegen waren, lief ihnen ein junger Constable armfuchtelnd entgegen.

»Hier dürfen Sie nicht parken! Polizeiliche Sperrzone!«

»Mein Parkausweis«, sagte Doyle nur und hielt ihm seinen Dienstausweis unter die Nase.

»Ach, Sie sind's, Sir.« Der Blick des Constables wanderte von Doyle zu dessen Roadster. »Stimmt, ich kenne Ihren Wagen vom Parkplatz vor dem Hauptquartier. Ein tolles Geschoss, Sir, so ein Ding möchte ich auch mal haben!«

Doyle lächelte.

»Warten Sie einfach noch ein paar Jahre, bis Sie Chief Inspector sind, Constable.« Er wandte sich zu Pat um. »Dann müssen wir wohl.«

»Du klingst nicht gerade begeistert.«

»Ich brauche keine Leiche für einen erfüllten Tag.«

KAPITEL 11

Constable Jasmyn Allisette kam Doyle und Pat am Fuß des Hügels, auf dem das Megalithgrab lag, entgegen. Mit ihrer beigen Freizeitjacke, deren Ärmel bis zu den Ellbogen hochgekrempelt waren, der schiefergrauen Cargohose und den beigen Slippern machte sie einen sehr lässigen Eindruck, aber ihr Gesicht wirkte ernst.

»Als wir gesehen haben, wer der Tote ist, haben wir es für richtig gehalten, Sie trotz Ihrer Anweisung anzurufen, Sir.«

»Das war gut so«, sagte Doyle. »Außerdem hatten Inspector Holburn und ich mit Cameron Prideaux alles Wesentliche geklärt. Ich nehme an, der Tote ist noch da drin?«

Er blickte zu den farnumrankten Granitplatten hinauf, die den Eingang zum Grab bildeten. Davor standen zwei stumme Wächter, ein Sergeant in Uniform und einer in Zivil: Baker. Aus dem Innern des Grabes drang ein heller Lichtschein, der sich im Sonnenlicht auflöste. Dort waren vermutlich die Kollegen von der Spurensicherung bei der Arbeit.

»Wir haben nichts verändert, damit Sie und Inspector Holburn sich ein eigenes Bild machen können. Außerdem ist Dr. Nowlan auch noch nicht eingetroffen.«

Dr. Helena Nowlan war Chefärztin an Guernseys großer Klinik, dem Princess Elizabeth Hospital, und arbeitete zugleich als forensische Pathologin für die Guernsey Police. Diese Regelung war verhältnismäßig neu, aber sehr praktisch. Eine Neuerung, die auf das Konto von Colin Chadwick ging und die Doyles ungeteilte Zustimmung fand. Früher hatte man bei unnatürlichen Todesfällen einen Rechtsmediziner aus London einfliegen müssen, den das britische Innenministerium für den jeweiligen Fall abgestellt hatte.

Doyle und Pat folgten Allisette den kleinen Hügel hinauf. Plötzlich stolperte Pat, und Doyle hielt sie fest, ein wenig zu lange vielleicht.

»Schon gut«, sagte sie harsch, verärgert über ihre Unaufmerksamkeit. »Du kannst mich ruhig wieder loslassen, oder wurde ich bei der Besitzaufteilung dir zugesprochen?«

Er ließ sie los und fragte verwirrt: »Wovon sprichst du, Pat?«

»Glaubst du, ich habe nicht bemerkt, wie du und Jehan im Kontrollbereich des Gefängnisses über mich gesprochen habt? Ich dachte, ihr zwei besprecht gerade, wer den Tamora und wer mich bekommt.«

»Du irrst dich, wir haben uns nur über Sport unterhalten.«

»Über Sport?«

»Ja, wirklich. Über Golf, über das Laufen und das Segeln, Jehans Sportarten. Ich habe ihm noch eine andere nahegelegt: das Boxen.«

»Ist das so?«, entgegnete Pat. »Ich wüsste da noch eine Sportart.«

»Und die wäre?«

»Das Flunkern.«

Er sah das Lächeln, das um ihre Mundwinkel spielte, zwinkerte ihr zu und setzte seinen Weg beruhigt fort.

»Wir haben die Leiche genauso belassen, wie wir sie gefunden haben«, erklärte Baker, nachdem er seine beiden Vorgesetzten knapp gegrüßt hatte. »Mit dem Revolver in seiner Hand sieht es so aus, als hätte Fournier sich selbst erschossen.«

»Aber es könnte auch eine Inszenierung sein?«

»Ja, schon, aber von wem?«

»Finden Sie das heraus, Sergeant, und ich spendiere Ihnen einen Jahresvorrat an Schokoriegeln. Wer hat die Leiche gefunden?«

»Ein gewisser James Henderson, Mitglied im ›Vale Golf Club‹, Sir. Er hat hier Golf gespielt, und sein Ball ist knapp vor dem Grabeingang gelandet. Ich verstehe zwar nichts davon, aber es muss ein ziemlich blöder Schlag gewesen sein, wenn Sie mich fragen. Jedenfalls ist Mr Henderson hier rauf zu seinem Ball, und da hat er die Leiche bemerkt. Die Sonne stand gerade günstig und hat den vorderen Grabbereich beleuchtet.«

»Gibt es Hinweise auf tatverdächtige Personen?«

»Bis jetzt nicht, Sir.«

»Danke.«

Doyle betrat das Grab, in dem tatsächlich zwei Mitarbeiter der Spurensicherung in ihren Plastikanzügen bei der Arbeit waren, beleuchtet von provisorisch aufgebauten Scheinwerfern. Ein Mann in Plastik und mit Mundschutz gab Doyle ein Zeichen, er möge nicht nähertreten, und Doyle nickte ihm zu.

Der Tote trug Jeans und ein blau-gelb kariertes Hemd. Er lag auf der linken Seite, die Beine merkwürdig angewinkelt. Die rechte Hand lag hinter ihm auf dem Boden und umklammerte einen großen Revolver. Groß genug, um – wie hier geschehen – mit einem Schuss die obere Schädelhälfte wegzublasen.

»Kein Anblick für jemanden mit einem schwachen Magen«, sagte Pat, die hinter Doyle getreten war.

»Nein«, stimmte Doyle ihr zu, während er sich den Revolver aus der Nähe betrachtete. »Das könnte die Waffe sein, die dafür verantwortlich ist. Ein Smith & Wesson 629 Classic, Kaliber 44 Magnum, rostfreier Stahl, Gummigriffschalen. Ein zuverlässiges Gerät, um jemanden schnell vom Leben in den Tod zu befördern, besonders auf kurze Distanz. Wurde die Kugel gefunden?«

Die zweite Person in Plastik, eine Frau, nickte und hob einen durchsichtigen kleinen Plastikbeutel hoch. Darin die Kugel und Geschmiere, das wohl von Blut und Gehirnmasse stammte.

»Wird gleich zur ballistischen Untersuchung geschickt, Sir.«

Doyle sah Pat an. »Dann lassen wir die Kollegen mal in Ruhe arbeiten. Schließlich wollen wir herausfinden, wer sich hier so viel Mühe gemacht hat, einen Suizid vorzutäuschen.«

Sie verließen das Grab wieder.

»Sie schließen eine Selbsttötung aus, Sir?«, fragte Baker.

»Ja, Sergeant.«

»Aber warum?«

»Erklärst du es, Pat?«

»Gern. Zunächst ist da die Position der Leiche. So liegt keiner da, der vorher gestanden hat. Fournier war auf den Knien, als ihn die Kugel traf. Ich habe es schon erlebt, dass einer sich im Sitzen erschießt, auf dem Stuhl oder im Sessel. Aber im Knien? So etwas habe ich noch nie gehört. Es wirkt eher wie bei einer Hinrichtung. Möglicherweise hat er sogar gekniet, um seinen Mörder um Gnade zu bitten.«

Baker war noch nicht überzeugt. »Wenn einer sich selbst erschießt, ist es doch auch eine Hinrichtung. Vielleicht wollte Fournier gerade das durch sein Knien zeigen. Er fühlte sich schuldig und hat sich dafür bestraft.«

»Das ist hier nicht *Columbo* oder *Hercule Poirot*«, erwiderte Pat. »Sie denken zu kompliziert, Sergeant. Knien Sie sich mal hin.«

»Bitte?«

»Haben Sie mich nicht verstanden, Sergeant?«

Zweifelnd blickte Baker zunächst auf seine dunkle Anzughose und dann auf den Boden aus Erdreich und niedergetretenem Gras. Ungeschickt ging er auf die Knie. Doyle befürchtete schon, er würde das Gleichgewicht verlieren und wie ein plumper Sack Kartoffeln den Hügel hinunterrollen.

»Gut so, Sergeant«, fuhr Pat gnadenlos fort. »Jetzt halten Sie bitte Ihren ausgestreckten Zeigefinger an den Kopf. So, als würden Sie sich gleich erschießen wollen.«

Mit sichtlichem Widerwillen folgte Sergeant Baker auch dieser Anordnung.

»Aber Sie zittern ja, Sergeant«, stellte Pat fest. »Nicht stark, aber doch merkbar.«

»Kein Wunder, ich bin das Knien nicht gewohnt. Das ist halt reichlich unbequem.«

Pat lächelte zufrieden. »Sehen Sie, Sergeant? Jetzt stellen Sie sich noch vor, Sie hätten einen schweren Smith & Wesson 629 Classic in der Hand. Die würde da noch mehr zittern, oder?«

»Ja, sicher.«

»Und dann der aufgerissene Unterschenkel, den sie wohl bemerkt haben werden. Das Knien muss dadurch zusätzlich schmerzhaft für Fournier gewesen sein. Ein leichtes Zittern im Augenblick des Abdrückens reicht schon aus, damit die Kugel nicht genau trifft. Was bei Suizidversuchen immer wieder passiert. Die verhinderten Selbstmörder schießen sich dann nur einen kleinen Teil des Kopfes weg, verletzen nur leicht das Gehirn oder irgendwelche Nerven. Die Folge ist: Sie leben weiter, haben aber schwere Gehirnschäden, laufen vielleicht nur noch rum wie Zombies. Deshalb sollten Sie nie versuchen, sich im Knien zu erschießen, Sergeant. Die ganze Geschichte ist für einen Selbstmörder ohnehin schon aufregend genug.«

»Ich habe verstanden, Ma'am.«

Baker erhob sich ächzend und betrachtete missmutig eine grüne Stelle an seinem rechten Knie.

»Nicht dran reiben«, riet Pat. »Erst ganz trocknen lassen und dann ausbürsten.«

Sergeant Baker nickte brav. Aber der Blick, den er Pat dabei zuwarf, verriet, dass er die Hose am liebsten in die Reinigung gegeben und ihr die Rechnung präsentiert hätte.

Pat sah Doyle an und meinte: »Harry Fournier hat hier auf jemanden gewartet, oder?«

»Davon gehe ich aus. Einen Schlafplatz für die Nacht hätte ich mir an seiner Stelle nicht ausgerechnet hier gesucht. Er hielt sich im Grab auf und wartete auf jemanden. Vermutlich auf einen Helfer, der ihm Geld, Lebensmittel oder was auch immer bringen sollte. In Wahrheit aber hatte dieser Helfer für Fournier nichts dabei als eine tödliche Kugel.«

»Aber warum hat sich Fournier ausgerechnet La Varde dafür ausgesucht?«

»Vielleicht, weil sein Helfer nicht weit entfernt von hier wohnt.«

»Denkst du an seine Frau und seine Tochter?«

»Der Gedanke liegt nicht so schrecklich fern. Wir sollten beide nach ihrem Alibi fragen, sobald der Todeszeitpunkt genauer feststeht.«

Pat blickte nach Norden, wo sich jenseits des Golfplatzes der breite Sandstrand der Pembroke Bay erstreckte und wo das Clubhaus stand.

»Es könnte auch jemand aus dem Golfclub gewesen sein.«

»Ja«, seufzte Doyle. »Dann haben wir eine große Zahl potentieller Täter, bis hin zum Chief Officer.«

Erstaunt fragte Constable Allisette: »Der Chief ist Mitglied im Golfclub?«

»Das ist er, Constable. Wir sollten bei unseren Ermittlungen, soweit es den ›Vale Golf Club‹ betrifft, also ein wenig Fingerspitzengefühl walten lassen.«

Wie aufs Stichwort kam unter einigem Gelärm ein massiger

Mann im blauen Sportsakko auf den Hügel zu, gefolgt von zwei Uniformierten, die ihn vergeblich aufzuhalten versuchten.

»Lassen Sie den Mann«, rief Doyle den beiden Kollegen in Uniform zu.

Der Mann im Sportsakko kam zu La Varde herauf und holte, als er oben war, erst einmal tief Luft.

»Darf ich vorstellen«, sagte Doyle. »Maurice Hubert, Inhaber des Transportunternehmens Hubert & Son Transports und Präsident des ›Vale Golf Clubs‹.«

Anschließend stellte er Hubert seine Kollegen vor.

Hubert zeigte auf das Grab. »Ist es wahr, dass da ein Toter drin liegt?«

»Leider ja«, sagte Doyle.

»Wer ist es?«

»Darüber kann ich Ihnen zum jetzigen Zeitpunkt bedauerlicherweise keine Auskunft geben, Sir.«

»Wie auch immer, schaffen Sie die Leiche schnell weg!«, schnaubte Hubert.

»Das geht nicht, Sir. Bevor wir das tun können, haben wir noch einige Untersuchungen durchzuführen. Außerdem warten wir auch noch auf unsere Rechtsmedizinerin.«

»Das kann ja ewig dauern. Wir müssen den Spielbetrieb so schnell wie möglich wieder aufnehmen.«

»Oh, da müssen Sie sich aber noch eine Weile gedulden, Sir«, spielte Doyle den Mitfühlenden. »Das gesamte Gelände bleibt abgesperrt, bis es akribisch abgesucht wurde.«

»Wie lange kann das dauern?«

Doyle ließ seinen Blick langsam über L'Ancresse Common schweifen.

»Ein paar Tage, würde ich sagen.«

»Was? Das muss schneller gehen!«

»Ich bedaure, nichts weiter für Sie tun zu können, Sir.«
Doyle winkte den beiden Uniformierten. »Wenn Sie Mr Hubert
bitte bis außerhalb der Absperrzone geleiten würden.«

Die Polizisten nahmen Hubert in die Mitte, aber der drehte
sich noch einmal zu Doyle um.

»Ich werde mich über Sie beschweren, Doyle, bei Colin
Chadwick persönlich!«

Doyle lächelte nur und winkte ihm nach.

Constable Allisette räusperte sich. »Vielen Dank, Sir.«

»Wofür?«

»Dass Sie uns gezeigt haben, wie das mit dem Fingerspitzengefühl in der Praxis funktioniert.«

Doyle stieß ein unverständliches Brummen aus. Das machte
sich immer gut, wenn seine Leute nicht genau wissen sollten,
was er von ihren Ausführungen hielt. Eigentlich war er ein bisschen verärgert darüber, dass er sich von Hubert zu einem rauen
Umgangston hatte provozieren lassen. Gleichzeitig war er amüsiert über Allisettes Schlagfertigkeit, aber das wollte er ihr
nicht zeigen. Sonst hätte sie sich noch ermutigt gefühlt, öfter
Scherze auf seine Kosten zu machen.

»Gibt es Anzeichen dafür, dass der Fundort der Leiche nicht
mit dem Tatort identisch ist?«, fragte er.

»Nein, keine«, antwortete Baker.

»Gut. Dann werden wir gleich wissen, wann Harry Fournier
gestorben ist.«

»Wieso?«

Doyle zeigte auf eine attraktive Blondine in Zivil, die quer
über den Golfplatz auf sie zukam.

»Weil es Dr. Nowlan dann leicht fallen wird, anhand der Lei-
chentemperatur und der Umgebungstemperatur den Todeszeitpunkt zu bestimmten.«

Es dauerte tatsächlich nur wenige Minuten, bis Dr. Nowlan, die jetzt einen blauen Plastikanzug trug, aus dem Grabeingang nach draußen sah und den Mundschutz nach unten zog.

»Auf welche Zeit können Sie den Todeszeitpunkt eingrenzen, Doktor?«, fragte Doyle.

»Es ist natürlich alles nur vorläufig, was ich jetzt sage. Aber ich denke, ich kann mich so auf eine Stunde festlegen.«

»Und? Wann ist er gestorben?«

»Gestern oder heute.«

Doyle, Baker und Allisette starrten sie entgeistert an, aber Pat schnippte mit den Fingern.

»Sie meinen also, gegen Mitternacht, Dr. Nowlan?«

»Ja, Inspector. Frühestens eine halbe Stunde vor, spätestens eine halbe Stunde nach Mitternacht. Ist das eng genug eingegrenzt?«

»Ist es«, bestätigte Doyle. »Eine Verabredung mit dem eigenen Mörder um Mitternacht in einem Megalithgrab, das ist fast schon ein bisschen gruselig.«

»Wieso Verabredung?«, fragte Dr. Nowlan.

»Harry Fournier hat seinen Mörder ziemlich nah an sich rankommen lassen. Er muss also auf ihn gewartet haben.«

»Oder auf eine andere Person, mit der er den Mörder anfänglich verwechselt hat«, warf Pat ein.

Doyle nickte ihr anerkennend zu. »Richtig, eine wichtige Feststellung.«

Dr. Nowlan blickte kurz in die Runde.

»Geht hier niemand von einem Suizid aus?«

»Nein, niemand«, antwortete Doyle.

»Warum nicht?«

Doyle wandte sich an Pat.

»Würdest du bitte deine Ausführungen für Dr. Nowlan wiederholen?«

Nachdem Pat damit fertig war, sagte die Rechtsmedizinerin: »Sehr interessant.«

»So leicht kommen Sie mir jetzt nicht davon, Doc«, sagte Doyle. »Jetzt möchten wir alle auch Ihre Einschätzung hören.«

»Ich würde Ihnen gern einen Satz sagen wie: An der Schläfe des Toten gibt es keine Hinweise für einen Schuss mit aufgesetzter Waffe. Leider ist von der Schläfe nichts übrig geblieben. Aber ich stimme den Ausführungen Inspector Holburns voll und ganz zu. Auch wenn ich es Ihnen nicht schriftlich garantieren kann, ich würde Ihnen raten, nach einem Mörder zu suchen.«

Die Ärztin setzte ihren Mundschutz wieder auf und zog sich ins Innere des Ganggrabs zurück.

»Sir, mir ist da was eingefallen«, meldete sich Sergeant Baker, der gerade einen halben Schokoriegel mit einem Biss verspeist hatte.

»Nur zu, Sergeant.«

»Nicht weit von hier, bei Fort Le Marchant, ist doch dieser Schützenverein. Die haben dort am Strand ihre Schießanlage.«

»Die schießen aber nur mit Gewehren, soweit ich weiß«, wandte Allisette ein. »Nicht mit Handfeuerwaffen.«

»Die Mitglieder können alle gut schießen. Und wer mit einem Gewehr umgehen kann, ist auch in der Lage, einen Revolver zu handhaben.« Der hungrige Baker steckte die zweite Riegelhälfte in seinen Mund und sagte undeutlich, während er kaute: »Ich meine nur, wegen der räumlichen Nähe.«

»Ein guter Gedanke, Sergeant«, fand Doyle. »Sie und Allisette kümmern sich darum.«

»Und was ist mit der Schule?«, fragte Constable Allisette. »Wir sind da noch längst nicht fertig. Sollten wir die Befragung nicht fortsetzen, bevor sich herumspricht, dass Vanessa Fourniers Vater ermordet wurde?«

»Sie haben recht, Constable. Also fahren Sie und Baker zurück zum ›Julia Beaumont College‹. Sagen Sie aber vorerst niemandem etwas von dem Mord oder gar der Identität des Opfers, auch nicht Vanessa.«

Die beiden machten sich auf den Weg, und Doyle sah Pat an. »Übernimmst du den Schützenverein? Ich glaube kaum, dass es was bringt, aber abklären sollten wir es doch. Baker hat recht mit der räumlichen Nähe, man kann ja fast hinspucken zum Fort Le Marchant.«

Fort Le Marchant war eine alte Verteidigungsanlage auf der nächsten Küstenspitze östlich der L'Ancresse Bay. Das Fort stammte ursprünglich aus dem siebzehnten Jahrhundert, war aber Anfang des neunzehnten Jahrhunderts, als eine fast panikartige Furcht vor einer Invasion durch Napoleons Truppen die Kanalinseln erfasste, zu seinem heutigen Umfang ausgebaut worden.

Doyle erinnerte sich sehr lebendig an seine Enttäuschung vor vielen Jahren, als er noch ein Kind gewesen war. Sein Vater und er hatten einen Ausflug in den Norden Guernseys unternommen, unter dem Motto »Im Kampf gegen Napoleon«. Aber dann hatten sie Fort Le Marchant, eins ihrer Hauptziele, gar nicht besichtigen können. Über der Festung hatte eine rote Flagge geweht. Leonard Doyle hatte seinem Sohn erklärt, dies sei das Zeichen, dass auf dem Gelände gerade Schießübungen stattfanden. Alle Wanderer und Spaziergänger waren angehalten, Fort Le Marchant weiträumig zu umgehen. Dabei hätte Doyle das Schießen sehr spannend gefunden.

»Cy, meinst du, ein Spaziergang rund um die Bucht wäre gut für meine Figur? Ich bin ohne Wagen hier, wie du dich erinnern wirst.«

»Mir gefällt deine Figur genau so, wie sie ist«, sagte Doyle und reichte ihr seinen Wagenschlüssel. »Nimm den Tamora und bring ihn in einem Stück zurück. Ich bin vermutlich im Golfclub. Es ist sicher nicht schlecht, wenn ich mich dort mal umhöre. Vielleicht kocht schon die Gerüchteküche, und wahrscheinlich finde ich da auch unsere frischgebackene Witwe. Ihre Trauer, nehme ich an, wird sich in Grenzen halten. Falls ich nicht mehr dort bin, rufe ich dich an.«

Pat nahm den Autoschlüssel etwas zögerlich entgegen. »Du vertraust mir wirklich dein Lieblingsspielzeug an?«

»Nur, wenn du das nicht ausnutzt, um mit Peter Jehan eine Spritztour zu unternehmen.«

Pat konnte sich ein Lächeln nicht verkneifen. »Mal sehen, was sich so ergibt.«

KAPITEL 12

Im Golfclub war der Leichenfund das einzige Gesprächsthema, sei es aus Anteilnahme, aus Sensationsgier oder aus Sorge darum, wie lange der Golfplatz noch polizeilich gesperrt sein würde. An der Bar fand Doyle neben ein paar Golffreunden den Mann, der den Toten entdeckt hatte. James Henderson, ein kleiner, älterer Tierarzt aus Cobo, hatte offensichtlich schon ein paar Drinks auf den Schrecken gekippt, war aber trotz einer etwas schweren Zunge noch bei klarem Verstand. Was Doyle allerdings nicht weiterbrachte, da Henderson keine neuen Informationen für ihn hatte. Doyle bat ihn eindringlich, sich von einem Freund heimbringen zu lassen und am nächsten Tag ins Polizeihauptquartier zu kommen, um seine Aussage aufnehmen zu lassen.

»Ein Mord hier bei uns auf dem Golfplatz«, hörte Doyle eine Frauenstimme, die ihm bekannt vorkam. »Wer von uns beiden hätte das gestern gedacht, als wir so gemütlich beisammensaßen?«

Nathalie Fournier war an die Bar getreten. Sie trug einen bordeauxfarbenen Sweater mit dem Clubemblem, einen dunkelblauen Rock und flache Schnürschuhe, die für die Arbeit auf dem Clubgelände wohl am bequemsten waren.

»In meinem Job muss man mit so etwas immer rechnen«, sagte Doyle.

»Ich freue mich natürlich, dass wir uns so schnell wiedersehen, Chief Inspector, aber unter anderen Umständen wäre es mir lieber gewesen.«

»Mir auch.«

»Darf ich Sie auf einen Drink einladen?«

Doyle lehnte ab und schlug vor, sich an einem Ort zu unterhalten, an dem weniger Betrieb herrschte.

Mrs Fournier blickte durch ein Fenster hinaus auf den Strand, gegen den der blaue Atlantik in sanften, kaum merkbaren Wellen anrollte.

»Wie wäre es mit einem kleinen Strandspaziergang?«

»Frische Luft ist jetzt keine schlechte Idee«, fand Doyle, und sie verließen das Clubhaus, verfolgt von den neugierigen Blicken der anderen.

Nathalie Fournier zog ihre Schuhe und ihre Sneakersocken aus, als sie den Strand betraten.

»Ich nehme an, es gibt etwas Neues über Harry«, begann sie das Gespräch. »Haben Sie ihn gefasst?«

»Gewissermaßen.« Doyle blieb kurz vor dem Wasser stehen und sah ihr in die Augen. »Ich werde nie lernen, für so etwas die richtigen Worte zu finden, und wahrscheinlich gibt es die auch gar nicht.«

Mrs Fournier blinzelte ihn verwirrt an, als die Sonne ihre Augen traf.

»So etwas hat zum letzten Mal ein Mann zu mir gesagt, als er mir eine Liebeserklärung machte.«

»Ich fürchte, ganz so angenehm wird es diesmal nicht. Ma'am, der Tote im Grab von La Varde ist Ihr Mann.«

Obwohl nach allem, was sie ihm gestern erzählt hatte, ihre Liebe zu ihrem Mann längst erloschen war, war sich Doyle nicht sicher, wie sie auf seine Eröffnung reagieren würde. Auch eine starke Frau – und eine solche schien sie zu sein – konnte bei dieser Nachricht zusammenbrechen. Er musterte sie genau, aber sie blieb stehen, und nur ihre Schuhe mit den hineingestopften Sneakers fielen in den nassen Sand. Ihre Hände fuhren durch das zu einem Pferdeschwanz zusammengebundene Haar, als wollten sie sich daran festhalten. Tränen konnte er auf ihren Wangen nicht entdecken, und die einzige Feuchtigkeit in ihren Augenwinkeln schien von der Sonne herzurühren.

»Dieser Harry war doch wirklich ein verfluchter Mistkerl«, sagte sie schließlich und wirkte dabei ehrlich empört. »Erst lässt er uns jahrelang im Stich, als wäre er von dieser Welt verschwunden, und dann legt er einen Abgang hin, der von niemandem auf Guernsey ignoriert werden kann. Und auch noch mitten auf dem Golfplatz!«

Doyle war sich nicht sicher, ob sie ihr Bedauern über den Tod ihres Mannes oder ihre Sorge um ihren guten Ruf zum Ausdruck bringen wollte.

»Ich glaube nicht, dass er auf dem Golfplatz sterben wollte«, sagte er. »Ich glaube nicht, dass er überhaupt sterben wollte. Jedenfalls halten wir eine Selbsttötung für ausgeschlossen. Wahrscheinlich hatte er sich dort mit jemandem verabredet.«

»Aber mit wem?«

»Ich hatte gehofft, Sie könnten mir da weiterhelfen, Mrs Fournier.«

»Ich? Wie kommen Sie darauf?«

»Der Golfplatz und mit ihm La Varde sind von dem Clubhaus, in dem Sie arbeiten, ebenso fußläufig erreichbar wie von Ihrem Haus.«

»Glauben Sie wirklich, Harry hätte ausgerechnet mich um Hilfe gebeten? Ich habe ihn immer abblitzen lassen, seit er nach Guernsey zurückgekehrt ist.«

»Möglicherweise war er sehr verzweifelt und wusste nicht, an wen er sich sonst wenden sollte. Immerhin war er auf der Flucht.«

»Sie irren sich. Hätte er meine Hilfe gewollt, so hätte ich abgelehnt. In dem Ganggrab war ich zuletzt gestern im Zuge meiner Inspektionstour über den Golfplatz. Das war noch, bevor Sie dort erschienen sind.«

»Gut zu wissen. Für den Fall, dass wir dort Spuren von Ihnen finden.«

Sie nahm ihre Schuhe auf und ging, die Füße im seichten Wasser, langsam weiter.

Doyle lief im trockenen Sand neben ihr her und blinzelte zu der Landspitze hinüber, wo Fort Le Marchant auf gischtumspültem Fels thronte. Er dachte an Pat und daran, ob sie wirklich mal einen gemeinsamen Strandspaziergang unternehmen würden, in ganz gelöster Stimmung. Nichts wünschte er sich in diesem Augenblick so sehr wie ein paar Stunden mit ihr, in denen es nicht um Mord und Totschlag ging. Er verdrängte diesen

Gedanken, wie er es schon so oft getan hatte, und konzentrierte sich wieder auf den toten Harry Fournier.

»Was ist mit Vanessa? Hatte sie gestern nach unserem gemeinsamen Gespräch noch Kontakt zu ihrem Vater?«

»Das halte ich für ausgeschlossen. Kira war gestern Nachmittag bei ihr. Sie haben für die Schule gelernt. Kira ist zum Abendessen geblieben, und hinterher haben sich die beiden in Vanessas Zimmer irgendeine Musiksendung angesehen, im Fernsehen oder auf dem Computer. Als Mrs Westerby mit dem Wagen vorbeikam, um Kira abzuholen, war es schon dunkel. Ich habe mir noch einen Krimi angeschaut, und Vanessa war eine Zeitlang bei mir. Sie ist zuerst ins Bett, ich dann eine Dreiviertelstunde später. Sonst war nichts weiter.«

Doyle sah abermals zu der Felsspitze mit dem alten Fort hinüber.

»Besuchen Sie manchmal Fort Le Marchant, Mrs Fournier?«

»Wie kommen Sie darauf? Früher bin ich dort hin und wieder spazieren gegangen, aber jetzt schon seit Jahr und Tag nicht mehr.«

»Und Vanessa?«

Sie schüttelte den Kopf.

»Ich glaube, in Vanessas Alter hat man zehntausend Dinge im Kopf, die einem wichtiger sind als alte Festungsanlagen.«

»Ja«, sagte Doyle gedehnt. »Heutzutage wohl schon. Und wie sieht es mit dem Schützenverein aus, der dort sein Schießgelände hat? Waren Sie oder Vanessa mal Mitglied in dem Verein? Oder haben Sie dort mal zur Probe mitgemacht?«

»Was sind das für Fragen?« Mrs Fournier blieb abrupt stehen und sah ihn mit großen Augen an. »Jetzt verstehe ich. Harry ist erschossen worden, also muss sein Mörder schießen können.«

»Ich hätte es nicht passender ausdrücken können«, sagte Doyle, während er beobachtete, wie über dem Wasser eine Möwe einer anderen ein Stück von einem toten Fisch abjagte.

»Um es kurz zu machen: Weder Vanessa noch ich können mit einer Schusswaffe umgehen oder haben je bei diesem Schützenverein mitgemacht.« Sie blickte zum Clubhaus zurück. »Ich muss jetzt umkehren. Ich habe im Club meine Verpflichtungen, für die ich gut bezahlt werde.«

»Ist das so?«, fragte Doyle, als sie den Rückweg eingeschlagen hatten. »Kommen Sie mit dem Geld aus, das Sie im Golfclub verdienen? Ich denke da an Vanessas Schule, das muss eine ganze Menge kosten.«

»Für meine Tochter nur das Beste. Ich erledige im Club oft Zusatzarbeiten, und die werden auch zusätzlich bezahlt.«

»Harry hatte eine andere Methode gefunden, um Geld zu verdienen.« Doyle kam, wie schon am Tag zuvor, auf die vermutlich von Harry begangenen Einbrüche zu sprechen und darauf, dass er den Gegenwert des entwendeten Bargelds in Form von Monopoly-Spielgeld zurückgelassen hatte. »Können Sie sich diese Marotte erklären, Mrs Fournier?«

»Vielleicht mögen Sie das nicht von einem Mann glauben, der in fremde Häuser eingebrochen ist und Geld gestohlen hat, aber Harry hatte eine ganz eigene Art von Ehrgefühl. Schulden müssen beglichen werden, das war immer seine Auffassung. Ich glaube, das rührt noch aus seiner Sturm- und Drangzeit, als er häufiger im Casino von Saint-Malo anzutreffen war als in seinem Bett.«

»Spielschulden sind Ehrenschulden?«

»Ja, so in der Art. Da war Harry sehr penibel. Was Sie auch daran erkennen können, dass er sich das Spielgeld aus diversen Spielen zusammengesucht hat, damit er das gestohlene Geld sozusagen bis auf den letzten Penny ersetzen konnte. Natürlich war das Spielgeld nichts wert, aus unserer Sicht. Aber aus seiner eigenen, etwas verqueren Sicht hatte er damit alles getan, wozu er in der Lage war. Ein schuldenfreier Mann, wenn Sie so wollen, Chief Inspector.«

»Sie meinen, er hat den von ihm Bestohlenen damit seinen guten Willen demonstriert?«

»Mehr als das. Ich denke, aus Harrys Sicht hatte er seine Schuld beglichen. Er konnte ja nicht anders.«

»Das kann man so oder so sehen. Schließlich hat er in Edmund Kellaways Modellbau- und Spielwarengeschäft Geld verdient. Warum also zusätzlich Geld stehlen? Wofür hat er es gebraucht?«

»Vielleicht, um Guernsey wieder zu verlassen«, schlug Mrs Fournier vor. »Nachdem ich ihm die Rückkehr in unsere Familie verweigert hatte, hatte er keinen rechten Grund mehr, um hier zu sein. Möglich, dass er dahin zurückwollte, wo er all die Jahre gesteckt hat. Wo auch immer das gewesen sein mag. Dazu hat der Lohn in dem Spielzeuggeschäft vielleicht nicht gereicht.«

Doyle dachte daran, dass die zweite Serie von Monopoly-Einbrüchen erst vor kurzem begonnen hatte. Vielleicht hatte Mrs Fournier recht, und Harry hatte einfach nur seine Reisekasse auffüllen wollen. Geld für ein neues Leben, das er nicht mehr hatte beginnen können.

»All das gibt uns noch kein Motiv für den Mord an ihm«, sagte er unzufrieden. »Alles ist so nebulös wie das, was Harry seit seiner Rückkehr getrieben hat, wenn er nicht gerade Modellbausätze sortiert hat.«

»Davon weiß ich leider nichts.«

»Und Vanessa wohl auch nicht.«

»Nein, wie sollte sie?«

»Trotzdem werde ich noch einmal mit ihr sprechen müssen«, sagte Doyle, von Vanessas Unwissenheit keineswegs überzeugt, und fügte zu Mrs Fourniers Beruhigung hinzu: »Für das Protokoll.«

»Natürlich, aber tun Sie mir einen Gefallen? Darf ich selbst meiner Tochter beibringen, dass ihr Vater tot ist? Auch wenn es keine Vater-Tochter-Beziehung mehr gab, es ist für ein siebzehnjähriges Mädchen bestimmt nicht ganz leicht zu verkraften.«

»Wie Sie wünschen. Ich kann Ihnen für das Gespräch mit Vanessa auch professionelle Hilfe vermitteln.«

»Danke, nicht nötig. Das kriege ich schon hin. Ein Mutter-Tochter-Gespräch ist da, glaube ich, die beste Lösung.«

Sie hatten das Clubhaus fast erreicht, und Nathalie ließ sich auf der Steinmauer nieder, die den Strand abtrennte und gleichzeitig als Hochwasserschutz diente. Sie säuberte ihre Füße mit der Hilfe eines Stofftaschentuchs, das Doyle ihr reichte, um dann Sneakers und Schuhe wieder anzuziehen.

»Sehr nett, danke«, sagte sie, als sie ihm das ausgeschüttelte Taschentuch zurückgab. »Wollen Sie noch mit reinkommen? Vielleicht möchten Sie etwas trinken. Ich sage der Bedienung an der Bar, es geht auf meine Rechnung.«

»Vielen Dank, aber nein. Auf mich wartet noch viel Arbeit.«

Mrs Fournier verabschiedete sich, und Doyle setzte sich mit Blick aufs Meer auf die Steinmauer. Pat würde ihn hier bemerken, wenn sie zum Clubhaus kam. Er sah den Surfern und Seglern zu, den Badegästen, den am Strand spielenden Kindern und den immer hungrigen Möwen, die am Himmel schwebten oder frech zwischen den Menschen herumstolzierten. Er wünschte sich in diesem Augenblick, an dem unbeschwerten

Strandvergnügen teilzunehmen, ein sorgloses Kind zu sein. Nicht Toten mit weggeschossenen Schädeln gegenüberzustehen, nicht nach Mördern und Motiven zu suchen, was selbst bei Erfolg immer den schalen Beigeschmack hinterließ, ein weiteres Leben zerstört zu haben. War er schon zu lange bei der Polizei? Er mochte jetzt nicht darüber nachdenken. Hier im Sonnenschein der Pembroke Bay war ihm das ein viel zu schwerer Gedanke. Ein Gedanke, der nicht zum Schwimmen, zum Bauen von Sandburgen und kleinen Kanälen passte. Er schloss die Augen und träumte sich für eine kleine Weile zurück an die Strände seiner Kindheit.

KAPITEL 13

»Hast du dich erkältet, Cy?«

Doyle öffnete widerwillig die Augen und sah neben sich eine wunderschöne Frau stehen. So schön, dass er ihr verzieh, ihn aus seinem Traum gerissen zu haben.

»Du hast dich erkältet, nicht?«, fragte Pat. »Selbst deine Augen tränen.«

»Ich habe vorhin nur zu lange in die Sonne geschaut.«

Er sah sie mit einem fast entschuldigenden Lächeln an, froh über ihre Nähe und gleichzeitig traurig darüber, dass das Bild seiner Mutter, die eben noch mit ihm im Sand gespielt und gelacht hatte, verblasste.

Pat wirkte alles andere als überzeugt. »Und das Taschentuch?«

Er hielt noch sein Taschentuch mit spitzen Fingern in der Hand.

»Das gehört mir. Hast du eine Plastiktüte bei dir? Ich habe vergessen, welche einzustecken.«

»Die sollte ein Polizist im Dienst aber immer dabei haben, erst recht ein Chief Inspector«, sagte Pat mit leichtem Spott und kramte einen kleinen Plastikbeutel aus einer Jackentasche. Sie hielt ihn auf, und Doyle ließ das Taschentuch hineingleiten. Dann verschloss Pat den Beutel sorgfältig.

»Gut aufbewahren und ins Labor geben, bitte. DNA-Proben von Mrs Fournier zum Abgleich mit den Spuren an der Leiche ihres Mannes.«

»Hat dessen Tod sie so aufgewühlt, dass sie dein Taschentuch vollgeheult hat?«

»Tränen sind nicht drin, aber vielleicht Hautpartikel von ihren Händen und Hornhaut von ihren Füßen.«

Pat steckte den Beutel zurück in die Tasche und sah ihn verwundert an. »Ich frage jetzt besser nicht, was ihr veranstaltet habt.«

»Es war nur ein kleiner Strandspaziergang. Apropos, du schuldest mir auch noch einen. Da drüben gibt es ein Strandrestaurant. Ich lade dich zum Lunch ein. Wie wär's?«

»Ich habe eigentlich erwartet, dass du mich in das vornehme Restaurant des Golfclubs einlädst.«

Doyle sah zu dem abgesperrten Golfplatz mit dem Grab von La Varde hinüber.

»Da hätten wir heute keine ruhige Minute.«

»Dann nehme ich, was ich kriegen kann«, sagte Pat und kletterte über die Steinmauer auf den Strand.

Sie hielt Doyle ein weißes Taschentuch hin.

»Sammelst du auch DNA-Proben?«, fragte er.

»Für deine sonnenempfindlichen Augen.«

Er nahm das Taschentuch und wollte es einstecken, nachdem er es benutzt hatte. »Ich gebe es dir zurück, sobald es gewaschen ist.«

Pat nahm es ihm aus der Hand und steckte es wieder ein. »Jetzt sei nicht komisch, Cy. Ich habe schon ganz andere Sachen von dir angefasst, früher.«

»Früher ist lange her«, sagte er und sprang von der Mauer. »Kommst du? Wir sollten uns einen Platz sichern, bevor es zu voll wird.«

Sie gingen nah am Wasser nach Osten, wo über dem Strandrestaurant die Möwen kreisten und auf jeden Essensrest lauerten.

»Ein schöner Strand«, meinte Pat. »Aber weißt du, was ich mich immer gefragt habe? Wo hört die Pembroke Bay auf und fängt die L'Ancresse Bay an?«

Er lachte leise. »Gute Frage, Pat. Das ist mal wieder typisch Guernsey, eine einzige Bucht, aber zwei Namen. Ich weiß auch nicht, ob es da eine konkrete Grenze gibt. Die ganze Küste hier zwischen den beiden Landspitzen heißt eigentlich L'Ancresse. Aber je weiter man nach Westen kommt, desto öfter hört man den Name Pembroke Bay.« Doyle blieb stehen und sah zu dem felsigen Landvorsprung hinter ihnen. »Wahrscheinlich liegt es an der alten Küstenfestung dort, Fort Pembroke. Irgendwie haben die Leute den Namen auf den Strand übertragen.«

Als sie das Restaurant erreichten, wurde gerade ein Tisch auf der großen, zum Strand gelegenen Terrasse frei. Ein paar schnelle Schritte, und sie hatten sich den Tisch gesichert.

»Wunderbar!« Pat atmete tief durch, die leichte Meeresbrise genießend, und ließ ihren Blick über Strand und Meer schweifen. »Hier bleibe ich für den Rest des Tages.«

»Prima Idee, ich bin dabei«, lachte Doyle. »Was scheren uns lebenslang Inhaftierte, Typen mit weggeschossenen Köpfen und irgendwelche Mörder.«

Er hatte ein wenig zu laut gesprochen. Die Leute am Nebentisch, ein Paar mit zwei kleinen Kindern, warfen ihnen befremdete Blicke zu.

»Nicht so laut, Cy«, ermahnte ihn Pat belustigt. »Sonst halten die uns noch für die Urenkel von Jack the Ripper.«

»Das wäre schlimm«, sagte Doyle fast im Flüsterton. »Stell dir vor, sie rufen die Polizei.«

Beide lachten leise, und auch der junge Kellner, der an ihren Tisch kam, kicherte, offenbar aus Sympathie für seine Gäste. Beide entschieden sie sich für dasselbe, den Bang Bang Chicken Salad und dazu Mineralwasser.

»Ja, das erleben wir oft«, sagte der gut gelaunte Kellner, »dass Ehepaare dasselbe bestellen.«

»Sie haben einen guten Blick für Ihre Gäste«, rief Doyle ihm nach. »Mit Ihrer Menschenkenntnis sollten Sie sich bei der Polizei bewerben.«

Das Elternpaar am Nachbartisch merkte bei dem Wort Polizei auf, und Patt knuffte Doyle mit dem Ellbogen in die Seite.

»Nimm dich zusammen, sonst schmeißen die uns noch raus. Hat dich die Unterhaltung mit Mrs Fournier so fröhlich gestimmt?«

»Eigentlich gar nicht. Sie war ganz die nicht sonderlich betroffene Witwe, wie erwartet. Immerhin gab sie vor, vom Tod ihres Mannes überrascht zu sein. Aber inwieweit das echt oder nur gespielt war, kann ich nicht sagen. Ich halte sie für eine Frau, die ihre Gefühle gut unter Kontrolle hat.«

Er berichtete Pat im Einzelnen, was Mrs Fournier ihm erzählt hatte.

Als er geendet und der Kellner die Getränke serviert hatte, sagte Pat: »Irgendwie wirkst du nicht zufrieden.«

»In mir nagt etwas. Vielleicht etwas, das sie gesagt hat. Oder es liegt daran, wie sie irgendetwas Bestimmtes gesagt hat. Ich weiß es nicht, auch wenn ich hin und her überlege. Da ist etwas falsch. Ich habe das Gefühl, auf ein Puzzlebild zu sehen und dabei zu erkennen, dass ein Teil falsch eingefügt wurde, aber ich kann nicht feststellen, welches.«

Der Kellner brachte den Hühnersalat. »Lassen Sie und Ihre Frau es sich schmecken, Sir.«

Sie ließen es sich schmecken, hatten doch beide nach dem ereignisreichen Vormittag einen guten Appetit. Erst als sie mit dem Essen fast fertig waren, erkundigte sich Doyle nach Pats Ausflug zum Fort Le Marchant.

»Geschossen wurde da heute nicht«, sagte Pat und schob den letzten Rest des zerfaserten Hühnerfleisches auf ihrem Teller mit dem Messer auf die Gabel. »Ich habe da auch niemanden vom Schützenverein angetroffen, dafür aber einen alten Mann, der sich mir als Freddy Brokehurst vorgestellt hat. Aber ich durfte ihn Freddy nennen.«

»Wie schön für dich. Konnte Freund Freddy dir in irgendeiner Weise weiterhelfen?«

Pat aß den letzten Bissen mit Genuss, bevor sie antwortete: »Wie man's nimmt. Er selbst arbeitet für den Schützenverein als so eine Art selbsternannter Platzwart. Ohne offizielle Anstellung, aber gegen ein gewisses Entgelt sorgt er auf dem Gelände für Sauberkeit und verscheucht hin und wieder ein paar Jugendliche, die mit der Schießanlage herumspielen wollen, wie er es nannte. Er hat mir auch gesagt, wer uns alles über den Verein sagen kann, nämlich der Präsident.«

»Das ist ja mal eine gewaltige Erkenntnis.«

»Die Ironie in deinen Worten ist nicht zu überhören, Cy. Vielleicht verspottest du mich nicht mehr, wenn ich dir den Namen des Präsidenten nenne.«

»Der letzte Präsident, den ich kennengelernt habe, war der des Golfclubs, und der hieß Maurice Hubert.«

Während Doyle den Namen aussprach, sah er ein breites Grinsen auf Pats Gesicht.

»Nein, nicht wirklich, oder?«, entfuhr es ihm.

»Ich berichte dir nur, was der gute Freddy mir erzählt hat.«

»Das ist ein Ding, ein Präsident für alle Fälle.«

»Ich habe unter einem Vorwand in Huberts Firma angerufen. Eine Mitarbeiterin sagte mir, der Chef sei nach dem Lunch den ganzen Nachmittag über in seinem Büro zu erreichen.«

»Dann auf nach St. Sampson«, entschied Doyle, winkte dem Kellner und gab mit Daumen und Zeigefinger das Zeichen, das er zahlen wolle. »Wir sollten hier unbedingt noch einmal herkommen, wenn wir mehr Zeit haben.«

Pat sagte nichts dazu und lächelte nur.

»Hat es Ihnen denn geschmeckt?«, erkundigte sich der Kellner.

»Sehr gut«, sagte Doyle und fügte mit einem Seitenblick auf Pat hinzu: »Außer Ihrem Koch bekommt nur meine Frau das Bang Bang Chicken so gut hin.«

Doyle und Pat gingen über den Strand zum Clubhaus des »Vale Golf Clubs«, vor dem Pat den Tamora geparkt hatte.

»Nicht die geringste Schramme, du kannst dich selbst davon überzeugen.« Sie hielt ihm den Autoschlüssel hin.

»Ich glaube dir auch so. Hast du keine Lust mehr zu fahren?«

»Ich hätte immer Lust, mit diesem Wagen zu fahren.«

»Gut.«

Doyle ging auf die Beifahrerseite, stieg ein und ließ sich in den Ledersitz sinken. Na also, geht doch, dachte er zufrieden, als Pat den Zündschlüssel herumdrehte und der Sechszylindermotor freudig aufröhrte.

KAPITEL 14

Das Betriebsgelände von Hubert & Son Transports lag nahe dem Hafen, was für ein Transportunternehmen natürlich sehr hilfreich war. Mehrere blaue Lastwagen, an deren Seiten die weißen Buchstaben HST prangten, wurden mit Gabelstaplern oder über Rampen be- und entladen. Die meisten Arbeiter trugen blaue Kittel und blaue Schutzhelme mit derselben Aufschrift.

»Da ist er!«, rief Doyle, als Pat den Tamora auf den Verladeplatz rollen ließ.

Barhäuptig und im dunklen Anzug, fiel Maurice Hubert sofort auf. Er stand auf einer Verladerampe und rief dem Fahrer eines Elektrokarrens etwas zu. Der Mann hatte sein kleines Transportfahrzeug auf der Rampe angehalten und lauschte andächtig den Worten seines Chefs. Dann nickte er, wendete den Karren und fuhr in das große, leicht verwitterte Lagerhaus hinein.

Pat parkte den Tamora ein Stück ab vom Schuss, »hoffentlich schrammensicher«, wie sie mit einem Blick auf Doyle anmerkte.

Hubert hatte den Sportwagen längst bemerkt und sah, auf der Rampe stehend, seinen Besuchern neugierig entgegen. Die gingen über eine seitliche Treppe ebenfalls auf die Rampe und wurden von Hubert eher kühl empfangen.

»Was gibt's denn, etwa eine zweite Leiche? Ein neuer Fall gar? Haben Sie Harry Fourniers Mörder schon gefasst?«

»Sie sind ja gut informiert«, sagte Doyle ebenso kühl. »Hat Mrs Fournier Sie über die Identität des Toten in Kenntnis gesetzt?«

»Was dagegen?«

»Nein.«

»Ich hoffe, Sie sind gekommen, um mir mitzuteilen, dass der Golfplatz wieder freigegeben ist.«

Pat schob sich ein Stück vor, bis sie neben Doyle stand.

»Kennen Sie nicht das Sprichwort, Mr Hubert? Hoffen und Harren macht manchen zum Narren.«

»Vor übermorgen sollten Sie damit nicht rechnen«, sagte Doyle. »Das Gelände ist zu groß, da ist die Suche nach Spuren nicht so einfach.«

»Was wollen Sie dann? Mir die Rechnung für die Reinigung Ihres Roadsters präsentieren?«

»Aber die haben Sie doch schon gestern durch Ihre freundliche Einladung beglichen, Sir. Schon vergessen? Nein, wir möchten Sie in Ihrer Eigenschaft als Präsident sprechen.«

»Als Präsident des ›Vale Golf Clubs‹?«

»Von was sind Sie denn noch Präsident?«

»Von der Vereinigung der Transportunternehmer von St. Sampson.«

»Und weiter?«

»Nur noch von den ›Fort Le Marchant Rifle Friends‹.«

»Na bitte«, sagte Doyle.

Hubert schüttelte seinen massigen Schädel. »Ich verstehe Sie nicht. Fournier wurde doch auf dem Golfplatz gefunden und nicht auf dem Gelände der Schießanlage.«

»Aber er wurde erschossen, und die Schießanlage ist nicht weit vom Golfplatz entfernt.«

»Ich sehe da trotzdem keinen Zusammenhang. Glauben Sie etwa, ein verirrter Schuss aus der Gegend von Fort Le Marchant hat Fournier getroffen, und er hat sich zum Sterben mit letzter Kraft ausgerechnet in das alte Steinzeitgrab geschleppt?«

»Nein«, sagte Doyle. »So weit reicht selbst meine Phantasie

nicht, auch wenn ich früher oft Henry Rider Haggard gelesen habe. Aber wer schießt, muss es ja irgendwo gelernt haben. Und warum in die Ferne schweifen, nicht wahr?«

»Hm«, machte der Transportunternehmer und schien zu überlegen. Er fuhr mit der flachen Hand über sein borstiges Haar. »Wurde Fournier mit einem Gewehr erschossen?«

»Nein, vermutlich mit einem Revolver.«

»Da haben Sie es. Die ›Fort Le Marchant Rifle Friends‹ schießen ausschließlich mit Gewehren.«

»Auf Ihrer Anlage wird niemals mit Handfeuerwaffen geschossen?«, vergewisserte sich Pat.

»Nur mal ausnahmsweise. Manchmal haben wir Gäste, die sich im Schießen mit Handfeuerwaffen üben wollen. Oder ein Mitglied, das auch Handfeuerwaffen besitzt, bringt diese zum Einschießen mit. Aber das geschieht sehr selten, wirklich.«

»Dann hätten wir nicht nur gern eine Liste Ihrer Mitglieder der letzten fünf Jahre sowohl für den Golfclub als auch für den Schießverein«, sagte Doyle. »Für denselben Zeitraum bitte auch eine Liste Ihrer Gäste im Schießverein. Können Sie uns das bis morgen Mittag zukommen lassen?«

»Wird erledigt, Chief Inspector«, versprach Maurice Hubert, der nun deutlich zahmer wirkte als zu Beginn ihrer Unterhaltung.

Doyle und Pat verabschiedeten sich und fuhren an der Küste entlang in Richtung St. Peter Port, zum Hauptquartier.

»Was hältst du von unserem multiplen Präsidenten?«, fragte Pat, die wieder am Steuer saß.

»Er ist mir nicht sonderlich sympathisch, aber das ist ja noch kein Grund, jemanden festzunehmen. Und schon gar nicht, um jemanden zu verurteilen. Dann müssten sie im Les Nicolles Prison bald anbauen.«

»Vermutlich einen Extraflügel für unsympathische Transportunternehmer und Rechtsanwälte«, sagte Pat mit einem
kurzen Seitenblick auf Doyle.

Im Hauptquartier wurden sie von einer ernst dreinblickenden
Mildred Mulholland empfangen.

»Der Chief will Sie sehen, Sir, und zwar sofort. Frances
meinte, Sie sollten das lieber wörtlich nehmen.«

Frances war Frances Blanchford, Colin Chadwicks Vorzimmerdame.

»Dann will ich ihn nicht warten lassen«, seufzte Doyle in
nicht sonderlich froher Erwartung und wandte sich an Pat:
»Du übernimmst die Koordination der Ermittlungen im Mordfall Fournier, und vergiss mein Taschentuch nicht.«

Pat zog einen Zipfel der Plastiktüte aus ihrer Jackentasche.

»Keine Sorge, ich bin schon selbst sehr gespannt auf Mrs
Fourniers Hornhaut.«

Frances Blanchford empfing Doyle mit einem mitfühlenden
Blick, was seine Stimmung nicht hob.

»Gehen Sie gleich durch, Sir, der Chief wartet schon auf Sie.«

Es hätte nur noch gefehlt, dass sie ihm viel Glück wünschte.
Er nickte der sympathischen Dunkelhaarigen zu und betrat das
geräumige Büro des ranghöchsten Polizisten des Bailiwicks
Guernsey.

Chadwick saß hinter seinem Schreibtisch und beendete gerade ein Telefongespräch. Als er Doyle erblickte, wies er lächelnd auf einen der Besucherstühle. Doyle setzte sich und
nahm sich vor, trotz des Lächelns auf der Hut zu sein. Mit dem
roten Bürstenhaarschnitt und dem spitzen Gesicht sah der
Chief Officer nicht nur aus wie ein Fuchs, er konnte auch listig
wie ein Fuchs sein.

»Schön, Sie endlich zu sehen, Cyrus. Es ist ja schon eine ganze Weile her, seit wir uns gesprochen haben, nicht wahr?«

»Gestern Vormittag, Colin.«

»Offenbar zu lange.«

»Wie kommen Sie darauf?«

»Cyrus, Sie scheinen vergessen zu haben, was ich Ihnen gestern zu dem Fall Anne Corbin gesagt habe.«

»Keineswegs.«

»Was habe ich Ihnen denn gesagt?«

»Sie sagten, der Fall sei abgeschlossen.«

»Wirklich? Habe ich das gesagt? Ich kann es nämlich selbst kaum glauben, seitdem ich gehört habe, wo Sie und Inspector Holburn heute Vormittag waren.«

»Sprechen Sie von La Varde?«, spielte Doyle den Unwissenden.

»Nein, ich spreche vom Les Nicolles Prison. Von dem Gefängnis, in dem Cameron Prideaux einsitzt, der verurteilte Mörder von Anne Corbin. Jener Cameron Prideaux, mit dem und dessen Anwalt Sie und Inspector Holburn eine ausgiebige Unterredung hatten. Am liebsten würde ich Sie und Holburn unten am Hafen den Verkehr regeln lassen!«

»Inspector Holburn trifft keine Schuld. Ich als ihr Dienstvorgesetzter habe ihr befohlen, an der Unterredung teilzunehmen, weil ich großen Wert auf ihren Sachverstand und ihre Meinung lege. Und sie hat sich tatsächlich als sehr nützlich erwiesen.«

»Sie sollten die Frau heiraten, wenn Sie so viel von ihr halten«, schnaubte der Chief und bemerkte nicht den verhärteten Ausdruck, der Doyles Gesicht für einen Augenblick beherrschte. »Vielleicht hätte ich tatsächlich Holburn und nicht Sie zum DCI ernennen sollen, hm?«

»Sie sind gut informiert«, staunte Doyle, der jetzt nicht daran interessiert war, über Pat zu reden.

»Aber nicht dank Ihnen. Gefängnisdirektor Palmer hat mich angerufen und mir seine volle Kooperation zugesichert. Gleichzeitig wollte er gern wissen, was es mit dem Gespräch zwischen Ihnen, Holburn, Rechtsanwalt Jehan und dem Häftling Prideaux auf sich habe. Ich konnte es ihm nicht sagen und habe meine Schweigepflicht in laufenden Ermittlungen vorgeschoben.«

»Sir«, nannte Doyle ihn jetzt lieber als bei seinem Vornamen, »es lag zu keinem Zeitpunkt in meiner Absicht, Sie zu kompromittieren. Aber als DCI dieser Insel fühle ich mich verpflichtet, jedem schweren Verdacht nachzugehen, und ich habe den Verdacht, dass im Verfahren gegen Cameron Prideaux etwas schiefgelaufen ist. Außerdem kann das Gespräch mit ihm auch dazu beitragen, den Mordfall Harry Fournier aufzuklären.«

Der Ärger auf dem Fuchsgesicht machte einem verblüfften Ausdruck Platz.

»Wie denn das? Als Sie bei Prideaux im Gefängnis waren, wussten Sie doch nichts von dem Toten auf dem Golfplatz. Oder reisen Sie jetzt hin und her durch die Zeit wie Doctor Who? Ist Ihr toller Sportwagen etwa eine verkappte Zeitmaschine wie die TARDIS in der Serie?«

»Nein, Sir, er ist leider nicht einmal innen größer als außen. Aber der Verdacht, dass Harry Fournier irgendwie mit dem Tod von Anne Corbin in Zusammenhang steht, und sei es auch nur mittelbar, kam mir schon gestern, nachdem Fournier, mit größter Wahrscheinlichkeit der sogenannte Monopoly-Dieb, vor Sergeant Baker und Constable Allisette geflohen ist.«

»Weiter, Cyrus!«

»Da müsste ich länger ausholen.«

Chadwick lehnte sich in seinem riesigen Schreibtischstuhl zurück und sah jetzt etwas entspannter aus.

»Ich habe Zeit und bin ganz Ohr.«

Tatsächlich hörte Chadwick ruhig zu, während Doyle die Verbindungen zwischen Anne Corbin, Cameron Prideaux, Peter Jehan, Nathalie und Vanessa Fournier aufzählte. Der Chief Officer machte sich hin und wieder Notizen und wirkte zunehmend interessierter.

»Das ist ein Netz mit vielen Verknüpfungen«, meinte Chadwick schließlich. »Ich bin mir aber nicht sicher, ob alle Knoten einer Belastungsprobe standhalten.« Er blickte aus dem Fenster auf die Grünanlagen von Candie Gardens, in die das Sonnenwetter wieder zahlreiche Besucher gelockt hatte. »Ich möchte allerdings genauso wenig wie Sie, dass ein Mörder ungestraft über die Insel läuft und ein anderer unschuldig für ihn einsitzt. Also machen Sie weiter, Sie haben meine volle Rückendeckung. Aber bitte, gehen Sie möglichst behutsam vor, was DCI Mourant und seine Ermittlungen betrifft.«

Doyle versprach es und bedankte sich für Chadwicks Vertrauen.

»Wenn ich Ihnen nicht vertraute, hätte ich Sie nicht auf diesen Posten geholt. Ach, noch etwas. Als Sie eintraten, hatte ich mit Mourants Frau telefoniert. Sie ist besorgt um das Ansehen ihres verstorbenen Mannes. Fahren Sie doch am besten zu ihr und wirken beruhigend auf sie ein. Sie beide kennen sich ja von früher, glaube ich.«

»Ja, Sir. Charlie und ich waren als junge Polizisten zusammen in der Einheit, bevor ich nach London ging. Aus dieser Zeit kenne ich Barbara. Eilt dieser Besuch?«

»Fahren Sie gleich, dann haben Sie es hinter sich. Mrs Mourant ist eine einflussreiche Frau, und ich möchte nicht, dass sie zu viel Wind um die Sache macht. Ein Wind, der uns dann möglicherweise unangenehm ins Gesicht weht. Sie verstehen?«

»Voll und ganz. Sie haben recht, ich mache mich sofort auf den Weg.«

»Gut, Cyrus, und eins noch!«

Doyle war schon aufgestanden und wollte das Büro verlassen. »Ja?«

»Ich habe Ihnen schon oft gesagt, dass ich Colin heiße, nicht Sir.«

KAPITEL 15

Eher widerwillig setzte sich Doyle in den Tamora, um zum Haus der Mourants zu fahren. Es stand nicht weit von St. Peter Port im Süden, auf den Klippen über der Soldier's Bay, und der Besuch bei Barbara Mourant würde hoffentlich nicht viel Zeit in Anspruch nehmen. Aber Doyle war nicht gerade versessen darauf, ihr zu erklären, warum er Charlies alten Fall noch einmal aufrollte. Andererseits hätte er sie ohnehin aufsuchen müssen, um Charlies Sichtweise auf den Fall Corbin wenigstens ansatzweise zu verstehen. Charlie selbst konnte er nicht mehr befragen, aber nach aller Wahrscheinlichkeit hatte Doyles Vorgänger mit seiner Frau mehr als nur ein paar belanglose Worte über einen derart wichtigen Fall gewechselt. Warum also nicht jetzt?

Während seiner Abwesenheit konnte Pat die Ermittlungen im Mordfall Fournier leiten, und das keinen Deut schlechter als er selbst. Er hatte volles Vertrauen in ihre polizeilichen Fähigkeiten. Angesichts ihrer gemeinsamen Vergangenheit lag eine bittere Ironie in dem Umstand, dass er ihr – ohne es zu wissen – den Posten als DCI weggeschnappt hatte. Hin und wieder fragte er sich, ob sie es ihm insgeheim nachtrug, auch wenn ihn keine Schuld traf. Er wusste es nicht, aber er hätte es verstehen können. Pat war geschieden und hatte keine Kinder, also nichts, was man als eigene Familie bezeichnen konnte. Ihre Arbeit war mehr oder weniger ihr Leben, und dann kam ausgerechnet er aus London zurück und wurde ihr von Chadwick vor die Nase gesetzt.

Ohne jede Eile ließ er den Tamora nach Süden rollen, links von ihm der Hafen von St. Peter Port. Yachten und Jollen, Fährschiffe und Ausflugsbusse, Verkaufsstände für Fish and Chips und Eis. Dann kam der Castle Pier mit der mächtigen Festung Castle Cornet und mit dem kleinen Leuchtturm am Ende. Als Junge war er einmal ganz allein auf dem Stück Pier zwischen Castle Cornet und dem Leuchtturm gewesen und hatte sich vorgestellt, ein britischer Offizier aus der Zeit Napoleons zu sein, der mit seinem Spähtrupp feindliche Franzosen aus dem Leuchtturm vertreiben muss. Er liebte das alles und hatte es viel zu lange vermisst.

Als der Hafen hinter ihm lag, dachte er an die andere Witwe, mit der er heute gesprochen hatte: Nathalie Fournier. Wieder quälte ihn der Gedanke, dass er irgendetwas übersehen hatte. Was es auch war, er bekam es nicht zu fassen. Je mehr er sich bemühte, desto schwammiger schien seine Erinnerung zu werden.

Jenseits der Stadt fuhr er hangaufwärts, und vor ihm tauchte das weiträumige Gebiet von Fort George auf, der Festung und Kaserne aus vergangenen Jahrhunderten. Jetzt standen hier schicke Wohnhäuser und prächtige Villen, häufig bewohnt von reichen Engländern. Charlie Mourant hatte das Glück gehabt, eine reiche Engländerin zu heiraten und wie ein Mann zu leben, der es nicht nötig gehabt hätte, für seinen Unterhalt auch nur einen Handschlag zu tun. Trotzdem hatte er jahrein, jahraus seinen Dienst bei der Guernsey Police versehen, bis er nicht weit von hier grausam ermordet worden war. Und so einem Mann wollte Doyle etwas am Zeug flicken? Einem Mann, den er einmal seinen Freund genannt hatte? Je näher Doyle dem Mourant-Anwesen kam, desto schlechter wurde sein Gewissen.

Er ließ den Tamora in der Einfahrt ausrollen und stieg aus. In der offenen Doppelgarage stand ein kräftiger Mann mit grauen Haaren zwischen einem Audi Coupé und einem Mercedes-SUV. Er trug einen dunklen Overall, hatte einen großen Lappen in der Rechten und sah den Besucher misstrauisch an. George Belfour, erinnerte sich Doyle, Hausmeister, Chauffeur, Gärtner und Mann für alle Fälle. Belfour musste sich auch an ihn erinnern, zeigte es aber nicht.

Doyle grüßte ihn knapp, aber höflich und fragte nach Barbara.

»Im Haus«, brummte Belfour und rührte sich sonst nicht weiter.

Seine tiefliegenden Augen folgten Doyle, der auf das große Haus zuging. Mit sehr viel Glas begrüßte es die Sonne und gewährte der Bewohnerin eine gute Aussicht auf das Grün der bewaldeten Klippen und das Blau des Meeres tief unten. Nach Charlies Tod wohnte nur noch Barbara in dem Haus. George Belfour und seine Frau Anne, die hier als Haushälterin und Köchin beschäftigt war, bewohnten ein eigenes Häuschen, das an die Garage angebaut war.

Verfügte George Belfour über telepathische Kräfte? Jedenfalls öffnete seine Frau die Haustür gerade in dem Augenblick, als Doyle den schweren Türklopfer betätigen wollte; ein altmodisches Ding, das nicht so recht zu dem modernen Haus passen wollte.

Als er sich der hageren Frau mit dem dunklen, zu einem strengen Knoten zurückgebundenen Haar gegenübersah, erwartete er einen kinoreifen Satz wie: »Treten Sie ein, Sir, Madam erwartet Sie bereits.«

Aber sie sagte nur »Bitte« und trat zur Seite, um ihn einzulassen. »Sie ist auf der Terrasse«, fuhr Mrs Belfour fort und ging voran, obwohl sie wusste, dass er den Weg kannte.

Barbara, mit einem kurzärmeligen, brombeerfarbenen Pullover und einer hellen Cordhose bekleidet, saß unter einem Sonnenschirm und studierte den Inhalt eines blauen Aktenordners, der vor ihr auf dem Tisch lag.

»Cy!« Ein Lächeln glitt über ihr strenges, aber schönes Lauren-Bacall-Gesicht, und sie schob den Ordner ein Stück von sich weg. »Schön, dass du mich einmal besuchst. Ich trinke hier einen alkoholfreien Cocktail. Möchtest du auch einen?«

»Lieber nur ein Wasser, aber bitte mit Kohlensäure.«

Er hatte die letzte Silbe noch nicht vollendet, da setzte sich Mrs Belfour auch schon in Bewegung, um seinen Wunsch zu erfüllen.

Doyle setzte sich nach einer einladenden Geste Barbara gegenüber an den kleinen quadratischen Holztisch.

»Es mag nicht für mich sprechen, Barbara, aber dies ist kein Höflichkeitsbesuch.«

»Schade. Ich hatte gehofft, dir liegt mehr an mir. Ich habe nicht mehr so viele Freunde aus den alten Tagen.«

»Ich werde versuchen, mich zu bessern«, sagte Doyle und bedankte sich bei Mrs Belfour, die ihm ein großes Glas Mineralwasser brachte. »Heute aber bin ich gewissermaßen dienstlich hier. Der Chief Officer bat mich, bei dir vorbeizusehen. Du hast ihn angerufen, falls du dich erinnerst.«

»Natürlich erinnere ich mich. Aber das war doch erst eben. Ich fühle mich geschmeichelt, dass du dich sofort herbemüht hast. Wahrscheinlich kannst du mich schnell beruhigen. Ich habe da ein paar unangenehme Dinge über dich und Charlies letzten Mordfall in der Zeitung gelesen.«

»Du sprichst von Julian Prideaux und seinem *Clameur de Haro* vor zwei Tagen.«

»Ein dummer Vorfall, und heutzutage, wo jeder mit seinem Handy in der Gegend herumknipst, wird alles gleich festgehalten. Ich hatte allerdings nicht erwartet, dass die Guernsey Police sich darauf einlässt. Und schon gar nicht, dass du dich darauf einlässt, Cy.«

»Wie meinst du das?«

»Na, du stöberst doch jetzt in Charlies Fall herum und rückst schon allein dadurch seine Arbeit in ein schlechtes Licht.«

»Wie kommst du darauf?«

»Ich bitte dich, Cy! Was soll ich davon halten, dass du dich mit Cameron Prideaux und seinem Anwalt triffst?«

Der Blick aus Barbaras hellblauen Augen war mehr vorwurfsvoll als fragend, und ihr ernster Ausdruck ließ das Gesicht noch strenger als sonst erscheinen.

»Du verfügst über gute Kontakte«, stellte Doyle fest, während er nach einer für Barbara zufriedenstellenden Antwort suchte.

»Zum Glück, ja.«

»Anthony Palmer?«

»Das ist doch ohne Belang.«

Doyle nahm einen großen Schluck von dem Wasser. Jetzt war ihm trotz des Sonnenschirms etwas warm geworden.

»Ich habe keinen Zweifel daran, dass Charlie ein hervorragender Polizist war. Und ich habe nicht die geringste Absicht, seine Arbeit in ein schlechtes Licht zu rücken. Aber ein *Clameur de Haro* ist für einen Gurn nun einmal eine Verpflichtung.«

»Dieser *Clameur* und das Vaterunser und das ganze Brimborium haben, rechtlich gesehen, heute keine Bedeutung mehr. Ich habe mit meinen Anwälten darüber gesprochen. Nur in Ausnahmefällen, Immobilienangelegenheiten betreffend, zieht der *Clameur de Haro* heute noch eine rechtliche Überprüfung nach sich.«

»Das ist mir bekannt, Barbara. Ich sprach auch nicht von einer juristischen Verpflichtung, sondern von einer moralischen. Julian Prideaux scheint wirklich verzweifelt zu sein, und ich möchte ihm zumindest mit reinem Gewissen sagen können, dass ich nichts für ihn und seinen Sohn tun kann.«

»Ich wäre wohl auch verzweifelt, wenn ich einen Sohn hätte, der zum Mörder geworden ist.«

Doyle beugte sich zu ihr vor und fragte: »Ist er das? Ist Cameron Prideaux wirklich ein Mörder?«

»Wie kannst du daran auch nur für einen Augenblick zweifeln? Charlies Ermittlungen und das Gerichtsverfahren haben das ergeben. Das Gericht hat diesen Jungen verurteilt. Das tut es doch nicht leichtfertig!«

»Nein, aber es urteilte nicht zuletzt aufgrund des Ermittlungsergebnisses, das Charlie ihm vorgelegt hat. Wenn sich aber ein Fehler in die polizeilichen Ermittlungen eingeschlichen hat, könnte auch das Urteil fehlerhaft sein.«

Barbara schüttelte den Kopf so heftig, dass ihr hellblondes Haar wie eine Fahne wehte.

»Was für ein Fehler denn? Ich verstehe nicht, wovon du sprichst.«

»Es heißt, Charlie habe die Ermittlungen ungewöhnlich schnell abgeschlossen.«

»Wahrscheinlich deshalb, weil es nichts weiter zu ermitteln gab.«

»Das eben möchte ich herausfinden.«

»Wer setzt dir solche Flausen in den Kopf, Cy? Vielleicht deine kleine Pat Holburn?«

»Lass Pat aus dem Spiel, sie hat nichts damit zu tun.«

»Wirklich nicht? Sie hilft dir doch bei deinen Ermittlungen, war auch mit dir im Gefängnis, als du den Prideaux-Jungen und seinen Anwalt getroffen hast. Vorher aber hat sie Charlie bei seinen Ermittlungen geholfen. Wenn ein Fehler gemacht wurde, dann liegt er vielleicht bei ihr. Und jetzt versucht sie, das zu vertuschen oder die Schuld einem in die Schuhe zu schieben, der sich nicht mehr wehren kann – meinem toten Charlie. Hast du schon einmal darüber nachgedacht?«

Doyle schob seinen Stuhl zurück und erhob sich ruckartig. »Es tut mir leid, wenn du so denkst, Barbara. Ich glaube, wir haben uns alles gesagt.«

Auch Barbara stand auf und schob ihm den blauen Ordner zu. »Bitte, Cy, geh noch nicht! Sieh dir vorher das hier an!«

Er setzte sich nicht wieder, nahm aber den Ordner an sich und blätterte ihn durch. Es waren Charlies gesammelte Erfolge. Zeitungsberichte, Urkunden, Fotos. Charlie hatte ein Sportabzeichen erworben. Charlie hatte einen schwierigen Fall gelöst. Charlie war öffentlich belobigt worden. Alles chronologisch geordnet, alles penibel in Klarsichthüllen gesteckt. Zum Abschluss die Zeitungsberichte über den Mordfall Anne Corbin und die Verurteilung Cameron Prideaux'. Ein Foto mit einem lächelnden Charlie vor dem Gerichtsgebäude, daneben die Schlagzeile DCI *Mourant: »Ich habe es gleich gewusst.«*

Er schloss den Ordner, legte ihn auf den Tisch und sah Barbara fragend an,

»Und?«

»Mehr hast du dazu nicht zu sagen? Du enttäuscht mich sehr, Cy. Hast du nicht gesehen, was für eine Karriere Charlie gemacht hat? Mein Mann, dein Freund! Wie er sein Leben dem Wohl der Öffentlichkeit gewidmet hat? Welche Anerkennung ihm dafür überall auf Guernsey widerfahren ist? So einem Mann traust du zu, vorschnell eine Ermittlung abzuschließen? Eine Ermittlung, die eine Verurteilung zu lebenslanger Haft bedeutet? Warum, frage ich dich? Warum hätte Charlie das tun sollen?«

»Jeder ist mal in schlechter Verfassung und macht Fehler. Und dann war da die Verlockung des Ruhms, einen bedeutenden Fall so schnell aufgeklärt zu haben.«

Klatsch!

Doyle hatte es kaum kommen sehen, so schnell traf Barbaras Handfläche seine linke Wange. Der Begriff Ohrfeige war dafür kaum ausreichend. Es war ein regelrechter Schlag gewesen, und für einen Moment fühlte er sich wie betäubt. Dann spürte er wieder etwas: ein starkes Brennen, das seine ganze linke Gesichtshälfte durchzog.

Vielleicht war er zu weit gegangen, hätte er sich vorsichtiger äußern sollen, zumal überhaupt nicht bewiesen war, dass Charlie einen Fehler begangen hatte. Kurz dachte er daran, sich bei Barbara für seine Worte zu entschuldigen. Aber sein – vielleicht etwas kindischer – Stolz ließ das nicht zu. Nicht jetzt, nicht in dieser Situation.

»Vielen Dank für deine Gastfreundschaft, Barbara. Ich hoffe, ich muss sie nicht wieder in Anspruch nehmen.«

Er verließ die Terrasse und ging um das Haus herum zu seinem Wagen. In der offenen Garage stand George Belfour und sah aus, als hätte er sich überhaupt nicht bewegt. Er sah zu, wie Doyle den Tamora wendete und die Zufahrt zum Mourant-Anwesen verließ.

Doyle atmete auf, als das Haus im Rückspiegel nicht mehr zu sehen war. Er fühlte sich, als wäre er gerade aus einem Alptraum erwacht. Aber die brennende Wange erinnerte ihn deutlich daran, dass es kein Traum gewesen war.

KAPITEL 16

Doyle hatte den Tamora auf dem Parkplatz vor dem Polizeihauptquartier abgestellt und war auf dem Weg zu seinem Büro, als er Pat auf dem Gang traf. Sie wollte etwas sagen, betrachtete dann aber nur staunend seine gerötete Wange.

»Was ist denn mit dir passiert?«, fragte sie endlich.

»Zu viel Sonne«, knurrte er halblaut.

»Die Sonne hat sehr einseitig geschienen, wie es aussieht, dafür aber offenbar mit durchschlagendem Erfolg. Komm mal mit in mein Büro. Da habe ich etwas für dich.«

Er folgte Pat und setzte sich, als sie ihn dazu aufforderte, auf einen Stuhl, während sie etwas aus einer Schublade holte. Ein kleiner, weißer Plastiktopf mit blauer Beschriftung, die er nicht entziffern konnte.

»Den Kopf etwas nach hinten und die Augen zu«, sagte Pat, und er gehorchte folgsam. Vorsichtig strich sie über seine Wange und trug ein Mittel auf, das das Brennen augenblicklich linderte.

»Was ist das?«

»Sonnencreme«, sagte Pat, und obwohl er die Augen geschlossen hatte, sah er sie dabei grinsen. »Wie fühlt es sich an?«

»Sehr gut, es wirkt. Das ist wie früher bei meiner Mum, die konnte alle Schmerzen auch sofort lindern. Zum Schluss fuhr sie mir dann mit einer Hand von der Stirn bis in den Nacken und sagte, sie habe jetzt den Grund der Schmerzen weggenommen, und den Rest würde ich bald nicht mehr spüren.«

Doyle hatte kaum ausgesprochen, da fühlte er Pats Hand langsam über seinen Kopf streichen. Ein wohliger Schauer durchlief ihn.

»Du kannst die Augen wieder öffnen, Cy. Aber komm bloß nicht auf die Idee, jetzt Mum zu mir zu sagen.«

»Ich kann mich beherrschen«, sagte er und bedankte sich für die erfolgreiche Behandlung.

»Barbara Mourant hat sich offenbar nicht beherrschen können.«

»Das Gespräch mit ihr lief fast noch unerfreulicher, als ich es befürchtet hatte, aber das lag wohl nicht zuletzt an meinem vorlauten Mundwerk«, sagte Doyle und erstattete Pat Bericht.

»Wenigstens hast du die Sache hinter dir, Cy.«

»Du hast eine unnachahmliche Art, den Dingen etwas Positives abzugewinnen.« Er spürte eine gewisse Müdigkeit, was angesichts der Ereignisse dieses Tages verständlich war, und unterdrückte mühsam ein Gähnen. »Gibt es bei dir etwas Neues?«

»Wenig. Unsere Leute suchen auf dem Golfplatz noch immer nach Spuren, die Leiche ist in Dr. Nowlans bewährten Händen, die mutmaßliche Tatwaffe und die Kugel befinden sich in der kriminaltechnischen Untersuchung. Hin und wieder ruft eine hochgestellte Persönlichkeit mit der Frage an, wann man wieder auf den Golfplatz könne. Die Uneinsichtigen unter ihnen verweise ich an den Chief. Ach ja, Baker und Allisette haben sich gemeldet. Sie sind mit der Befragung am ›Julia Beaumont College‹ fertig und auf dem Weg hierher. Allisette sagte, es sei sehr interessant gewesen.«

»In welcher Hinsicht?«

»Keine Ahnung. Aber fragen wir sie selbst. Ich höre Stimmen draußen auf dem Gang.«

Die Stimmen gehörten tatsächlich Sergeant Baker und Constable Allisette. Alle vier setzten sich in den Besprechungsraum, wo sie von Mildred mit Sandwiches bewirtet wurden. Kurz darauf erschien sie erneut mit einer Kanne frisch zubereiteten, dampfenden Kaffees, der Doyles Lebensgeister wieder erwachen ließ.

Mildred, Baker und Allisette warfen irritierte Blicke auf seine gerötete Wange, sagten aber nichts. Nur Mildred erlaubte sich ein leichtes Schmunzeln, und ihr Blick wanderte von Doyle weiter zu Pat. Doyle stieß in Gedanken einen Fluch aus und hoffte, dass Mildred keine falschen Schlüsse zog.

Er gab Baker und Allisette einen knappen Überblick über die Gespräche, die er und Pat geführt hatten, seit sie sich auf dem Golfplatz getrennt hatten. »Und was haben Sie beide herausgefunden?«

»Harry Fournier war mehrmals an der Schule und hat dort auf seine Tochter gewartet«, sprudelte es aus Allisette heraus, bevor der ranghöhere Baker auch nur den Mund öffnen konnte.

»War er gestern auch da?«

»Darauf haben wir keine Hinweise, Sir«, antwortete Allisette.

»Haben Sie das von Vanessa Fournier erfahren?«

»Anfangs nicht. Da hat Sie gesagt, ihr Vater sei nie an der Schule gewesen. Aber ein paar Mitschüler haben ihn auf dem Foto erkannt, das wir ihnen gezeigt haben. Da hat Vanessa eingesehen, dass weiteres Lügen sinnlos war, und sie hat es gestanden.«

»Das ist ja auch kein Verbrechen«, sagte Doyle. »Andererseits muss Vanessa einen Grund für ihr Leugnen haben.«

Jetzt war Baker schneller. »Danach haben wir sie natürlich gefragt. Sie sagt, es hätte mit ihrer Mutter zu tun. Mrs Fournier würde sich immer so aufregen, wenn sie etwas von ihrem Mann höre. Vanessa habe ihr das ersparen wollen und ihr deshalb nichts von den Versuchen ihres Vaters erzählt, mit ihr Kontakt aufzunehmen.«

»Hm«, machte Doyle zweifelnd. »Die Mrs Fournier, die ich kennengelernt habe, wirkte nicht so zartbesaitet.«

Pat sah ihn an. »Glaubst du, Vanessa hat hinsichtlich ihres Motivs gelogen?«

»Ja, das glaube ich. Aber frag mich jetzt nicht nach ihrem wahren Motiv.« Doyle wandte sich wieder Baker und Allisette zu. »Haben Sie von Vanessa erfahren, was Harry Fournier von ihr wollte?«

»Sie mitnehmen«, beeilte sich Baker zu sagen. »Irgendwohin ins Ausland. Nachdem Mrs Fournier ihrem Mann verwehrt hatte, zur Familie zurückzukehren, hatte der den Entschluss gefasst, mit seiner Tochter Guernsey zu verlassen. Aber sie wollte das gar nicht und hat es ihm auch immer wieder gesagt.«

»Wann zuletzt?«, fragte Pat.

»Vor ungefähr einem Monat«, sagte Baker.

»Falls Vanessa die Wahrheit gesagt hat«, meinte Allisette.

»Es klingt nicht unlogisch und könnte sogar die Wahrheit sein«, überlegte Doyle laut. »Aber ist es die ganze Wahrheit?«

»Vanessas Freundin, Kira Westerby, hat es bestätigt«, sagte Baker.

»Aber erst, nachdem Vanessa es gesagt hatte«, fügte Allisette hinzu. »Vorher hat auch sie bestritten, Harry Fournier jemals an der Schule gesehen zu haben.«

Doyle trank seinen zweiten Becher Kaffee und schwieg eine ganze Weile. Seine Gedanken kreisten um die Familie Fournier und um das Dreieck aus lügendem Mädchen, undurchschaubarer Mutter und totem Vater.

»Wenn Harry Fournier wirklich so entschlossen war, seine Tochter mitzunehmen, war er vielleicht aus diesem Grund in der Nacht seines Todes draußen bei L'Ancresse«, sagte er, als der Becher leer war.

»Und Mrs Fournier, die das verhindern wollte, hat ihn getötet, weil sie ihn anders nicht loswerden konnte«, ergänzte Pat. »Bei La Varde, wo sich Vanessa mit ihm verabredet hatte. Entweder hatte Vanessas Mutter das spitzgekriegt, oder Vanessa hat es ihr gebeichtet.«

»Gut möglich«, meinte Doyle. »Ihr einziges Alibi ist ihre Tochter, die angeblich mit ihr im Haus war. Aber Mrs Fournier könnte sich heimlich, von Vanessa unbemerkt, weggeschlichen haben. Selbst wenn Vanessa sie bemerkt haben sollte, wird sie wohl schweigen. Wir wissen jetzt, dass die Tochter kein Problem damit hat, die Polizei anzulügen. Bei der Mutter ist es vielleicht ähnlich. Es wird Zeit, dass die beiden mal ein bisschen Druck kriegen. Machen wir ihnen also unsere Aufwartung!«

»Wer fährt hin?«, fragte Pat.

»Wir alle. Mutter und Tochter Fournier können ruhig beeindruckt sein von der Aufmerksamkeit, die wir ihnen widmen.«

KAPITEL 17

Nathalie Fournier wirkte tatsächlich beeindruckt und zugleich verwirrt, als die Guernsey Police in Vier-Mann-Stärke ihr Haus betrat.

»Warum so viele Leute?«, fragte sie, als sie die Haustür schloss. »Wollen Sie mein Haus durchsuchen?«

»Sollten wir?«, erwiderte Doyle. »Sie haben hier doch wohl keine Geheimnisse versteckt, Mrs Fournier?«

»Geheimnisse, ich? Wie kommen Sie darauf?«

»Sie haben von einer Hausdurchsuchung gesprochen.«

»Weil Sie und Ihre Kollegen so zahlreich erschienen sind, Chief Inspector, nur deshalb.«

»Eigentlich wollte ich nur Inspector Holburn mitbringen«, log Doyle mit einem unschuldigen Lächeln. »Aber da die Kollegen Baker und Allisette schon in der Schule mit Ihrer Tochter gesprochen haben, hielt ich es für hilfreich, sie auch mitzunehmen. Vanessa ist doch zu Hause?«

»Ja, oben in ihrem Zimmer. Ich habe ihr vom Tod ihres Vaters erzählt, und sie hat es schwerer genommen, als ich geglaubt hätte. Vanessa hat sich etwas hingelegt. Kann sein, dass sie jetzt schläft.«

Doyle warf einen Blick zu der Treppe, die ins Obergeschoss führte, und im selben Augenblick hörte er von oben Schritte. Sie klangen zu schwer, um von Vanessa zu stammen. Teure Herrenschuhe, wahrscheinlich italienisch, tauchten in Doyles Blickfeld auf, dann Hose und Jackett eines leichten, gut sitzenden Sommeranzugs. Die Schuhe und den Anzug sah er heute nicht zum ersten Mal, und so war es auch mit ihrem Besitzer: Peter Jehan.

Mit einem Lächeln zeigte Jehan seine weißen Zähne und nickte zuerst Doyle und dann Pat zu.

»Schön, dass wir uns so schnell wiedersehen, Chief Inspector, Inspector.« Sein Lächeln verschwand. »Nur die Umstände sind wenig erfreulich. Wir sollten nicht ganz so laut sein. Vanessa ist vor ein paar Minuten eingeschlafen.«

»Ich habe Ihren BMW gar nicht vor dem Haus gesehen«, wunderte sich Doyle.

»Ich bin zu Fuß hier. Mein Haus steht nur einen Katzensprung entfernt.«

Mrs Fournier bat alle ins Wohnzimmer, wo sie Platz nahmen. Jehan trank einen Tomatensaft. Doyle und seine Kollegen lehnten die von Mrs Fournier angebotenen Getränke höflich ab.

»Jetzt wissen wir, dass Sie nicht weit von hier wohnen, Mr Jehan«, sagte Doyle. »Aber Sie haben uns noch nicht verraten, warum Sie hier sind.«

»Nathalie rief mich an und hat mir erzählt, dass Ihre Leute Vanessa in der Schule vernommen haben. Sie ist noch minderjährig, und das Ganze ist rechtlich nicht in Ordnung.«

Sergeant Baker räusperte sich aufgebracht. »Wir haben sie nicht vernommen, wir haben ihr nur ein paar Fragen gestellt.«

Jehan sah Baker in einer Art an, als nähme er ihn jetzt erst wahr. »Und Sie sind?«

Doyle übernahm es, Sergeant Baker und Constable Allisette dem Anwalt vorzustellen.

»Nun, Sergeant«, sagte Jehan. »Vanessa hat mir genau berichtet, wie diese sogenannte Befragung abgelaufen ist. Für mich war es eine Vernehmung. Aber das ist Haarspalterei. Wie gesagt, Vanessa ist minderjährig, und das haben Sie auch gewusst. Sie hätten vorher die Einwilligung ihrer Mutter einholen müssen.«

Baker warf einen hilflosen Blick zu Doyle, und der sagte mit harter Stimme: »Beschweren Sie sich ruhig über mich beim Chief Officer, Mr Jehan, ich werde trotzdem ruhig schlafen.«

»Warum über Sie? Ihr Sergeant und Ihr Constable haben die Vernehmung durchgeführt.«

»Auf meine Anordnung hin. Ich werde mich voll und ganz hinter sie stellen, falls Sie sich für eine Beschwerde entscheiden. Außerdem weiß ich nicht so recht, worüber Sie sich aufregen. Weder hat Vanessa eine schwere Straftat gestanden, noch haben wir sie festgenommen oder ihr mit Festnahme gedroht. Warum wollen Sie einen Kampf gegen Windmühlen führen? Um damit von etwas abzulenken?«

»Wovon?«

»Vanessas berichtigte Aussage, dass ihr Vater öfter Kontakt zu ihr gesucht hat, wirft ein ganz neues Licht auf den Mord an Harry Fournier. Gibt es noch einen weiteren Grund, weshalb Mrs Fournier Sie angerufen hat? Möglicherweise sind hier noch ein paar andere Aussagen zu korrigieren?«

Als Doyle den letzten Satz aussprach, fixierte er Mrs Fournier. Die wirkte plötzlich etwas nervös, ihr Atem ging schneller.

»Sie haben recht, Chief Inspector, ich habe etwas zu korrigieren.« Nach einem kurzen Blickwechsel mit Jehan fuhr sie fort: »Vanessa und ihr Vater haben einen – wie nennt man das im Agentenfilm? – toten Briefkasten benutzt, um miteinander zu kommunizieren. Einen großen Stein draußen vor der Hecke. Harry hat hin und wieder Nachrichten für Vanessa darunter versteckt, die letzte erst gestern. Vanessa sollte ihn um Mitternacht im Grab von La Varde treffen. Was sie nicht getan hat. Sie hat mir den Zettel, wie jede seiner Nachrichten, gezeigt.«

»Sind Sie an Vanessas Stelle nach La Varde gegangen, Mrs Fournier?«, frage Pat.

»Nein, wie kommen Sie darauf?«

»Ihr Mann ist tot«, sagte Pat sachlich. »Also muss jemand nach La Varde gegangen sein. Hat außer Ihnen und Ihrer Tochter noch jemand von dem mitternächtlichen Treffen gewusst?«

»Ich«, meldete sich überraschend Peter Jehan. »Nathalie hat mich gestern Abend angerufen und mir von dem Treffen erzählt. Sie wollte meinen Rat hören.«

Pat sah ihn interessiert an. »Was haben Sie ihr geraten, Mr Jehan?«

»Nicht hinzugehen. Ich sagte ihr, sie und ihre Tochter sollten früh zu Bett gehen und sämtliche Lichter im Haus löschen. Sie sollten keinen späten Besucher hereinlassen und auch nicht ans Telefon gehen.«

»Kurzum, die beiden sollten jeden Kontakt zu Harry Fournier vermeiden«, fasste es Pat zusammen.

»So ist es, und das haben sie auch getan. Was sollte ein Treffen mit ihm auch bringen außer Ärger?«

»Den Ärger hatte dann Harry selbst«, sagte Doyle. »Haben Sie jemandem von dem Treffen erzählt, Mr Jehan?«

»Nein, ich war allein zu Hause.«

»Keine Mrs Jehan?«

»Es gab einmal eine, aber wir sind längst geschieden, und sie ist jetzt auf Jersey und hat neu geheiratet.«

»Das heißt vermutlich, Sie haben kein Alibi für die Zeit um Mitternacht.«

Jehan lehnte sich in seinem Sessel zurück und schlug die Beine übereinander, wie um zu zeigen, dass ihn diese Frage nicht in Verlegenheit brachte.

»Nein, ich habe kein Alibi. Keine Frau, keine Freundin, keinen Mann, keinen Freund, noch nicht einmal eine späte Pizzabestellung. Bis kurz vor Mitternacht saß ich an meinem Schreibtisch und habe noch einmal sämtliche Unterlagen zum Mord an Anne Corbin durchgesehen, um mich auf unser heutiges Treffen mit Cameron Prideaux vorzubereiten. Danach bin ich ins Bett gegangen und habe noch ein bisschen in Tolstois *Krieg und Frieden* gelesen.«

»*Krieg und Frieden*?«, brach es ungläubig aus Constable Allisette hervor. »Das haben Sie gelesen? Das gibt es doch schon längst als Film.«

»Was Sie nicht sagen, Constable, wahrscheinlich schon in Farbe und mit Ton.«

Verärgert über Jehans Replik, fragte Allisette: »Was interessiert Sie so an *Krieg und Frieden*? Das ist doch alles alter Kram.«

»In meinem Beruf, junge Dame, hat man, wie auch in Ihrem, mit sämtlichen Spielarten menschlicher Gefühle zu tun. Niemand hat das so breit aufgefächert wie Tolstoi in seinem Roman. Aber das wird in den Filmen gern zugunsten von Herzeleid und Pulverdampf ausgespart.«

»Also kann niemand bezeugen, wo Sie um Mitternacht waren«, sagte Allisette mit Nachdruck.

Jehan wirkte unbeeindruckt. »Ich gratuliere Ihnen zu dieser Feststellung, Constable. Genau das habe ich Ihnen vor drei Minuten auch schon gesagt. Kein Alibi, nun gut. Und wie sieht es mit meinem Motiv aus?«

Allisette lächelte, und ihr Oberkörper richtete sich kerzengerade auf. Sie witterte Morgenluft.

»Ihr Motiv? Wie wäre es mit Eifersucht«, sagte sie mit einem Seitenblick auf Mrs Fournier. »Harry Fournier war immer noch mit Mrs Fournier verheiratet, und zwischen den beiden bestand zumindest über die gemeinsame Tochter noch eine starke Bindung. Sie konnten sich nicht sicher sein, ob er nicht doch zu seiner Familie zurückkehren würde. Sie haben ihn getötet, um diesen Rivalen ein für alle Mal loszuwerden.«

»Respekt, Constable. Das setzt allerdings voraus, dass Nathalie und ich das miteinander haben, was man gemeinhin eine Affäre nennt.«

»Und? Haben Sie beide eine Affäre?«

»Wenn Sie es so nennen wollen, ja«, antwortete Jehan ohne zu zögern. »Da ich als erfahrener Strafverteidiger Ihre nächste Frage kenne: Das geht so seit ungefähr eineinhalb Jahren. Und tatsächlich ist es für uns jetzt, wo Harry tot ist, viel einfacher zu heiraten. Das haben wir nämlich vor. Ein wirklich tolles Motiv, das gebe ich zu. Aber ich bin nicht der Mörder!«

Doyle übernahm wieder das Gespräch, nachdem er Allisette anerkennend zugenickt hatte. »Mr Jehan, sind Sie geübt im Umgang mit Schusswaffen?«

»Ja, das bin ich. Dann ist Harry also erschossen worden?«

Ohne auf die Gegenfrage einzugehen, fuhr Doyle fort: »Besitzen Sie oder besaßen Sie zu irgendeinem Zeitpunkt einen Revolver Typ Smith & Wesson 629 Classic, Kaliber 44 Magnum, aus rostfreiem Stahl und mit Gummigriffschalen?«

»Nein, und ich habe auch niemals mit so einer Waffe geschossen.«

»Wie steht es mit Ihnen, Mrs Fournier?«

»Ich kann gar nicht schießen, wie ich Ihnen bereits sagte, und wir haben auch keine Schusswaffen im Haus.«

Doyle konzentrierte seine Aufmerksamkeit wieder auf den Anwalt.

»Woher haben Sie Übung im Umgang mit Schusswaffen, Mr Jehan? Sind Sie Mitglied bei den ›Fort Le Marchant Rifle Friends‹?«

»Erstens bin ich dort nicht Mitglied. Zweitens schießt man

dort, soweit ich informiert bin, nur mit Gewehren. Drittens: Wie kommen Sie darauf?«

»Nur so eine Überlegung. In diesem Fall gibt es so viele Zusammenhänge, und Mr Hubert, Ihr Golfvereinspräsident, ist auch Präsident der ›Fort Le Marchant Rifle Friends‹.«

»Danebengeschossen, wenn Sie mir dieses Wortspiel nachsehen wollen. Ich bin Mitglied im ›Vale Pistol Shooting Club‹. Das nur zur Information, auch wenn mich das in Ihren Augen nicht weniger verdächtig machen sollte.«

»Was mir verdächtig erscheinen könnte, ist die Tatsache, dass Sie mir das heute Morgen nicht gesagt haben, als ich Sie nach den von Ihnen betriebenen Sportarten fragte.«

»Sie mögen mir auch das nicht glauben, aber ich habe es schlichtweg vergessen. Zwar zahle ich in dem Verein brav meinen monatlichen Beitrag, aber ich bin so ungefähr fünf Jahre nicht mehr beim Schießen gewesen. Das wird man Ihnen im Verein bestimmt bestätigen.« Als Doyle nichts darauf erwiderte, fragte der Anwalt: »Was ist mit Ihnen, Chief Inspector? Sie schauen nicht besonders glücklich drein.«

»Aus gutem Grund«, antwortete Doyle mürrisch. »Nur drei Personen haben angeblich davon gewusst, dass Harry Fournier um Mitternacht bei La Varde sein würde. Sie, Mrs Fournier und Vanessa. Wenn niemand von Ihnen die Tat begangen hat, wer soll es dann gewesen sein? Eine Zufallstat kann man wohl ausschließen. Wer um Mitternacht bei dem Megalithgrab herumlungert und auf ein zufälliges Opfer wartet, müsste schon sehr verzweifelt sein.«

»Als Anwalt würde ich sagen, Sie übersehen das Offensichtliche: Fournier selbst hat mit jemandem darüber gesprochen, wo er nachts sein würde.«

»Mit wem?«

»Das herauszufinden, wäre doch wohl Ihre Sache. Wie nennen Sie das bei der Polizei? Routinearbeit. Sie müssen akribisch sämtliche Kontakte überprüfen, die Fournier auf Guernsey hatte. Aber das muss ich Ihnen doch nicht erzählen.«

»Müssen Sie nicht«, sagte Doyle und erhob sich. »Ich hatte nur gehofft, das bliebe uns erspart. Vielen Dank für die Zeit, die Sie beide sich genommen haben.«

Mrs Fournier erhob sich ebenfalls. »Sie wollen nicht mehr mit meiner Tochter sprechen?«

»Ich denke, unsere Fragen sind hinreichend beantwortet. Lassen Sie Vanessa nur den Schlaf der Gerechten schlafen, das hilft ihr jetzt am meisten. Und falls Sie sich über mein Vorgehen beschweren wollen, haben Sie in Mr Jehan ja fachkundige Hilfe.«

Er verließ mit seinen Leuten das Haus. Als sie draußen bei ihren vor der Hecke geparkten Fahrzeugen standen, las Doyle deutlich die Unzufriedenheit in allen Gesichtern.

»Bei allem Respekt, Sir«, begann Allisette. »Vielleicht hätten Sie darauf bestehen sollen, mit der Tochter zu sprechen. In ihrem angegriffenen Zustand hätte sie möglicherweise etwas verraten, was sie uns bisher verschwiegen hat.«

»So ein Gespräch hätte Jehan verhindert. Es macht keinen Sinn, gegen eine Mauer zu stürmen, wenn man keine Leiter hat, um auf die andere Seite zu gelangen. Dann lieber ein geordneter Rückzug, um ein andermal anzugreifen.«

»Außerdem wissen wir nicht, in welchem Zustand sich Vanessa tatsächlich befindet«, gab Pat zu bedenken. »Was ihre Mutter und Jehan uns erzählt haben, muss nicht stimmen.«

»Richtig, Pat«, sagte Doyle. »Immerhin hat uns der Besuch hier die Erkenntnis gebracht, dass Peter Jehan der Familie Fournier mit anwaltlichem Rat und auch darüber hinaus zur Seite steht.«

Baker zeigte auf einen schildkrötenförmigen Stein am Rand der Hecke. »Das muss der tote Briefkasten sein.«

»Gut erkannt, Sergeant.« Doyle nickte ihm zu. »Einsammeln, mitnehmen und auf Fingerabdrücke untersuchen. Auf der Rückfahrt machen Sie und Allisette einen Zwischenhalt bei Edmund Kellaway. Ich will wissen, welche Kontakte Harry Fournier hatte. Machen Sie ruhig ein bisschen Druck und bringen Sie den Mann ins Schwitzen. Es muss eine Spur geben, es sei denn, wir sind eben kräftig angelogen worden. Wenn Sie im Hauptquartier sind, überprüfen Sie Peter Jehans Angaben über seine in den letzten Jahren nicht genutzte Mitgliedschaft im ›Vale Pistol Shooting Club‹.«

Während Baker nur knapp nickte, fragte Allisette: »Und was machen Sie, Sir?«

Doyle sah in den Himmel. »Ungebrochen gutes Wetter. Das wird noch ein Jahrhundertoktober, was? Ich werde Inspector Holburn auf eine Spritztour über die Insel einladen.« Als Allisette ihn mit gerunzelter Stirn anblickte, fuhr er fort: »Ich habe den Eindruck, im Augenblick kommen wir an der Harry-Fournier-Front nicht recht weiter. Vielleicht ergibt sich etwas an der Anne-Corbin-Front. Ich möchte mir gern den Tatort und gleichzeitigen Leichenfundort ansehen.«

Während Baker und Allisette den Schildkrötenstein in den Kofferraum des Škodas verfrachteten, hielt Doyle die Beifahrertür des Tamoras auf.

»Oder möchtest du lieber wieder selbst fahren, Pat?«

»Besser nicht. Sonst komme ich noch in Versuchung, meine ganzen Ersparnisse zusammenzukratzen, um mir selbst so ein Gerät zu kaufen.«

KAPITEL 18

Doyle fuhr über die an der Westküste entlangführende Straße zur Portelet Bay, die als Letzte einer Reihe von Buchten im Südwesten Guernseys lag. Sie hatten einen guten Blick auf die Strände, das Meer und die unverhüllte Sonne, die sich immer tiefer auf den scheinbar unendlichen Atlantik senkte.

»Um diese Jahreszeit noch so viel Sonne, das ist einfach wunderbar«, seufzte Pat nach längerem Schweigen und wandte sich mit einem schelmischen Grinsen Doyle zu. »Hoffentlich schadet der Sonnenschein nicht deiner lädierten Wange.«

»Keine Sorge, besagte Wange ist links, und die Sonne kommt von rechts. Außerdem hast du mir den Schmerz genommen, wenn du dich erinnerst.«

»Ich konnte ja nicht wissen, ob die Methode deiner Mum auch wirkt, wenn ich sie anwende.«

»Absolut. Mum hätte es sicher gern gesehen, wenn ich von ihrer Obhut in deine gewechselt wäre.« Er bemerkte den betroffenen Ausdruck in Pats Gesicht. »Verzeih, ich wollte das gar nicht aufwärmen. Meine Rückkehr nach Guernsey weckt viele alte Erinnerungen, und ich kann mich nicht dagegen wehren.«

»Schon gut«, sagte Pat und blickte wieder hinaus aufs Meer. »Erinnerungen sind nicht zum Verdrängen da. Wenn es schlechte Erinnerungen sind, sollte man sie verarbeiten. Gute Erinnerungen aber sollte man sich bewahren.«

»An meine Mum habe ich nur gute Erinnerungen. Ich hatte eine sehr fürsorgliche Mutter, die mich aber niemals begluckt hat. Doch sie hat mich behütet, wann immer es ihr nötig erschien. Ich denke, so eine Mutter ist wichtig für eine glückliche Kindheit. Wie viele Kinder das wohl vermissen müssen?«

»Vielleicht weicht die Sonne im Augenblick mein Gehirn

ein bisschen auf, Cy, aber ich kann deinem Gedankengang nicht folgen.«

»Mütter. Es geht um Mütter, auch in unserem Fall. Oder in unseren beiden Fällen, wie immer man es betrachten mag.«

»Du sprichst also von Mrs Fournier?«

»Ja.«

»Bist du enttäuscht, dass sie mit Jehan zusammen ist?«

»Kein bisschen. Und du?«

»Ein ganz klein bisschen«, sagte Pat in einem Ton, der sich nicht ganz ernst anhörte. »Für die unverheirateten Frauen auf Guernsey bedeutet es eine attraktive Option weniger.«

»Falls Jehan es überhaupt auf Frauen abgesehen hat.«

»Du hältst ihn doch nicht etwa für schwul?«

»Nein«, sagte Doyle. »Aber es gibt ja noch andere Möglichkeiten.«

»Als da wären?«

»Denk doch mal an unsere Ankunft bei ›La Mouette de L'Ancresse‹. Mrs Fournier öffnet uns die Tür, während Peter Jehan sich oben um ihre Tochter kümmert, die gerade den Vater verloren hat. Eine recht seltsame Konstellation, oder? Ich meine, normal wäre doch gewesen, Mrs Fournier hätte sich um Vanessa gekümmert und Jehan hätte uns geöffnet.«

»Er wusste vielleicht nicht, wer da an der Haustür ist, und wollte nicht bei Mrs Fournier, seiner Geliebten, gesehen werden.«

»Es könnte so gewesen sein, einverstanden. Schließen wir diese Variante mal aus, Pat. Was bleibt dann?«

»Ich weiß, worauf du hinauswillst. Aber die Vorstellung ist schon merkwürdig.«

»So merkwürdig auch wieder nicht. Vanessa ist immerhin siebzehn.«

»Aber auf seine Golffreunde und seine Mandanten könnte

es einen seltsamen Eindruck machen, wenn ein gestandener Mann wie Jehan etwas mit einer Siebzehnjährigen hat.«

»Sehr gut, Pat. Weiter!«

»Also täuscht Jehan ein Verhältnis mit Nathalie Fournier vor, während er in Wahrheit eins mit deren Tochter hat.«

»Du sagst das so zögernd. Hältst du das für ganz und gar abwegig?«

»Merkwürdig ja, abwegig nein. Ich ärgere mich darüber, dass ich nicht selbst darauf gekommen bin. Ich frage mich nur, ob Mrs Fournier das weiß, falls es sich denn so verhält. Und was sagt sie dazu? Ist es ihr recht? Oder ist sie eifersüchtig?«

»Vielleicht hätte sie ihn schon gern als Mann. Aber vielleicht ist ihr ein angesehener Rechtsanwalt, dem es finanziell offenbar sehr gut geht, als zukünftiger Schwiegersohn lieber als gar kein Geld.«

»Willst du ihr unterstellen, sie verkauft ihre Tochter an Jehan?«

»Verkaufen, was heißt das schon? Verkaufen, vermieten, was auch immer. Vielleicht macht Jehan ihrer Tochter auch nur ein paar schöne, wertvolle Geschenke.«

»Wie der angebliche Liebhaber von Anne Corbin?«

»Ich bin immer mehr der Meinung, dass es diesen Mann wirklich gibt. Vielleicht hat er eine Neigung zu sehr jungen Frauen, und diese Neigung lässt er sich was kosten, Rechtsberatung inklusive.«

»Cy!«

»Ja, Pat?«

»Du meinst wirklich, Jehan war der mysteriöse Geliebte von Anne Corbin und hat sich jetzt Vanessa Fournier zugewandt, nachdem er Anne getötet hat?«

»Es ist nur eine Hypothese. Aber als Anwalt von Cameron

Prideaux hätte er natürlich die besten Möglichkeiten gehabt, das Verfahren gegen seinen Klienten heimlich so zu lenken, dass Charlie Mourant mit seiner Indizienkette gegen Prideaux erfolgreich sein musste. Ich weiß, das ist ein perfider Gedanke, und man sollte bei so einem Wetter keine perfiden Gedanken haben. Mein Vater würde dazu sagen: ›Selber schuld, Junge, warum bist du Polizist geworden?‹«

Pat schwieg und schien zu überlegen, während sie um die Vazon Bay mit ihrem ausgedehnten Sandstrand fuhren. Links von ihnen lag inmitten einer grünen Landschaft aus Wiesen und kleineren Baumgruppen ein großer, weißer Gebäudekomplex, das »La Grande Mare Hotel«. Daran schloss der gleichnamige Golfplatz an.

Vielleicht hatte der Anblick Pat an den Golfplatz im Norden, an La Varde und an den Toten im Ganggrab erinnert. Jedenfalls sagte sie: »Folgt man deiner Theorie, wären tatsächlich beide Morde miteinander verbunden. Aber was war Jehans Motiv, Harry Fournier zu ermorden, wenn er es gar nicht auf dessen Frau abgesehen hatte?«

»Wir wissen, dass Harry Fournier verzweifelt Kontakt zu seiner Tochter gesucht hat. Vielleicht hat er sie heimlich beobachtet und dabei herausgefunden, wer ihr Liebhaber ist.«

»Erpressung also?«

»Ein gutes Motiv, denke ich. Vielleicht wollte er von Jehan Geld, um die Insel wieder zu verlassen. Oder er wollte Jehan zwingen, die Finger von seiner Tochter zu lassen. Oder beides. Mit dem Geld von Jehan hätte Harry versuchen können, ein neues Leben für sich und seine Tochter aufzubauen.«

»Das ist eine wunderbare Theorie, Cy, nur beweisen können wir leider nichts.«

»Vielleicht hilft uns die andere Mutter weiter.«

»Liz Corbin?«

»Ja. Torteval ist nicht weit von unserem Ziel entfernt. Vielleicht treffen wir sie zu Hause an, wenn wir in Portelet fertig sind.«

»Versuchen wir es«, stimmte Pat zu. »Im Übrigen gehört Portelet sogar zum Bezirk Torteval, nur so für deine geografische Bildung.«

Sie lehnte sich im Beifahrersitz zurück, schloss die Augen und genoss wohl die Sonne und den Fahrtwind. So passierten sie mehrere Buchten: Perelle, L'Eree, Rocquaine. Hin und wieder warf Doyle ihr einen verstohlenen Blick zu, freute sich am Anblick ihrer entspannten Züge und wünschte sich, die Fahrt möge niemals ein Ende nehmen.

Als vor ihnen das altehrwürdige Imperial Hotel auftauchte, nahm er den Fuß vom Gaspedal. Das weiße, kastenförmige Gebäude mit dem länglichen, flachen Anbau thronte über diesem Teil der Küste und wirkte tatsächlich wie eine Festung aus den Zeiten des britischen Empires. Ein Außenposten der Zivilisation, der die Kolonialherren vor wilden Bergvölkern schützte. Viel weiter südlich kam man nicht mit dem Auto, und auch die Busse wendeten an dieser Stelle. Ab hier wurde die Rocquaine Bay zur Portelet Bay und der Strand zum Portelet Beach.

Der Tamora rollte an einer Reihe von Küstenparkplätzen entlang und an einem Kiosk, der zur letzten Stärkung vor einer Klippenwanderung um die Südwestecke Guernseys einlud. Hinter dem Kiosk war die Straße für den allgemeinen Autoverkehr gesperrt. Nur Anlieger und forstwirtschaftliche Fahrzeuge durften weiterfahren. Hier begann ein Naturschutzgebiet, das vom »National Trust of Guernsey« verwaltet wurde.

Pat öffnete die Augen und blinzelte ihn an. »Warum halten wir, Cy?«

»Weil hier Schluss ist für den öffentlichen Verkehr. Wenn Cameron Prideaux an der Rue de la Varde geparkt hat, wie er uns erzählte, dann hat er die Vorschriften missachtet. Na ja, sein geringstes Problem.«

Mit diesen Worten trat Doyle vorsichtig aufs Gaspedal und ließ den Tamora langsam anrollen.

»Und du willst sie auch missachten?«, fragte Pat.

»Wieso? Anlieger frei, steht da, und wir haben doch ein Anliegen. Außerdem sind wir im Dienst.«

Kaum hatte er das gesagt, bemerkte er im Rückspiegel ein Fahrrad. Darauf saß eine ältere Frau mit Kopftuch, die sich ins Zeug legte, als wollte sie die Tour de France gewinnen. Sie überholte den Tamora und stellte sich mit ihrem nicht mehr ganz taufrischen Damenrad mitten auf der Straße quer.

Pat stieß einen Warnruf aus, aber da hatte Doyle schon das Bremspedal bis zum Anschlag durchgetreten, und der Roadster kam so ruckartig zum Stehen, dass der Motor absoff.

»Was ist das denn?«, entfuhr es ihm.

Pat wirkte nicht länger erschrocken, eher amüsiert. »Ich habe mal gelesen, dass sich an diesem Küstenabschnitt früher Hexen getroffen haben sollen. Vielleicht hat ja eine von ihnen überlebt und den Besen gegen ein Fahrrad eingetauscht, um nicht aufzufallen.«

»Mit so einem Stunt nicht aufzufallen, ist aber schwer.«

Die Frau vor ihnen stieg vom Rad und kam auf den Tamora zu. Neben Doyle blieb sie stehen und stemmte die Hände in die Hüften. Graues Haar lugte unter ihrem Kopftuch hervor, und das längliche Gesicht mit der leicht gebogenen Nase ließ den Vergleich mit einer Hexe nicht so abwegig erscheinen.

»Ihnen ist wohl alles egal!«, fuhr sie Doyle an.

»Den Eindruck machen Sie mir aber auch.«

»Werden Sie nicht auch noch frech, junger Mann! Da vorn steht ein Schild, das Ihnen die Weiterfahrt verbietet. Sagen Sie nicht, Sie hätten es nicht gesehen. Ich habe genau beobachtet, wie Sie davor angehalten haben.«

»Sie haben recht«, sagte Doyle ruhig. »Aber ich bin ...«

»Ist mir egal, was Sie sind. Sie kehren sofort um und machen die Spazierfahrt mit Ihrer Frau da, wo es erlaubt ist!«

»Ich bin nicht seine Frau«, sagte Pat betont süßlich. »Wir arbeiten zusammen.«

»Verstehe«, knurrte die Frau mit dem Kopftuch. »Während die Ehefrau zu Hause das Dinner vorbereitet, wird noch schnell die Sekretärin am einsamen Strand vernascht.«

»Sie bringen mich wirklich auf Gedanken«, sagte Doyle und hielt ihr seinen Dienstausweis unter die Nase. »Polizei, wir sind dienstlich hier.«

Ein schneller Griff der älteren Frau, und er war seinen Ausweis los. Sie betrachtete ihr Beutestück ganz genau.

»Ist der auch nicht selbstgemacht oder aus dem Internet?«

»Wenn Sie es ganz genau wissen wollen, dürfen Sie gern im Hauptquartier der Guernsey Police anrufen.«

»Ich habe kein Handy.«

»Ein Zauberspruch tut's sicher auch.«

»Wie meinen Sie?«

»Schon gut«, sagte Doyle und griff nach seinem Smartphone. »Hier, nehmen Sie meins.«

Statt das Telefon zu nehmen, gab die Frau ihm zögernd den Ausweis zurück.

»Ich will Ihnen mal glauben, Mr Doyle. Immerhin haben Sie einen vertrauenswürdigen Namen. Wissen Sie, dass Sie genauso heißen wie der alte Leonard Doyle? Als der noch bei der Polizei war, herrschten auf Guernsey noch Recht und Ordnung.«

»Ja, die guten alten Zeiten«, seufzte Doyle etwas genervt, während er Ausweis und Handy wieder einsteckte. »Ich werde Ihr Lob meinem Vater heute Abend ausrichten, sobald ich nach Hause komme.«

Die Augen der Frau, ungefähr so grau wie ihr Haar, verengten sich, und sie musterte Doyle ganz genau.

»Wollen Sie damit sagen, Leonard Doyle ist Ihr Vater, und Sie sind sein Sohn?«

»Stimmt beides, aber ich kann es jetzt nicht beweisen. Dummerweise habe ich heute Morgen glatt vergessen, meine Geburtsurkunde einzustecken.«

»Macht nichts, ich glaube es Ihnen auch so. Sie haben das typische Doyle-Grübchen am Kinn.«

Skeptisch fragte Doyle: »Kennen Sie meinen Vater näher?«

Sie winkte ab. »Das ist schon lange her. Damals war ich noch so etwas wie jung. Jedenfalls im Vergleich zu heute.«

»Wohnen Sie hier an der Portelet Bay?«

»Ja, und ich schätze die Ruhe hier. Deshalb mag ich es auch nicht, wenn jeder Tom, Dick und Harry so tut, als wäre dies eine Straße für jedermann. Aber für den Sohn von Leonard Doyle und seine hübsche Schwiegertochter will ich mal ein Auge zudrücken.«

»Wir sind nicht verheiratet«, wiederholte sich Pat und betonte diesmal jede einzelne Silbe.

»Traut sich wohl nicht zu fragen, der Junge? Trösten Sie sich, Miss, was nicht ist, kann ja noch werden.«

»Das ist Inspector Holburn, und wir sind tatsächlich im Dienst«, versuchte Doyle es noch einmal. »Wir suchen den Ort, wo Anfang des Jahres die junge Frau aus Torteval tot aufgefunden wurde.«

Der Gesichtsausdruck der älteren Frau veränderte sich.

»Das arme Ding«, sagte sie leise. »Anne Corbin. Als sie so vor mir lag, da wurde es mir eiskalt. Ein junges Leben, so früh ausgelöscht. Was sie noch alles vor sich hatte. Und sie war wirklich hübsch.«

»Sie haben die Tote gesehen?«

»Natürlich. Ich habe Sie doch gefunden und die Polizei alarmiert.«

Pat merkte auf. »Penrose, nicht wahr? Ich erinnere mich an Ihren Namen aus den Akten. Jane Penrose.«

»Ja«, sagte Doyle. »Ich habe den Namen auch gelesen. Würden Sie uns zu der Stelle führen, Mrs Penrose?«

»Eigentlich wollte ich mich gleich um das Dinner kümmern, mein Sam wartet nicht gern. Aber für den Sohn von Leonard Doyle tu ich das gern. Sind denn die Ermittlungen wieder aufgenommen worden?«

»So halb und halb«, antwortete Doyle ausweichend. »Der Vater des Verurteilten hat einen *Clameur de Haro* an mich gerichtet. Haben Sie das nicht in der Zeitung gelesen?«

Sie winkte ab. »Ich lese schon seit Jahren keine Zeitung mehr. Was da drin steht, ist mir alles viel zu deprimierend. Außerdem hat man auf diese Art mehr Zeit, ein gutes Buch zu lesen. Ich habe mir gerade mal wieder Kipling vorgenommen. Den kennen die meisten ja nur noch aus dem Zeichentrickfilm. Dabei ist er ein verdammt guter Autor.«

Jane Penrose fuhr auf dem Rad voran, und Doyle folgte ihr mit dem Tamora.

»Halt lieber Abstand«, ermahnte in Pat. »Nur für den Fall, dass Mrs Penrose wieder eine Vollbremsung hinlegt.«

»Eins ist mal sicher, Pat. Bevor ich ihr meinen Tamora anvertraue, überschreibe ich ihn lieber dir.«

»Guter Plan.«

Sie fuhren durch ein malerisches Stück Guernsey, in dem sich kaum Menschen aufhielten. Wer das Strandvergnügen suchte, ging in der Regel an einen der größeren Strände, an denen nördlich von hier kein Mangel herrschte. Der sowohl von viel Grün als auch von schroffen Felsen umgebene Portelet Beach war noch so etwas wie ein Geheimtipp. Sehnsüchtig warf Pat einen langen Blick in die Bucht mit dem natürlichen Hafen, wo ein paar Boote im tiefblauen Wasser vor sich hindümpelten.

»Soll ich mal deine Gedanken lesen?«, fragte Doyle. »Dieser Tag macht es einem wirklich schwer, an Mörder und Ermordete zu denken. Getroffen?«

Pat nickte und seufzte: »Aber schwierig war das nicht.«

Strand und Hafen lagen schon ein gutes Stück hinter ihnen, als Jane Penrose ihnen ein Zeichen gab, an den Straßenrand zu fahren. Sie selbst stellte ihr Fahrrad ab und kam zum Tamora.

»Von hier aus geht es zu Fuß weiter.«

Noch während sie sprach, zückte sie eine Art Notizbuch, schrieb etwas mit einem alten Kugelschreiber auf einen Zettel, riss ihn aus dem Buch und klemmte ihn hinter einen Scheibenwischer an die Windschutzscheibe des Tamoras.

»Ein Strafmandat?«, fragte Doyle.

»Nein, eine Parkerlaubnis. Nicht, dass Sie noch abgeschleppt werden.«

Pat hatte den Wagen verlassen und bedachte die ältere Dame mit einem zweifelnden Blick.

»Sie dürfen für dieses Gebiet eine Parkerlaubnis ausstellen?«

»Ich denke nicht, dass ich dazu eine offizielle Befugnis habe. Aber ich tu es trotzdem. Man kennt und respektiert mich hier. Folgen Sie mir!«

Jane Penrose wandte sich landeinwärts, wo das Gelände anstieg und dicht bewaldet war. Trotz ihres Alters – Doyle schätzte sich auf ungefähr siebzig – schritt sie munter aus. Doyle und Pat folgten ihr tiefer in den Wald hinein, und bald schloss sich das Laubdach über ihnen. Die Sonne war weitgehend ausgesperrt, und augenblicklich wurde es ein paar Grad kühler.

»Ich mache in diesem Waldstück oft meine Spaziergänge«, sagte Mrs Penrose. »Weil es Naturschutzgebiet ist, sieht man hier viele Tiere und Pflanzen, die anderswo auf Guernsey rar geworden sind.«

»Auch an dem Morgen, als sie das tote Mädchen gefunden haben?«, fragte Pat.

»Ja, da bin ich einen Rundweg gegangen, den ich häufig benutze. Keinen offiziellen, sondern einen, den ich mir selbst ausgetüftelt habe. Auf dem Rückweg bin ich dann hier vorbeigekommen, und da lag das arme Ding mit blutigem Schädel.«

Sie standen auf einer kleinen Lichtung, die romantisch gewirkt hätte, wäre sie nicht mit dem Makel behaftet gewesen, Schauplatz eines Gewaltverbrechens zu sein. Doyle lauschte und hörte nichts anderes als die Laute einiger unsichtbarer Vögel.

»Still hier, nicht?«, fragte Jane Penrose.

»Ja«, sagte Doyle. »Sind hier immer so wenig Leute?«

»Im Sommer, wenn die Touristen ausschwärmen, trifft man hier im Wald schon mal den einen oder anderen Wanderer. Aber im Januar passiert das so gut wie nie. Deswegen war ich ja so überrascht, als ich das Mädchen da liegen sah. Noch bevor ich erkannte, dass sie tot war.«

»Sonst haben Sie auf diesem Spaziergang am dritten Januar niemanden im Wald getroffen?«

»Nein, Mr Doyle, niemanden.«

»Auch keinen jungen Mann, der ungefähr da geparkt haben muss, wo wir jetzt auch angehalten haben?«

»Sprechen Sie von dem verurteilten Prideaux-Jungen?«

»Egal, wer es war, haben Sie jemanden gesehen?«

»Nein, keinen jungen und auch keinen älteren Mann.«

»Oder ist Ihnen am Waldrand ein Sportwagen aufgefallen?«

»Nein. Ich bedaure, dass ich so wenig hilfreich bin.«

Doyle fühlte sich plötzlich in der Stimmung, sie anzulächeln.

»Nicht nur, was ein Zeuge sieht, ist hilfreich, sondern genauso das, was ein Zeuge nicht sieht.«

Jetzt lächelte auch die ältere Dame.

»Ja, ich erinnere mich noch gut an diesen Satz. Er kommt ziemlich früh in der Ausbildung.«

»Woher wissen Sie das?«

»Ich war selbst mal bei dem Verein. Constable Jane Wood, im Ruhestand natürlich. Damals, während meines Polizeidienstes, habe ich auch Ihren Vater kennen- und schätzen gelernt.«

»Wood?«, wiederholte Doyle.

»So hieß ich vor meiner Heirat. Als ich meinem Sam das Jawort gab, bin ich aus dem Dienst ausgeschieden. Seitdem heiße ich Penrose.«

Doyle und Pat sahen sich noch einmal genau um, ohne etwas Wichtiges zu finden, und stellten ihrer Führerin noch ein paar Fragen zur Örtlichkeit. Auf dem Rückweg zu der Stelle, wo der Tamora und das Fahrrad standen, fragte Doyle sie nach Liz Corbin.

»Ich kenne sie, aber nicht näher. Der Tod ihrer Tochter hat sie aus der Bahn geworfen. Man kann ruhig sagen, der Mörder hat zwei Leben zerstört.«

»Inwiefern?«, fragte Pat.

»Anne war ihr einziges Kind, und ihr Mann war längst abgehauen, nach Neuseeland oder so etwas. Als sie plötzlich ganz allein war, hat sie zur Flasche gegriffen, wohl immer öfter. Jedenfalls hat sie ihren Job bei Finch & Pardners verloren.«

»Bei dem Maklerbüro, wo sie als Sekretärin gearbeitet hat?«, hakte Doyle nach.

»Ja. Ich kenne den alten Finch persönlich, eine Seele von Mensch. Wenn der jemanden entlässt, muss wirklich was Schwerwiegendes vorgefallen sein.«

»Aber Sie wissen nicht, was?«

»Nein. Wie gesagt, ich kenne Liz Corbin nicht näher.«

»Und wovon lebt sie jetzt?«, fragte Pat.

»Mehr oder weniger von der Hand in den Mund. Ein Gelegenheitsjob hier und da, ein paarmal in der Woche geht sie putzen, soweit ich gehört habe.«

Sie verließen den Wald. Das Licht der sinkenden Sonne umschmeichelte sie, und Doyle merkte, wie das Gefühl der Beklemmung, das ihn seit dem Betreten der Lichtung erfasst hatte, von ihm abfiel. Als hätte der Geist des toten Mädchens sie begleitet und wäre jetzt am Waldrand stehengeblieben, um ihnen traurig nachzublicken.

»Danke für Ihre Zeit und die Führung, Kollegin«, sagte Doyle, als sie die Straße erreichten. »Soll ich meinem Vater Grüße von Ihnen ausrichten?«

Jane Penrose überlegte kurz.

»Nein, lieber nicht. Wissen Sie, mein Sam ist so schrecklich eifersüchtig.«

KAPITEL 19

Doyle wendete den Tamora, und sie fuhren erneut an der Portelet Bay entlang.

»Tja«, kam es gedehnt von Pat. »Da wollten wir das Geheimnis eines Mordes aufklären und haben stattdessen ein Geheimnis deines Vaters aufgedeckt. Wusstest du, dass er einmal etwas mit einem weiblichen Constable namens Jane Wood hatte?«

»Wer sagt das?«

»Na, Constable Wood beziehungsweise Mrs Jane Penrose.«

»Sie kennt meinen Vater aus ihrer Dienstzeit. Aber das ist ja kein Wunder. Als DCI war er einer der führenden Polizisten Guernseys.«

»Und deshalb ist ihr Sam *so schrecklich eifersüchtig*?« Bei den letzten Worten ahmte sie Mrs Penroses Tonfall nach.

»Was heißt das schon? Ich war heue Vormittag auch eifersüchtig, als Jehan dich angeflirtet hat.«

»Was soll dieser Vergleich jetzt belegen?«

»Ich weiß es nicht«, seufzte Doyle. »Aber eins weiß ich genau: Ich will gar nicht wissen, ob und wenn ja, wann mein Dad etwas mit Constable Wood hatte.«

»Verzeih«, sagte Pat nach kurzer Pause. »Ich habe nicht daran gedacht.«

»Woran?«

»Dass es während der Zeit gewesen sein könnte, als dein Vater schon mit deiner Mutter verheiratet war.«

»Können wir das Thema jetzt abschließen? Wir haben es wohl eingehend genug erörtert.«

Doyle bog am Imperial Hotel nach rechts ab, auf die Rue des Villains, die ins Landesinnere von Torteval führte.

»Ich finde deinen Tamora viel besser als Jehans BMW«, sagte

Pat unvermittelt im Ton eines Kindes, das zwei Spielzeugautos miteinander vergleicht.

»Danke.« Doyle musste unwillkürlich lachen, und sein ganzer Missmut über die Diskussion von eben war mit einem Schlag verflogen. »Du weißt immer noch, wie du mich aufheitern kannst.«

»Jehan scheint ja einen ganzen Rennstall zu besitzen.«

»Zumindest einen Fuhrpark, darin ist er mir allerdings überlegen.«

»Ich komme nur darauf, weil du Mrs Penrose nach einem Sportwagen gefragt hast. Falls Jehan am dritten Januar an der Portelet Bay war, kann er auch einen anderen seiner Wagen benutzt haben.«

»Das ist mir bewusst, aber ich kenne bislang nur diesen BMW.« Doyle konzentrierte sich auf den Straßenverlauf. »Da vorn müssen wir nach rechts abbiegen, wenn ich richtig orientiert bin.«

Pat stimmte ihm zu. »Wie wollen wir bei Liz Corbin vorgehen, Cy? Samthandschuhe?«

»Lieber Boxhandschuhe. Wir müssen irgendwann mal vorankommen. Außerdem glaube ich Cameron Prideaux, auch wenn das natürlich kein Beweis ist.«

»Was hat das mit Liz Corbin zu tun?«

»Nur einer von beiden kann die Wahrheit sagen. Wenn Anne Corbin wirklich teuren Schmuck und teure Kleider hatte – zu teuer für das Budget der Corbins –, dann muss es diesen vermögenden Verehrer wirklich gegeben haben.«

»Was Liz Corbin bestreitet.«

»Exakt.«

Der Wald war zurückgewichen und hatte einer Landschaft aus sanften Hügeln Platz gemacht. Wiesen erstreckten sich links und rechts, und auf ihnen weideten etliche der goldbraunen Guernseykühe, auf die ihre Besitzer so stolz waren. Die Farmer der Insel waren sich einig, dass die Guernseykühe die besten Kühe der Welt waren, die »goldenen Kühe«. Nicht nur die Farbe des Fells hatte diese Bezeichnung geprägt, auch die sehr fetthaltige Milch schimmerte golden.

»Warum hat eigentlich die Milch dieser Kühe so einen Stich ins Goldene?«, sprach Doyle seinen Gedanken laut aus.

»Das hat jetzt genau was mit unserem Fall zu tun?«

»Gar nichts. Aber beim Anblick der Kühe habe ich plötzlich Durst auf Milch bekommen.«

»Den kann ich leider nicht stillen.«

»Und meinen Wissensdurst?«

»Beta-Carotin, die Vorstufe zu Vitamin A, ist in besonders hoher Konzentration in der Milch enthalten, wenn ich mich richtig an den Biologieunterricht erinnere. Das ist nämlich schon eine Weile her, weißt du?«

Doyle zwinkerte ihr zu. »Das sieht man dir aber nicht an.«

»Übst du schon besonders plumpes Vorgehen, um nachher Mrs Corbin damit zu überrollen?«

»Wenn mir das nur gelänge. Bald werden wir mehr wissen, die Häusergruppe da vorn müsste unser Ziel sein.« Er zeigte auf ein Tal, in dem sich ein paar kleinere Häuser an die Hänge schmiegten. »Wie heißt noch mal das Haus, in dem Liz Corbin wohnt? Irgendwas mit Torteval, glaube ich.«

»›Torteval Meadows‹.«

»Dann sind wir schon da.«

Doyle fuhr auf die Einfahrt zum zweiten Haus auf der rechten Seite. Bei näherer Betrachtung machte es einen heruntergekommenen Eindruck, und der im Sonnenlicht blinkende Tamora wirkte fehl am Platz. In dem Carport neben dem Haus stand ein roter Vauxhall Adam, der schon lange keine Wagen-wäsche mehr gesehen hatte.

»Ja«, sagte Doyle gedehnt, als er aus dem Tamora stieg und sich umsah. »Das passt schon zu dem, was Mrs Penrose uns erzählt hat.«

»Obwohl sie Mrs Corbin ja kaum kennt, wie sie betonte.«

»Offenbar ist sie generell gut informiert über das, was in ihrer Gemeinde vorgeht. Einmal Polizistin, immer Polizistin.«

Doyle musste mehrmals auf die Klingel drücken, bis sich im Haus etwas tat. Sie hörten eine Tür zuschlagen und dann das Geräusch von sich nähernden Schritten.

»Wer ist da?«, rief eine Frau durch die geschlossene Haus-tür.

»Guernsey Police«, sagte Doyle laut. »Würden Sie uns bitte öffnen?«

»Ich fühle mich nicht so gut.«

»Bitte öffnen Sie!«, fuhr Doyle unbeirrt fort. »Wir machen es auch so kurz wie möglich.«

Langsam wurde eine Kette oder ein Riegel entfernt und ein Schlüssel herumgedreht. Der Türspalt gab den Blick frei auf eine zierliche Frau in den Vierzigern. Ihr halblanges, brünettes Haar war ordentlich frisiert, das Make-up nicht übertrieben. Sie trug Freizeitkleidung: ein weißes Shirt mit langen Ärmeln und Leggings in Dunkeloliv, die ihre schlanken Beine betonten. Dazu cremefarbene Pumps.

Doyle zeigte ihr seinen Ausweis und stellte sich und Pat vor.

»Detective Chief Inspector sind Sie? Der Nachfolger von DCI Mourant?«

Sie sprach vollkommen deutlich, aber die Alkoholfahne, die Doyle dabei umwehte, zeugte von mehr als ein oder zwei Glä-sern.

»Ja. Und Sie müssen Mrs Corbin sein.« Sie nickte, und Doyle fragte: »Können wir uns drinnen weiter unterhalten? Wir haben ein paar Fragen an Sie, die den Tod Ihrer Tochter betreffen.«

Liz Corbin wirkte wenig begeistert. »Wenn es sein muss, kommen Sie herein.«

Das Wohnzimmer, in das sie Doyle und Pat führte, war nicht besonders geräumig, dafür aber sehr hell. Durch zwei Fenster nach hinten raus flutete die Sonne den Raum. Auf einem schachbrettartig gemusterten Tisch stand ein fast leeres Glas, daneben eine aufgeschlagene Klatschgazette mit einem Artikel über die Zukunft des britischen Königshauses. Liz Corbin bot ihren Besuchern einen Platz auf einer hellen Ledercouch und etwas zu trinken an.

»Was trinken Sie da?«, erwiderte Doyle und zeigte auf ihr Glas.

»Wodka. Pur. Ich dachte, die Tageszeit erlaubt es, etwas zum Entspannen zu sich zu nehmen.«

»Sicher doch«, sagte Pat, die auch gemerkt haben musste, dass es heute nicht der erste Wodka ihrer Gastgeberin war. Sie blickte durch die Fenster hinaus ins Grüne, wo weit hinten ein paar Kühe grasten. »Haben Sie Milch da, Mrs Corbin, Kuhmilch?«

»Ich glaube schon.«

»Dann zwei Gläser, bitte.« Als Mrs Corbin das Zimmer in Richtung Küche verließ, schickte Pat ein Lächeln in Doyles Richtung. »So schnell können sich Wünsche erfüllen.«

Doyle sah sich im Raum um, bis sein Blick an einem Regal hängen blieb, das wie ein Schrein auf ihn wirkte. Hier standen in den verschiedensten Formaten gerahmte Fotos von Anne Corbin: als Kleinkind, als Schulmädchen, als fast schon erwachsene

Frau. Manchmal war ihre Mutter mit auf den Bildern, aber sonst niemand, auch kein Mann, kein Vater. Inmitten der Fotos saß ein abgeliebter Teddybär, der ein rotes Herz mit der Aufschrift MY SWEETHEART vor sich hielt, vermutlich Annes Lieblingskuscheltier.

Pats Blick war dem von Doyle gefolgt und heftete sich anschließend auf das Wodkaglas.

»Traurig. Ein trauriges Leben.«

»Wir sind nicht hier, um Mitleid mit Liz Corbin zu haben.« Doyle hatte mit leiser Stimme gesprochen, aber mit einer Schärfe, die Pat offenbar erstaunte. »Wir brauchen Informationen von ihr. Ich glaube nicht, dass es nur die Trauer über den Verlust ihrer einzigen Tochter ist, weshalb sie sich hier vergräbt und bei lebendigem Leib mit Alkohol konserviert.«

Mrs Corbin kehrte mit zwei Gläsern zurück, und mit Befriedigung bemerkte Doyle die ins Goldene gehende Färbung der Milch.

»Von einem der hier ansässigen Farmer?«, fragte er, nachdem er den ersten Schluck genossen hatte.

»Ja«, sagte Mrs Corbin nur und wirkte dabei nervös.

Sie wartete offenbar darauf, dass Doyle und Pat zum Thema ihres Besuchs kamen. Gleichzeitig machte sie den Eindruck, als hätte sie lieber gar nicht mit ihnen gesprochen.

»Sie wohnen hier sehr schön«, begann Doyle. »Aber auch sehr zurückgezogen, wie es scheint.«

»Seit Annes Tod lebe ich allein. Mein Mann ist schon vor vielen Jahren über alle Berge. Allerdings werde ich das Haus wohl bald verkaufen müssen.«

»Weil Sie den Job bei Finch & Pardners verloren haben?«

»Sie haben davon gehört?«

»Irgendwer hat es mal erwähnt. Vielleicht wäre es gut, wenn

Sie mehr unter die Leute kämen, als hier allein mit Ihren Erinnerungen zu leben.«

»Anne war mein einziges Kind! Sie ist noch nicht mal ein Jahr tot, da wird es wohl erlaubt sein, um sie zu trauern. Was wollen Sie überhaupt von mir? Ich habe davon gehört, dass der Vater dieses Mörders Sie angefleht hat, Ihnen das letzte Vaterunser vorgebetet hat. Aber wir sind doch nicht mehr im Mittelalter. Deswegen kann man doch einen verurteilten Mörder nicht freilassen!«

Liz Corbin hatte sich in Rage geredet, aber Doyle antwortete gelassen: »Niemand will einen Mörder freilassen. Wir überprüfen nur, ob auch der richtige Mann verurteilt wurde.«

»Der richtige Mann? Aber es gab sonst niemanden, der für den Mord infrage kam.«

»Natürlich gab es so jemanden, und das wissen Sie auch, Mrs Corbin. Ich spreche von dem Mann, der Anne die teuren Geschenke gemacht hat. Auf ihn wurde im Verfahren gegen Cameron Prideaux kaum eingegangen, sonst wäre die Sache vielleicht anders ausgegangen. Es wurde so getan, als wäre dieser Unbekannte ein Hirngespinst des Angeklagten, nichts als eine Schutzbehauptung. Dabei existiert er tatsächlich, und Sie wissen das am besten.«

Mrs Corbin saß wie erstarrt in dem hellen Ledersessel, bis sie plötzlich begann, am ganzen Leib zu zittern. Sie streckte eine Hand nach dem Wodkaglas aus, zitterte dabei aber so, dass das Glas umkippte. Der Rest Wodka verteilte sich auf der Tischplatte und tröpfelte langsam auf den Teppichboden. Liz Corbin starrte darauf, ohne sich zu rühren.

Pat erhob sich und holte aus der Küche ein paar Blätter Küchenpapier, um die Flüssigkeit aufzuwischen. Im Zimmer roch es jetzt noch stärker nach Wodka als zuvor.

Nachdem Pat das Küchenpapier in den Abfall geworfen und sich die Hände gewaschen hatte, blieb sie vor Liz Corbin stehen, blickte ihr tief in die Augen und sagte mit sanfter, einfühlsamer Stimme: »Sie können dem Chief Inspector vertrauen. Er meint es ehrlich. Liz, es kann doch nicht in Ihrem Interesse sein, wenn der Mörder Ihrer Tochter frei draußen herumläuft!«

»Das ist es auch nicht«, sagte Mrs Corbin sehr leise.

Pat kniete sich neben sie, ergriff ihre Hände und rieb sie leicht zwischen ihren eigenen.

»Dann sagen Sie uns doch, wer der geheimnisvolle Verehrer Ihrer Tochter war«, bat sie.

»Ich weiß es nicht.« Tränen rannen über Liz' Wangen und verschmierten ihr Make-up. »Aber eins weiß ich genau: Ich bin schuld an Annes Tod. Ich habe es so weit kommen lassen.«

»Indem Sie nicht gegen Annes Verhältnis zu dem Unbekannten eingeschritten sind?«, fragte Doyle.

Mrs Corbin schluchzte jetzt laut, und ein Nicken war ihre einzige Antwort. Pat reichte ihr ein Taschentuch.

»Weshalb haben Sie bis heute geschwiegen, Liz?«, fragte Doyle weiter. »Weil Sie sich selbst gegenüber Ihre mögliche Mitschuld am Tod Ihrer Tochter nicht eingestehen wollten?«

»So ist es wohl«, antwortete Liz unter heftigem Schluchzen. »Ich habe mir immer eingeredet, dass mit Cameron Prideaux auf jeden Fall der Richtige verurteilt wurde. Dass der andere unschuldig ist und ich nichts geändert hätte, hätte ich ihn erwähnt. Was für ein Motiv sollte er auch haben? Cameron war doch eifersüchtig und mit Anne zerstritten.«

»Dasselbe Motiv könnte der Unbekannte auch gehabt haben«, gab Doyle zu bedenken. »Gibt es denn gar nichts, was Sie über ihn wissen?«

»Anne hat so wenig von ihm erzählt«, sagte Liz Corbin nach einigem Nachdenken. »Das war ja auch eine Bedingung für den Nähkreis.«

»Für den was?«, hakte Pat nach, die inzwischen wieder auf der Couch Platz genommen hatte.

»Der Nähkreis. So nannten die Mädchen das. Sie trafen sich dort und wurden mit Männern bekannt gemacht. Mit wohlhabenden Männern, die ihnen gern Geschenke machten. Sachen, die sie sich nicht leisten konnten.«

Doyle spürte, wie ihm die Galle hochsteigen wollte, und unbändiger Zorn auf die Frau packte ihn. Pat kannte ihn gut und hatte seinen Zustand bemerkt. Besänftigend strich ihre Hand über seinen Unterarm.

So ruhig, wie er konnte, sagte er: »Das Ganze hört sich nach einem Bordell an, in dem die sexuellen Dienstleistungen mit wertvollen Dingen statt mit Geld bezahlt werden.«

»Nein, so ist es nicht«, beeilte sich Mrs Corbin zu sagen. »Es ging nicht um Sex, also nicht um richtigen.«

»Jetzt bin ich sehr gespannt«, sagte Doyle. »Wie definieren Sie falschen Sex, Mrs Corbin?«

»Ein bisschen kuscheln und streicheln, auch mal ein Kuss, das war wohl im Nähkreis erlaubt, aber kein Geschlechtsverkehr. Das hat Anne mir ausdrücklich versichert, damit ich mir keine Sorgen um sie machen muss. Es waren alles Gentlemen, anständige Männer aus besseren Kreisen, die Freude dabei empfanden, mit jüngeren Frauen zusammen zu sein. Sie wollten sich nur ein bisschen die Jugend zurückholen, so hat Anne es einmal ausgedrückt.«

»Sich die Jugend zurückholen, indem sie Zärtlichkeiten mit jungen Mädchen austauschten, die ihre Töchter hätten sein können?« Doyle konnte kaum verbergen, wie angewidert er war. »Ich bin lange genug Polizist, um zu wissen, dass es solche Männer gibt. Aber was ich nicht verstehe, Mrs Corbin, ist, dass es Mütter gibt, die davon wissen und es dulden!«

»Ich wollte, dass es Anne gutgeht. Dass sie sich mal was leisten kann. Ein schönes Kleid oder schönen Schmuck. So wie ihre Mitschülerinnen.«

»Aber sie hatte doch mit Cameron Prideaux einen Freund, der aus einer vermögenden Familie stammt«, sagte Pat. »Warum haben Sie nicht diese Freundschaft gefördert, sondern sich auf die Prostitution Ihrer Tochter eingelassen?«

»Es war keine Prostitution!«

»Doch, genau das war es«, erwiderte Pat. In ihren Worten schwang kein Vorwurf mit, aber die Festigkeit ihrer Stimme verriet, dass sie in diesem Punkt keinen Widerspruch duldete. »Ob für Geld oder für Geschenke, Anne hat sich dem unbekannten Verehrer hingegeben. Ganz gleich, ob dabei der Geschlechtsakt vollzogen wurde oder nicht. Ich rede hier nicht von einem juristischen Standpunkt, sondern von einem moralischen.«

»Sie haben ja recht«, seufzte Liz. »Ich selbst habe es mir auch schon gesagt, jetzt, wo alles zu spät ist.«

»Für Anne ja, aber für ihren Freund nicht«, sagte Pat. »Der sitzt im Les Nicolles Prison, womöglich unschuldig. Sein Leben könnte dadurch verpfuscht werden. Das Leben des Mannes, der Ihre Tochter geliebt hat. Sie könnten helfen, Cameron davor zu bewahren, Liz!«

»Ich versuche ja schon, dabei zu helfen. Ich war mir halt mit Cameron nicht sicher. So ein junger Mann, der sich vielleicht noch viele Male in seinem Leben verliebt. Da schien mir der andere, der aus dem Nähkreis, zuverlässiger zu sein.« Mrs Corbins Hände begannen wieder zu zittern, und sie steckte sie unter die Achseln. »Könnte ich noch einen Wodka haben, bitte?«

Doyle schüttelte den Kopf. »Ich möchte lieber mit einer halbwegs nüchternen Zeugin reden als mit einer, die sich um die Erinnerung trinkt.«

»An dem Punkt bin ich noch lange nicht, leider«, sagte Liz bitter. »Wenn das so einfach wäre. Aber ich brauche jetzt einfach noch einen Schluck, sonst halte ich das hier nicht weiter aus.«

»Ein halbes Glas, nicht mehr«, schlug Doyle vor.

»Ja, bitte.«

»Ich mache das schon.« Pat ging zu einer kleinen Bar, die in eine Zimmerecke gebaut war, nahm ein frisches Glas und füllte es zur Hälfte mit dem Wodka einer billigen Marke.

Liz griff mit zitternden Händen nach dem Glas, führte es mit einer schnellen Bewegung an die Lippen und stürzte fast den gesamten Inhalt mit einem Zug hinunter. Als sie das Glas auf den Tisch gestellt hatte, zitterten ihre Hände nicht mehr.

»Ich weiß nichts weiter über Annes Verehrer. Nur, dass er ein gutsituierter Mann in den besten Jahren war. Wie gesagt, oberstes Gebot im Nähkreis war Stillschweigen.«

»Woher stammt der bescheuerte Name Nähkreis?«, fragte Doyle.

»Anne sagte einmal, die Leiterin habe dem Nähkreis den Namen gegeben. Mehr weiß ich nicht darüber.«

»Auch nicht, wer die Leiterin ist?«

»Auch das nicht, leider.«

»Wissen Sie wenigstens, ob es eine Mitschülerin ist? Oder vielleicht eine Lehrerin von Annes Schule?«

»Nein, keine Ahnung.«

»Wer von Annes Mitschülerinnen war noch in diesem Kreis?«

»Auch das weiß ich nicht. Ich habe Anne ein paarmal gefragt, aber sie sagte dann immer etwas von Geheimhaltung und einem Ehrenkodex.«

»Wissen Sie vielleicht, ob der Nähkreis heute noch existiert?«, fragte Pat.

»Nein, keine Ahnung. Seit Annes Tod habe ich nichts mehr davon gehört.«

»Haben Sie wenigstens noch die Geschenke, die ihr Verehrer Anne gemacht hat?«, kam es von Doyle.

»Ja, die sind alle oben in Annes Zimmer. Ich habe da nichts drin verändert, wissen Sie. Ich konnte es einfach nicht.«

»Die Geschenke nehmen wir mit. Vielleicht geben sie uns einen Hinweis auf die Identität des Mannes.«

Sie benötigten zwei große Abfallsäcke von Mrs Corbin, um alle Geschenke einzusammeln: Kleidung, Schuhe, Schmuck und eine Armbanduhr.

»Ich bin weder Expertin für Mode noch für Schmuck«, sagte Pat, »aber soweit ich das beurteilen kann, ist nichts davon billig gewesen. Markenware bekommt man nicht in jedem Geschäft. Mit etwas Glück können wir den Käufer darüber ausfindig machen. Es sei denn, er ist ein Internet-Bestell-Junkie.«

Doyle stimmte ihr zu und sah sich in Anne Corbins Zimmer um. Es war, wie Mrs Corbin gesagt hatte: Alles wirkte so, als hätte Anne den Raum gerade erst verlassen und könnte jederzeit zurückkommen. Auch wenn er die trauernde Mutter ein Stück weit verstehen konnte, wirkte es auf ihn unwirklich. So, als würde die Tote immer noch am Leben ihrer Mutter teilnehmen. Aber in Wahrheit war es wohl eher umgekehrt.

Liz Corbins Miene verfinsterte sich zusehends, während ein Geschenk ums andere in den Abfallsäcken verschwand.

»Was geschieht damit, wenn Sie es nicht mehr brauchen?«, fragte sie schließlich.

»Sie bekommen die Sachen zurück«, antwortete Doyle. »Ich schreibe Ihnen, wenn Sie wünschen, gern eine Quittung aus, auch detailliert über jedes einzelne Stück.«

»Das wird nicht nötig sein«, sagte sie zögernd. »Ich vertraue Ihnen.«

»Gut«, sagte Doyle und band den ersten der beiden Säcke zu.

»Ich habe da noch eine Frage. Was geschieht mit mir?«

»Sie kommen am besten morgen nach St. Peter Port ins Hauptquartier und geben Ihre Aussage zu Protokoll.«

»Werde ich bestraft?«

»Das hängt davon ab, wie das Gericht Ihr Verhalten beurteilt. Sie haben die Fürsorgepflicht gegenüber Ihrer minderjährigen Tochter in einer Weise verletzt, die ich persönlich nicht mehr als geringfügig einstufen würde. Außerdem haben Sie die polizeilichen Ermittlungen behindert, indem Sie über den Mann, der Anne diese Geschenke gemacht hat, geschwiegen haben. Inwiefern das zu Cameron Prideaux' Verurteilung und seiner Gefängnishaft beigetragen hat, wird das Gericht wohl ganz genau untersuchen müssen. Möglicherweise könnte es in Ihrem Verhalten eine Freiheitsberaubung sehen. Aber wenn Sie uns jetzt helfen, Annes Verehrer und damit vielleicht auch den wahren Mörder zu finden, wird das Gericht das positiv bewerten. Und wir würden uns dann auch für Sie verwenden. Nicht wahr, Pat?«

»Ja, das würden wir tun«, bestätigte Pat und band den zweiten Sack zu.

Als Doyle und Pat die Abfallsäcke endlich im kleinen Kofferraum des Tamoras verstaut hatten und der Wagen rückwärts aus der Einfahrt rollte, stand Liz Corbin in der halb offenen Haustür und sah ihnen mit ernster, unbewegter Miene nach.

Doyle fuhr den Weg zurück, der sie hergeführt hatte. In der anderen Richtung wären sie nicht viel weiter gekommen. Dort lagen die schroffen Klippen der südlichen Steilküste.

Als sie die Weide mit den Guernseykühen passierten, sagte Doyle: »Schade, jetzt habe ich gar nicht meine Milch ausgetrunken.«

Pat sah sich erstaunt zu ihm um. »Ist das alles, was dich nach unserem Besuch bei Liz Corbin beschäftigt, Cy?«

»Auf jeden Fall zerfließe ich nicht vor Mitleid für Mrs Corbin. Was mit ihrer Tochter geschehen ist, geht, zumindest mittelbar, auch auf ihr Konto. Geschlechtsverkehr hin oder her, für mich ist das nichts anderes als Prostitution. Der *Verehrer* ist ganz klar ein Freier, und statt mit Geld zu bezahlen, hat er Anne diese Geschenke gemacht. Mich widert das Ganze mehr an, als ich sagen kann. Und eins schwöre ich dir: Ich werde herausfinden, wer hinter diesem Nähkreis steckt!«

»Du sagst ja die Wahrheit, Cy, aber mit sehr harten Worten. Aus der Sicht von Liz Corbin ist alles vielleicht ein bisschen anders. Vielleicht wollte sie wirklich nur, dass es Anne materiell besser geht.«

»Eine prima Rechtfertigung jeglicher Prostitution. Von einer Frau hätte ich dieses Argument eher nicht erwartet.«

»Ich versuche doch nur, mich in Liz Corbin hineinzuversetzen. Für eine alleinerziehende Mutter ist es sicher schwierig, immer das Richtige zu tun. Obwohl sie nicht viel Geld hat, hat sie ihre Tochter auf eine teure Privatschule geschickt. Zeigt das nicht, dass sie für Anne das Beste wollte? Auch wenn das Beste aus ihrer Sicht nicht das Beste aus Annes Sicht oder aus einem objektiven Blickwinkel gewesen sein muss.«

»Hm«, machte Doyle und lenkte den Tamora nach rechts, auf die gut ausgebaute Route de Pleinmont, wo er die Geschwindigkeit etwas erhöhen konnte. »Du hörst dich an wie so ein Psychologietyp vor Gericht, der einem genau erklärt, warum der arme Kriminelle unschuldig und nur ein Opfer seiner Lebensumstände ist.«

»Ich habe bloß versucht, mich in eine Mutter hineinzudenken. Ich weiß selbst am besten, dass es ein schwacher Versuch ist. Schließlich habe ich keine Kinder.«

Der letzte Satz klang hart und, wie Doyle fand, nach einem Vorwurf. Legte sie ihm zur Last, dass er sie damals verlassen und keine Familie mit ihr gegründet hatte? Und dass sie kinderlos geblieben war?

Ob er wollte oder nicht, er fühlte sich schuldig und sagte während der restlichen Fahrt kaum noch ein Wort. Hatte er Pats Leben versaut und sein eigenes gleich dazu? Was hatte er erreicht? Wer war er? Ein alternder Junggeselle ohne eigenes Leben, der in seinem Angeberauto kreuz und quer über die Insel fuhr, um Mörder und Sugardaddys zu jagen. Als wäre er niemals erwachsen geworden, spielte er immer noch Räuber und Gendarm. Er fragte sich, ob es das schon gewesen sei.

KAPITEL 20

Im Hauptquartier staunten Sergeant Baker und Constable Allisette über den Inhalt der beiden Abfallsäcke, und Letztere sagte mit leuchtenden Augen: »Wow, das hat sich ja richtig gelohnt!«

»Finden Sie wirklich, Constable?«, fragte ein immer noch schlecht gelaunter Doyle. »Wollen Sie eine Nebentätigkeitserlaubnis beantragen, um sich als Sugarbabe was dazuzuverdienen? Ich werde diese Erlaubnis aber nur befürworten, wenn Sie mir sagen, was auf Ihrem Grabstein stehen soll, wenn Sie mit eingeschlagenem Schädel in irgendeinem romantischen Liebesnest aufgefunden werden.«

Betretenes Schweigen füllte den Besprechungsraum, und die Blicke der anderen richteten sich auf Doyle.

Pat durchbrach die Stille: »Alles hier wird zuerst auf Fingerabdrücke und sonstige verwertbare Spuren untersucht. Wenn die Kollegen damit fertig sind, müssen wir die Geschäfte ausfindig machen, in denen die Sachen gekauft wurden. Vielleicht erinnert sich jemand an den Käufer.«

»Das glaube ich kaum«, meinte Baker. »Das Ganze ist ja ein Jahr und länger her.«

Pat bedachte ihn mit einem kühlen Blick. »Ein Grund mehr, nicht zu lange damit zu warten, Sergeant.«

»Ja, Ma'am.«

»Welche Ergebnisse haben sich zwischenzeitlich bei Ihnen angesammelt?«, fuhr Pat fort.

Doyles schlechte Stimmung war so plötzlich verraucht, wie sie entstanden war. Mit heimlicher Zufriedenheit registrierte er Pats effizientes Arbeiten. Er brauchte sich wirklich nicht einzureden, er sei bei der Guernsey Police unersetzbar. Mit Pat an der Spitze würde der Kriminaldienst ebenso gut arbeiten. In ihm machte sich so etwas wie Stolz breit, obwohl Pat ihre Fähigkeiten ganz ohne seine Hilfe erlangt hatte. Als er nach Guernsey zurückgekehrt war, hatte er nicht einmal gewusst, dass sie auch bei der Polizei arbeitete.

»Jasmyn und ich haben Kellaway ordentlich in die Mangel genommen, aber er scheint wirklich nichts weiter über Fournier zu wissen«, sagte Baker, während sein Blick unsicher zwischen Doyle und Pat hin und her pendelte. »Eins verstehe ich bei der ganzen Sache mit dem Spielzeugladen und dem Spielgeld nicht.«

»Und das wäre?«, fragte Doyle.

»Wenn Harry Fournier wirklich diesen Tick hatte, alle Schulden zu bezahlen, und sei es mit Spielgeld, hätte er dann Kellaway wiederum nicht auch das gestohlene Spielgeld ersetzen müssen?«

»Vielleicht hatte er das tatsächlich vor, wir können ihn nicht mehr fragen. Wie Sie so richtig formuliert haben, Sergeant, es war ein Tick. Was gibt es sonst Neues?«

»Die Untersuchungsergebnisse zu dem Smith & Wesson-Magnum-Revolver liegen vor«, antwortete Baker. »Alle darauf gefundenen Fingerabdrücke gehören Harry Fournier, sonst keine weiteren Spuren. Die Kugel, die Fournier getötet hat, stammt aus dem Revolver. Sonst liegt leider noch nichts Endgültiges vor.«

»Danke, Sergeant«, sagte Doyle. »Dann sehen wir uns morgen früh an diesem Ort wieder. Das war ein langer Tag, ich wünsche allen eine erholsame Nacht.«

Die anderen verabschiedeten sich, und Doyle sah auf dem Gang, dass Pat ihr Büro ansteuerte.

»Pat, wo willst du hin?«

»Wonach sieht es aus? Einer von uns beiden muss noch einen Bericht schreiben, und das bin ich.«

»Warum nicht ich?«

»Auf deinen Schultern lastet zurzeit einiges an Verantwortung. Genieß den Feierabend und ruh dich aus!«

»Danke«, sagte er mit einem tiefen Blick in ihre blauen Augen. »Ich kann mir wirklich keine bessere Mitarbeiterin wünschen. Und natürlich hattest du vorhin, als wir von Liz Corbin wegfuhren, mit allem recht.«

»Schon vergessen. Wenn du dich bei jemandem entschuldigen möchtest, wie wäre es mit Allisette?«

»Ach nein, sie ist jung und kann etwas vertragen.«

Er wünschte Pat noch einmal eine gute Nacht und ging in Richtung Hauptausgang.

Da hörte er ihre Stimme. »Cy?«

Er blieb stehen und drehte sich um. »Ja?«

»Geht es dir gut, Cy? Ich meine jetzt nicht diesen Fall, sondern im Allgemeinen.«

»Es ging mir nie besser.«

Lächelnd winkte er ihr zu, drehte sich um und verließ das Polizeigebäude.

Noch war es draußen einigermaßen hell, aber die Sonne war schon nicht mehr zu sehen. Der Parkplatz hatte sich merklich geleert. Unschlüssig stand er vor dem Tamora. Am liebsten wäre er jetzt in den nächstbesten Pub gegangen und hätte sich volllaufen lassen. Aber zu Hause wartete sein Vater.

Er setzte sich in den Wagen, startete den Motor, schaltete das Licht an und dann die Musikanlage. Ohne lange zu überlegen, wählte er einen seiner Lieblingssongs aus: Bruce Springsteens *Highway Patrolman* in der Version von Johnny Cash. Während er aus St. Peter Port hinaus in Richtung St. Martin fuhr, lauschte er andächtig der kraftvollen, dunklen Stimme, von der er nicht glauben wollte, dass sie schon vor mehr als zehn Jahren für immer verstummt war, und die letzte Zeile sang er laut mit: »*Man turns his back on his family, he just ain't no good.*«

Seit Ben Everitt ins Haus kam, verfügten sie über Fernsehkanäle, von denen Doyle vorher nicht einmal gewusst hatte, dass es sie gab. An diesem Abend war der Bildschirm schwarzweiß, und Sir Francis Drake mit seinem wendigen Segelschiff *Golden Hind* zeigte einer schweren spanischen Galeone, was eine Harke ist.

»*Sir Francis Drake*, das war schon in meiner Kindheit eine Wiederholung«, sagte Doyle in Richtung Ben Everitts und seines Vaters, die zusammen vor dem Bildschirm saßen. »Aber ich habe es geliebt. Terence Morgan hat Drake gespielt, wenn ich mich richtig erinnere.«

»Stimmt, Sir«, sagte Ben.

»Was wurde eigentlich aus ihm?«

»Er starb vor ungefähr zehn Jahren. Davor war er Hotelier in Brighton und Immobilienhändler.«

»Manchmal sollte man nicht fragen«, seufzte Doyle. »Aber Sie kennen sich gut aus, Ben. Wenn die Folge zu Ende ist, muss ich etwas mit Ihnen besprechen.«

»Wir können auch jetzt ...«

Das Läuten des Festnetztelefons unterbrach Ben.

»Ich gehe ran«, sagte Doyle. »Und Sie bleiben hier sitzen, bis die Spanier am Ende dumm aus der Wäsche gucken.«

Er ging in die Küche, wo auf Betreiben seiner Mutter ein Nebenanschluss installiert worden war. Sie war der Meinung gewesen, es sei ein Unding, ein Gericht beim Kochen unbeaufsichtigt zu lassen, »nur weil irgendjemand auf dieser Insel gerade Gesprächsbedarf hat«, wie sie es ausgedrückt hatte. Doyles Vater hatte sofort zugestimmt wie fast immer, wenn sie einen Wunsch geäußert hatte. Leonard Doyle hatte seine Susan wirklich von Herzen geliebt, und zwischen die beiden, da war Doyle sich sicher, hätte kein Constable Wood gepasst.

Er nahm den Hörer ab. »Doyle.«

»Cy, bist du es?«

Als er die Frauenstimme hörte, dachte er im ersten Augenblick an Pat, und sofort begann sein Herz, schneller zu schlagen. Doch es war nicht Pat. Die Stimme am anderen Ende der Leitung war ein wenig zu dunkel, aber er kannte sie.

»Bin ich«, antwortete er langsam, während er noch überlegte, wer da anrief.

»Hier ist Barbara.«

»Ja, natürlich, Barbara.«

Er sagte das in einem Ton, als wäre ein abendlicher Anruf von Barbara Mourant bei ihm zu Hause das Selbstverständlichste der Welt. Gleichzeitig tastete seine Rechte vorsichtig nach der linken Wange, aber jedes Brennen war verschwunden.

»Du wirst dich sicher wundern, dass ich dich anrufe, Cy.«

»Nein, wieso?«, erwiderte er trocken und hörte Barbara kurz auflachen.

»Kann es sein, dass du mir nicht mehr böse bist?«

»Ich war dir nie böse.«

»Reagierst du immer so großmütig, wenn eine Frau dich schlägt?«

»Ich weiß nicht, was du für Vorstellungen hast, Barbara, aber tatsächlich geschieht es höchst selten, dass eine Frau mich schlägt. So selten, dass ich mich an das vorletzte Mal gar nicht mehr erinnern kann.«

Wieder lachte sie, und es klang erleichtert.

»Danke, Cy, und Entschuldigung! Ich weiß wirklich nicht, was in mich gefahren ist.«

»Du musst dich nicht entschuldigen, Barbara. Du hattest ja recht, nur in der Wahl deiner Mittel bist du ein wenig übers Ziel hinausgeschossen. Das kam sehr unerwartet. Ich war mehr auf den Austausch verbaler Argumente eingestellt. Aber ich sehe ein, dass ich dir gegenüber nicht gerade besonders taktvoll gewesen bin. Schwamm drüber, okay?«

»Nein, so schnell darfst du mir nicht verzeihen.«

»Warum nicht?«

»Weil ich mich persönlich bei dir entschuldigen möchte. Würde es dir morgen passen? Ich verspreche auch, ganz brav zu sein, wenn du noch einmal herkommst. Wie wäre es mit morgen Abend? Falls du meinen Kochkünsten vertraust. Die Belfours haben morgen nämlich Ausgang.«

»Ich danke dir für die Einladung, Barbara, aber ich kann jetzt schlecht etwas zusagen. Wir hatten heute einen Mordfall, einen Toten bei La Varde auf dem Golfplatz. Du wirst morgen wahrscheinlich alles in der Zeitung lesen können. Die Ermittlungen sind in vollem Gange. Du kennst das ja. Ich weiß wirklich nicht, wann ich morgen Abend wegkomme. Und dann bin ich wahrscheinlich müde wie ein Murmeltier.«

»Wenigstens zum Lunch?«, bat sie. »Dann bist du noch munter. Du musst auch keine feste Zeit zusagen. Ich bereite einen kalten Imbiss vor. Sag ja, Cy. Sonst habe ich ein schlechtes Gewissen. Außerdem sehen wir uns viel zu selten. Wenn wir es jetzt auf die lange Bank schieben, wird dieses Jahr vielleicht nichts mehr daraus.«

»Einverstanden«, ergab er sich dem ständigen Ansturm der feindlichen Truppen. Es konnte auch nicht schaden, das Verhältnis zu Barbara Mourant etwas aufzubessern. »Ich rufe dich an, wenn ich morgen Mittag das Büro verlasse.«

»Schön, Cy, das hat Charlie auch immer getan. Dann bis morgen, ich freu mich drauf!«

»Ich mich auch«, sagte Cy, legte den Hörer auf und fragte sich, ob er eben die Wahrheit gesagt hatte.

Schritte näherten sich, und Ben Everitt betrat die Küche.

»Sind Sie fertig, Sir?« Als Doyle nickte, sagte Ben: »Die Spanier sind auch erledigt. Dann kann ich jetzt in die Küche, um das Abendessen vorzubereiten?«

»Erst leihen Sie mir bitte kurz Ihr Ohr«, sagte Doyle und erzählte ihm von der Abmachung, die er mit Moira Ingram getroffen hatte.

Wenn er erwartet hatte, der Pfleger würde irgendwie sauer reagieren, hatte er sich getäuscht. Im Gegenteil, Ben schien geradezu heiter gestimmt. »Das sind ja tolle Nachrichten. Wir müssen es unbedingt Ihrem Vater sagen. Er wird sich bestimmt freuen, wenn wieder ein weibliches Wesen im Haus ist, und Sie wohl auch. So eine reine Männerwirtschaft kann Spaß machen, aber es ist doch nichts auf die Dauer.« Er blickte zum Telefon. »War sie das eben?«

»Nein, das war jemand anderes. Sie sprechen also mit Ihrem Chef?«

»Klar. Ich werde ihm sagen, dass ich hier erst einmal für zwei Wochen pausiere. Danach schauen wir mal, ob und wie es weitergeht. Einverstanden?«

»Gut, der Mann«, sagte Doyle und drückte Ben, wie er es hin und wieder tat, ein paar Scheine als Trinkgeld in die Hand.

»Ich habe Ihnen schon einmal gesagt, Sir, das ist nicht nötig. Ich bin gern hier und bei Ihrem Vater.«

»Sie behalten das!«

»Zu Befehl, Sir.«

Mit einem dankbaren Nicken steckte Ben die Scheine in eine Tasche seiner Jeans.

»Vielleicht gönnen Sie sich in den nächsten zwei Wochen einfach etwas mehr Freizeit. Ihre Freundin wird sich freuen.«

»Zurzeit bin ich leider solo, aber vielleicht komme ich mal wieder zum Schießen.«

»Zum Schießen?«, wiederholte Doyle neugierig.

»Keine Sorge, nicht auf Menschen, nur auf Zielscheiben. Pistolenschießen, Sir, ein Hobby von mir. Ich bin Mitglied im ›Vale Pistol Shooting Club‹.«

»Schau an, dann kennen Sie sicher Peter Jehan.«

»Den Rechtsanwalt? Nur flüchtig. Soweit ich weiß, vertritt er unseren Club in allen rechtlichen Angelegenheiten.«

»Mir hat er erzählt, er sei auch Mitglied, habe seit Jahren aber nicht mehr geschossen.«

»Das mag sein. Ich bin seit drei Jahren im Club, und in der Zeit habe ich ihn weder auf dem Schießstand noch bei einer Clubsitzung gesehen. Andererseits bin ich auch nicht immer da.«

»Was halten Sie von Jehan, Ben?«

»Was soll ich dazu sagen? Wie gesagt, ich kenne ihn kaum. Beruflich hatte ich zum Glück noch nie etwas mit ihm zu tun.«

»Wieso zum Glück?«

»Na, wer hat schon gern mit Rechtsverdrehern zu tun? Mein Dad sagt immer, nur ein toter Anwalt ist ein guter Anwalt.«

»Ihr Dad sieht wohl gern alte Western.«

»Ja, Sir, woher wussten Sie das?«

»Manchmal habe ich Eingebungen«, antwortete Doyle. »Leider nie, wenn es um die richtigen Lotteriezahlen geht.«

Er zog eine Flasche Randalls Guilty aus dem Kühlschrank, nahm sich ein Glas und ließ Ben in der Küche allein, um sich im Wohnzimmer neben seinen Vater zu setzen. Über den Flachbildschirm ritten Cowboys und Mexikaner einer alten Fernsehserie, immerhin schon in Farbe. Offenbar hatte Ben einen Nostalgiekanal eingestellt.

»Manolito Montoya«, rief er aus, als er einen der Mexikaner erkannte. »Das ist *High Chaparral*!«

Sein Vater sah ihn von der Seite an. »Ich weiß, was ich gucke, Junge. Wer hat eben angerufen?«

»Barbara Mourant, die Witwe von Charlie Mourant.«

»Hm«, machte Leonard Doyle. »Die gibt es ja auch noch. Ich dachte erst, es sei deine Freundin gewesen, diese Pat.«

»Ich habe es dir schon öfter gesagt, Dad, Pat ist nicht meine Freundin. Jedenfalls nicht mehr, und das schon seit mehr als zwanzig Jahren.«

»Na, dann nimm doch die andere.«

Doyle stellte das Bier auf den Tisch und wandte sich erstaunt zu seinem Vater um. »Welche?«

»Die, die eben angerufen hat, Barbara Mourant. Hätte sie kein Interesse an dir, würde sie wohl kaum anrufen.«

»Es hängt wohl eher mit dem aktuellen Fall zusammen.«

»Sprichst du von dem *Clameur de Haro*, Sohn, den der Vater dieses Häftlings an dich gerichtet hat? Ben hat mir aus der Zeitung alles darüber vorgelesen.«

»Darum geht es, ja. Barbara ist natürlich nicht sehr begeistert, dass ich mir den Fall, den Charlie längst abgeschlossen hatte, neu vornehme.«

»Kein Polizist und keine Polizistenwitwe sähe so etwas gern.«

»Also missbilligst du, was ich tue.«

»Nein. Ein echter Gurn ignoriert es nicht, wenn jemand einen *Clameur de Haro* an ihn richtet. Ich bin stolz auf dich, weil du der Sache nachgehst, auch wenn viele gegen dich sind. Ich bin schon sehr gespannt, wie die Sache ausgeht. Wenn Charlie Mourants Witwe dir Schwierigkeiten macht, versohl ihr mal ordentlich den Hintern.«

Doyle verschluckte sich fast an seinem Stout.

»Meinst du wirklich, das hilft, Dad?«

»Wie heißt es doch? Probieren geht über Studieren.«

Doyle nahm schnell noch einen Schluck, um sein Schmunzeln zu verbergen.

»Da du so gute Tipps auf Lager hast, Dad, hast du auch einen dafür, wie man sich an etwas erinnert, das einem absolut nicht einfallen will?«

»Was denn?«

»Etwas aus einem Gespräch mit einer Zeugin heute Vormittag. Irgendetwas kam mir seltsam vor, aber ich komme einfach nicht drauf. Ich grüble schon den ganzen Tag darüber nach.«

Leonard Doyle deutete mit dem Zeigefinger der rechten Hand auf seinen Sohn. »Das eben ist der Fehler, Cy. Ich kenne das auch. Je angestrengter du darüber nachdenkst, was dir nicht einfällt, desto weiter rückt es von dir weg. Am besten denkst du gar nicht darüber nach. Schau dir einen spannenden Film an. Oder lade deine Barbara zu einem guten Essen ein. Wenn du richtig abgelenkt bist, dann wird es dir einfallen, garantiert.«

»Danke, Dad, aber sie ist nicht *meine* Barbara.«

»Dann lad sie halt zu einem richtig guten Essen ein, damit sie es wird!«

»Gute Idee, Dad«, sagte Doyle, sah dabei aber nicht Barbara vor sich, sondern Pat, der er noch einen Lunch bei Christie's schuldete.

Ben Everitt betrat den Raum mit einem riesigen Teller, auf dem mehrere tortenartig geschnittene Pizzastücke lagen. Der Geruch von Salami, Käse, Schinken und Gewürzen kitzelte Doyles Nase, und plötzlich spürte er seinen leeren Magen.

»Die Gentlemen wollen bitte entschuldigen, dass es heute nur Pizza aus Fertigteig gibt«, sagte Ben und stellte den Teller auf den Tisch. »Immerhin von mir belegt und gewürzt. Ab nächstem

Montag, wenn eine erfahrene Hausfrau hier am Ruder ist, wird das Abendessen bestimmt viel ausgeklügelter sein.«

»Die einfachsten Gerichte sind oft die leckersten«, erwiderte Doyle und dachte dabei an Moira Ingrams gebratene Würstchen mit Kartoffelbrei und Onion Gravy.

VIERTER TAG

Freitag, 17. Oktober

KAPITEL 21

Als Doyle an diesem Morgen das Hauptquartier betrat, hatte er bessere Laune als am Abend zuvor. Zwar war ihm jenes Detail, das seiner Erinnerung entfallen war und das ihn so sehr beschäftigte, immer noch nicht wieder eingefallen, aber er hatte tief geschlafen und fühlte sich erholt. Vielleicht lag das an dem entspannten Abend mit seinem Vater. Ein Abend, wie er selten vorkam, da Leonard Doyles geistige Verfassung meistens nicht so gut war. Möglicherweise hatte auch das Randalls Guilty, von dem er sich noch eine zweite Flasche gegönnt hatte, zu seinem festen Schlaf beigetragen. Kein Bier schmeckte so hervorragend wie ein in der Heimat gebrautes, auch wenn das letzten Endes keine Frage der Rezeptur war, sondern der menschlichen Psyche.

Auf dem Weg in sein Büro fing ihn Mildred Mulholland ab. Sie grüßte ihn knapp und mit einer selten ernsten Miene.

»Bitte, Mildred, keine schlechten Nachrichten so früh am Tag!«

Mildred setzte ein gezwungenes Lächeln auf, aber es währte nicht lange. »Gehen Sie besser gleich in den Besprechungsraum, Sir. Er ist auch schon da.«

»Wer?«

Stumm deutete sie mit dem Zeigefinger nach oben.

»Gott?«

»Fast«, antwortete Mildred halblaut. »Ich spreche vom Chief.«

»Chadwick? Was will er?«

»An der Teamsitzung teilnehmen. Das hat er jedenfalls gesagt.«

»Das ist ungewöhnlich. Ich bin der Teamleiter und berichte dem Chief Officer. Jedenfalls war es bislang so.«

Mildreds schlechte Stimmung wurde noch schlechter.

»Sie glauben doch nicht, der Chief will Sie Ihres Postens entheben?«

Doyle zuckte mit den Schultern. »Das werde ich sicher gleich erfahren.«

»Aber was werden Sie dann tun, Sir?«

»Ihm Inspector Holburn als meine Nachfolgerin vorschlagen.«

»Sie sollten mit so etwas nicht scherzen, Sir!«

»Das würde mir nie einfallen.«

»Ohne indiskret sein zu wollen: Gäbe es denn einen Grund für den Chief, um Sie …« Mildred stockte, wollte das böse Wort wohl nicht aussprechen.

»Möglich. Ich bin in den vergangenen Tagen genügend Leuten auf die Füße getreten. Aber wenn ich mir darum jedes Mal Gedanken machen wollte, käme ich zu nichts anderem.« Er lächelte sie an. »Also Kopf hoch, Mildred, und starken Kaffee mit Sandwiches, bitte. Entweder wird es für mich eine sehr kurze oder eine sehr lange Besprechung.«

Doyle lächelte noch, als er den Besprechungsraum betrat, und wünschte allen Anwesenden einen guten Morgen. Alle Anwesenden, das waren zu diesem frühen Zeitpunkt außer ihm nur Colin Chadwick und Pat, die in ein anregendes Gespräch vertieft waren. Soweit er heraushören konnte, brachte Pat den Chief auf den aktuellen Stand der Ermittlungen.

»Guten Morgen, Cyrus«, begrüßte ihn Chadwick. »Hoffentlich ist meine Anwesenheit kein Affront für Sie. Ich möchte mich keineswegs in Ihre Kompetenzen einmischen. Aber nachdem ich Inspector Holburns recht umfangreichen Bericht über Ihre gestrigen Aktivitäten erhalten habe, dachte ich, ich schaue mal persönlich bei Ihrer Morgenlage vorbei. Dann bin ich bestimmt schneller auf dem Laufenden.«

»Ich habe nichts dagegen einzuwenden, Colin.«

»Ich weiß Ihren Einsatz zu schätzen. Inspector Holburn hat mich gerade auf den aktuellen Stand gebracht.«

»Auch über unser Gespräch mit Mrs Corbin?«

»Damit waren wir eben fertig, als du kamst«, sagte Pat.

Doyle setzte sich neben sie und fragte wie beiläufig: »Haben Sie schon einmal von diesem ominösen Nähkreis gehört, Colin, vielleicht in einem anderen Zusammenhang?«

»Nein. Wieso fragen Sie das mich?«

»Sie sind doch auch Mitglied im ›Vale Golf Club‹, und irgendwie kommen wir immer wieder auf den zurück.«

»Weil Harry Fourniers Leiche auf dem Gelände des Golfplatzes aufgefunden wurde, nehme ich an.«

»Auch, aber nicht nur. Da wäre noch der Captain des Clubs, Rechtsanwalt Peter Jehan. Ich frage mich, ob er nicht auch in diesem Nähkreis verkehrt.«

»Inspector Holburn hat mir schon erzählt, dass Sie eine Affäre Jehans mit Mrs Fourniers Tochter für möglich halten. Haben Sie irgendwelche Beweise dafür?«

»Leider nicht. Selbst wenn wir die hätten, es würde uns nicht sehr viel weiter bringen. Angeblich gibt es in diesem Nähkreis keinen Geschlechtsverkehr. Aber auch das ist hier ohne Belang. Vanessa Fournier ist alt genug, um einvernehmlichen Sex mit einem Erwachsenen zu haben.«

»Guten Morgen«, grüßte Constable Allisette, die in der Tür zum Besprechungsraum stand. »Ich habe eben etwas von einem Nähkreis ohne Geschlechtsverkehr gehört. In dem Nähkreis, über den ich mal was gelesen habe, ging es aber anders zu.«

»Sie meinen den aus dem alten Hollywood«, sagte Doyle. »Daran habe ich auch schon gedacht.«

Während Allisette und auch Sergeant Baker sich der Runde anschlossen, fragte Chadwick: »Was hat das mit dem alten Hollywood auf sich, Cyrus?«

»In den zwanziger und dreißiger Jahren des letzten Jahrhunderts wurde Hollywood von diversen Skandalen erschüttert: sexuelle Eskapaden, Drogenmissbrauch und so weiter. Die öffentliche Meinung und auch die Bosse der großen Filmstudios drängten auf einen strengen Moralkodex. Homosexuelle Anspielungen im Film waren ebenso verboten wie homosexuelles Auftreten von Schauspielern und Schauspielerinnen in der Öffentlichkeit. Man traf sich daher in heimlichen Zirkeln. Einer davon war der sogenannte Nähkreis, in dem lesbische und bisexuelle Schauspielerinnen, Schriftstellerinnen und so weiter zusammenkamen.«

»Darunter waren viele damals berühmte Namen wie Greta Garbo, Marlene Dietrich, Barbara Stanwyck, Mae West oder Ava Gardner«, ergänzte Allisette, die Doyle aufmerksam zugehört hatte, während sie ihren Laptop aufbaute.

Chadwick sah von Doyle zu Allisette und dann wieder zu Doyle. Hinter seiner Stirn schien es zu arbeiten.

»Woher wissen Sie das alles, Cyrus?«

»Alte Filme und das alte Hollywood sind mein Steckenpferd.«

»Und Sie meinen, der neue Nähkreis orientiert sich an dem von damals?«

»Zumindest der Name scheint mir als Inspiration gedient zu haben. Eine weitere Übereinstimmung ist die Heimlichkeit der ganzen Veranstaltung. Ansonsten haben wir es hier, nach allem, was wir bisher wissen, nicht mit lesbischen Frauen zu tun, sondern mit Sugardaddys und ihren Sugarbabes. Ich glaube nicht, dass wir über die Männer an diesen Kreis herankommen, aber vielleicht über die die jungen Mädchen. Schon seit gestern frage ich mich, ob Vanessa Fourniers schlechte Verfassung, in die der Tod ihres Vaters sie gebracht haben soll, Wahrheit oder Lüge ist. Sollte sie sich tatsächlich in einer psychisch labilen Situation befinden, könnten wir sie in einer Vernehmung vielleicht knacken.«

Mildred kam mit einem Servierwagen in den Raum, darauf Kaffee und Sandwiches.

Während Sie alles auf den Tisch stellte, sagte Chadwick: »Ich hoffe, Sie meinen eine offizielle Vernehmung, Cyrus.«

»Da Vanessa sozusagen unter anwaltlicher Aufsicht steht, wird uns nichts anderes übrig bleiben.«

»Dann wäre aber ihr Anwalt dabei, Peter Jehan.«

Baker, der gerade in ein Thunfischsandwich gebissen hatte und kräftig kaute, sagte mit noch vollem Mund: »Es sei denn, wir buchten ihn unter der Anklage ein, Harry Fournier erschossen zu haben.«

»Wenn Sie etwas Süßes essen, haben Sie bessere Ideen«, sagte Doyle. »Ich kann wirklich nicht behaupten, dass mir Jehan sympathisch ist, aber wir haben keinen einzigen Beweis gegen ihn in der Hand. Wenn wir ihn auf dieser Grundlage festnehmen, haben wir mehr Ärger am Hals, als uns lieb sein kann.«

Chadwick trank einen Schluck Kaffee und nickte. »Sie haben völlig recht, Cyrus. In diesem Fall ist wegen der Verbindung zum Fall Corbin besonderes Taktgefühl geboten. Apropos, haben Sie sich mit Mrs Mourant verständigen können?«

»Nur sehr einseitig«, murmelte Pat kaum hörbar, aber der Chief Officer hatte es vernommen und warf ihr einen irritierten Blick zu.

Bevor Chadwick eine Frage an Pat richten konnte, sagte Doyle schnell: »Als ich gestern bei ihr war, war Mrs Mourant ziemlich aufgebracht. Sie ist sehr besorgt um den guten Ruf ihres Mannes.«

»Was ja auch verständlich ist«, meinte Chadwick. »Immerhin geht es auch um den guten Ruf der Guernsey Police.«

»Ich glaube, dass sich die Wogen inzwischen etwas geglättet haben«, fuhr Doyle fort. »Gestern Abend hat Barbara mich angerufen und für heute zum Lunch eingeladen.«

»Nehmen Sie das unbedingt wahr, Cyrus, auch wenn Sie bis zum Hals mit Arbeit eingedeckt sind. Und seien Sie nett zu Barbara Mourant.«

Hinter vorgehaltener Hand flüsterte Pat in Richtung Doyle: »Vergiss nicht die Sonnencreme!«

Doyle tat, als hätte er Pats Worte nicht gehört, nickte Chadwick zu und wandte sich dann an Allisette, die ihren Laptop längst hochgefahren hatte.

»Gibt es neue Ergebnisse, Constable?«

Allisette, die gerade eine Datei geöffnet hatte, nickte. »Die Kollegen waren sehr schnell mit dem DNA-Abgleich. Demnach wurde zwar im Ganggrab von La Varde DNA gefunden, die mit der von Mrs Fournier übereinstimmt, aber nicht an der Leiche oder der Mordwaffe.«

»Das macht sie nicht verdächtiger als zuvor«, sagte Doyle. »Sie sagt ja selbst, dass die Begehung von La Varde zu Kontrollzwecken zu ihren Pflichten gehört.«

Chadwick wirkte überrascht, als er Doyle ansah. »Sie haben eine DNA-Probe von Mrs Fournier genommen?«

»Ja, das habe ich.«

»Weiß sie davon?«

»Nein, wie ich hoffe.«

»Wie sind Sie an die DNA gekommen?«

»In Pembroke am Strand.«

»Ich frage jetzt wohl besser nicht weiter.«

Auch Baker und Allisette sahen Doyle verwundert an, nur Pat nicht, um deren Lippen ein spöttisches Lächeln spielte.

»Welche verwertbaren Spuren wurden bei La Varde gefunden?«, fragte Chadwick.

Doyle gab die Frage weiter. »Constable?«

»Bis jetzt leider nichts«, seufzte Allisette. »Der Mörder muss sehr vorsichtig gewesen sein. Schließlich muss er, wenn Fourniers Suizid tatsächlich vorgetäuscht war, in dem Ganggrab gewesen sein und sein Opfer angefasst haben.«

»Steht denn noch nicht fest, dass Fournier durch Fremdeinwirkung gestorben ist?«

»Meiner Meinung nach war es ein Mord, eine regelrechte Hinrichtung«, sagte Doyle. »Aber offiziell können wir das erst sagen, wenn uns der Obduktionsbericht vorliegt.«

»Wissen Sie schon, wann das der Fall sein wird?«

»Dr. Nowlan arbeitet in der Regel sehr zügig und ...« Doyle wurde von seinem Smartphone unterbrochen und sah auf das Display. »Was ich sage, da ist sie schon. Eine SMS von Dr. Nowlan.« Schnell las er die kurze Nachricht und sagte dann: »Wir erhalten den Obduktionsbericht im Lauf des heutigen Nachmittags. Dr. Nowlan informiert mich vorab darüber, dass eine Selbsttötung ausgeschlossen wird.«

»Das bedeutet viel Arbeit für uns, weil wir einen Mörder

finden müssen«, stellte Chadwick fest. »Aber wenigstes haben wir jetzt Klarheit. Wie wollen Sie weiter vorgehen, Cyrus?«

»Ich hätte gern Ihre Erlaubnis, Vanessa Fournier offiziell zu vernehmen, am besten noch heute, sobald die Schule aus ist. Gern auch im Beisein von Peter Jehan als Rechtsbeistand. Wer weiß, vielleicht können wir ihm bei der Gelegenheit auch noch etwas entlocken. Vermutlich bin ich in diesem Punkt zu optimistisch, aber wer nicht wagt, der nicht gewinnt.«

»Möglicherweise ist Vanessa, wenn sie sich wirklich nicht wohl fühlt, heute gar nicht zur Schule gegangen«, gab Pat zu bedenken.

»Ein guter Gedanke«, sagte Doyle. »Klärst du das bitte? Bei der Gelegenheit könntest du auch gleich einen Termin für die Vernehmung ausmachen. Ich schätze, dein Einfluss auf Jehan ist größer als meiner.«

»Ich dachte, Ihrer Meinung nach steht Jehan mehr auf junge Mädchen«, meldete sich Chadwick.

»Erstens kann ich mich irren, und zweitens schließt das eine das andere nicht aus. Vielleicht mag er Töchter ebenso sehr wie Mütter. Und Inspector Holburn mag er, wie ich glaube beurteilen zu können, auch.«

Chadwick sah Pat an und nickte aufmunternd.

»Dann lassen Sie mal Ihren weiblichen Charme spielen, Inspector.«

»Ich werde mich bemühen«, sagte Pat, ohne dass ihrer Stimme oder ihrer Miene Begeisterung zu entnehmen war. An Doyle gewandt, fuhr sie fort: »Ich nehme an, du möchtest die Vernehmung leiten, Cy?«

»In der Tat.«

»Gut, dann werde ich den Termin auf jeden Fall erst am Nachmittag ansetzen, nach dem Lunch.«

Doyle verstand ihre letzte Bemerkung und lächelte sie betont süßlich an.

»Zu gütig, Pat, vielen Dank.« Er blickte Baker und Allisette an. »Zeitgleich fragen Sie Vanessas Mitschülerinnen, ob ihnen der Begriff Nähkreis etwas sagt.«

»Glauben Sie, die Mitglieder dieses Nähkreises werden sich selbst verraten?«, fragte Chadwick.

Doyle schüttelte den Kopf.

»Das wohl kaum. Aber vielleicht gibt es unter den Mädchen welche, die da nicht mitmachen, die aber trotzdem etwas haben läuten hören.«

»Ich sehe, Sie arbeiten mit Hochdruck an allen Fronten«, sagte Chadwick und erhob sich. »Ich werde Sie alle jetzt nicht länger davon abhalten. Ach, und Cyrus?«

»Ja?«

»Nehmen Sie sich mit der Spurensicherung auf dem Golfplatz alle Zeit, die Sie brauchen. Wenn Maurice Hubert sich wieder wichtigmacht, wimmle ich ihn schon ab.«

KAPITEL 22

Nachdem der Chief Officer sich verabschiedet hatte, setzten Doyle und seine Mitarbeiter ihre Besprechung noch eine halbe Stunde fort, gelangten letztlich aber zu keinen neuen Erkenntnissen oder Entschlüssen. Doyle beauftragte Baker und Allisette, sich um die sogenannten Geschenke zu kümmern, die Mrs Corbin ihnen mitgegeben hatte.

»Klappert die infrage kommenden Geschäfte ab und versucht, mehr über den Käufer herauszufinden.«

»Sir, die ganzen Sachen sind noch zur Spurensicherung bei der Kriminaltechnik«, sagte Baker.

»Sie haben doch wohl Fotos davon machen lassen.«

»Selbstverständlich.«

»Dann nehmen Sie doch die.«

»Ja, Sir.«

»Wir haben keine Zeit zu verlieren«, sagte Doyle. »Sie haben den Chief vorhin doch gehört: Mit Hochdruck an die Arbeit!«

»Ich dachte, er hätte unsere bisherige Arbeit damit gelobt«, erklärte Allisette.

»Mag sein, dass er das hat, aber wir sollten es trotzdem als Ansporn auffassen.«

Pat ordnete ihre Unterlagen und stand von ihrem Stuhl auf. »Was mache ich, Cy, wenn ich Vanessa Fourniers Vernehmung organisiert habe? Hintergrundmaterial über die Beteiligten in dieser Affäre sammeln?«

»Eine ganz hervorragende Idee, Pat. Munition ist nie verkehrt, wenn man in den Kampf geht. Außerdem sollten bis zum Mittag Huberts Mitgliederlisten eintrudeln. Wäre nett, wenn du sie dir vornimmst.«

Er hielt ihr die Tür auf. Sobald beide hinaus auf den Gang traten, erblickten sie dort Liz Corbin im Gespräch mit Mildred. Offenbar war Annes Mutter gekommen, um ihre gestrige Aussage protokollieren zu lassen.

»Kommando zurück«, sagte Doyle leise zu Pat. »Sprechen wir erst noch einmal mit Mrs Corbin. Vielleicht ist ihr über Nacht noch etwas Wichtiges eingefallen.«

Als Liz Corbin ihnen gegenübersaß, machte sie einen gefassten Eindruck. Aber Doyle konnte riechen, dass sie diesen Zustand mit Hilfe einer ordentlichen Dosis Alkohol erlangt hatte.

Ein Hauch von Pfefferminz wehte zwar über den Tisch zwischen ihnen, konnte die alkoholische Grundtendenz aber nicht verbergen. Ihre Bewegungen und ihre Sprechweise hätten nicht darauf schließen lassen, dass sie getrunken hatte. Sie war, da hegte er keinen Zweifel, eine Süchtige, die ihre Droge benötigte, um den Tag zu überstehen. Aus seiner langen beruflichen Erfahrung wusste er, dass die Dosis der Droge Alkohol – wie die aller Drogen – mit der Zeit zunehmen musste, damit die Wirkung nicht nachließ. Im Gegensatz zu gestern empfand er heute durchaus Mitleid mit der Frau, die ihr einziges Kind verloren hatte. Er musste bei ihrem Anblick an seinen Vater denken. Wie mochte es ihm damals, vor mehr als fünfzig Jahren, gegangen sein, als seine erste Frau Liz – erst jetzt fiel Doyle die Namensgleichheit auf – und ihre drei gemeinsamen Kinder bei einem Gesteinsabbruch in der Saints Bay zu Tode gekommen waren? Die ganze Familie weg, von einem Tag auf den anderen. Aber der damalige Detective Inspector Leonard Doyle hatte sich nicht unterkriegen lassen und war vom Schicksal damit belohnt worden, eine neue Liebe zu finden. Vielleicht würde das auch Liz Corbin gelingen – aber nicht, wenn sie so weitermachte.

»Ich habe Ihnen etwas zu sagen«, begann Mrs Corbin vorsichtig. »Es war eine sehr unruhige Nacht, wissen Sie. Ich hatte viele Träume von Anne, manche sehr schön, aber andere auch schrecklich. In einem Traum habe ich fast miterlebt, wie sie gestorben ist. Ich sah Anne in einem Wald, mit dem Rücken gegen einen Baum gelehnt. Sie hatte Angst, Todesangst, weil eine schwarze Gestalt auf sie zukam. Es waren ihre letzten Sekunden, und sie rief mir etwas zu. ›Frag die Leiterin!‹ hat sie gerufen, einmal nur, ganz laut, dann war der bedrohliche Schatten über ihr, und ihre Stimme erstarb.«

Diesmal zitterte sie nicht, schluchzte sie nicht, vergoss sie keine Träne. Wahrscheinlich hatte sie all das schon hinter sich. Sie schilderte den Traum mit fast ausdrucksloser Stimme, als ginge das alles sie nichts an.

»Frag die Leiterin?«, wiederhole Doyle. »Was soll das heißen?«

»Vielleicht weiß sie, wer der Mörder ist.«

»Aber Anne hat nicht wirklich zu Ihnen gesprochen. Es war nur ein Traum, Ihr eigenes Unterbewusstsein. Sie selbst müssen also vermuten, dass die Leiterin des Nähkreises etwas weiß. Aber wer soll das sein?«

»Ich kann Ihnen nichts weiter über die Leiterin sagen. Ich weiß einfach nicht mehr.«

»Schon gut«, sagte Doyle. »Vielleicht fällt Ihnen doch noch etwas ein, dann melden Sie sich.«

»Ja, natürlich.«

»Warten Sie, wir nehmen gleich Ihr Protokoll auf. Ich begleite nur kurz Inspector Holburn hinaus.«

Vor der Tür spürte er Pats fragenden Blick. »Du glaubst ihr nicht, Cy?«

»Hast du ihren Atem gerochen?«

»Ja, klar, aber sie scheint den Alkohol zu brauchen, um geistig auf der Höhe zu sein.«

»Ich glaube ihr auch, dass sie diesen Traum gehabt hat. Aber es hilft uns nicht wirklich weiter.«

»Und jetzt?«

»Ich gehe mit Mrs Corbin zu Mildred, um das Protokoll anzufertigen.«

»Danach dürfte es schon fast Zeit für den Lunch sein, nicht wahr?«, fragte Pat augenzwinkernd, bevor sie ihr Büro aufsuchte.

Genauso ruhig, wie sie über ihren Traum gesprochen hatte, gab Mrs Corbin alles zu Protokoll, was sie Doyle und Pat erzählt hatte. Sie sprach fast so, als hätte sie es eingeübt. Mildred musste kaum eine Nachfrage stellen. Als Mrs Corbin das Protokoll gegengelesen und unterzeichnet hatte, fragte Doyle sie auf dem Gang, wie sie nach Hause komme.

»Mit dem Bus, Sie müssen sich keine Umstände machen. Ich will vorher auch noch ein paar Sachen in St. Peter Port erledigen.«

»Bevor sie das Hauptquartier verlassen, würde ich Sie gern noch mit Sergeant Pleshette bekanntmachen.«

Skepsis trat in ihren Blick. »Wer ist das?«

»Rebecca Pleshette ist unsere Suchtbeauftragte. Sie kennt sich mit diesem Thema aus wie sonst niemand in der Einheit.«

»Wozu braucht die Polizei eine Suchtbeauftragte?«

»Sie hält Vorträge in Schulen, Vereinen, im Gefängnis, wo immer sie angefragt wird. Und sie ist eine kompetente Ansprechpartnerin für Einzelpersonen. Darüber hinaus ist sie ebenso freundlich wie verschwiegen. Sie kann Ihnen bei Ihrem Alkoholproblem sicher weiterhelfen.«

»Ich weiß nicht …«, sagte Mrs Corbin unsicher. »Ich dachte, ich komme irgendwann allein davon runter.«

»Das denken die meisten, die wenigsten schaffen es. Aber es gibt Menschen, die einem dabei helfen können. Menschen wie Sergeant Pleshette.«

Die um mehr als einen Kopf kleinere Frau stand direkt vor ihm und sah zu ihm auf.

»Warum tun Sie das, Chief Inspector? Warum wollen Sie mir helfen?«

»Man könnte jetzt prächtig darüber philosophieren, weshalb Menschen einander helfen sollten, aber ich sehe das durchaus egoistisch. Ich sammle gern Bonuspunkte. Wer weiß, wann ich mal auf Hilfe angewiesen bin, vielleicht auf Ihre.«

»Das wollen wir nicht hoffen.« Ein seltenes Lächeln erschien in ihrem Gesicht. »Vielen Dank, Mr Doyle. Ich freue mich auf die Bekanntschaft mit Sergeant Pleshette.«

KAPITEL 23

Doyle war fast unheimlich zumute, so erfreut hatte sich Barbara Mourants Stimme am Telefon angehört, als er ihr vor ein paar Minuten mitgeteilt hatte, dass er gleich zu ihr aufbrechen würde. »Schön, dass du es einrichten kannst, Cy. Ich bin so froh, dass du kommst und dass du mir noch eine Chance gibst nach dem, was gestern geschehen ist. Ich verspreche dir, ich mache es wieder gut. Beeil dich, ja?«

Das hatte sich eher nach einem verliebten Teenager angehört als nach der reifen, abgeklärten Frau, mit der er gestern gesprochen hatte. Schon seltsam, wie sich das Verhalten einer Frau von einem Tag auf den anderen ändern konnte. Er fragte sich, wie viel Schauspielerei dahintersteckte – sowohl bei Barbara Mourant als auch bei Liz Corbin. Die Geschichte mit dieser ominösen Leiterin ging ihm nicht aus dem Kopf.

Er fuhr am Hafen entlang und blickte, um sich abzulenken, hinaus aufs Meer. Jenseits der unzähligen Yachten und kleineren Boote schob sich ein großer Pott auf Guernsey zu. Einer jener Kreuzfahrtriesen, wie sie heutzutage in Mode waren. Eine schwimmende Stadt, die mit herkömmlichen Passagierschiffen nur gemeinsam hatte, dass sie sich auch auf dem Meer fortbewegte. Shops, Wellnessoasen, Theater und Restaurants ließen die Menschen beinah vergessen, dass sie sich auf einem Schiff befanden. Er wusste nicht, wie das Schiff hieß, woher es kam und welcher Route es folgte, aber erfahrungsgemäß würde es sich nicht lange hier aufhalten, ein oder zwei Nächte vielleicht. Da es viel zu mächtig war, um im Hafen von St. Peter Port anzulegen, würde es bald Anker werfen. Zubringerboote würden die Passagiere zu einem Ausflug an Land fahren. Ein Teil von ihnen würde zuerst durch die altehrwürdigen Straßen der Hauptstadt strömen, ein Teil zum Castle Cornet wandern und ein anderer Teil in vollklimatisierte Busse steigen, um eine Rundfahrt über die Insel zu machen. Bei dem herrlichen Wetter würden die meisten wohl gute Erinnerungen an Guernsey mitnehmen, wenn es zurück an Bord ging.

Doyle ließ den Hafen und das unbekannte Riesenschiff hinter sich zurück und fuhr in Richtung Fort George. Jegliche Melancholie, die ihn am Abend zuvor überfallen hatte, war im Leuchten der Mittagssonne wie weggeblasen. Hinter ihm lag das wunderschöne St. Peter Port, links der blaue Atlantik, vor ihm die bewaldeten Klippen, und das alles jeden Tag aufs Neue! Trotz der Ungewissheit darüber, wie das Treffen mit Barbara Mourant verlaufen würde, fühlte er sich zufrieden und entspannt.

Das Garagentor war geschlossen. Das war das Erste, was ihm auffiel, als er von der Straße aufs Mourant-Anwesen abbog. Kein Mr Belfour, der in der offenen Garage stand und ihn ausdruckslos ansah oder an den Fahrzeugen herumwienerte. Er musste sich erst daran gewöhnen, dass der stets aufmerksame Wachhund nicht da war.

Diesmal öffnete ihm auch keine Mrs Belfour wie durch Geisterhand. Schon nach dem ersten Betätigen des Klopfers war es die Hausherrin selbst, die ihn mit einem strahlenden

Lächeln begrüßte. Sie trug schwarze Plateau-Sandaletten, eine enge schwarze Hose aus Lederimitat und ein Top in Lederoptik, ebenfalls schwarz, das durch einen Reißverschluss vorn geschlossen wurde. Von geschlossen konnte hier aber kaum die Rede sein, so weit hatte Barbara den Reißverschluss nach unten gezogen. Sie anzusehen und dabei nicht zugleich ihre halb enthüllten Brüste wahrzunehmen, war ein Ding der Unmöglichkeit. Ihre ganze Aufmachung wirkte wie aus den Sechzigern, und wäre ihr lang herabfallendes Haar nicht hellblond, sondern brünett gewesen, hätte man auf den Gedanken kommen können, Emma Peel gegenüberzustehen.

»Schön, dass du da bist, Cy!« Sie beugte sich zu ihm vor, so dass ihre Brüste noch deutlicher hervortraten, und hauchte ihm einen Kuss auf die linke Wange. »Was ich gestern getan habe, tut mir so leid. Tut es noch weh?«

»Nein, alles bestens.« Doyle setzte ein unverfängliches Lächeln auf und hoffte, dass es nicht zu verkrampft wirkte. Er hatte sich noch nicht entschieden, ob Barbaras Aufmachung und ihr Getue ihn mehr alarmierten oder amüsierten. Jedenfalls war es klug, weder das eine noch das andere nach außen zu zeigen.

»Komm rein«, flötete sie. »Wir müssen kurz in die Küche. Ich habe dort schon alles für unser Picknick vorbereitet.«

»Picknick?«, wiederholte er, während er ihr ins Haus folgte.

»Ja, Cy, ich möchte dir einen besonderen Ort zeigen. Dafür fällt das Essen sehr einfach aus, hauptsächlich Sandwiches. Ich hoffe, das macht dir nichts aus. Die Belfours haben frei, und wir müssen auf Annes bewährte Kochkünste verzichten.«

Das *Eye Level Theme* begann, in einer Tasche seines Sommerjacketts zu dudeln, und er zog das Handy hervor. Es war Pat.

»Störe ich gerade, Cy?«, fragte sie mit einem seltsamen Unterton.

»Nein.«

»Aber du bist schon da?«

»Ja.«

»Ich habe einen Termin um zwei Uhr für das Verhör mit Vanessa. Sie ist heute tatsächlich nicht in der Schule. Jehan war nicht gerade erfreut, hat dann aber zugestimmt. Er hat die Uhrzeit vorgeschlagen. Passt es dir, oder ist es zu früh?«

»Ist okay.«

»Wirklich? Oder brauchst du mehr Zeit für …«

»Ich sagte doch, es ist okay«, fiel er Pat ins Wort.

»Na, dann viel Erfolg!«

Sie beendete das Gespräch. Als er das Handy zurück in die Tasche steckte, fragte er sich, wobei sie ihm Erfolg wünschte. Er hatte Pats ironischen Unterton nicht überhört, aber er war sich wirklich unsicher, wie das hier weiter ablaufen sollte. Vielleicht nicht so, wie Barbara Mourant sich das vorstellte.

Barbara kam mit einem Picknickkorb aus der Küche und fragte: »War das deine reizende Kollegin Pat?«

Er bejahte es und nahm ihr den Korb ab. Für nichts als ein paar Sandwiches erschien der ihm viel zu schwer.

»Ich hoffe, es war nichts Dringendes. Du musst doch nicht sofort wieder weg?«

»Für ein kurzes Picknick ist Zeit. Nach dem Lunch muss ich zu einer Vernehmung.«

»In der Angelegenheit Prideaux / Corbin?«, fragte sie fast beiläufig.

»Nein, es geht um den Toten von La Varde.«

»Vergessen wir das Berufliche für ein Stündchen«, sagte Barbara und ging in Richtung Terrasse. »Kommst du?«

Als sie voranschritt, sah er zwangsläufig, wie sich jeder ihrer Schritte durch ihre enge Hose abzeichnete. Wie ein Mantra wiederholte er in Gedanken: Denk an Pat; Barbara ist erst seit zwei Monaten Witwe; das alles hier ist nur ein Schauspiel.

Sie gingen über die Terrasse nach draußen, verließen das Grundstück und betraten einen schmalen Pfad, der zwischen dicht wachsenden Bäumen und Büschen zu den Klippen führte. Nach einer Biegung wurde der Bewuchs lichter. Der Pfad verbreiterte sich, und an einem grauen Pfahl hing ein rot umrandetes Warnschild. Auf weißem Grund stand dort in roter Schrift: *GEFAHR – Aufgrund von Steinschlag ist der Zugang zur Soldiers' Bay geschlossen.* Ein paar Schritte vor ihnen versperrte ein Drahtzaun den Weg.

»Man kann nicht hinunter in die Bucht?«, wunderte er sich. »Ich hatte geglaubt, du wolltest dort unten picknicken.«

»Das will ich auch. Die Bucht ist schon seit ein paar Jahren für die Öffentlichkeit geschlossen, weil immer mal wieder Steine heruntergekommen sind. Man hat Netze aufgespannt und irgendwelche Metallstangen in die Klippen eingeschlagen, aber das alles hat nichts genutzt. Deshalb ist der wundervolle Strand dort unten jetzt gesperrt und soll es wohl auch für alle Zeiten bleiben. Eine Schande, findest du nicht?«

»Naja, es ist zwar ein schöner Strand und vor allem der erste diesseits von St. Peter Port. Aber wenn man Gefahr läuft, dass einem da unten die Felsen auf den …«

Weiter kam er nicht, denn Barbara, die ihm gar nicht zugehört zu haben schien, sagte: »Charlie und mich hat das nie davon abgehalten, die Bucht aufzusuchen. Im Gegenteil, man ist dort jetzt so richtig ungestört. Komm weiter!«

Sie sah ihn an, als würde sie ihn zu einer Mutprobe auffordern.

»Und der Zaun?«

»Da vorn rechts, wo man es im Gebüsch nicht so sieht, gibt es eine Lücke. Manchmal wird sie vom Umweltamt geschlossen, aber wie von Geisterhand ist sie immer wieder da.«

Er folgte Barbara zu der Stelle, wo der Draht tatsächlich zerschnitten war, und überlegte kurz, ob die zaunfeindlichen Geister vom Mourant-Anwesen kamen. Sie schlüpfte jedenfalls mit einer eleganten Bewegung, die große Übung verriet, durch die Lücke. Doyle, mit dem schweren Picknickkorb belastet, vollführte deutlich ungelenkere Bewegungen, um sich nicht den Anzug am Draht aufzureißen.

Noch ein paar Schritte, und sie standen vor einem Trampelpfad, der hinunter in die Bucht führte. So steil, dass sich Doyle Gedanken über den unvermeidbaren Wiederaufstieg machte. Barbara kannte keine Scheu und schritt weiter voran. Also folgte Doyle ihr und fragte sich, ob dieser Pfad noch aus dem neunzehnten Jahrhundert stammen mochte. Aus jener Zeit, als Fort George über ihnen Festung und Kaserne gewesen war und die Bucht den Soldaten als Badestrand gedient hatte. Wenn er sich richtig erinnerte, war er zuletzt als Kind in der Soldiers' Bay gewesen, bei einer Klippenwanderung mit seinen Eltern. Aber das war so lange her, dass es kaum noch wahr war.

Das Rauschen der fernen Straßen verstummte. Abgesehen von Barbaras und Doyles Schritten waren nur noch die Geräusche der Natur zu hören: die Schreie der Möwen über der Bucht und die Laute unsichtbarer Vögel, versteckt in dem dichten Grün, das sie umgab. Je näher sie dem mit Sand und Steinen bedeckten Strand kamen, der vom in verschiedenen Blaustufen schimmernden Meer und von den bewaldeten Klippen umgrenzt wurde, desto mehr musste er Barbara zugestehen, dass sich der Abstieg lohnte. Nur hätte er sich dafür gern mehr Zeit genommen als die einer verlängerten Mittagspause.

Der Pfad war nicht immer einfach, und einmal wäre Barbara mit ihren Plateau-Absätzen um ein Haar gestürzt. Doyle griff mit der freien Hand gerade noch rechtzeitig zu und zog sie an sich, so dicht, dass es unter anderen Umständen unangemessen gewesen wäre. Als sie so dastanden, Körper an Körper, ihr Gesicht dicht vor seinem, umhüllt von ihrem betörenden Parfum, musste Doyle sich stark zusammennehmen.

»Danke für die Rettung, Cy«, sagte sie leise in einem vertraulichen Ton, und er spürte den warmen Hauch ihres Atems auf seiner Wange. »Und sogar den Korb hast du festgehalten. Auf was könntest du denn eher verzichten, auf das Essen oder auf mich?«

Sie drückte sich dabei noch enger an ihn, und er verlor das Gleichgewicht. Er fiel nach hinten und konnte dabei gerade noch den Korb abstellen, um dann mit beiden Händen Barbara festzuhalten. Hastig, um einer weiteren Aktion Barbaras zuvorzukommen, drehte er sich auf die Seite und ließ sie vorsichtig los. Als er sich erhob, stellte er fest, dass sein Anzug arg gelitten hatte. Er klopfte den Stoff oberflächlich ab, griff nach dem Korb und reichte die andere Hand Barbara.

»Hier muss man wirklich höllisch aufpassen«, sagte er.

Barbara überspielte ihre Enttäuschung mit einem Lächeln und ließ sich von ihm auf die Beine helfen.

»Du hast recht, Cy. Was so ein kleiner Fehltritt für Folgen haben kann. Gehen wir weiter. Unten in der Bucht kenne ich einen sehr romantischen Platz.«

Als sie den Strand erreichten, versuchte Doyle vergeblich, seinen hellen Anzug von den Gras- und Erdspuren zu befreien.

Barbara winkte ab. »Lass das lieber, du machst es nur noch schlimmer. Der Anzug muss in die Reinigung.«

»Ich habe nachher eine Vernehmung. Die werden aber schauen, wenn ich in Unterwäsche erscheine.«

Ein Grinsen erschien auf Barbaras Gesicht. »Eine interessante Vorstellung. Aber keine Sorge, Cy. Ich habe mich immer noch nicht durchringen können, Charlies Sachen wegzugeben. Einer seiner Sommeranzüge wird dir bestimmt passen.«

»Danke«, sagte er und fügte mit einem Blick auf den Picknickkorb, den er neben sich im Sand abgestellt hatte, hinzu: »Auch wenn es angesichts dieses einsamen Strands sehr unromantisch klingt, der Abstieg hat mich hungrig gemacht.«

»Dann öffne den Korb.«

Sie ließen sich an einer ebenen Stelle im Sand zum Essen nieder. Es gab viel mehr als die von Barbara erwähnten Sandwiches: kleine, herzhafte Kuchen, gefüllt mit Huhn und Pilzen, mit Bratwurstfleisch gefüllte Blätterteigröllchen und als Nachtisch eine von Barbara zubereitete Joghurt-Zitronen-Creme, die sie in zwei kleine Plastiktöpfe gefüllt hatte. Außerdem lagen Gläser und zwei dick in Geschirrtücher eingerollte Flaschen in dem Korb: Pommery und Tafelwasser. Barbara trank ein Glas Champagner, Doyle blieb beim Wasser.

»Arbeiten und Trinken geht nicht zusammen.«

Barbara nickte verständnisvoll und stieß mit ihm an. »Deine anstehende Vernehmung, ich weiß. Um wen geht es denn? Kenne ich den oder die Betreffenden?«

»Keine Ahnung, aber ich möchte jetzt lieber keinen Namen nennen. Nur so viel: Die Person ist minderjährig. Sei mir nicht böse, wenn ich deshalb besonders auf Diskretion achte.«

»Keine Spur, so etwas kenne ich gut.«

Trotz ihrer Worte und des Lächelns huschte ein kleiner Schatten über ihr schönes Gesicht, und etwas schien sie zu beschäftigen. Doyle überlegte, ob er Barbara danach fragen sollte, aber da wirkte sie schon wieder so entspannt wie zuvor. Vielleicht war es einfach der Polizist in ihm, der nicht aufhören konnte, jeder Regung und jedem Blick eine tiefere Bedeutung beizumessen.

Sie konnten nicht einmal die Hälfte von all den Leckereien aufessen, und Barbara sagte: »Da bleibt uns nichts anderes übrig, wir müssen das Picknick wiederholen.«

»Nur unter einer Bedingung.«

»Welche?«

»Falls es wieder hier unten stattfindet, muss ich mehr Zeit mitbringen.« Er sah auf seine Armbanduhr. »Wenn ich rechtzeitig zu der Vernehmung im Hauptquartier sein will, sollten wir uns auf den Rückweg machen.«

»Aber vorher möchte ich dir noch etwas zeigen. Ich sagte dir doch, ich kenne hier unten einen sehr romantischen Platz. In Reiseführern stände er unter der Rubrik Geheimtipp, aber ich glaube, er ist in keinem verzeichnet. Zu abgelegen.«

Der romantische Platz, von dem Barbara gesprochen hatte, war eine Höhle, die hinter einem Streifen Gebüsch verborgen war. Der Boden der Höhle lag etwas niedriger als der Strand und war mit winzigen Muscheln und den Überresten größerer Muscheln bedeckt.

»Wie der Muschelstrand auf Herm«, meinte Doyle.

»So ähnlich, ja, nur steht diese Höhle tatsächlich in keinem Reiseführer. Charlie und ich haben sie Muschelhöhle genannt. Weil der Boden so niedrig liegt, läuft sie bei Flut fast bis zur Hälfte voll. Über viele Jahrhunderte, vielleicht länger, hat das bei Ebbe wieder abfließende Wasser die Muscheln hier zurückgelassen. Ähnlich wie bei dem Strand auf Herm hat sich auch hier aus zerfallenen Muscheln ein sandartiger Bodenbelag gebildet. Jetzt, wo die Bucht gesperrt ist, wird diese Höhle wohl für immer ein geheimer Ort bleiben. Vielleicht unser geheimer Ort, Cy?«

»Wir sollten nichts überstürzen«, sagte er ausweichend. »Charlie ist noch nicht lange tot. Außerdem weißt du, womit ich gerade beschäftigt bin. Es sähe schon seltsam aus, wenn ich Charlies letzten großen Fall in Frage stelle und gleichzeitig etwas mit seiner Witwe anfange.«

»Ich bin mir sicher, du wirst auf nichts stoßen, was Charlies gutem Ruf abträglich wäre.«

Sanft strich Barbaras Hand über die Wange, die sie einen Tag zuvor noch sehr unsanft berührt hatte. Sie wollte ihn einwickeln, um Einfluss auf seine Ermittlungen im Fall Corbin zu nehmen, da war er sich so gut wie sicher. Aber das wollte er ihr keinesfalls ins Gesicht sagen, nicht zu diesem Zeitpunkt. Er spielte ihr Spiel nur aus einem Grund mit: Er hegte immer noch die Hoffnung, dass er durch Barbara etwas Wichtiges in Erfahrung bringen konnte.

KAPITEL 24

Doyle traf gerade noch rechtzeitig um vierzehn Uhr im Hauptquartier ein. Mildred teilte ihm mit, dass Pat bereits mit Peter Jehan und Vanessa Fournier in den Vernehmungsraum gegangen sei. Dabei warf Mildred mehr als einen forschenden Blick auf den beigen Sommeranzug, den Barbara ihm ausgeliehen hatte.

Vanessa Fournier wirkte mitgenommen und übermüdet. Sie beachtete Doyle kaum, als er eintrat.

Peter Jehan begrüßte ihn förmlich und sagte: »Hören Sie, Chief Inspector. Der Tod ihres Vaters hat meine Mandantin sehr mitgenommen, das können Sie ja sehen. Auch wenn der Kontakt zwischen Harry Fournier und seiner Familie in den letzten Jahren abgerissen war, ist Blut eben doch dicker als Wasser. Im jetzigen Zustand meiner Mandantin und angesichts ihrer Minderjährigkeit hätte ich jede Chance gehabt, diese doch sehr kurzfristig anberaumte Vernehmung zu unterbinden. Nach Rücksprache mit Vanessa und ihrer Mutter habe ich darauf verzichtet. Zum einen, weil ich auf eine gute Zusammenarbeit mit Ihnen setze. Zum anderen, weil wir alle interessiert daran sind, dass Harry Fourniers Mörder gefunden wird. Wenn ich mir auch nicht vorstellen kann, wie meine Mandantin dazu beitragen könnte.«

»Es sind da noch ein paar Fragen aufgetaucht«, begann Doyle mit einer Floskel, die er schon unzählige Male benutzt hatte. »Nicht zuletzt im Zusammenhang mit dem Fall Anne Corbin.«

»Da sind Sie also noch dran?«

»Selbstverständlich, Mr Jehan.«

»Aber was soll Vanessa mit diesem Fall zu tun haben?«

»Sie waren Schulfreundinnen, gute Freundinnen, schon vergessen?«

»Das nicht, aber ich dachte, dazu sei alles gesagt.«

»Wie eben erwähnt, wir ermitteln im Fall Corbin, und dabei tauchen neue Fragen auf.«

»Das heißt, Sie haben im Fall Corbin Fortschritte gemacht?«

»In der Tat, aber es ist noch zu früh, um über Einzelheiten zu sprechen.« Doyle richtete seine Aufmerksamkeit auf Vanessa, die lässige Freizeitkleidung trug: ein dunkles Shirt, graue Jeans und Turnschuhe. »Vanessa, fühlst du dich in der Lage, mir ein paar Fragen zu beantworten?«

Sie sah ihm zum ersten Mal, seit er eingetreten war, in die Augen und nickte. »Ja, Sir.«

Doyle gab Pat ein Zeichen. Sie schaltete daraufhin das Aufnahmegerät ein, gab Zeit und Ort zu Protokoll sowie die Namen, Berufe und Dienstränge der Anwesenden.

»Vanessa, sagt dir der Begriff Nähkreis etwas?«, begann Doyle die Vernehmung.

»Was soll das sein?«

»Das hätte ich gern von dir erfahren. Hast du keine Idee? Irgendetwas im Zusammenhang mit Anne Corbin oder mit der Schule?«

Sie schien zu überlegen und schüttelte schließlich den Kopf.

»Antworte bitte laut, Vanessa«, sagte Pat freundlich. »Für das Protokoll.«

»Ja, Ma'am.« Vanessa, deren Stimme ein wenig rau klang, räusperte sich. »Von diesem Nähkreis habe ich noch nie gehört.«

»Was ist mit dem Mann, der Anne Corbin all die teuren Geschenke gemacht hat? Weißt du etwas über den?«

»Den hat es doch gar nicht gegeben, Sir. Der ist nur eine Erfindung von Cameron Prideaux, um von sich selbst abzulenken.«

»Woher hatte Anne dann all die teuren Sachen, Kleidung und Schmuck?«

»Sie hat darauf gespart, Taschengeld und Geld aus kleineren Jobs und so.«

»Woher weißt du das?«

»Ich war Annes beste Freundin, sie hat es mir erzählt.«

»Und wenn sie einen älteren Freund gehabt hätte, hätte sie dir das auch erzählt?«

»Klar, hundertprozentig.«

»Aber sie hatte einen älteren Freund, von dem die Geschenke stammen, das wissen wir jetzt. Hat Anne dich angelogen, oder lügst du uns an?«

Doyle war bei den letzten Worten immer lauter geworden.

Vanessa wirkte verwirrt, und ihr Blick heftete sich hilfesuchend an Jehan.

»Sie sollten meiner Mandantin nichts unterstellen, Doyle«, sagte der Anwalt. »Ich kann diese Veranstaltung hier jederzeit abbrechen.«

»Nicht, wenn ich Ihre Mandantin festnehme.«

»Was?«, schnaubte Jehan. »Mit welchem Vorwurf?«

»Behinderung der polizeilichen Ermittlungen. Sie lügt uns an.«

»Beweisen Sie das!«

»Vanessa hat eben selbst gesagt, dass sie es hundertprozentig gewusst hätte, hätte Anne einen – sagen wir mal – väterlichen Gönner gehabt. Aber es gibt diesen Mann, Annes Mutter hat es uns bestätigt. Also hat Vanessa eben die Unwahrheit gesagt.«

»Dann hat mich Anne eben doch hinters Licht geführt«, kam es leise von Vanessa.

»Wie konnte sie das, wenn du es *hundertprozentig* gewusst hättest?«, hakte Doyle nach.

»Das ist nur so eine Redensart. Das habe ich doch nur so gesagt.«

»Und was hast du alles noch nur so gesagt, was gar nicht stimmt?«

Vanessa wirkte sehr nervös und antwortete nicht.

»Wer ist die Leiterin des Nähkreises, Vanessa?«, stellte Doyle schnell seine nächste Frage, um ihre Verwirrung auszunutzen.

»So nicht!«, fuhr Jehan sofort dazwischen. »Du sagst jetzt gar nichts mehr, Vanessa! Verstanden?«

»Ja, Peter«, kam es sehr leise über ihre Lippen.

»Für das Protokoll«, sagte Jehan laut und deutlich. »Ich protestiere ausdrücklich gegen die Art der Vernehmung und dagegen, dass Chief Inspector Doyle die aufgrund des kürzlichen Todes ihres Vaters labile Verfassung meiner Mandantin auszunutzen versucht. Er stellt ihr Fangfragen. Wenn sie keinen Nähkreis kennt, kann sie auch keine Leiterin desselben kennen. Was soll das überhaupt sein, dieser Nähkreis?«

Doyle fixierte den Anwalt. »Wissen Sie das denn nicht, Mr Jehan?«

»Wieso sollte ich das wissen?«

»Bei diesem Nähkreis geht es um junge Mädchen und nicht mehr ganz so junge Männer, die sich gern mit diesen jungen Mädchen abgeben und ihnen dabei teure Geschenke machen, um nicht den Begriff bezahlen zu gebrauchen.«

Schweigen erfüllte den Vernehmungsraum, aber die Atmosphäre war wie kurz vor dem Ausbruch eines Gewitters.

In Jehans schmalem Gesicht arbeitete es, und schließlich sagte er mit leiser, aber scharfer Stimme: »Diese Unterstellung wird Folgen für Sie haben, Doyle, verlassen Sie sich darauf. Ich werde mich an höchster Stelle über Sie beschweren.«

»Sollte es nichts als eine Unterstellung sein, dann entschuldige ich mich dafür. Es sollte mich wirklich freuen, wenn ich mich irre. Außerdem sollten Sie hier nicht den Verbissenen spielen, Jehan. Unsere Erkenntnis, dass Anne Corbin tatsächlich einen älteren Verehrer hatte, ist für Ihren anderen Mandanten, Cameron Prideaux, doch nur von Vorteil. Aber vielleicht sollten Sie sich mal überlegen, ob Sie mit Ihren verschiedenen Mandanten nicht in einen Interessenkonflikt geraten. Es sei denn …«

Doyle brach ab, weil Pat ihm eine Hand beschwichtigend auf den Arm gelegt hatte. Sie ahnte wohl, was er hatte sagen wollen: Es sei denn, Sie wollen von sich selbst als Täter ablenken.

»Es sei denn was?«, fragte Jehan.

»Nichts«, sagte Doyle.

Jehan erhob sich und gab Vanessa ein Zeichen, sie solle ebenfalls aufstehen.

»Ich breche diese Vernehmung zum Wohl meiner Mandantin mit sofortiger Wirkung ab. Von weiteren Vernehmungen sollten Sie in nächster Zeit Abstand nehmen. Sonst werde ich ein ärztliches Attest vorlegen, dass Vanessa dazu nicht in der Lage ist.«

Vanessa schien erleichtert, den Raum verlassen zu können, aber gleichzeitig wirkte sie, als lastete etwas schwer auf ihr.

Als sie an ihm vorbeiging, sagte Doyle: »Du kannst mich jederzeit anrufen, Vanessa, wenn du mir etwas zu sagen hast.«

»Lassen Sie das, Doyle!«, zischte Jehan ihn an und schob das Mädchen hinaus auf den Gang.

Pat gab das offizielle Ende der Vernehmung zu Protokoll, schaltete dann das Aufnahmegerät aus und wandte sich Doyle zu. Sein zufriedener Gesichtsausdruck schien sie zu irritieren.

»Jetzt mal ehrlich, Cy, was haben wir damit erreicht?«

»Wir haben Vanessa gezeigt, dass der Boden unter ihr bröckelt. Möglicherweise haben wir ihr auch ein schlechtes Gewissen gemacht, was dazu führen könnte, dass sie es erleichtern will. Außerdem dürfte Jehan allmählich nervös werden, wenn er wirklich unser Mann ist.«

»Dann war das ja ein rundum erfolgreicher Tag für dich.«

»Wie meinst du das, Pat?«

»Nur eine Schlussfolgerung. Du fährst zu Barbara Mourant und kommst in einem anderen Anzug zurück. Ein sehr schöner und auch teurer Anzug übrigens. Er steht dir gut, und auch DCI Mourant hat er schon gut gestanden.«

»Das ist anders, als du denkst.«

Pat nahm die DAT-Kassette aus dem Recorder. »Du bist mir keine Erklärung schuldig. Ich bringe die Aufnahme der Vernehmung zu Mildred, damit sie sie in Schriftform fassen kann.«

Er blickte Pat nach, bis sie in Mildreds Zimmer verschwunden war, und seufzte: »Es war doch nur ein Picknick.«

KAPITEL 25

Als Doyle keine zehn Minuten später in seinem Büro einen Anruf von Mrs Blanchford erhielt, die ihn zu einem sofortigen Gespräch mit dem Chief Officer bat, war er nicht verwundert. Der aufgebrachte Peter Jehan hatte seine Drohung vermutlich umgehend in die Tat umgesetzt. Was Doyle ihm noch nicht einmal übelnahm. So lief das Spiel halt.

»Der Chief erwartet Sie bereits, Sir«, begrüßte ihn Chadwicks Vorzimmerdame und fügte in einem verschwörerischen Ton hinzu: »Er hat kürzlich mit Rechtsanwalt Peter Jehan telefoniert.«

Doyle nickte ihr dankbar zu und betrat Chadwicks Büro.

»Sie haben sich umgezogen«, war der erste Satz des Chiefs. »Sehr schöner Anzug.«

»Kein Wunder, Charlie Mourant konnte sich eine erstklassige Garderobe leisten. Mrs Mourant hat mir den Anzug geliehen.« Als er Chadwicks fragenden Blick bemerkte, fügte er hinzu: »Ich bin auf dem Weg runter in die Soldiers' Bay hingefallen. Danach sah mein Anzug nicht mehr repräsentabel aus.«

»Sie waren mit Barbara in der Soldiers' Bay?«

»Ja, Colin, zum Picknick.«

»Ein Picknick, sieh an. Ich hoffe, das Verhältnis zu Mrs Mourant hat sich dadurch etwas entspannt.«

»Das hat es.«

»Aber Sie wissen doch, dass die Soldiers' Bay verbotenes Terrain ist. Gefährlicher Steinschlag.«

»Ich weiß es erst seit heute. Barbara und Charlie hat es offenbar nie gestört.«

»Gut, dass man Sie nicht da unten erwischt hat. Sonst hätte ich jetzt zwei Beschwerden gegen Sie auf dem Tisch.«

»Ich nehme an, Sie sprechen von Peter Jehan.«

Chadwick nickte und schien erleichtert, dass er Doyle die Sache nicht erst erklären musste.

»Er war ziemlich erregt, als er vorhin hier anrief. War das wirklich nötig, Cyrus?«

»Das will ich nicht behaupten. Aber ich glaube, es war zumindest hilfreich. Ich wollte ein wenig Druck machen, auf beide, Jehan und Harry Fourniers Tochter. Mag sein, ich bin dabei etwas über das Ziel hinausgeschossen. Selbst wenn es so sein sollte, wäre ich mir nicht sicher, ob Jehan das an die große Glocke hängt.«

»Warum sollte er das nicht tun?«

»Vielleicht ist seine Weste nicht mit Anne Corbins Blut besudelt, aber das heißt nicht, dass sie blütenweiß ist.«

Chadwick schüttelte leicht den Kopf, schien aber mehr amüsiert als verärgert zu sein.

»Was Sie da sagen, hört sich für mich an wie der Sinnspruch aus einem chinesischen Glückskeks. Etwas mehr müssen Sie mir schon bieten, Cyrus.«

»Mrs Fournier, ihre Tochter und deren Rechtsanwalt Jehan, der gleichzeitig so eine Art Familienmitglied ist. Ich könnte mir vorstellen, dass Jehan seine genauen Verbindungen zur Familie Fournier lieber nicht der Öffentlichkeit preisgeben möchte. Sie bilden ein seltsames Trio.«

»Sie pokern da ziemlich hoch, das wissen Sie hoffentlich!«

»Ja, Colin. War es das?«

»Eine Sache noch. Ich habe heute meinen sofortigen Austritt aus dem ›Vale Golf Club‹ erklärt. Was auch immer der Club oder Einzelne seiner Mitglieder mit dieser Affäre zu tun haben, ich will nicht Gefahr laufen, als befangen angesehen zu werden. Das könnte die Autorität der ganzen Einheit untergraben. Und an das Ansehen der Einheit in der Öffentlichkeit müssen wir immer denken, bei allem, was wir tun. Sie haben mich doch verstanden?«

»Voll und ganz«, sagte Doyle und erhob sich.

Im Vorzimmer fragte er Mrs Blanchford: »Was macht der Chief jetzt mit seiner Freizeit, wenn er nicht mehr Golf spielt?«

Frances Blanchford hielt darin inne, ihre manikürten Finger in wahnwitziger Geschwindigkeit über die Computertasten fliegen zu lassen.

»Wer sagt, dass er nicht mehr Golf spielt?«

»Er. Eben erzählte er mir, er sei mit sofortiger Wirkung aus dem ›Vale Golf Club‹ ausgetreten.«

»Ach so, das ist richtig. Aber nachdem ich sein Austrittsschreiben weggefaxt hatte, habe ich in seinem Auftrag beim ›La Grande Mare Golf Club‹ angerufen und mich nach den dortigen Gegebenheiten erkundigt.«

Doyle grinste. »Es ist doch immer gut, wenn die Opfer, die man bringt, nicht zu groß sind.«

Als Doyle zu seiner Abteilung zurückging, kamen Sergeant Baker und Constable Allisette von draußen herein.

»In den Besprechungsraum zum Einsatzbericht«, rief er ih-

nen zu und klopfte an Pats Tür, um auch sie zu der Besprechung zu bitten.

Zunächst berichtete Pat, dass die von Maurice Hubert über-
sandten Listen nichts Erwähnenswertes enthielten.

»Wir haben leider auch nicht viel Spannendes zu bieten«,
sagte Baker anschließend. »Die nochmalige Befragung am ›Julia Beaumont College‹ hat rein gar nichts gebracht.«

»So würde ich das nicht sehen«, widersprach Allisette.
»Denk nur an Kira Westerby.«

»Das würde ich nicht überbewerten«, winkte Baker ab.

»Bitte, was ist mit Kira Westerby?«, erkundigte sich Doyle,
an Allisette gewandt.

»Angeblich wusste sie nichts über einen Nähkreis und dessen Leiterin, aber sie wirkte auf mich nicht sehr überzeugend.«

»Warum nicht?«

»Sie schien sehr aufgeregt, als würde sie etwas verbergen.
Wie eine Lügnerin, die damit rechnet, jeden Moment ertappt
zu werden.«

Baker schien nicht damit einverstanden, was seine herun-
tergezogenen Mundwinkel verrieten.

»Sind Sie anderer Meinung, Sergeant?«, fragte Doyle.

»Ich würde Kiras Verhalten anders einordnen. Sie war aufgeregt, ja, aber das waren andere der befragten Mädchen auch.
Man spricht halt nicht jeden Tag mit der Polizei.«

»Sie war mehr als aufgeregt, Calvin. Als ich mit ihr sprach,
habe ich Angst in ihren Augen gesehen, richtige Angst. Aber
als ich sie gezielt darauf ansprach, hat sie gemauert.«

»Ich bedanke mich für den Hinweis, Constable.« Doyle
machte sich eine entsprechende Notiz. »Vielleicht haben wir
in Kira Westerby einen neuen Hebel, den wir ansetzen können, wenn uns alles andere nicht weiterbringt.«

»Zumindest haben wir auch hier wieder eine typische Mutter-Tochter-Beziehung, ähnlich wie bei Liz und Anne Corbin und bei Nathalie und Vanessa Fournier«, ergänzte Pat. »Ich habe ein bisschen über die Westerbys recherchiert. Zwar hat Mr Westerby sich nicht von seiner Familie getrennt, trotzdem ist er sehr selten bei ihr. Er arbeitet als Mechaniker im Außendienst für eine Firma in St. Sampson, die Industriewerkzeuge herstellt. Konkret heißt das: Sein Einsatzgebiet sind die gesamten Britischen Inseln. Wenn er einmal im Monat für ein paar Tage nach Hause kommt, ist das schon viel.«

»Das klingt nach einem Scheißjob«, brummte Baker, während er einen Schokoriegel auswickelte.

»Einerseits ja«, stimmte Pat ihm zu. »Auf der anderen Seite wird er sehr gut bezahlt. Ich nehme an, sonst könnte er seine Tochter nicht auf das ›Julia Beaumont College‹ schicken.«

»Aber wenn der Vater so gut verdient, braucht doch seine Tochter keinen Sugardaddy«, wandte Allisette ein.

»Geld kann man nie genug haben«, sagte Pat. »Ich weiß nicht, was die jungen Mädchen heutzutage für Kleidung und sonstige Annehmlichkeiten des Lebens ausgeben, aber ich kann mir vorstellen, dass es eine ganze Menge ist.«

»Sie haben recht, Inspector, da hatte ich nicht dran gedacht.« Allisette kicherte scheinbar unmotiviert. »Nach oben gibt es da keine Grenze.« Als sie spürte, dass sich drei Augenpaare fragend auf sie richteten, erklärte sie: »Na, ich weiß, wovon ich rede. Bei mir ist das schließlich noch nicht lange her und bei meiner Freundin auch nicht.«

Soweit Doyle sich erinnern konnte, war dies das erste Mal, dass sie ihre Freundin erwähnte. Aus den Augenwinkeln beobachtete er Baker. Der schien äußerlich ungerührt. Nur eins fiel Doyle auf: Als ein großes Stück seines Schokoriegels abbrach und auf den Fußboden fiel, unternahm Baker nicht den geringsten Versuch, es aufzufangen.

»Sehr gut, Pat, vielen Dank für diesen Hinweis«, sagte Doyle. »Ich bin ganz deiner Meinung, die Westerbys fallen ins Muster: einsame Mütter, fast erwachsene Töchter und mögliche Sugardaddys. Vielleicht werden tatsächlich nur Mädchen in den Nähkreis aufgenommen, deren Väter nicht bei ihren Familien leben. So fällt das Risiko aufzufliegen sehr viel geringer aus.«

»Besonders dann, wenn die Mütter eingeweiht sind«, fügte Pat hinzu. »Was ja zumindest im Fall Corbin so gewesen ist.«

»Soweit die Schule«, sagte Doyle. »Was ist mit Anne Corbins sogenannten Geschenken?«

»Bisher mussten wir mit Fotos arbeiten, weil die Gegenstände derzeit noch kriminaltechnisch untersucht werden«, antwortete Baker. »Wenn wir die Gegenstände selbst haben, werden wir vermutlich noch mehr Geschäfte, in denen sie gekauft wurden, verifizieren können. Bis jetzt haben wir nur zwei Läden gefunden, beide hier in St. Peter Port. Ein Schuhgeschäft in der High Street und einen Juwelier in der Commercial Arcade. In dem Schuhgeschäft hat man uns zwar versichert, dass das betreffende Paar Schuhe mit an Sicherheit grenzender Wahrscheinlichkeit dort gekauft wurde, weil niemand sonst auf Guernsey diese Marke vertreibt, aber keiner in dem Geschäft hatte einen blassen Schimmer, wer der Käufer gewesen ist.«

»Bei dem Juwelier hatten wir etwas mehr Glück«, übernahm Allisette die Berichterstattung. »Eine Perlenkette mit Anhänger wurde dort als Eigenanfertigung des Hauses identifiziert. Eine Verkäuferin hatte selbst ein Auge auf das Schmuckstück geworfen und es deshalb mit blutendem Herzen verkauft. An einen Herrn im mittleren Alter, durchaus gutaussehend, wie sie sagte. Wir baten sie, dieses mittlere Alter ein bisschen einzugrenzen, aber so richtig ist das nicht gelungen. Über vierzig, aber noch keine sechzig, das waren so ungefähr die Worte der Zeugin. Aber Haare hätte er noch auf dem Kopf gehabt, wenn sie sich auch nicht mehr an die Haarfarbe erinnern konnte. Sie sagte noch, der Verkauf habe letztes Jahr in der Vorweihnachtszeit stattgefunden, und sie habe geglaubt, der Käufer suche ein Geschenk für seine Frau.«

»Besser als nichts«, seufzte Pat. »Aber leider keine besonders genaue Beschreibung unseres Sugardaddys. Sie könnte auch auf dich passen, Cy.«

»Vielen Dank. Jetzt weiß ich doch, dass du mich als *durchaus gutaussehend* ansiehst. Im Übrigen darf ich, bevor der Verdacht auf mich fällt, darauf verweisen, dass ich zur fraglichen Zeit noch bei der Met in London war.«

»Ein Verdächtiger weniger«, sagte Pat. »Dann dürften es ja nur noch ein paar Tausend sein.«

»Hervorragende Arbeit von allen«, lobte Doyle. »Am liebsten würde ich euch deshalb frühzeitig in den Feierabend und ins Wochenende entlassen. Leider haben wir nicht nur den Fall Corbin, sondern auch einen aktuellen Mord zu klären. Deshalb nur eine Stunde Teepause, und dann sehen wir uns hier wieder.«

Baker und Allisette verließen den Raum zuerst, und Pat wollte ihnen folgen.

»Nicht so eilig, Pat«, sagte Doyle. »Ich möchte dich einladen. Als Ersatz für den ausgefallenen Lunch bei Christie's vor drei Tagen.«

»Bei Christie's ist es um diese Zeit oft sehr voll«, erwiderte Pat und klang wenig interessiert, beinah schroff. »Ich habe auch gar keinen Hunger.«

»Der Hunger kommt beim Essen, und auch du brauchst eine Stärkung.«

»Mich wundert eher, dass du eine brauchst. Oder seid Barbara Mourant und du bei eurem Picknick nicht zum Essen gekommen?«

»Doch, sind wir. Und jetzt werden wir beide zusammen essen. Das ist ein dienstlicher Befehl!«

»Gegen den könnte ich Beschwerde beim Chief einlegen.«

Doyle lachte auf »Tu das, dann befindest du dich in ganz besonderer Gesellschaft.«

»Was meinst du?«

»Vor der Besprechung war ich bei Chadwick. Jehan will mich und vielleicht die ganze Einheit wegen Rufmords verklagen. Sagt er jedenfalls.«

Pat wirkte ehrlich betroffen. »Tut mir leid, Cy, das wusste ich nicht.«

»Reden wir beim Essen weiter. Kommst du jetzt?«

Sie nickte.

KAPITEL 26

Pat hatte recht mit ihrer Befürchtung. Als sie bei Christie's ankamen, schien gerade eine ganze Reisegruppe in den Laden zu strömen.

»Dann ein anderes Mal hier«, brummte Doyle enttäuscht und schlug vor: »Versuchen wir es unten am Hafen.«

Sie hatten Glück und fanden einen freien Tisch im Muse Café an der Glategny Esplanade mit Blick auf die Yachten in der Queen Elizabeth II Marina. Pat hatte über Mittag durchgearbeitet und zum Lunch nichts gegessen, wie sich herausstellte, und sie hatte sehr wohl Hunger. Sie bestellte ein Stück vom Karottenkuchen und einen Earl Grey. Doyle wählte den Fruit Crumble mit Eis und einen doppelten Espresso.

Als alles serviert war und Pat keine Anstalten machte, eine Unterhaltung zu beginnen, sagte Doyle: »Dann will ich mal anfangen.«

»Womit?«, fragte Pat, während sie ein Stück ihres Kuchens mit der Gabel aufspießte.

»Mit meinem detaillierten Bericht über meine Abenteuer in Fort George und in der Soldiers' Bay. Untertitel: Wie ich zu einem neuen Anzug kam.«

Pat hielt im Kauen inne. »Willst du eine Beichte ablegen? Du bist dazu nicht verpflichtet.«

»Ich möchte keine Missverständnisse aufkommen lassen. Ob es eine Beichte ist, kannst du dann selbst entscheiden.«

Als er zehn Minuten später mit seinem Bericht fertig war, sah Pat aus, als könnte sie sich ein Lachen nur mühsam verkneifen.

»Du warst ja wirklich tapfer, wenn du Barbara Mourants Verlockungen die ganze Zeit widerstanden hast. Ich werde dich für einen Orden vorschlagen.«

»Zweifelst du an meinen Worten? Ich schwöre dir, ich hatte keinen Sex mit Barbara!«

Er hatte ungewollt sehr laut gesprochen und erntete verstörte Blicke von dem Paar mit zwei Kindern am Nebentisch. Es waren, wie er erst auf den zweiten Blick erkannte, dieselben Leute, neben denen sie gestern im Strandrestaurant an der Pembroke Bay gesessen hatten.

Pat konnte sich nicht mehr zurückhalten und begann zu kichern. »Warum machst du nicht einen Aushang, Cy? Dann musst du nicht so durch die Gegend brüllen.«

Doyle breitete die Hände in einer entschuldigenden Geste aus.

Der Familienvater am Nebentisch fingerte nach seinem Portemonnaie. Wollte er zahlen, um seine Kinder, ein etwa sechsjähriges Mädchen und ein etwa achtjähriger Junge, nicht länger diesem unsittlichen Gerede auszusetzen? Dann aber zog auch die Frau ihr Portemonnaie heraus, und beide begannen, ihre Geldscheine auf zwei Haufen zu verteilen.

Da dämmerte es Doyle. Er hatte so etwas schon öfter bei Touristen beobachtet. Offenbar nahte für die Familie das Ende ihres Urlaubs auf Guernsey, und sie trennten die britischen Pfundnoten von denen, die auf den Kanalinseln herausgegeben worden waren. Sowohl Guernsey als auch Jersey druckte eigene Pfundnoten. Die Guernseynoten wurden auch auf Jersey akzeptiert und umgekehrt. Britische Scheine galten ohnehin überall auf den Inseln. Aber die Inselscheine waren weder in Großbritannien noch auf dem europäischen Festland als gültiges Zahlungsmittel anerkannt. Daher war es unter Touristen üblich, in den letzten Urlaubstagen nur noch mit Kanalinselwährung zu bezahlen und darauf zu achten, dass man als Wechselgeld nur britische Noten ausgehändigt bekam.

Doyle hörte wieder, was sein Vater am gestrigen Abend zu ihm gesagt hatte: *Je angestrengter du darüber nachdenkst, was dir nicht einfällt, desto weiter ist es von dir weg. Am besten denkst du gar nicht darüber nach.* Und der entscheidende Satz: *Wenn du richtig abgelenkt bist, dann wird es dir einfallen, garantiert.*

Und es war ihm gerade eingefallen. Beim Anblick der säuberlich sortieren Geldscheine wusste er plötzlich, worüber er die ganze Zeit gegrübelt hatte.

»Es ist das Geld, Pat. Das Geld ist der Schlüssel!«

»Wozu ist es der Schlüssel, Cy?«

»Nicht das richtige Geld, das Spielgeld! Damit hat Nathalie Fournier sich verraten – und vielleicht auch den Mörder!«

»Noch sprichst du für mich in Rätseln.«

»Gestern am Strand von Pembroke erzählte ich Mrs Fournier von den Monopoly-Diebstählen. Sie sagte darauf, ihr Mann habe immer eine besondere Art von Ehrgefühl gehabt, das sich sogar bei seinen Einbrüchen gezeigt habe. Deshalb habe er auch das Spielgeld aus diversen Spielen zusammengesucht, um das gestohlene Geld bis auf den letzten Penny zu ersetzen.«

»Und?«

»Dass die Scheine aus diversen Spielen stammten, hatte ich gar nicht erwähnt, da bin ich mir sicher. Ich habe ihr gegenüber nur von dem Monopoly-Geld gesprochen. Woher also konnte Mrs Fournier das wissen, wenn wir Harry selbst einmal ausschließen? Von den Bestohlenen wohl kaum, weil sie die gar nicht kennt. Aber es gibt noch jemanden, der über Harrys Spielgeldmanie Bescheid weiß!«

Pat schlug sich mit der flachen Hand gegen die Stirn. »Du hast recht!«

Doyle sprang so schnell auf, dass sein Stuhl beinah umgekippt wäre. Er legte zwei Scheine auf den Tisch, einmal Guernsey- und einmal Jersey-Währung, wie er ungewollt zur Kenntnis nahm.

»Ich bitte den Chief, die Eingreiftruppe in Alarmbereitschaft zu setzen. Wer mit einem Magnum-Revolver schießt, kann gut und gern noch über andere Waffen verfügen. Ruf du bitte Baker und Allisette an, Pat. Ende der Teepause. Wir treffen uns schnellstmöglich im Hauptquartier!«

Vierzig Minuten später hielten zwei Fahrzeuge am Straßenrand in der Belle Greve Bay, ganz in der Nähe des kleinen Hauses mit dem Schild »Guernsey Games and Model Kits« über der Eingangstür. Der Tamora, dem Doyle und Pat entstiegen, und der Škoda, mit dem Baker und Allisette gekommen waren, standen nicht direkt vor dem Geschäft, sondern so weit entfernt, das man sie aus den zur Straße gewandten Fenstern des Spielwarengeschäfts nicht sehen konnte.

Einem aufmerksamen Beobachter wäre aufgefallen, dass wenige Minuten vorher der Straßenverkehr zum Erliegen gekommen war. Das lag an den Straßensperren, die Chief Inspector Ken Frobishers uniformierte Kräfte errichtet hatten. Die eine hundert Meter südlich des Ladens, die andere hundert Meter nördlich.

An jeder Straßensperre stand einer der beiden BMWs, mit denen der Eingreiftrupp der Guernsey Police ausgerüstet war. Die Angehörigen des Eingreiftrupps waren die einzigen Polizisten auf Guernsey, die während des Dienstes ständig Schusswaffen trugen. Sie waren für den bewaffneten Einsatz auch besonders ausgebildet. Allen anderen Polizisten wurden Schusswaffen nur in speziellen Fällen ausgehändigt, so wie jetzt Doyle, Pat Holburn, Baker und Allisette. Jeder von ihnen war mit einer Glock 26 bewaffnet. Die Kollegen von der Eingreiftruppe trugen in der Regel eine Glock 17. Aber zum verdeckten Tragen war die Glock 26 mit ihrem kürzeren Lauf und dem kürzeren Griffstück besser geeignet.

Die Häuser warfen ihre langen Schatten über die Fahrbahn in Richtung Ufer und schienen nichts Aufregendes mehr von diesem Tag zu erwarten. Doyles Blick folgte den Schatten und ging weiter hinaus aufs Wasser mit den dort liegenden Booten. Ein Boot war erst vor kurzem in die Bucht geglitten, größer als die anderen und bemannt. Es war das Polizeiboot »Isaac Brock«, benannt nach dem auf Guernsey geborenen General, der 1812 im Krieg der Briten gegen die Amerikaner große Erfolge errungen hatte und als Retter Kanadas verehrt wurde. Das Polizeiboot sollte verhindern, dass abermals ein Flüchtiger über das Wasser entkam.

Allisette, die seinem Blick gefolgt war, sagte: »Ist das alles nicht ein bisschen viel Aufwand, nur um einen alten Mann festzunehmen?«

»Hinterher ist man immer schlauer«, erwiderte Pat. »Hätten wir diesen Aufwand schon vor zwei Tagen betrieben, wäre Harry Fournier jetzt vielleicht in unserem Gewahrsam – lebend.«

»Eine müßige Diskussion«, beschied Doyle. »Im Augenblick haben wir Wichtigeres zu tun. Sind alle einsatzbereit?«

Pat, Baker und Allisette überprüften ihre Ausrüstung und nickten.

»Gut. Baker und Allisette sichern den Hinterausgang des Spielwarenladens. Zugriff nur bei ausdrücklichem Befehl oder wenn Sie glauben, die Lage sei brenzlig. Jede Eskalation ist zu vermeiden, und die Schusswaffen werden nur benutzt, wenn es nicht anders geht. Los!«

Während sich Baker und Allisette in Bewegung setzten, sprach Doyle in das winzige Mikrofon, das unter seinem Revers versteckt war: »Team Doyle an alle: Wir gehen jetzt rein.«

Von der südlichen Straßensperre meldete sich über den kleinen Knopf in Doyles rechtem Ohr Chief Inspector Frobisher: »Team Frobisher hat verstanden und ist in Stellung.«

Dann hörte Doyle von der nördlichen Sperre die hohe Stimme von Barry Ogier, dem Superintendent der Guernsey Police: »Team Ogier hat verstanden und ist in Stellung.«

Von dem Polizeiboot erklang der dröhnende Bass von Inspector Warren Smith, dem Skipper der »Isaac Brock«: »Team Smith hat verstanden und ist in Stellung. Viel Glück, Doyle!«

Als Letzter meldete sich Sergeant Baker: »Team Baker hier, sind in Stellung.«

Doyle und Pat gingen zügig, aber ohne jede Hast auf das Spielwarengeschäft zu, in dem bereits das elektrische Licht brannte, obwohl die Abenddämmerung noch nicht eingesetzt hatte. Zwischen den nah beieinanderstehenden Regalen konnte das Licht des späten Nachmittags nicht mehr viel ausrichten. Sie gingen hinein, und ein leises Läuten meldete die vermeintliche Kundschaft. Sehen konnten sie keinen Menschen, weder Kunden noch den Ladeninhaber.

Sie hatten ihre Waffen nicht gezogen, gingen aber mit größter Vorsicht am Kopfende der Regalreihen entlang, als ginge von den Spielzeugen eine Gefahr aus. Doyle erinnerte sich an ein Comicheft aus seiner Kindheit. Darin hatte ein verrückter Wissenschaftler Dinge wie Spielzeugsoldaten, Modellpanzer oder Miniaturroboter in todbringende Waffen verwandelt, in eine Armee aus Spielzeugen.

»Was kann ich für die Herrschaften tun? Ich war hinten im Lager und habe Sie hoffentlich nicht zu lange warten lassen.« Edmund Kellaway trat hinter dem letzten Regal hervor und blinzelte Doyle und Pat durch die dicken Gläser seiner wuchtigen Hornbrille an. Der Ausdruck auf seinem blassen Gesicht veränderte sich, als er sie wiedererkannte. »Ach, die Polizei! Gibt es Neuigkeiten zum Mord an dem armen Harry?«

»Ja, Sir, das wollten wir mit Ihnen besprechen«, antwortete Doyle unverfänglich, während er und Pat langsam auf Kellaway zugingen. »Wir sind da auf einer ganz heißen Spur. Haben Sie Zeit für uns? Oder sind Kunden im Laden?«

»Nein, keine Kunden, leider.« Er blinzelte wieder. »Verfluchter Staub auf der Brille, man sieht kaum was. Das liegt an den vielen Pappschachteln.«

Kellaway beugte sich vor und griff mit der linken Hand an die Brille, wie um sie abzunehmen. Gleichzeitig steckte er die rechte Hand in eine Tasche seines grauen Kittels, scheinbar auf der Suche nach einem Taschentuch.

»Vorsicht, Pat!«

Doyle stieß den Warnruf im selben Moment aus, in dem er nach vorn sprang und Kellaways rechten Unterarm packte. Der Ladeninhaber hatte die Hand wieder aus der Kitteltasche gezogen, darin kein Tuch, sondern ein kurzläufiger Revolver. Doyle schlug Kellaways Arm gegen ein Regal, und die Waffe fiel zu Boden.

Mit einer plötzlichen Kraftaufwallung, die Doyle dem ältlich wirkenden Mann nicht zugetraut hatte, riss der sich los und stürmte in Richtung Ladenausgang. Dass Pat ihm dabei im Weg stand, schien ihn nicht stören. Sie griff nicht zu ihrer Waffe. Stattdessen warf sie sich Kellaway entgegen und riss ihn mit sich zu Boden. Ineinander verkeilt, rollten die beiden gegen ein Regal. Durch die Erschütterung fielen einige Schachteln mit Flugzeugbausätzen heraus.

Doyle hatte sich den handlichen Revolver geschnappt und wollte das wilde Gerangel zwischen Pat und dem Ladeninhaber beenden. Ein Schmerzensschrei aus Pats Kehle trieb ihn zur Eile an. Er zog den kurzen Revolverlauf mit einem harten Schlag über Kellaways fast kahlen Kopf. Der Getroffene stöhnte laut auf und ließ von Pat ab, um nach seiner blutenden Kopfwunde zu tasten. Aber Doyle riss Kellaways Arme nach hinten und fesselte ihm die Hände mit einem Paar Handschellen auf dem Rücken. Kellaways erneutes Stöhnen beachtete er nicht weiter.

»Team Doyle an alle: Zugriff erfolgt, wir haben ihn. Keine Gefahr. Brauchen Rettungswagen!«

Nach dieser Meldung wandte er sich Pat zu, die zwar noch am Boden kauerte, aber ihn tapfer anlächelte.

»So schlimm ist es nicht, Cy. Ich glaube, ich habe mir den linken Fuß ein wenig verdreht. Sonst ist alles in Ordnung.«

»Das will ich hoffen«, sagte Doyle, erleichtert darüber, dass Pat nichts Ernstes zugestoßen war. »Auch für Mr Kellaway.«

Er reichte Pat die Hand, um ihr aufzuhelfen, aber sie schüttelte leicht den Kopf.

»Ich bleibe lieber noch ein bisschen sitzen, bis sich das ein Sanitäter angesehen hat.«

Doyle wandte sich an Kellaway, der stöhnend zwischen Pappschachteln und zerbrochenen Plastikteilen saß. »War das jetzt nötig?«

»Mein Kopf tut weh. Tun Sie doch was!«

»Erstens bin ich kein Sanitäter, der kommt gleich. Zweitens leide ich an einem moralischen Defekt: Mein Mitleid mit Mördern hält sich in Grenzen.«

Kellaway begann wieder zu stöhnen und murmelte dabei: »Ich habe gewusst, dass die Sache nicht klappt. Ich habe es gleich gewusst.«

»Daher wohl Ihr Revolver in der Kitteltasche. Sie haben schon mit unserem Besuch gerechnet.«

»Ja«, sagte Kellaway leise.

»Warum sind Sie nicht vorher geflohen?«

»Wohin denn? Wozu? Mein Haus und mein Geschäft sind doch alles, was ich habe.«

»Ich glaube nicht, dass Sie sich in nächster Zeit viel um Ihr Geschäft kümmern können.«

Von einer Sekunde zur anderen herrschte in dem engen Laden ein Riesengedränge: Sanitäter, Baker, Allisette, uniformierte Polizisten mit und ohne Waffen und schließlich auch Superintendent Ogier, der ranghöchste Polizist vor Ort.

»Wie steht es um Inspector Holburn?«, erkundigte sich Ogier als Erstes.

»Wohl ein verstauchter Fuß«, antwortete Doyle. »Sonst scheint ihr nichts zu fehlen.«

»Gut gemacht, Chief Inspector.«

Ein Sanitäter trat zu ihnen. »Wir nehmen beide mit. Der Fuß der Frau muss geröntgt werden, bei dem Mann besteht der Verdacht auf eine Gehirnerschütterung.«

»Getrennter Transport«, ordnete Ogier an. »Der Mann bleibt während des Transports und im Krankenhaus unter strenger Bewachung, rund um die Uhr.« Er winkte Ken Frobisher heran. »Sorgen Sie dafür, Chief Inspector.«

»Wird erledigt, Sir«, versprach Frobisher. »Ich teile sofort die Wachen ein.«

Pat wollte mit der Hilfe eines Sanitäters zum Rettungswagen gehen, aber die Sanitäter bestanden darauf, sie auf einer Trage zu transportieren.

Doyle erwartete sie am Rettungswagen und hatte ein breites Grinsen aufgesetzt. »Von zwei jungen Männern auf Händen getragen. Was willst du mehr?«

»Wie immer«, schnaubte Pat. »Wer den Schaden hat, braucht für den Spott nicht zu sorgen. Wenn die mich dabehalten, erwarte ich Traubensaft und Plätzchen, aber täglich.«

»Und frische Blumen«, sagte Doyle und hielt die Hand auf. »Aber vorher kriege ich etwas von dir.«

»Was denn?«

»Erstens deine Wohnungsschlüssel, falls ich dir deinen Morgenmantel und ähnliche Dinge bringen soll. Zweitens deine

Glock. Der Waffenmeister möchte sie heute Abend bestimmt gern wieder einschließen. Außerdem kannst du dir dann nicht den Weg freischießen, falls du dich mit Gewalt selbst entlassen willst.«

Pat händigte ihm die Pistole aus und hielt dann zögernd einen kleinen Bund Schlüssel in der Hand.

»Her damit! Ich verspreche auch hoch und heilig, dass ich nicht die Geheimschublade mit deinen gesammelten Liebesbriefen öffne.«

KAPITEL 27

»Wie sind Sie ausgerechnet auf Kellaway gekommen?«, fragte Colin Chadwick, den Blick auf Doyle gerichtet, der mit Barry Ogier und Ken Frobisher im Büro des Chiefs saß, um Bericht zu erstatten.

Doyle erzählte den drei anderen, was er am Nachmittag im Muse Café auch schon Pat erzählt hatte. Dabei beobachtete er durch die Fenster, wie sich draußen das letzte Tageslicht über St. Peter Port verabschiedete. In Candie Gardens brannten längst zahlreiche Laternen, aber um diese Stunde zogen die Grünanlagen und die bunten Blumenbeete nur noch wenige Spaziergänger an.

»Eine gute und offensichtlich auch richtige Schlussfolgerung, Cyrus«, lobte Chadwick. »Aber ein ziemlich aufwendiger Einsatz, um einen alten Mann zu verhaften.«

»Ich wollte nicht noch so eine Panne wie bei Harry Fournier.«

»Auch ich halte den Aufwand für absolut gerechtfertigt, Colin«, stellte der Superintendent klar. »Wir hatten guten Grund zu der Annahme, Kellaway könnte bewaffnet sein, und er war es auch. In die Enge getrieben, hätte er leicht die Kontrolle über sich verlieren können. Bedenken Sie nur: Ein Spielzeugladen, in dem Kinder verkehren, und ein Verzweifelter mit einem geladenen Revolver – was da alles hätte passieren können! Was sein Alter betrifft: Er ist vierundsechzig, wirkt aber aufgrund seiner äußeren Erscheinung deutlich älter.«

»Er konnte mit der Waffe auch umgehen«, ergänzte Doyle. »Wo er das gelernt hat, ist noch unklar. Er ist in keinem der derzeit auf Guernsey existierenden Schützenvereine Mitglied.«

»Hat Kellaway zweifelsfrei gestanden?«, fragte Chadwick.

Ogier kratzte mit dem Finger an seinem haarlosen Schädel und wirkte nicht so recht glücklich.

»Das kann man nicht sagen. Als DCI Doyle und DI Holburn ihn überwältigt haben, sagte er so etwas wie, er habe schon damit gerechnet und keinen Ausweg gewusst. Diese Aussage haben wir auf Band, da der DCI verkabelt war. Indirekt kann man daraus ein Schuldeingeständnis konstruieren. Aber ein auch nur einigermaßen geschickter Anwalt würde ihn das widerrufen lassen und behaupten, diese Äußerungen seien vor Gericht nicht verwertbar, da sie in offensichtlicher Panik und unter dem Eindruck eines gegenwärtigen polizeilichen Zugriffs entstanden seien.«

»Käme Kellaway damit durch?«, fragte Frobisher.

Der Superintendent wiegte den runden Schädel hin und her, der auf dem bulligen Leib saß wie ein kleinerer Ball auf einem großen.

»Das hängt vom Richter ab und von den Beweisen, die wir sonst noch vorlegen, aber die Chancen, damit einer Mordverurteilung zu entgehen, stehen nicht schlecht.«

»Welche Beweise können wir sonst noch vorlegen?«, fragte der Chief Officer.

»Wir arbeiten zurzeit daran, ob wir Spuren vom Tatort beziehungsweise von der Tatwaffe Kellaway zuordnen können«, antwortete Doyle. »Bisher stand er ja nicht auf der Liste der möglichen Täter. Die Tatwaffe selbst ist scheinbar nirgends registriert und Kellaway somit nicht offiziell zuzuordnen. Wir stellen derzeit sein Haus auf den Kopf, untersuchen seinen Computer und gehen seine Anrufe durch. Sergeant Baker ist in Belle Greve vor Ort und leitet die Aktion. Constable Allisette habe ich ins Krankenhaus geschickt, um Kellaway zu vernehmen, sobald die Ärzte es erlauben. Ich glaube nicht, dass wir da lange warten müssen. Sein Kopf hat zwar etwas geblutet, aber es sah nicht dramatisch aus.«

»Vielleicht hätten Sie sich etwas zurückhalten sollen, als Sie ihn mit seinem Revolver niederschlugen«, seufzte der Chief missmutig.

»Ich habe ihn nicht *nieder*geschlagen, er war schon am Boden«, sagte Doyle. »Aber er war in einen Kampf mit Inspector Holburn verwickelt. Sie schrie vor Schmerz, und ich wollte ihr helfen. Das wäre mir kaum gelungen, wenn ich Kellaway nur sanft gestreichelt hätte.«

Frobisher lachte rau. »Ich bin mir sicher, dass Cy sich bereits sehr zurückgehalten hat, sonst wäre Kellaway besinnungslos gewesen. Cy und ich treffen uns oft am Wochenende zum Boxen. Ich weiß also, wovon ich rede.«

»Auch ich bin sicher, dass DCI Doyle absolut korrekt gehandelt hat«, sagte Ogier.

Chadwick lehnte sich in seinem Drehstuhl nach hinten und verschränkte die Hände über der Brust.

»Es ist gut, wenn man uns keinen Vorwurf in dieser Beziehung machen kann. Sonst heißt es noch, alles, was Kellaway gesagt habe, habe die Polizei aus ihm rausgeprügelt.«

»Von Rausprügeln kann keine Rede sein!«, sagte Doyle scharf.

»Ich weiß, ich weiß, Cyrus, aber Sie kennen doch die Anwälte. Sie haben ja gerade erst Ihre Erfahrungen mit Peter Jehan gemacht.«

»Kommen Sie mir bitte nicht mit dem«, knurrte Doyle. »Es fehlt nur noch, dass er Kellaway verteidigt.«

»Würde aber nicht gerade das Ihre Theorie untermauern, dass die Fälle Corbin und Fournier zusammenhängen?«, meinte Ogier.

In diesem Augenblick läutete Chadwicks Telefon, und er führte ein kurzes Gespräch.

»Nachricht aus dem Krankenhaus«, sagte er anschließend. »Kellaway wird noch nicht entlassen, kann aber dort vernommen werden.«

Doyle sprang sofort auf. »Ich fahre hin, um Constable Allisette zu unterstützen, wenn hier keine weiteren Fragen mehr sind.«

»Tun Sie das«, sagte Chadwick. »Und sehen Sie nach, wie es Inspector Holburn geht.«

»Das hatte ich auf jeden Fall vor«, sagte Doyle und verließ eilig Chadwicks Büro.

Fünf Minuten später scheuchte Doyle den Tamora mit leicht überhöhter Geschwindigkeit über eine Ausfallstraße aus St. Peter Port in Richtung Südwesten. Dort, in der Gemeinde St. Andrew, lag das Princess Elizabeth Hospital, das einzige Krankenhaus auf Guernsey. Es war ein großer, modern eingerichteter Gebäudekomplex, den Wiesen und Baumgruppen von den

Wohngebieten St. Andrews trennten. Die Sonne war längst untergegangen, und das Princess Elizabeth, wie es im Volksmund genannt wurde, strahlte mit unzähligen künstlichen Lichtern in die Dunkelheit hinaus. Selbst ohne Ortskenntnis wäre es nicht zu verfehlen gewesen, man hätte nur auf die Lichterburg zuhalten müssen.

Doyle ignorierte die Besucherparkplätze rings um den Krankenhauskomplex und hielt nicht weit vom Haupteingang auf einem Parkplatz, der dem medizinischen Personal vorbehalten war. Er legte die Parkkarte, die ihn als Polizisten im Einsatz auswies, hinter die Windschutzscheibe und betrat das Krankenhaus. Am Informationsschalter erfuhr er von einem jungen Mann, wohin er sich wenden musste. Das Gespräch mit Kellaway konnte länger dauern, falls er denn gesprächig war. Vorher wollte er sich allerdings vergewissern, wie es um Pat stand.

Als er aus dem Lift trat, hörte er eine weibliche Stimme: »Sieh an, der Chief Inspector! Sie haben sich ja lange nicht mehr hier blicken lassen.«

Auf dem Gang stand eine Ärztin, eine bildschöne Inderin.

»Dr. Gupta-Jones, guten Abend. Ich freue mich sehr, Sie wiederzusehen.«

»Soll ich Ihnen das wirklich glauben, Mr. Doyle?«

»Warum nicht?«

»Weil Sie sich immer nur blicken lassen, wenn es wo wehtut.«

»Stimmt nicht, heute habe ich keine Beschwerden.«

»Ach, dann sind Sie also meinetwegen hier und nicht, um nach Ihrer Kollegin zu sehen?« Als Doyle ein etwas betroffenes Gesicht machte, lachte sie: »Ich habe Sie erwischt, geben Sie es zu. Kommen Sie, ich bringe Sie zu ihr.«

Die Ärztin führte Doyle in ein Behandlungszimmer, in dem

Pat aufrecht auf einer Liege saß und skeptisch ihren linken Fuß beäugte. Das Fußgelenk war mit einem Verband umwickelt, sonst sah alles normal aus.

Pat bemerkte ihn und schenkte ihm ein Lächeln. »Schön, dass du gekommen bist, Cy. Aber du hättest mir keine Sachen zu holen brauchen, sie behalten mich nicht hier. Es ist nur eine leichte Verstauchung. Ich schäme mich fast, dass ich darüber einen solchen Lärm gemacht habe.«

»Auch eine leichte Verstauchung kann großen Schmerz verursachen«, sagte Dr. Gupta-Jones. »Sie müssen sich nicht genieren, Inspector.«

»Danke«, sagte Pat und nickte ihr zu, bevor sie sich wieder an Doyle wandte. »Hast du die Tasche mit meinen Sachen im Auto gelassen?«

»Ich war noch gar nicht bei dir«, antwortete er und brachte sie mit wenigen Sätzen auf den Stand der Dinge.

»Dann kann ich ja gleich mitkommen, um Kellaway zu vernehmen.«

»Ganz so schnell geht es dann doch nicht«, sagte Dr. Gupta-Jones. »Erstens bekommen Sie noch ein Paar Gehhilfen von uns, zweitens Rezepte für eine Salbe und ein Schmerzmittel. Drittens bekommen wir von Ihnen noch ein paar Unterschriften für die Bestätigungen.«

»Was für Bestätigungen?«

»Oh, nichts von Belang. Sie müssen uns nur bestätigen, dass wir das beste Krankenhaus der Welt sind, dass wir alles in unserer Macht Stehende für Sie getan haben und dass Sie für alle möglichen Folgeschäden ganz allein verantwortlich sind. Also das Übliche.«

»Das nächste Mal bringe ich meinen Rechtsanwalt mit«, seufzte Pat.

Doyle grinste und war froh, dass es Pat nicht schlimm getroffen hatte.

»Gut Ding will Weile haben, besonders in der Bürokratie. Erledige du alles in Ruhe, und ich hole dich später hier ab. Aber nicht weglaufen!«

»Sehr witzig, Cy.«

Es war nicht weit bis zu der Station, auf der Edmund Kellaway lag, und auch das betreffende Zimmer war nicht schwer zu finden. Es gab nur eine Tür, vor der ein junger Constable mit auf dem Rücken verschränkten Armen Wache hielt. Der Mann grüßte Doyle mit einem zackigen »Sir!«.

Doyle deutete auf die Tür.

»Constable Allisette und Kellaway sind da drin, nehme ich an.«

»Ja, Sir. Und eine Krankenschwester. Und ein Rechtsanwalt.«

Bei dem Wort Rechtsanwalt verfinsterte sich Doyles Miene. Er bedankte sich mit einem kaum verständlichen Grummeln für die Auskunft und wollte die Tür öffnen, aber jemand auf der anderen Seite war schneller. Eine junge Lernschwester, wie Doyle an ihrem grauen Kittel erkannte.

»Noch ein Besucher?«, kam es wenig angetan über ihre Schmollmundlippen. »Mr Kellaway sollte sich nicht zu sehr anstrengen.«

Doyle setzte sein Dienstlächeln auf, an dem jeder Widerstand abprallte.

»Er hat sich schon so sehr angestrengt, um für den Rest seines Lebens hinter Gitter zu kommen, da kommt es auf ein bisschen mehr auch nicht an.«

Er hatte absichtlich laut genug gesprochen, damit man ihn

durch die geöffnete Tür auch im Krankenzimmer verstehen konnte.

Die Lernschwester blitzte Doyle aus ihren ovalen Smaragdaugen an.

»Ich werde die Stationsschwester fragen, ob noch mehr Besuch für Mr Kellaway erlaubt ist.«

»Sehr schön«, sagte Doyle und lächelte wieder.

Die junge Frau im grauen Kittel rauschte davon, und der Constable sah ihr sehnsüchtig nach.

»Die wäre doch was«, sagte Doyle zu ihm. »Hat aber Haare auf den Zähnen. Wissen Sie schon, wann sie Feierabend hat?«

»Äh, nein, Sir.«

»Dann würde ich sie an Ihrer Stelle aber mal schleunigst fragen.«

Doyle wollte ins Zimmer gehen, aber der Constable fragte: »Und die Stationsschwester, Sir?«

»Grüßen Sie sie von mir, wenn Sie sie sehen.«

Doyle ging hinein und schloss die Tür hinter sich. Es war ein sehr kleines, funktional eingerichtetes Zimmer mit nur einem Bett, in dem Edmund Kellaway mit einem Kopfverband lag. Am Bett standen Allisette und ein alter Bekannter: Rechtsanwalt Thomas Taylor Trudeau von der Kanzlei Trudeau, Trudeau & Billington.

Doyle grüßte ihn so knapp, wie es ging. »Sie sind ja schneller hier, als die Polizei erlaubt, Mr Trudeau.«

»Ich war gerade im Haus, als ich das von Mr Kellaway hörte. Mr Kellaway ist ein langjähriger Mandant unserer Kanzlei und derzeit nicht bereit, irgendwelche Aussagen zur Sache zu machen. Erst wenn sein Gesundheitszustand vollkommen wiederhergestellt ist, wird Mr Kellaway in Erwägung ziehen, mit der Polizei zu kooperieren.«

Doyles Blick wanderte von dem hoch gewachsenen, schlanken Anwalt mit den blonden Locken zu dem Mann im Krankenbett.

»Ich denke, wir lösen den Fall auch ohne die Kooperation Ihres Mandanten. Die mildernden Umstände, die er vor Gericht für seine Mitwirkung hätte geltend machen können, fallen dann natürlich weg. Guten Abend, Gentlemen!«

Doyle ging mit Allisette vor die Tür und fragte, wie lange Trudeau schon hier sei.

»Er kam ungefähr zu dem Zeitpunkt, als ich erfuhr, dass die Ärzte nichts gegen eine Vernehmung Kellaways einzuwenden hätten.«

»Die Ärzte nicht, aber Trudeau. Ein mieses Timing. Wissen Sie, wann Kellaway aus dem Krankenhaus entlassen werden soll?«

»Morgen im Lauf des Vormittags, heißt es.«

Er wandte sich an den jungen Constable, der alles mit angehört hatte. »Wer immer Sie hier ablöst, geben Sie Folgendes an ihn weiter, Constable: Edmund Kellaway gilt als vorläufig festgenommen und wird nach seiner Entlassung aus dem Princess Elizabeth ins Les Nicolles Prison verbracht. Ganz gleich, was sein Anwalt sagt. Im Zweifelsfall ist Rücksprache mit mir persönlich zu halten. Verstanden?«

»Ja, Sir.«

Eine kräftige Mittvierzigerin im marineblauen Kittel der Stationsschwestern rauschte heran und fragte nach Mr Kellaways Besucher.

Doyle zeigte mit dem Daumen über seine Schulter auf die Zimmertür und sagte mit Unschuldsmiene: »Also, da ist nur ein Besucher drin, so einer mit blonden Locken. Er redet ziemlich geschwollen. Unter uns gesagt, ich glaube, er regt Mr Kellaway sehr auf.«

»Den knöpfe ich mir vor!« Und schon hatte die Stations-schwester die Zimmertür aufgerissen und war im Krankenzim-mer verschwunden.

»Schnell weg!«, sagte Doyle zu Allisette, und sie verabschie-deten sich von dem Constable. »Haben Sie einen Wagen hier, Allisette?«

»Ja, den Škoda.«

»Gut, ich will nämlich noch Inspector Holburn abholen. Wenn Sie Ihren Bericht geschrieben haben, machen Sie Feier-abend. Wir alle haben morgen einen langen Tag vor uns. Ir-gendwie muss es uns gelingen, Kellaway festzunageln, Rechts-anwalt hin oder her.«

Der Tamora war alles andere als ein geeignetes Fahrzeug für den Krankentransport, wie sich herausstellte, als Doyle Pat nach Hause fuhr, zu ihrer kleinen Doppelhaushälfte in der Rue des Goddards nahe der Vazon Bay. Die Gehhilfen in den engen Wagen und wieder herauszubekommen, war mit geschlosse-nem Verdeck eine Kunst für sich. Schließlich war es vollbracht, und Doyle begleitete Pat zur Haustür, um ihr aufzuschließen.

»Du solltest dich über das Wochenende ausruhen«, sagte er.

»Ich bin nicht aus Zucker. Wir sehen uns morgen Vormittag im Büro. Fährst du jetzt nach Hause?«

»Geht nicht. Im Hauptquartier ist noch einiges zu erledi-gen, und vielleicht haben Baker oder die Kollegen von der Technik etwas herausgefunden, das sofortige Maßnahmen er-fordert. Hoffentlich hat Ben Everitt viel Zeit mitgebracht. Ich werde ihn mal anrufen.«

»Mach das sofort, Cy. Wenn der Pfleger nicht kann, fährst du mich zu euch nach Hause, und ich passe auf deinen Vater auf, so lange du noch Dienst schiebst.«

»Das ist nett von dir.«

Doyle griff nach seinem Handy, doch Ben gab sich ganz entspannt.

»Kein Problem, Sir, ich habe Zeit. Wir gucken den großen Quizabend und raten mit. Ihr Vater liegt leicht vorn, aber ich kriege ihn vielleicht noch. Er weiß diese ganzen alten Sachen, das ist schon irre. Oder hätten Sie gewusst, was Hitchcocks Thriller *Die Vögel* mit dem Kriegsfilm *Die Brücke von Arnheim* verbindet?«

»Daphne du Maurier«, sagte Doyle wie aus der Pistole geschossen. »Sie hat die Kurzgeschichte geschrieben, auf der Hitchcocks Film basiert. Und sie war mit Lieutenant General Browning verheiratet, der in *Die Brücke von Arnheim* von Dirk Bogarde gespielt wird.«

»Oh«, machte Ben nur.

Doyle verabschiedete sich von ihm und beendete das Gespräch. Noch in der offenen Haustür stehend, wandte er sich wieder an Pat.

»Den beiden geht es gut, und Ben hat nichts weiter vor. Also gute Nacht, Pat, und danke für deine Hilfsbereitschaft.«

Er wollte zu seinem Wagen gehen, aber Pat rief seinen Namen.

»Ja?«

»Ich habe mich bei dir zu bedanken für *deine* Hilfsbereitschaft.«

Sie beugte sich, auf die Gehhilfen gestützt, vor und küsste ihn auf die rechte Wange.

»Nichts zu danken, hat sich schon ausgezahlt.« Erst als die Scheinwerfer aufflammten, sah er, dass Pat noch in der offenen Tür stand. Sie lächelte.

KAPITEL 28

Doyle rechnete es Mildred hoch an, dass sie nicht nach Hause zu ihrem Cottage in St. Saviour gefahren war, wo ihr eigenwilliger Kater Hogarth auf sie wartete. Sie war mit einer Kanne dampfenden Kaffees zur Stelle, als sich Doyle, Baker und Allisette in ihrem Besprechungsraum trafen.

»Ich bringe gleich noch ein paar Plätzchen. Wie geht es Inspector Holburn, Sir?«

»Das Fußgelenk ist verstaucht, nichts Ernstes, aber schmerzhaft. Wundern Sie sich nicht, wenn sie morgen mit Krücken zum Dienst erscheint.« Er überlegte kurz. »Morgen ist ja Samstag. Entschuldigung, Mildred, da sind Sie ja gar nicht ...«

»Selbstverständlich komme ich morgen zum Dienst, Sir. Jetzt, wo es spannend wird, muss ich der Abteilung doch den Rücken freihalten.«

Als sie gegangen war, um die Plätzchen zu holen, blickte Doyle zu Baker. »Wird es denn spannend, Sergeant? Was haben Sie in Kellaways Haus gefunden?«

»Erst einmal eine Menge Papiere, die noch ausgewertet werden müssen, Sir. Aber was vielleicht im Augenblick interessanter ist: Der Mann hatte nicht nur eine Menge Plastikpanzer auf Lager, sondern auch echte Kanonen. Einen weiteren Revolver und zwei Pistolen haben wir in diversen Verstecken gefunden. Scharfe Waffen, keine Replikas oder Schreckschusswaffen. Munition für die Waffen war auch reichlich vorhanden. Eine der Pistolen ist als Sportpistole registriert. Seine anderen Waffen sind illegal. Aber was das Beste ist: Wir haben auch eine Schachtel Patronen gefunden, die zu dem Smith & Wesson passen, mit dem Harry Fournier ermordet wurde.«

Allisette schüttelte sich leicht. »Irgendwie will es mir noch nicht so recht in den Kopf, dass unser harmloser Spielwarenverkäufer ein eiskalter Killer sein soll. Aber auch die Telefonate der letzten Monate, die unsere Kollegen von der Technik ausgewertet haben, sprechen dafür. Immer wieder gab es Gespräche zwischen Kellaways Festnetzanschluss und einem Handy, das auf Nathalie Fournier registriert ist. So ungefähr drei bis vier im Monat.«

»Das könnte Harry Fournier gewesen sein«, meinte Baker.

»Aber hin und wieder wurde auch von Mrs Fourniers Handy bei Kellaway angerufen.« Allisette sah auf den Bildschirm ihres Laptops. »Das letzte Mal übrigens am Mittwochabend um neun Uhr dreiunddreißig. Das Gespräch dauerte sieben Minuten und dreiundvierzig Sekunden.«

»Ungefähr zwei Stunden, bevor Harry Fournier erschossen wurde«, stellte Doyle fest.

Ein wissendes Lächeln spielte um Allisettes Lippen. »Ja, Sir, und es geht noch weiter. In derselben Nacht, um zwei Uhr achtzehn morgens, wurde von Kellaways Festnetzanschluss auf Mrs Fourniers Handy angerufen. Diesmal dauerte das Gespräch immerhin vierzehn Minuten und acht Sekunden.«

»Für diese Zeit scheidet Harry Fournier als Anrufer definitiv aus«, sagte Doyle.

»Wieso?«, fragte Baker.

Er hatte nicht richtig zugehört, weil er durch die von Mildred aufgetischten Schokoladenplätzchen abgelenkt gewesen war.

»Weil er da schon seit zwei Stunden tot war, Sergeant«, erläuterte Doyle. »Ich weiß, dass dies ein sehr langer Tag für uns alle ist, aber ich bitte doch um die nötige Aufmerksamkeit.«

»Ja, Sir.« Unschlüssig starrte Baker auf das Plätzchen in seinen Händen, bevor er es schnell in seinem Mund verschwinden ließ.

»Was uns helfen könnte, wäre ein Bewegungsmuster von Kellaway anhand seiner Handydaten«, fuhr Doyle fort.

»Leider besitzt er kein Handy«, sagte Allisette.

»Die Auswertung seiner Computerdaten ist wahrscheinlich noch nicht abgeschlossen?«

»Er hat zwar nur einen uralten Kasten«, erklärte Allisette, »aber den schon seit vielen Jahren und mit jeder Menge Dateien darauf. Die Auswertung dauert mindestens bis morgen Nachmittag.«

Baker hatte das Plätzchen verspeist und sah Doyle an. »Wie steht es denn mit einer Vernehmung Kellaways, Sir? Jasmyn meinte, sein Anwalt sei strikt dagegen. Wird Kellaway wirklich von diesem Trudeau vertreten?«

»Leider ja, sonst wären wir vielleicht schon weiter. Trudeau wird sich erst einmal einen Überblick verschaffen wollen, wie weit wir mit unseren Ermittlungen gegen seinen Mandanten sind. Wir können nur hoffen, eine so lückenlose Indizienkette vorzulegen, dass Trudeau es für ratsam hält ...«

Das Telefon im Besprechungsraum unterbrach Doyle mit einem altmodischen Klingeln. Er nahm den Hörer ab und nannte seinen Namen.

»Mildred hier, Sir, entschuldigen Sie die Störung. Aber hier ist ein Anruf für Sie, den sollten Sie sich anhören.« Ein leises Klacken in der Leitung verriet, dass Mildred den Anruf auf das Gerät im Besprechungsraum umschaltete.

Doyle hörte eine jugendliche Stimme, und er kannte sie. »Hallo, hört mich noch jemand?«

»Hier ist Chief Inspector Cyrus Doyle. Bist du es, Vanessa?«

»Ich brauche Hilfe, bitte! Helfen Sie mir, schnell, ich ...«

Die aufgeregte Mädchenstimme verstummte. Doyle hörte ein krachendes Geräusch und eine andere Stimme im Hintergrund, einen Mann, und es klang wie ein leiser Fluch. Dann war die Verbindung unterbrochen.

Es klackte leise, und Mildred war wieder in der Leitung. »Die Anruferin hat aufgelegt, wie ich sehe.«

»Wohl nicht ganz freiwillig«, sagte Doyle. »Das war Vanessa Fournier, wenn mich nicht alles täuscht.«

»Stimmt, auch wenn sie ihren Namen nicht genannt hat. Ich habe die Nummer der Anruferin geprüft. Der Anruf kam von Vanessa Fourniers Handy.«

»Wir fahren gleich los. Ein Streifenwagen soll sich bereithalten. Und eine Funkmastüberprüfung bitte, von wo der Anruf kam.«

»Wird erledigt, Sir.«

Doyle legte auf und unterrichtete die beiden anderen über das Telefonat.

»Vanessa hörte sich an, als hätte sie wirklich Angst. Wir fahren gleich los.«

»Wohin, Sir?«, fragte Allisette. »Noch wissen wir nicht, woher der Anruf kam.«

»Ich will keine Zeit vergeuden, indem wir auf die Funkmastüberprüfung warten. Nathalie Fourniers Haus ist unser primäres Ziel. Sollten wir unterwegs eine andere Info erhalten, ändert sich das Ziel. Irgendwelche Bedenken?«

Baker und Allisette schüttelten unisono den Kopf.

»Dann los!«

Vor dem Polizeigebäude stand der Streifenwagen schon bereit. Zwei uniformierte Polizisten, Sergeant George Topley und der junge Constable Kevin Luscombe, warteten neben dem Wagen.

»Ich fahre hier mit«, sagte Doyle zu Baker und Allisette. »Sie folgen uns mit dem Škoda.«

Während die beiden zu ihrem Wagen liefen, informierte Doyle die Kollegen in Uniform über die Lage.

»Vielleicht ist es falscher Alarm, aber vielleicht geht es auch um Leben oder Tod«, schloss er und stieg in den Fond des Streifenwagens.

»Sirene und Blaulicht, Sir?«, fragte Sergeant Topley.

»Ja, und größtmögliche Geschwindigkeit.«

Beim Einsteigen sagte Topley zu dem Constable: »Du hast es gehört, Kevin, also drück auf die Tube!«

Die Polizeisirene heulte auf, als der Streifenwagen den Parkplatz des Hauptquartiers verließ, dicht gefolgt von dem Škoda. Bei einem kurzen Blick nach hinten sah Doyle, dass Allisette am Steuer saß. Sie würde den Anschluss gewiss nicht verlieren, wurde sie doch sogar mit seinem Tamora fertig.

Der Streifenwagen bahnte sich und dem Škoda einen Weg durch das abendliche St. Peter Port. Wer nicht schnell genug Platz machte, dem fuhr Constable Luscombe gefährlich nah an die hintere Stoßstange heran. Luscombe war voll konzentriert und sprach kein einziges Wort. Anfangs war Doyle darüber etwas irritiert, kannte er den Constable doch als sehr redseligen Mann.

Dann achtete Doyle kaum noch auf den Verkehr, der Anruf ging ihm nicht aus dem Kopf. Vanessas Stimme, schwankend zwischen Angst und Verzweiflung. Obwohl das Gespräch sehr kurz gewesen war, war er sich dessen sicher. Ein übler Scherz war das bestimmt nicht gewesen, das sagte ihm seine Erfahrung. Er hatte sein ganzes Berufsleben bei der Polizei verbracht, fünfundzwanzig Jahre, ein Vierteljahrhundert. In dieser Zeit hatte er gelernt, Stimmen zu lesen. Aber vergeblich dachte er darüber nach, in welcher konkreten Gefahr Vanessa schweben mochte.

Der kleine Konvoi fuhr an der Belle Greve Bay entlang, und fast automatisch richtete Doyle seinen Blick auf Edmund Kellaways Spielwarengeschäft. In dem Haus brannte kein einziges Licht, und nur der davor parkende Streifenwagen verriet, dass hier etwas nicht in Ordnung war. Die Kollegen in dem anderen Streifenwagen waren durch Blaulicht und Sirene alarmiert und sahen ihnen fragend entgegen. Sergeant Topley hob die Hand und sandte ihnen einen kurzen Gruß.

Noch vor dem Ende der Bucht bog Luscombe nach links auf die Vale Road ab. Als sie das Halfway Café passierten, wo den ganzen Tag über ein reichhaltiges und schmackhaftes Frühstück serviert wurde, spürte Doyle ein starkes Ziehen in seiner Magengegend. Vielleicht hätte er vorhin bei Mildreds Schokoplätzchen doch zugreifen sollen.

Sein Smartphone war so nett, ihn abzulenken. Mildred meldete eine erfolgreiche Funkmastbestimmung. Der Anruf war tatsächlich aus dem Haus der Fourniers oder aus der unmittelbaren Umgebung gekommen, und das Handysignal kam noch immer von dort.

»Wir sind auf dem richtigen Kurs«, sagte er zu den beiden Kollegen in Uniform, bevor er Baker anrief, um auch ihn und Allisette darüber zu informieren.

Je weiter sie ins Landesinnere kamen, desto weniger dicht wurde der Verkehr. Ohne eine Miene zu verziehen, erhöhte Constable Luscombe das Tempo. Er schien mit dem Wagen wie verwachsen.

Als sie das Haus der Fourniers erreichten, wirkte »La Mouette de L'Ancresse« nicht wie ein Ort, an dem vor kurzem erst etwas Schlimmes geschehen war. Ein erleuchtetes Fenster im Obergeschoss und ein paar im Erdgeschoss ließen alles normal erscheinen.

Luscombe schaltete die Sirene aus, ließ aber auf Doyles Geheiß das Blaulicht an. »Für den Fall, dass Vanessa aus dem Haus geflohen sein sollte und sich in der Nähe aufhält. Dann sieht sie uns vielleicht.«

Das große Tor vor der Einfahrt war erwartungsgemäß verschlossen, und Doyle klingelte Sturm. Es dauerte lange, bis sich eine Frau meldete, Nathalie Fournier.

»Was gibt es? Wer ist da?«

»DCI Doyle. Bitte öffnen Sie!«

»Es ist schon reichlich spät, Mr Doyle. Kommen Sie doch ein andermal wieder, wenn Sie ...«

»Das ist kein Höflichkeitsbesuch, Mrs Fournier«, unterbrach er sie. »Das ist ein Polizeieinsatz. Wenn Sie nicht öffnen, verschaffen wir uns gewaltsam Zutritt!«

Es dauerte wieder eine Weile, bis schließlich ein Summen ertönte. Die fünf Polizisten betraten das Grundstück. Doyle gab den beiden Uniformierten einen Wink, die Rückseite des Hauses zu sichern.

Die Haustür wurde geöffnet, aber nicht von Nathalie Fournier oder ihrer Tochter.

»Guten Abend, Mr Jehan«, sagte Doyle zu dem Mann, der ihm ohne Jacke und mit bis zu den Ellbogen hochgekrempelten Hemdsärmeln gegenüberstand. »Ihre unermüdliche Mandantenbetreuung ist wirklich bemerkenswert.«

»Was soll das, Doyle?«, schnarrte der Anwalt. »Sie wissen doch, dass ich privat hier bin.«

»Bei Mrs Fournier.«

»Ja, natürlich, bei wem sonst?«

»Bei Vanessa?«

Ihre Blicke trafen sich, und endlich sagte Jehan: »Ich weiß nicht, was Sie damit andeuten wollen.«

»Ich muss Vanessa sprechen, sofort.«

»Das geht nicht. Sie schläft bereits. Sie ist noch immer sehr angegriffen und hat ein Schlafmittel genommen. Ich sagte Ihnen doch, ich melde mich, wenn Vanessa vernehmungsfähig ist.«

Bei dem Wort Schlafmittel wurde Doyle hellhörig, und seine Besorgnis wuchs.

»Ich glaube nicht, dass sie schläft. Im Obergeschoss habe ich Licht gesehen. Das dürfte ihr Zimmer sein.«

»Sie ist wahrscheinlich so schnell eingeschlafen, dass sie vergessen hat, es zu löschen.«

»Vielleicht, vielleicht auch nicht. Lassen Sie mich durch, augenblicklich!«

»Glauben Sie mir, Doyle, Vanessa will Sie nicht sprechen.«

»Da hat sie mir aber etwas anderes gesagt.«

»Wann?«

»Als sie mich angerufen hat, das ist noch keine halbe Stunde her.«

Jehans Gesicht versteinerte. Doyle hatte genug und drängte sich einfach an ihm vorbei. Ein paar Schritte entfernt stand Nathalie Fournier und starrte ihn an wie einen Geist.

»Ist Vanessa oben?«, rief Doyle ihr zu, erhielt aber keine Antwort. Er wandte sich zu Baker und Allisette um. »Geben Sie auf die beiden acht. Keiner verlässt das Erdgeschoss oder das Haus!«

Rasch erstieg er die Treppe zum Obergeschoss und hörte einen offenbar aus der Erstarrung erwachten Peter Jehan rufen: »Das ist Hausfriedensbruch!«

Doyle achtete nicht darauf. Er rief immer wieder Vanessas Namen, aber sie antwortete nicht. Vor ihrem Zimmer, unter dessen Tür ein schmaler Lichtstreifen auf den Flur schien, blieb er stehen und lauschte.

Nichts.

Er klopfte sehr laut an die Tür und rief noch einmal: »Vanessa! Hier ist DCI Doyle. Bist du da?«

Alles blieb still, und die Tür war verschlossen. Er bückte sich und spähte durch das Schlüsselloch. Von innen schien kein Schlüssel zu stecken. Er sah eine mit Postern behängte Wand und darunter den Kopfteil eines Bettes. Es war leer.

»Hat jemand da unten den Schlüssel zu Vanessas Zimmer?«

Doyle wunderte sich nicht weiter, als er keine Antwort erhielt. In »La Mouette de L'Ancresse« schien das große Schweigen ausgebrochen zu sein.

Er warf sich mit der Schulter gegen die Zimmertür, und schon beim zweiten Versuch sprang sie auf. Das Zimmer war leer, keine Vanessa. Das Bett war zerwühlt. Er tastete Kissen und Matratze ab. Beides war noch warm. Jetzt erst bemerkte er, dass das Schiebefenster einen Spalt offen stand. Auf diese Stellung hätte man die Schiebemechanik genauso gut von innen wie von außen bringen können.

Er verließ das Zimmer wieder und lief nach unten.

»Sie ist nicht da.«

»Was?« Das kam von Nathalie Fournier. »Das kann nicht sein. Sie muss oben sein. Peter, du hast sie doch selbst eingeschloss ...«

»Halt die Klappe!«, fuhr Jehan sie an. »Du verweigerst jede Aussage. Verstanden?«

»Wo ist Vanessa? Was hast du mit ihr gemacht?«

»Du sollst still sein!«

Jehan wollte zu Nathalie Fournier, aber Baker und Allisette hielten ihn fest.

Doyle lief nach draußen und rief nach den beiden Uniformierten. »Das Mädchen ist verschwunden, wahrscheinlich durch das

Fenster ihres Zimmers im Obergeschoss. Suchen Sie hier draußen nach Spuren von ihr!«

Er zog sein Handy hervor und rief Mildred an. Er informierte sie kurz über den Stand der Dinge und bat sie um einen Gefallen, bevor er ins Haus zurückkehrte.

Kaum hatte er den Eingangsbereich betreten, da erscholl ein dumpfes Gedudel wie von einem Handy, das in einer Jacke oder einer Tasche steckte. Es war ein derzeit bei Jugendlichen sehr beliebter Popsong. Doyle hatte ihn schon oft im Radio gehört, aber es war nicht sein Geschmack, und er hatte sich weder Titel noch Interpret gemerkt.

»Mr Jehan, das dürfte aus Ihrer Hosentasche kommen«, sagte Doyle.

»Warum auch nicht? Es ist mein Handy.«

»Worauf warten Sie?«

»Ich darf immer noch selbst entscheiden, ob ich einen Anruf für mich entgegennehme oder nicht.«

»Sie haben zwei Unwahrheiten gesagt, Jehan. Erstens ist das nicht Ihr Handy, sondern es gehört Vanessa, und zweitens ist der Anruf nicht für Sie, sondern für mich.«

Mit einem schnellen Griff zog Doyle das dudelnde Ding aus Jehans Hosentasche und nahm den Anruf entgegen.

»Ja, ich bin dran, Mildred, vielen Dank. Leider hat sich die Handyortung damit erledigt, ja.« Nach diesem Kurzgespräch wandte er sich an den verblüfften Anwalt. »Ich hatte meine Sekretärin gebeten, Vanessas Nummer anzurufen. Wie kommen Sie an ihr Handy, Jehan?«

»Ich habe es ihr abgenommen, mit Einverständnis ihrer Mutter. Vanessa sollte sich ausruhen und schlafen, statt noch ewig zu telefonieren.«

»Ist es eigentlich Grundvoraussetzung für den Anwaltsberuf, nie um eine Ausrede verlegen zu sein? Sie haben Vanessa das Handy abgenommen, während sie mit mir telefonierte, weil Sie Angst hatten, Vanessa könne mir etwas verraten. Worüber? Über Ihr seltsames Verhältnis zur Familie Fournier? Oder über den Mord an Vanessas Vater? Falls Sie es noch nicht wissen, wir haben den Mörder bereits festgenommen. Über ihn kriegen wir auch alle, die in der Geschichte mit drinstecken. Möchte jetzt vielleicht einer von Ihnen eine Aussage machen?«

»Wir haben mit dem Mord nichts zu tun!«, sagte Jehan so laut, dass er fast schon schrie. »Wir berufen uns auf unser Recht zu schweigen.«

Der zweite Satz schien eine Anweisung an Mrs Fournier zu sein. Jehans Blick war, während er sprach, fest auf sie geheftet.

Sergeant Topley und Constable Luscombe betraten das Haus.

»Draußen ist keine Spur von dem Mädchen zu finden, Sir«, meldete Topley.

»Danke«, sagte Doyle, der nichts anderes erwartet hatte. »Nehmen Sie sich jetzt das Haus vor, jedes Zimmer, jeden Winkel! Sollte ein Zimmer verschlossen sein, öffnen Sie es gewaltsam. Gefahr in Verzug.«

»Verstanden, Sir.«

Doyle holte tief Luft und ließ seinen Blick langsam von Jehan zu Mrs Fournier wandern. Der Rechtsanwalt wirkte verärgert, auch aufgeregt, war aber fern von irgendeiner Panik. In Anbetracht der Situation hatte er sich recht gut unter Kontrolle. In Nathalie Fourniers Augen dagegen las er Angst. Ihr ganzer Körper zitterte leicht, als stünde sie kurz vor einem Zusammenbruch. Doyle vermochte nicht zu sagen, ob es die Angst um ihre Tochter war oder die Angst, eines Verbrechens überführt zu werden.

»Mrs Fournier, ich mache mir große Sorgen um Ihre Tochter«, sagte Doyle eindringlich und trat zwei Schritte auf sie zu. »Falls sie durchs Fenster und über das Dach geflohen ist, scheint sie es glücklich bewältigt zu haben. Aber wo ist sie hin? Was hat Vanessa vor? Als sie mich anrief, wirkte sie sehr verzweifelt. Ich befürchte, sie könnte sich etwas antun.«

Sie schien etwas sagen zu wollen, hatte die Lippen schon geöffnet, aber dann sah sie Peter Jehan an und schloss ihren Mund wieder. Doyle fragte sich, wie groß Jehans Einfluss auf sie war. War Peter Jehan ihr wichtiger als die eigene Tochter?

Topley und Luscombe kehrten aus dem Obergeschoss zurück. Sie hatten das ganze Haus durchsucht, ohne Erfolg.

»Holen Sie Ihre Handschellen raus«, sagte Doyle zu ihnen, bevor er sich wieder Mrs Fournier und Jehan zuwandte. »Nathalie Fournier, Peter Jehan, ich nehme Sie beide vorläufig fest. Sie stehen unter Verdacht, an einem Gewaltverbrechen gegen Vanessa Fournier beteiligt zu sein. Sie haben das Recht zu schweigen und so weiter.« Er sah zu Baker hinüber. »Sergeant, wenn Sie die Rechtsbelehrung übernehmen wollen. Und seien Sie bitte sehr korrekt, damit Mr Jehan nicht sagen kann, er hätte seine Rechte nicht gekannt.«

Anschließend rief er Mildred an und bat sie, Verstärkung in Marsch zu setzen. »Außerdem muss sofort eine Großfahndung nach Vanessa Fournier eingeleitet werden. Vermutlich hält sie sich noch hier im Umkreis auf, aber das ist nicht sicher. Vorsicht bei Annäherung. Suizidgefahr nicht ausgeschlossen.«

KAPITEL 29

Doyle übertrug Baker das Kommando vor Ort und ging mit Constable Allisette zum Škoda. Ihr Ziel war die Route de L'Islet, wo die Westerbys wohnten.

»Keine schlechte Idee, Sir, bei den Westerbys vorbeizusehen«, sagte Allisette, während sie den Wagen anließ. »Es ist nicht allzu weit von hier entfernt. Der Gedanke, Vanessa könnte Zuflucht bei ihrer besten Freundin suchen, ist naheliegend.«

»Aber nur, falls Vanessa nichts dagegen hat, dass man sie findet. Befürchtet sie aber, von Jehan und ihrer Mutter verfolgt zu werden, wird sie kaum so dumm sein, zu den Westerbys zu gehen.«

»Nicht unbedingt, Sir«, widersprach Allisette, als sie nach links auf die Route de L'Ancresse abbog. »Sie selbst sagten, Vanessa hätte sehr panisch geklungen. Wenn ihre Panik groß genug ist, ist ihr vielleicht jede Schutz versprechende Zuflucht willkommen. Ich kenne das sehr gut.«

»Sie?«

»Als ich noch ein Kind war, kam mein Vater am Samstagabend immer betrunken nach Hause. Manchmal wollte er einfach nur seinen Rausch ausschlafen, aber es gab auch Abende, da war er sehr aggressiv. Wenn meine Mutter das merkte, hat sie mich fortgeschickt, zu irgendwelchen Nachbarn. Wer halt gerade zu Hause war.«

»Hat sich Ihr Vater dann an Ihrer Mutter ausgelassen?«, fragte Doyle vorsichtig. »Wenn Ihnen die Frage zu privat ist, habe ich dafür Verständnis, Jasmyn.«

»Keineswegs, ich habe das Thema ja angeschnitten, und die Antwort ist ja. An solchen Abenden hat er meine Mutter oft grün und blau geschlagen, bevor er ...«

»Leben Ihre Eltern noch? Sind sie noch zusammen?«

»Meine Mutter lebt noch. Mein Vater nicht. Eines Samstags, als er sich wieder betrunken auf den Heimweg machte, wurde er von einem Tanklastwagen überrollt. Ausgerechnet ein Tanklaster, schon ironisch, nicht? Na, für meine Mutter und mich war es jedenfalls der schönste Samstag seit ewigen Jahren. Vielleicht habe ich damals beschlossen, zur Polizei zu gehen. Weil die uns eine so gute Nachricht gebracht hat.«

Eine etwas makabre Moral, dachte Doyle, aber er ließ es dabei bewenden. Zwei Monate zuvor erst hatte er bei Pats Exmann Randy Holburn mitbekommen, welche Brutalität ein Mann unter Alkoholeinfluss Frauen gegenüber an den Tag legen konnte. In seiner eigenen Familie hatte er so etwas zum Glück nicht erleben müssen, und er maßte sich deshalb nicht an, ein Urteil über Allisette und ihre Mutter zu fällen. Es gab schon genug andere Dinge, die ihn beschäftigten, dachte er, als sie den südlichen Teil des Golfplatzes von L'Ancresse passierten.

Sie fuhren um den unter Naturschutz stehenden Vale Pond herum, dessen Vielfalt an seltenen Wasservögeln, Insekten und Pflanzen durch die nächtliche Dunkelheit verborgen blieb, und bogen auf die Route de L'Islet ein. Rechts von ihnen öffnete sich die Bucht von Le Grand Havre, ein natürlicher Hafen für Fischerboote, Motorboote und kleine Yachten mit einem Sandstrand, der seine Reize in der Dunkelheit ebenfalls nicht zeigen konnte. Aber Doyle war klar, dass dies kein schlechter und auch kein billiger Ort zum Wohnen war. Kein Wunder, dass Mr Westerby fast ständig auf den Britischen Inseln unterwegs war, um Geld zu verdienen.

Das Haus der Westerbys lag nur ein oder zwei Steinwürfe vom Strand entfernt und hatte den passenden Namen »Seaview«. Der Schriftzug war direkt neben der Haustür ange-bracht, und eine grell strahlende Lampe sorgte dafür, dass er nicht zu übersehen war.

»Mrs Westerby?«, fragte Doyle, als eine dunkelhaarige Frau um die vierzig die Haustür öffnete. Sie trug eine modisch ge-formte Brille, durch die ihn ein Paar auffallend kleiner Augen fragend ansah.

»Ja? Wer sind Sie?«

Doyle und Allisette stellten sich vor und wiesen sich aus.

»Ist Vanessa Fournier bei Ihnen?«, fragte Doyle.

»Nein. Wie kommen Sie darauf?«

»Sie ist von zu Hause weggelaufen. Da Vanessa mit Ihrer Tochter Kira gut befreundet ist, liegt es nah, bei Ihnen nachzu-fragen.«

»Wieso kommt dann gleich die Kriminalpolizei?«

»Wir machen uns große Sorgen, dass Vanessa etwas zusto-ßen könnte. Darum ist es wichtig, dass wir sie schnell finden. Sie war wirklich nicht hier und hat auch nicht angerufen?«

»Nein, Chief Inspector, wirklich nicht.«

»Ist Ihre Tochter da?«

»Ich habe Kira vor eineinhalb Stunden weggebracht, nach St. Saviour zu einer Geburtstagsparty.«

»Wer hat Geburtstag?«

»Ein Junge – oder eher junger Mann, denn es ist sein acht-zehnter Geburtstag – aus ihrem Bekanntenkreis. Tom heißt er oder eigentlich Thomas, Thomas Ogier.«

»Ogier? Ist sein Vater ein Kollege von mir?«

»Ja, jetzt, wo Sie es sagen. Toms Vater ist bei der Polizei, Su-perintendent, glaube ich.«

Doyle tauschte mit Allisette einen Blick aus, und sie wirkte ebenso irritiert, wie er es war. Dann ließ er sich von Mrs Westerby die genaue Adresse nennen, wohin sie ihre Tochter gefahren hatte, und gab ihr seine Karte.

»Wenn Vanessa Fournier doch noch hier auftaucht oder hier anruft, melden Sie sich bitte sofort, ganz gleich, um welche Uhrzeit.«

Als sie wieder im Wagen saßen, fragte Allisette: »Nach St. Saviour, nehme ich an?«

»Darauf können Sie wetten, Constable.«

Barry Ogiers Haus lag etwas abgelegen, von der nächsten Siedlung durch eine Wiese und eine Reihe Kiefern getrennt. Mehrere Autos standen am Straßenrand oder auf der Wiese neben dem Grundstück. Das große Haus war hell erleuchtet, und schnelle, rhythmische Musik mit wummerndem Bass schallte Doyle und Allisette entgegen, als sie aus dem Wagen stiegen. Allisette schnippte fast augenblicklich mit den Fingern.

»Soll ich Ihnen für den Rest des Abends freigeben?«, fragte Doyle. »Auf der Party scheint es ja richtig abzugehen.«

»Mal wieder so richtig abtanzen, das wäre schon geil, Sir. Aber noch geiler fände ich es, Vanessa aufzuspüren und diesen Fall zu lösen.«

»Das fände ich auch geil.«

Grinsend ging Doyle neben Allisette auf die Haustür der Ogiers zu und dachte, dass Sergeant Baker keinen schlechten Geschmack hatte, wenn er sein Herz wohl auch an die Falsche gehängt hatte. Aber da war Baker ja nicht der Einzige.

Es dauerte eine gefühlte Ewigkeit, bis es der melodiösen Haustürglocke gelang, den Bass zu übertönen. Eine etwas füllige, aber durchaus attraktive Frau um die fünfzig öffnete lächelnd. Doyle vermutete, dass es sich um die Dame des Hauses handelte, aber er wusste es nicht. Als er vor einigen Wochen im »Island Police Sports and Social Club« seinen Einstand gefeiert hatte, war Superintendent Ogier ohne seine Frau erschienen und hatte sie mit einem Unwohlsein entschuldigt. Böse Zungen hatten behauptet, die Ogiers hätten sich vorübergehend getrennt, weil Mrs Ogier ihren Mann mit einer jüngeren Frau erwischt habe. Doyle wusste nicht, was daran Wahrheit und was Gehässigkeit war, und es interessierte ihn auch nicht.

»Mrs Ogier?«

»Ja, die bin ich.«

»DCI Cyrus Doyle. Ich bin ein Kollege Ihres Mannes.«

»Oh ja, natürlich, er hat schon viel von Ihnen erzählt.« Mrs Ogiers Blick fiel auf Allisette. »Es ist aber nett von Ihnen, Mr Doyle, dass Sie Ihre Tochter persönlich zu Toms Party vorbeibringen.«

Hinter ihr erschien die untersetzte, wuchtige Gestalt ihres Mannes. »Wer ist es denn, Violet?«

»DCI Doyle mit seiner reizenden Tochter.«

»Mit seiner reizenden Tochter?«

Mit zwei schnellen Schritten war der Superintendent an der Seite seiner Frau. Offensichtlich fragte er sich, was Doyle und Allisette hier wollten, aber erst klärte er seine Frau über ihren Irrtum auf.

»Entschuldigung, das tut mir sehr leid«, sagte sie und bat ihren Mann, sich um die neuen Gäste zu kümmern.

Als sie sich entfernt hatte, sagte Doyle: »Sie haben eine sehr nette Frau, Superintendent, aber sie hat sich erneut geirrt. Wir kommen nicht als Gäste zur Party.«

»Das dachte ich mir schon. Aber wegen der vielleicht zu lauten Musik sind Sie bestimmt auch nicht hier.«

»Wir müssten mit einer Bekannten Ihres Sohns sprechen

und vielleicht auch mit Ihrem Sohn selbst. Aber es ist wohl besser, wir bringen Sie auf den aktuellen Stand.«

Barry Ogier stimmte Doyle zu und führte die beiden Besucher in sein Arbeitszimmer. Die mit vollen Bücherregalen geschmückten Wände dämpften den Partylärm etwas, konnten ihn aber nicht ganz aussperren.

»Ja«, sagte Ogier mit einer den ganzen Raum umfassenden Bewegung. »Ich stamme aus einer Generation, die noch mit richtigen Büchern aus richtigem Papier aufgewachsen ist.«

Doyle nickte, während sein Blick eine Regalreihe nach der anderen entlangglitt.

»Ich ja auch, Sir. In diesem Raum fühlt man sich sofort wohl.«

»Auf einem E-Book-Reader sehen die Buchstaben aber genauso aus wie auf Papier«, sagte Allisette.

»Tja, Cy«, sagte Ogier schmunzelnd. »Ihre *Tochter* hat da eine andere Meinung als Sie. Es ist doch in Ordnung, wenn ich Sie Cy nenne?«

»Natürlich, Super.«

»Ich heiße Barry, nicht Super oder Clark Kent. Nehmen Sie beide bitte Platz, und dann bringen Sie mich auf den offenbar sehr neuen Stand der Dinge.«

Doyle informierte ihn in wenigen, knappen Sätzen über die Ereignisse der letzten Stunden.

»Mrs Fournier festgenommen und ihren Rechtsanwalt Jehan gleich mit«, sagte Ogier leise und richtete seinen Blick auf Doyle. »Sie machen keine halben Sachen, Cy, so viel steht fest. Jehan wird wahrscheinlich einen Aufstand machen, gegen den die Boston Tea Party harmlos war.«

»Da bin ich mir gar nicht so sicher. Ich weiß nicht genau, was zwischen ihm und Vanessa Fournier gelaufen ist, aber er könnte ein starkes Interesse daran haben, dass seine vielleicht recht ungewöhnliche Beziehung zu Mrs Fournier und ihrer Tochter nicht in der Öffentlichkeit ausgebreitet wird. Schon allein wegen seines Rufs als Anwalt. Außerdem liegt ein ganz klarer Gesetzesverstoß seinerseits vor: Er hat unsere Bemühungen, Vanessa zu finden, massiv behindert. Ich bin ernsthaft besorgt, deshalb muss ich unbedingt ihre Freundin Kira Westerby sprechen.«

»Selbstverständlich. Ich wusste bis eben nicht, dass die Kira, die mit unserem Tom befreundet ist, die Kira Westerby aus den Ermittlungsberichten Ihrer Abteilung ist. Das ist ein Ding.«

Mrs Ogier trat ein und fragte, ob die Gäste eine Erfrischung wünschten. Doyle und Allisette verneinten.

»Aber du könntest etwas anderes für uns tun, Violet«, sagte ihr Mann. »Geh doch mal zu den jungen Leuten und frag nach einer Kira Westerby. Bring Sie bitte her. Wir müssen dringend mit ihr sprechen.«

Violet Ogier sah erst ihren Mann und dann die beiden Besucher mit einem ängstlichen Blick fragend an. »Ist etwas nicht in Ordnung?«

»Ich erkläre es dir später. Holst du sie bitte?«

»Ja, natürlich, Barry.«

Ogier wandte sich wieder Doyle zu.

»Sie haben alles richtig gemacht, Cy. Wir müssen das Mädchen finden, bevor wir eine weitere Leiche haben, falls es nicht schon zu spät ist. Setzen Sie bei der Fahndung nach Vanessa alle Kräfte ein, die Sie benötigen. Falls der Chief irgendwelche Einwände hat, wenden Sie sich an mich. Ich werde versuchen, Ihnen den Rücken freizuhalten.«

Doyle hatte sich gerade bei Ogier bedankt, da erschien auch schon Mrs Ogier mit einem dunkelhaarigen Mädchen und einem blond gelockten jungen Mann.

Ogier sah den blonden Jungen an.

»Was willst du hier, Tom? Wir wollten Miss Westerby sprechen.«

»Was Kira betrifft, betrifft auch mich«, sagte Ogiers Sohn. »Und deshalb bleibe ich hier!«

Doyles Blick pendelte zwischen Vater und Sohn, ohne die geringste Ähnlichkeit erkennen zu können. Der hoch aufgeschossene, schlanke Junge mit dem Blondschopf und der gedrungene Mann mit dem haarlosen, runden Schädel – da war äußerlich nichts, was sie miteinander verband.

»Eigentlich bist du erst ab Mitternacht volljährig und hast mir jetzt noch zu gehorchen, Tom«, sagte Ogier. »Aber ich habe in diesem Fall nicht über deine Anwesenheit zu entscheiden. DCI Doyle leitet die Ermittlungen.«

»Ich habe nichts gegen Toms Anwesenheit einzuwenden«, sagt Doyle und wandte sich direkt an den blonden Jungen. »Ich darf Sie doch Tom nennen, zumindest bis Mitternacht?«

»Ja, Sir, auch danach.«

»Und zu Ihnen darf ich Kira sagen?«

Das Mädchen wirkte verschüchtert und nickte nur.

»Violet, würdest du dich während Toms Abwesenheit um seine Gäste kümmern?«, bat Ogier seine Frau.

Sie verließ den Raum mit einem Gesichtsausdruck, der verriet, wie gern sie das weitere Gespräch mit angehört hätte.

Der letzte freie Sitzplatz war ein Lesesessel in einer Zimmerecke. Kira setzte sich in den Sessel und wirkte wie ein in die Enge getriebenes Tier. Tom hockte sich auf eine der breiten Sessellehnen und legte demonstrativ einen Arm um das Mädchen.

Doyle sah sie mit einem freundlichen Ausdruck an und fragte: »Kira, hast du heute etwas von deiner Freundin Vanessa Fournier gehört? Oder habt ihr euch sogar getroffen?«

»Nein, Sir. Sie war nicht in der Schule wegen der Sache mit ihrem Dad. Ich habe heute Nachmittag überlegt, ob ich sie anrufen soll, aber ich habe es dann nicht getan.«

»Warum nicht?«

»Ich wollte sie nicht in ihrer Trauer stören. Außerdem hatten wir es auch so abgemacht: Vanessa sollte sich melden, wenn es ihr wieder besser geht oder wenn sie mich braucht.«

»Aber sie hat sich nicht gemeldet?«

»Nein, das sagte ich doch schon. Aber warum fragen Sie das alles? Was ist denn mit Vanessa?«

Doyle erzählte es ihr, angefangen mit Vanessas Anruf bis zur Durchsuchung von »La Mouette de L'Ancresse«. »Wir machen uns große Sorgen um Vanessa, Kira.«

»Ich jetzt auch, nach allem, was Sie gesagt haben. Und Mrs Fournier hat Ihnen nichts erzählt?«

»Leider nicht. Hast du eine Idee, wo sie sein könnte? Ein Lieblingsplatz oder jemand, zu dem sie gegangen sein könnte?«

Kira schien angestrengt zu überlegen und schüttelte dann den Kopf. »Mir fällt einfach nichts ein. Es tut mir leid. Mein Gehirn ist wie blockiert.«

»Ich habe nur eine grobe Vorstellung von dem, was im Haus der Fourniers vor sich gegangen ist«, fuhr Doyle fort. »Kann es sein, dass Vanessa sich etwas antun will? Hat sie vielleicht einmal eine entsprechende Andeutung gemacht?«

»So etwas hat sie nie gesagt, da bin ich mir sicher. Sie würde so etwas auch nicht tun. Sie ist stark, wissen Sie, viel stärker als ich.«

»Viele Menschen erscheinen anderen deshalb als stark, weil sie alles, was sie bedrückt, in sich hineinfressen. Aber wenn das dann alles auf einmal hochkommt, können solche Menschen emotional überreagieren.«

»So habe ich es nie betrachtet«, sagte Kira leise und schien in sich selbst hineinzuhorchen. »Es war doch alles nicht weiter schlimm.«

»Was war nicht weiter schlimm, Kira?«

»Was wir getan haben, das mit dem Nähkreis.«

Tom warf ihr einen erstaunten Blick zu. »Was für ein Nähkreis? Wovon sprichst du, Kira?«

Das Mädchen sah zu ihm auf und packte mit beiden Händen seinen rechten Oberarm. Sie sah aus wie eine Ertrinkende, die sich an ihm festhielt.

»Es ist alles schon lange vorbei, Tom, zumindest für mich. Das musst du mir glauben. Es war schon vorbei, als wir uns kennenlernten. Ich habe damit aufgehört, als Anne Corbin gestorben ist. Bitte, Tom, glaub mir das!«

»Ich weiß gar nicht, wovon du sprichst.«

Barry Ogier räusperte sich. »Hör mal, Tom, das ist eine sehr persönliche Angelegenheit. Es ist für Kira bestimmt nicht einfach, darüber zu sprechen. Vielleicht ist es doch besser, du verlässt diesen Raum und Kira erzählt dir alles später unter vier Augen.«

Bevor Tom antworten konnte, sagte Kira: »Nein, das will ich nicht. Ich will jetzt alles sagen, und dann kann Tom selbst entscheiden, ob er noch etwas mit mir zu tun haben will.«

Tom betrachtete Kira mit einem Blick, in dem sich Sorge mit Verwirrung paarte. »Ich verstehe gar nicht, worum es geht.«

»Um den Nähkreis«, sagte Doyle. »Nicht wahr, Kira?«

»Ja, um den Nähkreis. Ein blöder Name und eine blöde Geschichte. Ich wünschte, ich hätte mich nie darauf eingelassen. Aber die anderen Mädchen sagten, es sei ganz toll. Und als auch meine Mutter sagte, wir könnten etwas Unterstützung gut gebrauchen, da habe ich es halt getan.«

»Was denn?«, fragte ein immer nervöser werdender Tom.

»Ich habe mich mit Männern getroffen. Mit Männern, die mehr als doppelt so alt waren wie ich oder noch älter. Und sie haben mir Geschenke gemacht, wertvolle Geschenke. Aber eins musst du mir glauben, Tom, wir hatten keinen Sex! Nur ein bisschen Kuscheln und Streicheln, das hat ihnen schon genügt.«

»Mit wie vielen Männern hast du dich getroffen, Kira?«, fragte Doyle.

»Bei mir waren es zwei. Aber dann starb Anne, und ich hatte plötzlich Angst. Ich habe ihr gesagt, dass ich nicht weitermache. Sie schien nicht weiter böse und sagte, es sei alles freiwillig.«

»Wer, deine Mutter?«

»Nein, ich meine die Leiterin.«

»Die Leiterin des Nähkreises?«

Kira nickte.

»Wer ist es?«

»Ich habe geschworen, es nie zu verraten.«

»Ich nenne jetzt einen Namen«, sagte Doyle. »Wenn es der falsche Name ist, schüttelst du mit dem Kopf. Ist es der richtige, tust du einfach gar nichts. Einverstanden, Kira?«

»Ja, Sir.«

»Ist Mrs Fournier die Leiterin des Nähkreises?«

Kira sagte nichts, sie schüttelte auch nicht den Kopf. Sie senkte nur ihren Blick auf den Boden.

»Woher wussten Sie das, Cy?«, fragte Ogier.

»Nur eine Vermutung. Irgendwie führen alle Fäden zu den Fourniers. Vanessa ist eng mit Kira befreundet und war früher Anne Corbins beste Freundin. Peter Jehan vertritt Cameron Prideaux und ist, um es mal so zu nennen, der Hausfreund der Fourniers. Außerdem ist er Captain im ›Vale Golf Club‹, in dem

Mrs Fournier angestellt ist. Durch ihre Tätigkeit dort hat sie jede Menge Kontakte zu gutbetuchten Herren. Sag mal, Kira, ist Jehan Vanessas Freund oder der ihrer Mutter?«

»Ich weiß es nicht genau, aber ich glaube, beides. Jedenfalls nach den Andeutungen, die Vanessa mal gemacht hat.«

»Hast du eine Ahnung, von wem Anne Corbin die teuren Geschenke bekommen hat?«

»Nicht die geringste. Anne war da sehr verschwiegen.«

»Könnte es auch Jehan gewesen sein?«

»Ich weiß es wirklich nicht.«

Tränen rannen über Kiras Wangen, und Allisette reichte ihr ein Papiertaschentuch.

»Wir werden dich für heute nicht länger quälen«, versprach Doyle. »Nur eine Frage noch. Hast du eine Vorstellung oder Vermutung, wer Vanessas Vater erschossen hat?«

»Nein. Als ich Vanessa zuletzt gesprochen habe, hat sie gesagt, es sei alles ihre Schuld. Aber wie sie das gemeint hat, weiß ich nicht. Sie wollte nicht weiter darüber reden.«

»Ich denke, für heute ist es genug«, sagte Doyle. »Danke für deine Offenheit, Kira. Möchtest du zurück auf die Party? Oder sollen wir dich zu deiner Mutter nach Hause bringen?«

»Mir ist jetzt nicht mehr zum Feiern zumute. Ich glaube, ich will nach Hause.«

»Ich bringe dich nach Hause!«, sagte Tom und zog sie fest an sich. »Ich rufe uns ein Taxi.«

»Und deine Party?«, fragte sein Vater.

»Die läuft auch gut ohne mich. Um Mitternacht bin ich zurück.«

Tom erhob sich, zog Kira aus dem Sessel und verließ, das Mädchen eng an sich gedrückt, das Zimmer.

»Gratulation zu Ihrem Sohn, Barry«, sagte Doyle. »Wenn er

nicht schon jetzt ein richtiger Mann ist, in zwei Stunden wird er einer sein.«

Ogier sah keineswegs zufrieden aus, als er, die Ellbogen auf der Schreibtischplatte, den Kopf in beide Hände stützte und sagte: »Die Sache mit diesem Nähkreis ist widerlich. Ich weiß, wir haben zwei Morde aufzuklären, aber dieser seltsame Sexclub beschäftigt mich fast noch mehr.«

»Kuschelsex, Sir«, korrigiere Allisette. »Darauf scheinen alle Beteiligten zu bestehen.«

»Trotzdem kann es Missbrauch von Minderjährigen sein, wenn die Mädchen von jemandem dazu gedrängt wurden«, sagte Doyle. »Ich hoffe, wir bekommen die Namen von allen Sugardaddys heraus.«

»Die Mütter nicht zu vergessen«, seufzte der Superintendent mit angewiderter Miene. »Ich denke, sie werden sich nicht nur wegen Vernachlässigung der Fürsorgepflicht zu verantworten haben, sondern auch wegen Förderung der Prostitution Minderjähriger.«

»Wenn es ihnen nachzuweisen ist«, gab sich Doyle skeptisch. »Das Ganze ist schon schlau aufgezogen. Kein Geschlechtsverkehr, nur Geschenke an die Mädchen und damit keine Geldzahlungen. Überhaupt scheint sich Mrs Fournier das alles gut überlegt zu haben. Sie nahm in den Nähkreis nur Mädchen auf, deren Väter nicht mehr bei ihrer Familie lebten oder, wie im Fall Westerby, kaum zu Hause sind. Und immer waren es Einzelkinder. Nur die Mütter hätten herausfinden können, was da vor sich ging, aber mit denen war sie ja in einer Art indirektem Einverständnis.«

»Wieso indirekt?«, fragte Ogier.

»Liz Corbin sagte, ihr sei die Identität der Leiterin unbekannt.«

»Glauben Sie ihr, Cy?«

»Ja, auch wenn ich dafür nicht meine Hand ins Feuer legen würde.«

Ogier stemmte sich hinter seinem Schreibtisch hoch.

»Ich werfe Sie beide jetzt einfach raus, damit Sie auch mal irgendwann ins Bett kommen.« Er lauschte kurz dem unablässigen Wummern. »Es sei denn, Sie möchten zu dieser wunderbaren Musik tanzen. Dann sind Sie natürlich eingeladen.«

»Ich möchte schon«, sagte Allisette. »Aber ich fürchte, der morgige Samstag wird für uns nicht nur ein ganz normaler Arbeitstag, sondern ein besonders arbeitsreicher.«

Der Superintendent lächelte. »Cy, ich beglückwünsche Sie zu einer so motivierten Mitarbeiterin.« Er wurde wieder ernst und fügte hinzu: »Finden Sie Vanessa Fournier!«

FÜNFTER TAG

Samstag, 18. Oktober

KAPITEL 30

Pünktlich zum Wochenende verabschiedete sich das gute Wetter. Als Doyle das Haus verließ und zum Carport ging, versteckte sich die bisher so zuverlässige Sonne hinter einer großen Wolkenbank. Es war gleich viel kälter als an den vorangegangenen Tagen, und ein frischer Wind schlug ihm entgegen. Heute ließ er den Tamora stehen und nahm den metallicgrünen Rover Streetwise. Pat hatte angerufen und ihn gebeten, sie abzuholen und mit nach St. Peter Port zu nehmen. Mit ihrem verstauchten Fuß war der Streetwise bequemer für sie, und die Gehhilfen ließen sich einfacher unterbringen.

Es war noch eine lange Nacht geworden, bis er sich damit abgefunden hatte, dass sie Vanessa Fournier wohl frühestens nach Tagesanbruch finden würden. Erst weit nach Mitternacht war er ins Bett gekommen. Um schnell die nötige Bettschwere zu erlangen, hatte er sich aus dem Kühlschrank ein Randalls Guilty geholt und mit sich selbst auf Barry Ogiers Sohn angestoßen, der nun offiziell erwachsen war. Nach Doyles Meinung war Tom das schon längst. Vielleicht, war es Doyle einmal durch den Kopf gegangen, war er aber auch ein guter Schauspieler.

Immer wieder wollten ihm die Augen zufallen, als er quer über den südlichen Teil der Insel zur Vazon Bay fuhr. Er ließ das Fenster an der Fahrerseite ein Stück hinunter und atmete gierig die frische Morgenluft ein. Während kleine Ortschaften, Wiesen und Wälder an ihm vorbeihuschten, fragte er sich wieder und wieder, wo Vanessa Fournier stecken mochte. Vielleicht war er gerade an ihr vorbeigefahren, ohne es zu wissen.

Sobald der Streetwise vor Pats Doppelhaushälfte rollte, kam sie auch schon aus der Haustür. Sie hatte sich dem geänderten Wetter angepasst und einen kurzen, zimtfarbenen Wollmantel übergezogen. Sehr schick, wie Doyle fand.

Pat hatte noch keine Erfahrung mit den Gehhilfen, und eine der blauen Krücken fiel zu Boden, als sie versuchte, die Haustür abzuschließen. Doyle hatte ihr ohnehin beim Einsteigen helfen wollen und hatte schon die Fahrertür geöffnet, um auszusteigen. Jetzt sprang er schnell an Pats Seite und hob die Gehhilfe auf.

»Danke und guten Morgen erst mal«, sagte sie. »Schön, dass du gekommen bist, Cy. Ich weiß, dass es ein großer Umweg für dich ist. Aber selbst kann ich bestimmt noch nicht richtig fahren mit dem Fuß, und mein Golf steht ohnehin noch vor dem Hauptquartier.«

»Ich weiß. Ich habe schon daran gedacht, ihn dir zu bringen.«

»Und warum hast du das nicht getan?«

»Weil ich nicht wollte, dass du gefährliche Experimente machst.«

»Tja, dann bist du selbst schuld. Nein, ernsthaft, ich hätte natürlich den Bus nehmen oder ein Taxi rufen können, aber auf diese Weise kannst du mich über alles informieren, was gestern noch gelaufen ist, bevor wir im Hauptquartier sind.«

»Schade«, sagte Doyle, während er ihr beim Einsteigen half und die Gehhilfen auf die Rückbank verfrachtete. »Ich hatte mir nämlich eingebildet, dir läge etwas an meiner Gesellschaft.«

»Einbildung ist auch eine Bildung.«

»So schlagfertig am frühen Morgen?« Doyle konnte ein Gähnen nicht unterdrücken. »Hat dein Fuß dich gut schlafen lassen?«

»Erst, nachdem ich ein Schmerzmittel genommen hatte. Aber dann ging es. Dir scheint dagegen wirklich Schlaf zu fehlen. Ich kombiniere, du als großer John-Wayne-Fan hast noch den Mitternachtsfilm geguckt.«

»Was lief denn?«, fragte Doyle, während er den Streetwise über die Route de Tertre landeinwärts lenkte.

»*Red River*«, antwortete Pat. »Also keine lange Fernsehnacht?«

»Nein, den Film habe ich verpasst. Dafür hatte ich eine lange Einsatznacht.«

Doyle berichtete ihr, was sich alles ereignet hatte, nachdem er sie vom Princess Elizabeth Hospital nach Hause gefahren hatte.

»Und Vanessa Fournier ist noch nicht wieder aufgetaucht?«

»Mit Sicherheit nicht. Ich habe angeordnet, mich in diesem Fall umgehend zu informieren, ganz gleich, um welche Uhrzeit.«

»Du hättest mich sofort anrufen sollen, Cy. Dann wäre ich ins Hauptquartier gekommen und hätte Mildred beim Innendienst unterstützt.«

»Das Vergnügen kannst du heute haben. Du leitest die Fahndung nach Vanessa Fournier vom Hauptquartier aus, während Baker, meine reizende Tochter und ich über die Insel ausschwärmen.«

»Kann sein, dass ich mich verhört habe, aber sagtest du eben etwas von deiner reizenden Tochter?«

»Das ist richtig«, antwortete er und erzählte Pat von Mrs Ogiers kleinem Fehler.

Sie lachte darüber aus vollem Herzen. Doyle liebte das.

Als sie das Hauptquartier erreichten, fielen ein paar dicke, aber vereinzelte Regentropfen auf den Parkplatz.

»Petrus überlegt noch«, sagte Doyle. »Schnell rein in die gute Stube.«

Dann erst fiel ihm ein, dass Pat mit ihren Gehhilfen alles Mögliche sein mochte, aber bestimmt nicht schnell. Er war ihr behilflich, so gut er konnte. Wie sehr Pat das Gehen anstrengte, merkte er daran, dass der kurze Weg vom Parkplatz zur Kriminalabteilung ihr Schweiß auf die Stirn trieb. Er reichte ihr wortlos ein Taschentuch, und sie bedankte sich mit einem Lächeln. Es wäre ihm lieber gewesen, er hätte darin nicht den mühsam unterdrückten Schmerz gesehen.

»Du kannst jederzeit nach Hause, Pat.«

Sie gab ihm das Taschentuch zurück. »Danke. Ich melde mich schon, wenn es nicht mehr geht.«

Auch Sergeant Baker sah übernächtigt aus. Er hatte mit ein paar uniformierten Kollegen in »La Mouette de L'Ancresse« das Unterste zuoberst gekehrt, aber nicht den geringsten Hinweis auf Vanessas Aufenthaltsort oder auf den Nähkreis gefunden.

»Wenn Mrs Fournier so etwas wie eine Liste ihrer Kunden und ihrer Mädchen führt, hat sie die sehr gut versteckt, vielleicht außerhalb ihres Hauses und ihres Grundstücks.« Baker rieb über seine müden Augen. »Ihr Laptop und das ihrer Tochter befinden sich allerdings noch in der Auswertung. Ebenfalls die Telefondaten.«

»Möglicherweise gibt es gar keine solche Adressliste«, sagte Doyle. »Der Nähkreis scheint mir eine Veranstaltung in sehr kleinem Rahmen zu sein. Ich vermute, die meisten Kunden hat Mrs Fournier über den Golfclub gewonnen. Dort werden auch deren Daten zu finden sein, so dass sie sich gar kein eigenes Verzeichnis zulegen musste. Und die Familiennamen der Mädchen stehen wohl in jedem Telefon- oder Adressverzeichnis.«

»Aber wohl kaum die Handynummern«, sagte Allisette.

»Ein kleiner Zettel reicht doch, um die zu notieren«, erwiderte Pat. »Den könnte Mrs Fournier längst vernichtet haben. Falls sie diese Daten aber elektronisch gespeichert hatte, wird sie die längst gelöscht haben. Immerhin könnten wir sie dann wiederherstellen.«

»Guter Punkt, Pat, ich teile deine Ansicht«, sagte Doyle. »Ich werde mich nachher noch einmal mit Kira Westerby unterhalten. Vielleicht ist ihr noch etwas eingefallen, was uns bei der Suche nach Vanessa Fournier weiterhilft. Möglicherweise können wir von ihr auch noch ein paar Details über den Nähkreis erfahren.«

»Sir, was ist mit den drei Festgenommenen?«, fragte Baker.

»Die lassen wir noch etwas in ihren Zellen im Les Nicolles schmoren. Gut durchgebraten reden sie vielleicht eher.«

»Hm«, brummte Baker, nicht ganz zufrieden. »Peter Jehan ist bestimmt auf hundertachtzig. Wer weiß, was der sich einfallen lässt, um uns an den Karren zu fahren. Vielleicht sollten wir uns beim Chief seiner ausdrücklichen Rückendeckung versichern.«

»Gehe nicht zu deinem Fürst, wenn du nicht gerufen wirst«, sagte Doyle. »Im Übrigen hat der Super mir versichert, uns den Rücken freizuhalten.«

Baker seufzte schwer.

»Sergeant, noch immer nicht zufrieden?«

»Wir wollen doch Vanessa Fournier möglichst schnell finden, oder?«

»So ist es. Und?«

»Ist es da nicht fahrlässig, mit der Vernehmung der Festgenommenen zu warten, nur um sie weichzukochen? Vielleicht könnten wir dabei das eine oder andere Detail erfahren, das uns bei der Suche nach dem Mädchen weiterhilft. Letztlich ist es eine Frage der Priorität.«

Doyle überlegte nur kurz. »Sergeant, Sie haben recht und ich unrecht. Also folgende Planänderung. Sie, Baker, fahren zum Les Nicolles und vernehmen Nathalie Fournier, Peter Jehan und Edmund Kellaway, in genau dieser Reihenfolge.«

»Warum ich, Sir? Ihre Anwesenheit dürfte auf einen Typen wie Jehan mehr Eindruck machen.«

»Stellen Sie Ihr Licht nicht unter den Scheffel, Baker. Ich werde mit Kira Westerby sprechen. Wie Sie schon sagten, letztlich ist es eine Frage der Priorität.«

»Und mit wem darf ich sprechen?«, meldete sich Allisette.

»Mit Tom Ogier.«

»Was hat der denn damit zu tun?«

»Finden Sie es heraus, Constable, und als *reizende* junge Frau dürfen Sie dabei ruhig ihren Charme spielen lassen. Möglicherweise hat Kira ihm gestern nach ihrer Beichte etwas Wichtiges anvertraut. Vielleicht waren diese Beichte und Toms bisherige Unkenntnis aber nur vorgetäuscht.«

»Hatten Sie den Eindruck, Sir?«

»Nein, aber den hat man bei guten Schauspielern nie. Und um solche könnte es sich ja handeln, oder?«

»Schon. Trotzdem ist mir unwohl dabei, in der Familie des Supers rumzuschnüffeln.«

»Ogier dürfte hier sein, an einem hoffentlich ereignisreichen Tag wie diesem. Und bei seiner Frau haben Sie doch einen Stein im Brett.«

Als Baker und Allisette den Besprechungsraum bereits ver

lassen hatten, fragte Pat: »Willst du Allisette wirklich einen so delikaten Auftrag anvertrauen, Cy?«

»Sie ist Polizistin, oder? Irgendwann müssen wir alle erwachsen werden. Und du fügst dich freiwillig in den Innendienst? Oder hast du auch Einwände?«

Pat blickte an ihrem linken Bein hinab. »Ich glaube, mein Fuß und ich, wir fühlen uns heute im Innendienst ganz wohl.«

Sie humpelte in ihr Büro, und Doyle ging in Mildred Mulhollands Zimmer, scherzhaft auch das »Herz des Kriminaldienstes« genannt. Hier liefen alle Fäden der Abteilung zusammen, hier meldeten Doyle und seine Leute sich an und wieder ab, wurden Besucher empfangen, wurden Kaffee und Tee gekocht und auch die leckeren Sandwiches belegt. Doyle konnte sich seine Abteilung ohne die stets ebenso alerte wie adrette Zivilangestellte gar nicht vorstellen.

Bei ihr saß, eine halbvolle Tasse Kaffee in der Hand, eine brünette Frau in den Vierzigern. Ihre Polizeiuniform und das für den Dienst am Hinterkopf zusammengesteckte Haar minderten ihre Attraktivität nicht, obwohl – oder weil – sie nur dezent geschminkt war. Ihre ausdrucksvollen Augen, deren Farbe exakt die ihres Haars zu sein schien, richtete sich auf den eintretenden Doyle, und ihre vollen Lippen formten sich zu einem Lächeln.

»Guten Morgen, Chief Inspector.«

»Guten Morgen, Sergeant«, grüßte er Rebecca Pleshette, die Suchtbeauftragte der Guernsey Police. »Was verschafft mir so einen strahlenden Anblick am Samstagvormittag?«

»Ich glaube, den haben Sie sich selbst verschafft mit Ihren fleißigen Ermittlungen gestern Abend. Und dann ist da natürlich noch die Suche nach dem verschwundenen Mädchen. Jedenfalls dürfte unser Hauptquartier heute fast voll besetzt sein.«

»Ich habe Sergeant Pleshette gebeten, mit Ihnen zu fahren, Sir. Vielleicht kann sie mit ihrer psychologischen Zusatzausbildung hilfreich sein, wenn Sie noch einmal mit Kira Westerby sprechen.«

»Eine sehr gute Idee, Mildred.«

Sie freute sich über das Lob und sagte: »Sergeant Baker ist mit Constable Hosier unterwegs und Constable Allisette mit Constable Bunting.«

Doyle kannte Constable Hosier und sah ihr blasses Gesicht vor sich, aber der andere Name war ihm unbekannt.

»Bunting?«

»Constable Bunting sagte, Sie hätten gestern mit ihm gesprochen. Im Princess Elizabeth, als er vor Kellaways Krankenzimmer Wache hielt.«

»Ach, der junge Mann. Jetzt bin ich im Bilde.«

Doyle gab Mildred noch ein paar Anweisungen und verließ mit Sergeant Pleshette an seiner Seite das Hauptquartier.

Auf dem Parkplatz wirkte sie verwirrt, als Doyle vor dem Rover Streetwise anhielt. »Fahren wir denn nicht mit Ihrem tollen Sportwagen, Sir?«

Doyle lachte kurz auf. »Ich muss Sie leider enttäuschen, Sergeant. Wir können gern mal eine Spazierfahrt mit meinem Roadster machen, aber heute wohl kaum. Ich musste schon einen Krankentransport vornehmen, und dafür ist der Streetwise eindeutig besser geeignet.«

»Ach ja, Inspector Holburn. Ich habe von ihrem Pech gehört. Wie geht es ihr?«

»Sie beißt die Zähne zusammen, sonst wäre sie heute nicht hier. Eine Frage: Konnten Sie Mrs Corbin weiterhelfen?«

Pleshette nickte. »Es war eine gute Idee, sie zu mir zu schicken, Sir. Aber erwarten Sie keine Einzelheiten, meine Gespräche in dieser Richtung sind stets vertraulich.«

»Genau das habe ich Mrs Corbin auch gesagt.«

Als sie vom Polizeiparkplatz auf die Hospital Lane fuhren, sagte Sergeant Pleshette: »Übrigens, Sir, auf das Angebot mit der Spazierfahrt käme ich gern einmal zurück.«

»Ich auch«, antwortete Doyle, und der wolkenverhangene Himmel über St. Peter Port erschien ihm gleich ein bisschen heller.

KAPITEL 31

»Sie müssen sich stärken, Inspector, dann werden Sie umso schneller wieder ganz gesund.«

Pat nickte Mildred dankbar zu, die ihr Kaffee, Sandwiches und sogar einen Orangensaft brachte.

»Sie sind wie eine Mutter, Mildred.«

Mildred verzog das Gesicht. »Nach allem, was in den letzten Tagen über einige Mütter ruchbar geworden ist, ist das ein zweifelhaftes Kompliment.«

»Das sollte es aber nicht sein«, erklärte Pat. »Ich hoffe doch sehr, dass die überwältigende Mehrheit der Mütter ihre Töchter niemals als Sugarbabes hergeben würde.«

»Sugarbabes, was für ein schreckliches Wort!« Mildred schüttelte sich. »So wenig wie die Mütter verstehe ich diese Mädchen. Verkaufen sich für ein paar Kleider und Schmuckstücke. Ich weiß wirklich nicht, was sie sich davon versprechen.«

»Es ist das Cinderella-Prinzip«, sagte Pat und griff nach einem Käsesandwich. Mit den ungewohnten Gehhilfen hatte heute Morgen alles länger gedauert, und sie war zu Hause nicht zum Frühstücken gekommen.

»Das Cinderella-Prinzip?«

»Der Märchenprinz, von dem alle Mädchen einmal träumen.«

»Erwachsene Männer, die doppelt oder dreimal so alt sind wie sie? Männer mit Ehefrauen und Familien? Das sollen Märchenprinzen sein?«

»Träume und Hoffnungen sind irrational. Diese Männer versprechen den Mädchen das Blaue vom Himmel, dass sie sich von ihren Familien lossagen und sie heiraten, sobald sie volljährig sind. Etwas in der Art. Wer daran unbedingt glauben möchte, glaubt es auch, und sei es auch nur für eine Weile.«

»Bis der Märchenprinz sich eiskalt verabschiedet.«

»Das haben Sie sehr treffend formuliert, Mildred.«

In Pats Erinnerung wurde einer der schlimmsten Momente ihres Lebens wieder lebendig. Sie sah Cy vor sich, den jungen Cy von damals, den sie so sehr geliebt hatte, und sie hörte aus seinem Mund die Worte, die sie erst gar nicht glauben konnte. Wie er ihr sagte, dass er nach London gehen werde, ganz gleich, ob sie mitkomme oder nicht. Und dass er sein ganzes Leben, seine Zukunft, doch nicht von ihrer kranken Mutter abhängig machen könne. Eiskalt, so war er ihr damals erschienen. Herzlos. Und ihr Herz hatte er gebrochen.

»Sie sind alle unterwegs«, holte Mildred sie in die Gegenwart zurück. »Das ganze übrige Team. Zuletzt der DCI mit Sergeant Pleshette.«

»Mit Pleshette?«

»Ja, Ma'am. Ich dachte, ihre Erfahrung im Umgang mit Menschen könnte bei dem Gespräch mit Vanessas Freundin Kira nützlich sein.«

»Das stimmt, Mildred. Und vielen Dank für das Frühstück.«

Als Mildred gegangen war, schwang Pat auf ihrem Drehstuhl herum und sah aus dem Fenster. Über den Dächern von St. Peter Port hatten sich große, dunkle Wolken festgekrallt, die aussahen, als wollten sie ihre Schleusen jeden Augenblick öffnen. Bei diesen Aussichten hätte sie sich glücklich schätzen sollen, an diesem Tag zum Innendienst verdammt zu sein. Aber es war nicht so. Lieber wäre sie jetzt da draußen irgendwo an Cys Seite gewesen, um nach Vanessa Fournier zu suchen. Hier im Hauptquartier war sie darauf angewiesen, dass Fahndungsergebnisse hereinkamen. Vorher konnte sie nichts tun.

Wenn sie ehrlich zu sich war, gab es noch einen weiteren Grund, weshalb sie unzufrieden war. Sie mochte Cy noch immer und war gern mit ihm zusammen. Er brachte sie zum Lachen, und oft fühlte sie sich in seiner Gegenwart vollkommen unbeschwert. Doch Cy hatte wohl keinen Grund, sich zu beschweren. Rebecca Pleshette war eine ebenso hübsche wie kluge Frau, und Pat konnte sich gut vorstellen, wie sie mit Cy harmonierte.

In dem Augenblick, als ihr klar wurde, dass sie eifersüchtig auf Pleshette war, klingelte ihr Festnetzanschluss. Es war Mildred. »Hier ist ein Anruf von einer Dame namens Penrose. Sie wollte dringend den DCI sprechen. Als ich ihr sagte, der sei unterwegs, wollte sie seine – wie sie sich ausdrückte – nette, blonde Freundin sprechen. Könnte die Anruferin Sie damit meinen, Ma'am?«

»Vermutlich. Der DCI und ich haben sie vorgestern getroffen. Sie ist die Frau, die Anne Corbins Leiche entdeckt hat.«

»Gut, Inspector, ich stelle sie durch.«

Pat hörte ein kurzes Knacken und nannte, sobald es verstummt war, ihren Namen.

»Hier Jane Penrose, Inspector Holburn, Sie erinnern sich vielleicht.«

»Sehr deutlich. Was kann ich für Sie tun, Mrs Penrose?«

»Nach unserer Begegnung vor zwei Tagen habe ich immer wieder an jenen Tag im Januar denken müssen, an dem ich die Leiche des armen Mädchens gefunden habe. Eben ist mir etwas eingefallen, auf das ich die ganze Zeit über nicht gekommen bin, auch nicht damals bei der Polizei und im Prozess. Ich kann mir das selbst nicht erklären. Ausgerechnet ich als ehemalige Polizistin. Vielleicht ist es ja deshalb, weil immer nur nach einem Mann in der Nähe des Tatorts gefragt wurde und weil es nur ein kurzer Moment war. Ich hielt es wohl nicht für relevant und habe es schlichtweg verdrängt.«

»Was denn?«, fragte Pat ungeduldig.

»Ich habe an jenem Morgen doch einen Menschen, den ich nicht kannte, am Waldrand gesehen, allerdings nicht dort, wo das tote Mädchen lag. Es war ein Stück entfernt, in südlicher Richtung, zu der Zeit, als ich gerade in den Wald rein bin.«

»Wen haben Sie gesehen, Mrs Penrose?«

»Eine fremde Frau, schlank und auffallend groß. Mehr konnte ich von ihr aber nicht erkennen. Es war ja kalt an dem Morgen, und sie hatte ein Kopftuch umgebunden. Sie stieg in einen Wagen, der dort unerlaubt parkte. Ich überlegte gerade, ob ich zur Straße runter sollte, um mir die Nummer aufzuschreiben, da wendete sie auch schon den Wagen und fuhr ziemlich schnell in nördlicher Richtung davon. Was meinen Sie, Inspector, könnte das wichtig sein?«

»Und ob. Können Sie mir etwas über Typ und Farbe des Wagens sagen?«

»Die Marke konnte ich nicht erkennen. Aber es war ein ziemlich großer Geländewagen, metallicsilber oder etwas in der

Art. Hat jedenfalls ziemlich geglänzt, als die Sonne plötzlich durchkam. Mehr weiß ich leider nicht.«

»Das war sehr hilfreich, wir melden uns, danke.«

Pat legte den Hörer auf und bemerkte dabei, dass ihre Hand zitterte. Die Gedanken, die ihr durch den Kopf schossen, erschienen ihr unglaublich. Konnte das wirklich wahr sein?

Ein starker Wind war aufgekommen und hatte das Meer in Unruhe versetzt. Gischtige Wellen, die in der Bucht von Le Grand Havre ans Ufer schwappten, ließen die hier ankernden Boote nervös tanzen. Obwohl es Samstag war, hielten sich bei dem ungemütlichen Wetter kaum Menschen am Strand auf. Ohne Sonne war das Sonnenbaden witzlos, und die See war zu rau, um in ihr zu schwimmen. Einzig zwei, drei neoprengepanzerte Surfer paddelten bäuchlings auf ihren Brettern in die Bucht hinaus, um auf den unermüdlichen Wellen wieder hereinzureiten. Unbeeindruckt von dem Wetterumschwung schienen nur die Möwen, die über allem kreisten und darauf warteten, dass das aufgewühlte Meer Nahrung an den Strand spülen würde.

»Wenigstens verpassen die Kollegen, die heute Dienst schieben, keinen sonnigen Tag am Strand«, sagte Doyle zu Sergeant Pleshette, als sie vor dem Haus der Westerbys anhielten. Die ganze Fahrt über hatten sie nur über Berufliches gesprochen. Pleshette wollte so viel wie möglich über den Fall, über Kira Westerby und vor allem über Vanessa Fournier erfahren.

Mrs Westerby öffnete die Haustür im Morgenrock und entschuldigte sich für ihren Aufzug: »Wir haben lange geschlafen und dann beim Frühstück ausführlich miteinander geredet. Sie wissen schon, worüber.«

»Ich kann es mir vorstellen«, sagte Doyle. »Wenn Sie, Mrs

Westerby, eine umfassende Aussage machen wollen, sind Sie im Hauptquartier in St. Peter Port jederzeit willkommen. Das könnte Ihnen später, bei der gerichtlichen Beurteilung der ganzen Angelegenheit, nur zum Vorteil gereichen. Im Augenblick würden wir gern mit Ihrer Tochter sprechen. Wir haben Vanessa noch immer nicht gefunden. Vielleicht ist Kira ja doch noch etwas eingefallen.«

»Ich fürchte, nicht, sonst hätte sie es mir gesagt. Aber kommen Sie herein und fragen Sie sie selbst.«

Kira, in einen hellen Jogginganzug gekleidet, hockte mit angezogenen Beinen, um die sie die Arme geschlungen hatte, auf der Wohnzimmercouch und blickte durch die breite Terrassentür hinaus auf die Bucht.

Als sie die beiden Besucher sah, fragte sie: »Haben Sie Vanessa gefunden? Gibt es irgendetwas Neues?«

»Leider nicht«, sagte Doyle.

»Fast die gesamte Polizei sucht nach ihr«, ergänzte Pleshette. »Aber vielleicht will sie gar nicht gefunden werden.«

»Ich muss immerzu an sie denken«, sagte Kira leise und blickte wieder in die Bucht hinaus, wo ein Surfer freiwillig von seinem Brett ins Wasser sprang, um nicht mit einem vor Anker liegenden Motorboot zu kollidieren. »Wenn das Meer so richtig aufgewühlt ist und man springt von den hohen Klippen hinunter in das tiefe Wasser, dann verschlingt es einen sofort, und man muss gar nicht leiden.«

»Was für hohe Klippen?«, fragte Doyle. »Hier im Nordwesten der Insel gibt es weit und breit keine. Die sind alle im Osten und im Süden.«

»Die meinte Vanessa auch, als sie das sagte.«

Doyle war alarmiert. »Vanessa hat das gesagt? Wann?«

»Das war bei einem Schulausflug, ungefähr vor einem Jahr.

Vielleicht ist es auch etwas länger her. Es war jedenfalls noch warm, und wir sind später in der Bucht geschwommen.«

»In welcher Bucht?«

»In der Petit Bôt Bay. Wir haben die alte deutsche Geschützstellung bei der Bucht besichtigt und sind dann noch ein Stück dem Klippenwanderpfad gefolgt. Vanessa fand die Klippen ziemlich krass und hat sich so weit vorgewagt, dass mir schon vom Hinsehen schwindlig wurde. Sie hat sich da hingestellt, ohne sich irgendwo festzuhalten, und dann hat sie das gesagt, was Sie eben von mir gehört haben. Es klang wie eine Schauspielerin im Theater, aber es war irgendwie auch echt. Beängstigend. Tief unten ragten ein paar spitze Felsen aus dem Wasser auf, die von aufspritzender Gischt umspielt wurden.«

»Ging es Vanessa damals nicht gut?«, fragte Pleshette. »War sie traurig über irgendetwas? War sie deprimiert?«

»Da war so ein Junge aus ihrer Nachbarschaft, Kevin Parley, in den war sie verknallt. Es hat aber nicht geklappt. Ihre Mutter hat das nicht gewollt und irgendwie dazwischengefunkt.«

»Weil Mrs Fournier Angst hatte, der Nähkreis könnte auffliegen?«, hakte Doyle nach.

»Kann schon sein. Irgendetwas in der Art hat Vanessa gesagt. Jedenfalls war sie damals echt scheiße drauf. Das ist sonst gar nicht ihre Art.«

»Diese Klippe, auf der Vanessa damals gestanden hat, würdest du sie wiederfinden, Kira?«

Erst schien es, als hätte Kira Doyles Frage nicht gehört. Sie blickte einfach nur hinaus aufs Meer. Plötzlich sprang sie ruckartig von der Couch.

»Ich finde es, ich komme mit! Wir sollten uns beeilen, nicht?«

»Ja«, antwortete Doyle. »Nimm dir trotzdem die Zeit, dir

feste Schuhe und eine regenfeste Jacke anzuziehen.« Er wandte sich zu Kiras Mutter um. »Sind Sie einverstanden, Mrs Westerby?«

»Ja, natürlich. Ich werde mich auch anziehen und mir dann ein Taxi nach St. Peter Port rufen. Dort werde ich alles zu Protokoll geben, was ich über den Nähkreis weiß.«

»Fahr doch mit dem Auto, Mum«, rief Kira, während sie sich Stiefel anzog, die in ihrer Optik an Sportschuhe erinnerten.

»Lieber nicht, ich bin zu aufgeregt.«

Vielleicht hätte sie sich doch lieber fahren lassen sollen, dachte Pat, als ein stechender Schmerz durch ihr ganzes linkes Bein fuhr. Zum Glück brauchte sie den linken Fuß nur für die Kupplung, und sie beschloss, so selten wie möglich den Gang zu wechseln.

Was sie hier tat, war gegen jede Regel. Ohne sich bei Mildred abzumelden, war sie auf ihren Gehhilfen raus auf den Parkplatz gegangen und hatte sich in ihren alten Golf gesetzt. Aber was ihr seit Jane Penroses Anruf im Kopf herumspukte, war so ungeheuerlich, dass sie es nicht an die große Glocke hängen wollte. Das war sie der Einheit ebenso schuldig wie ihrem langjährigen Vorgesetzten DCI Mourant.

Endlich lag St. Peter Port hinter ihr, und der Verkehr lief flüssiger. Sie würde nicht mehr so oft auf dieses Schmerzen verursachende Ding treten müssen, das man gemeinhin Kupplungspedal nannte. Aber das war das einzig Positive an der Sache. Je näher sie ihrem Ziel kam, desto mehr sträubte sich alles in ihr dagegen. Die Straße wand sich nach rechts, und zu ihrer Linken blieb das Meer zurück. Auch über dem Wasser hingen schwere Wolken, so weit das Auge reichte.

Als sie den Golf auf das Mourant-Grundstück lenkte, gingen

ihr Bilder aus früheren Zeiten durch den Kopf. Manchmal hatte sie Charlie Mourant hier abgesetzt, bevor sie heimgefahren war. Er war noch keine drei Monate tot, aber es kam ihr vor wie ein anderes Zeitalter. Sie hatte das Gefühl, dass sich seitdem vieles verändert hatte. In Wahrheit war es nur eine einzige Sache: Cy war wieder auf Guernsey.

Sie hielt vor der verschlossenen Garage an und stieg umständlich aus, um ihren lädierten Fuß nicht unnötig zu belasten. Auf ihren Gehhilfen erreichte sie die Garage, aber sie stellte fest, dass das Tor nur elektronisch zu öffnen war. Eigentlich war es Blödsinn gewesen, es überhaupt zu versuchen. Sie wusste ja, welche Autos die Mourants zumindest damals gefahren hatten.

»Was suchen Sie hier?«

Die Stimme ließ Pat zusammenfahren. Sie wandte den Kopf um und sah sich dem grobschlächtigen George Belfour gegenüber. Wusste der Himmel, wieso er wie aus dem Nichts hatte auftauchen können. Er trug ein grobkariertes Arbeitshemd und schwarze Jeans. An ihm wirkte es wie eine Uniform.

Sie lächelte ihn an, wie man einen knurrenden Hund anlächelt, um ihn zu beschwichtigen.

»Guten Morgen, Mr Belfour. Sie kennen mich sicher noch. Ich bin Inspector Holburn und habe früher mit Mr Mourant zusammengearbeitet.«

Belfour nickte knapp und wiederholte: »Was suchen Sie hier?«

Wachroboter mit eingeschränkter Sprachprogrammierung, schoss es ihr durch den Kopf.

»Ich möchte Mrs Mourant sprechen.«

»Glauben Sie, Mrs Mourant ist in der verschlossenen Garage?«

Er hatte tatsächlich etwas von einem Roboter an sich und schien für Freundlichkeit unempfänglich zu sein. Pat beschloss, den sanften Kurs aufzugeben.

»Zu Mrs Mourant, bitte!«

»Was wollen Sie von ihr?«

»Ich kann mir nicht vorstellen, dass Sie das etwas angeht.«

Er starrte sie eine gefühlte Ewigkeit an und schien dann einen Entschluss gefasst zu haben.

»Kommen Sie mit«, knurrte er und ging, ohne auf sie zu warten, zu dem großen Mourant-Haus.

Mit den Gehhilfen kam Pat nur mühsam hinterher. Als sie das Haus erreichte, hatte Anne Belfour die Haustür bereits geöffnet und sprach mit ihrem Mann.

Ein dünnes Lächeln durchschnitt Annes Gesicht, aber Pat konnte keine echte Wiedersehensfreude darin lesen.

»Kommen Sie herein, Inspector.«

Pat betrat das teuer und geschmackvoll eingerichtete Haus. Mrs Belfour war ihr behilflich, den Mantel auszuziehen, den die Hausangestellte in einer Garderobennische aufhängte. Sie führte Pat in den Salon, wie Mrs Belfour sich ausdrückte.

»Nehmen Sie bitte Platz. Ich werde Mrs Mourant benachrichtigen. Darf es vorher eine Erfrischung für Sie sein?«

Pat lehnte dankend ab, stellte ihre Gehhilfen an die Lehne eines Sessels und setzte sich. Sie empfand es als ungeheure Erleichterung, zu sitzen und dadurch den linken Fuß zu entlasten. Vielleicht sollte sie doch ein paar Tage zu Hause bleiben und den Fuß schonen, sobald dieser Fall abgeschlossen war.

Ihr Blick wanderte durch den stilvoll eingerichteten Raum. Es hatte sich wenig verändert, seit sie zum letzten Mal hier gewesen war. Das war im Frühjahr gewesen. Charlie Mourant hatte seinen Geburtstag gefeiert, aber inoffiziell auch die Verurteilung von Cameron Prideaux. Ein großer Erfolg für DCI Mourant und sein Team. Aus jetziger Sicht allerdings auch ein sehr fragwürdiger Erfolg.

»Patricia Holburn, das ist aber eine Überraschung.« Barbara Mourant, lässig gekleidet mit Bluejeans und einem hellvioletten Tunikashirt, trat lächelnd ein. »Verzeihen Sie meinen Aufzug, aber nach dem Frühstück habe ich mich etwas meinem Hobby gewidmet, der Malerei. Stellen Sie sich vor, eine Galerie in St. Peter Port hat Interesse an meinen Bildern gezeigt.«

»Das freut mich für Sie, Barbara«, sagte Pat aus reiner Höflichkeit.

Barbaras Blick fiel auf die Gehhilfen und den Verband, der unter Pats Hosenbein hervorlugte. »Oh, Sie haben sich wehgetan!«

»Ein kleines Missgeschick bei einer Festnahme gestern.«

»Dann sind Sie wohl heute gar nicht im Dienst, sondern privat hier? Das ist sehr nett, dass Sie mich mal besuchen, aber hätten Sie Ihren Fuß nicht lieber schonen sollen?«

»Ich bin im Dienst und komme gerade aus dem Hauptquartier. Aber mein Besuch bei Ihnen ist inoffiziell, Barbara. Niemand weiß etwas davon. Bevor ich irgendetwas an die große Glocke hänge, muss ich mir ganz sicher sein. Das schulde ich der Einheit und Ihrem verstorbenen Mann.«

Barbara sah sie an, als wäre Pat nicht ganz bei Trost. »Sie sprechen in Rätseln.«

»Es geht um den letzten Mordfall, den wir unter DCI Mourant gelöst haben, den Fall Anne Corbin. Den Fall, den DCI Doyle gerade neu untersucht.«

»Ach, diese unselige Geschichte.«

»Wissen Sie, wo man die Leiche des Mädchens damals gefunden hat?«

Barbara brauchte nicht lange zu überlegen, bevor sie antwortete: »In einem Waldstück im Südwesten, nahe Portelet. Richtig?«

»Vollkommen richtig. Das war am dritten Januar dieses Jahres. Am Vormittag, genauer gesagt. Waren Sie an diesem Vormittag auch dort, Barbara?«

Barbara fasste sich mit der linken Hand an die Brust. »Ich? Wie kommen Sie denn darauf?«

»Weil mich heute eine Zeugin angerufen hat. Sie hat an jenem Vormittag eine große, schlanke Frau in der Nähe des Tatorts gesehen. Diese Frau fuhr einen großen Geländewagen, wahrscheinlich in Metallicsilber. Haben Sie noch den Mercedes-SUV, Barbara?«

»Ja, er steht in der Garage.«

»Ist er nicht auch in Metallicsilber lackiert?«

»Ja.«

»Ist es derselbe Wagen, den die Zeugin bei Portelet gesehen hat?«

»Wer ist diese Zeugin? Warum meldet sie sich erst jetzt?«

»Sie wissen, dass ich Ihnen das nicht sagen darf.«

»Aber Sie sagten doch, Sie seien inoffiziell hier, Pat!«

Pat fühlte sich alles andere als wohl in ihrer Haut. Sie atmete tief durch und senkte ihren Blick in den ihres Gegenübers. »Wenn Sie dort waren und das getan haben, von dem ich hoffe, dass es nicht so ist, dann haben Sie jetzt die Chance, sich im Hauptquartier zu stellen. Besprechen Sie sich vorher mit Ihrem Anwalt. Das wäre das Beste für alle Beteiligten. Ihr freier Entschluss, sich zu stellen, wäre vor Gericht ein großer Pluspunkt für Sie.«

»Mein freier Entschluss? Nachdem Sie hier gewesen sind, dürfte man das vor Gericht kaum so sehen.«

»Wenn Sie mir zusagen, dass Sie sich freiwillig stellen, Barbara, dann bin ich nicht hier gewesen. Ich nehme an, auf die Belfours können Sie sich verlassen. Die würden Sie nicht verraten.«

»Das stimmt.«

Barbara ging zu einem kleinen Ecktisch, auf dem eine Wasserkaraffe aus vermutlich teurem Kristall und mehrere Gläser standen. Sie goss ein Glas halb voll und leerte es in einem Zug. Ihr Blick fiel wieder auf ihre Besucherin, und sie kam mit der Karaffe auf Pat zu.

»Verzeihung, ich bin eine schlechte Gastgeberin. Meine Kehle war plötzlich so trocken. Möchten Sie etwas trinken, Pat?«

»Nein, danke. Was ist jetzt Ihre Antwort auf meine Frage?«

»Das!«, sagte Barbara laut und schlug mit einer schnellen Bewegung die Karaffe gegen Pats Kopf.

KAPITEL 32

Die Petit Bôt Bay mit dem alten Wehrturm war ein malerischer Ort, und an diesem Tag wirkte er verlassen. So sah es für Doyle, Sergeant Pleshette und Kira Westerby aus, als sie aus dem am Straßenrand geparkten Streetwise stiegen. Das Café schien geschlossen zu haben. Selbst wenn besseres Wetter ein paar Badegäste angelockt hätte, lang hätten sie nicht auf dem Sandstrand verweilen können. Die Flut musste, wenn Doyle die Gezeiten richtig im Kopf hatte, bevorstehen. Das Wasser würde, so seine Erinnerung an alte Zeiten, den Sandstreifen überspülen, und selbst auf dem etwas höher gelegenen steinigen Teil des Strandes würde es feucht werden.

Ihr Ziel aber war nicht die Bucht. Er hatte den Wagen nur abgestellt, weil die für Autos befahrbare Straße hier endete. Sie folgten dem Klippenwanderweg in westlicher Richtung und hoffentlich, dachte Doyle, auch der richtigen Eingebung. Mehr war es nicht, was sie hierher geführt hatte.

Kira ging voran, gefolgt von Doyle und hinter ihm Pleshette. Links und rechts des Pfads wucherten Brombeersträucher, Buschwerk und Wildblumen. Viele der Pflanzen waren bereits verblüht. Aber sie waren auch nicht hier, um die Natur zu genießen. Sie gingen schnell, und der Boden war vom immer wieder einsetzenden Nieselregen rutschig. Einmal stolperte Kira über eine Unebenheit und wäre gestürzt, hätte Doyle sie nicht im letzten Augenblick festgehalten.

»Sei vorsichtig, Kira, wir nähern uns den Klippen.«

»Deshalb beeile ich mich ja. Da kommt gleich die Stelle, wo Vanessa damals gestanden hat.«

Doyle dämpfte seine Stimme. »Dann sollten wir jetzt leise sein, damit wir Vanessa, sollte sie dort sein, nicht erschrecken.«

Aber dazu war es zu spät, Doyle hörte die Stimme einer jungen Frau: »Ist da wer? Hallo?«

Er blickte sich zu Sergeant Pleshette um und deutete mit dem Finger auf Kira. Pleshette antwortete ihm mit einem Nicken. Also flüsterte er Kira ins Ohr, sie solle antworten.

»Hier ist Kira. Vanessa, wo bist du?«

»Kira? Was machst du hier?«

»Ich suche dich, weil ich mir solche Sorgen mache.«

»Sorgen um mich?«

»Natürlich, du bist doch meine Freundin.«

Doyle bedeutete Kira, sie solle langsam auf die Klippen zugehen. Er und Pleshette folgten ihr im Abstand von wenigen Schritten.

Er blieb stehen, als er Vanessa erblickte. Sie kauerte auf einem Stein, den Rücken an die Felsklippen gelehnt und zitterte. Kein Wunder, dass sie fror. Sie hatte keine Jacke dabei und trug zu ihrer Jeans nur ein Shirt mit dreiviertel langen Ärmeln. Wenn sie so die ganze Nacht verbracht hatte, hatte sie allen Grund zu frieren.

Kira beschleunigte beim Anblick der Freundin ihre Schritte, und die beiden fielen sich in die Arme.

Pleshette brachte ihre Lippen nahe an Doyles Ohr und sagte leise: »Jetzt ist ein guter Augenblick, Sir.«

»Okay.«

Sie setzten sich in Bewegung, ohne in Hast zu verfallen, und gingen auf die Mädchen zu.

Vanessa hatte sie bemerkt und rief: »Wer kommt da?«

»Chief Inspector Doyle, du hast mich angerufen. Das ist eine Kollegin, Sergeant Pleshette. Wir haben Kira hierhergebracht. Dürfen wir näherkommen?«

Vanessa zögerte etwas, sagte dann aber doch: »Ja, von mir aus.«

Als Doyle an den Klippen stand und Dutzende von Metern in die Tiefe blickte, wo unzählige Felsvorsprünge aus dem Meer aufragten, schüttelte es ihn. Augenblicklich verscheuchte er die Vorstellung, wie Vanessa nach einem Sprung in die Tiefe ausgesehen hätte. Er zog seine Jacke aus und legte sie um Vanessas Schultern.

»Ich schätze mal, dir ist kalt, und du hast Hunger und Durst. Richtig?«

Vanessa nickte und sah zu Boden. Er wusste, dass sie sich schämte.

»Du warst sehr tapfer, Vanessa«, sagte er. »Die ganze Zeit schon.«

Sie blickte zu ihm auf, Tränen in den Augen. »Aber ich bin schuld, dass mein Dad tot ist.«

»Weil er sich mit dir bei La Varde treffen wollte und du es deiner Mutter verraten hast?«

»Ja, Sir.«

»Aber du konntest nicht wissen, dass sie ihm einen Killer auf den Hals hetzt.«

»Dann hätte ich ihn sicher nicht verraten.«

»Ich weiß«, sagte Doyle. »Und jetzt komm mit.«

»Wohin?«

»Erst einmal ins Princess Elizabeth. Du könntest dich unterkühlt haben.«

»Ich habe solchen Hunger!«

Doyle lächelte sie an. »Auch dagegen kann man was tun. Im Princess Elizabeth gehen wir vier als Erstes was essen. Okay?«

»Okay.«

Als sie den Klippenpfad in Richtung Petit Bôt Bay einschlugen, nahm Doyle sein Handy aus der Jacke, die noch immer um Vanessas Schultern hing, und rief die Zentrale.

»Hier DCI Doyle. Suchaktion abbrechen. Ich habe Vanessa Fournier gefunden.«

Pat fühlte sich benebelt, ähnlich einem Zustand zwischen Schlaf und Erwachen. Ihr Kopf schmerzte hinten rechts. Aber das kam ihr falsch vor. Hätte es nicht ihr Fuß sein müssen, der schmerzte?

Der lädierte Fuß, die Gehhilfen, ihre Fahrt zum Mourant-Grundstück – langsam kehrte die Erinnerung zurück. Sie dachte an ihr Gespräch mit Barbara Mourant, aber danach fehlte jede Erinnerung. Der Schmerz in ihrem Kopf aber blieb und verlief wellenartig.

Sie öffnete die Augen und blickte in Barbara Mourants Gesicht. Jetzt kehrte auch die Erinnerung zurück. Barbara mit der Karaffe in der Hand, dann der Schlag. Pat wollte nach der schmerzenden Stelle an ihrem Kopf tasten, aber es ging nicht. Ihre Hände waren auf ihrem Rücken gefesselt.

»Bemühen Sie sich nicht, Pat«, sagte Barbara. »Es sind Ihre eigenen Handschellen.«

Barbara ging hinter ihr, und Pat selbst wurde getragen. Von dem kräftigen George Belfour, der sie über seine Schulter gelegt hatte. Auch ihre Unterschenkel schienen gefesselt zu sein, aber sie konnte nicht erkennen, womit.

»Sie sollten nicht so zappeln«, fuhr Barbara fort. »Der gute George könnte sie sonst aus Versehen loslassen, und das wäre ein ziemlich tiefer Sturz.«

Erst jetzt erkannte Pat, dass sie einen steilen Pfad hinabstiegen. Noch waren es ungefähr zwanzig Meter bis nach unten, wo sie einen Strand aus Steinen und Sand erblickte.

»Soldiers' Bay?«

»Gut erkannt«, lobte Barbara. »Cy hat es dort unten auch gefallen. Aber im Gegensatz zu Ihnen konnte er die Bucht wieder verlassen.«

»Warum das alles?«

»Ich lasse mir doch nicht von Ihnen alles zerstören, mein zukünftiges Leben, Charlies guten Ruf!«

»Haben Sie deshalb auch Anne Corbin getötet?«

»Ja. Was hätten Sie denn an meiner Stelle getan? Geduldet, dass der Mann, mit dem Sie seit Jahren verheiratet sind, der sich von Ihrem Geld ein Luxusleben gönnt, Sie plötzlich wegwirft, um sein weiteres Leben mit so einem … Kind zu verbringen? Ich lasse mich doch nicht in die Ecke stellen, nach allem, was ich für Charlie getan und ihm ermöglicht habe!«

»Er wollte Sie wegen Anne Corbin verlassen?«

Barbara lachte hart. »Angeblich hatte er sich in sie verliebt. So ein Blödsinn. Auch andere Männer haben ihre Midlife-Crisis, aber sie werfen dafür nicht gleich alles weg.«

»Aber wieso hat er mitgespielt und Cameron Prideaux den Mord angehängt? Um Sie zu schützen? Die Frau, die seine Geliebte getötet hat?«

»Ich konnte ihn zur Vernunft bringen, noch bevor er sich mit Anne Corbin auf dieser lächerlichen Lichtung im Wald treffen wollte. Er hat mir geschworen, dass er die Finger von ihr lassen wird. Aber in seinen Augen habe ich gelesen, dass er immer noch in sie vernarrt war. Also bin ich zu dem Treffen gefahren. Das Mädchen war natürlich sehr erstaunt. Ich habe ihr gesagt, ich müsse mit ihr reden. Als ich dann bei ihr war, habe ich dafür gesorgt, dass Charlie wirklich seine Finger von ihr lässt. Er war klug genug mitzuspielen. Hätte er mich verraten, hätte er sein gewohntes Leben, seinen Ruf, seine ganze Existenz riskiert. Und wofür? Die kleine Anne war nicht mehr da.«

So angewidert Pat von Barbaras Worten auch war, ihr durch lange Jahre bei der Polizei trainiertes Gehirn arbeitete fast routinemäßig.

»Was war mit der Mordwaffe? Sie wurde nicht gefunden.«

»Ich hatte Handschuhe an und habe einen herumliegenden Stein benutzt. Als ich die Lichtung verließ, habe ich ihn ein Stück mitgenommen und dann einfach fortgeworfen.«

Pat wurde bei einem Blick nach unten bewusst, dass sie der Bucht ein gutes Stück nähergekommen waren. Keine zehn Meter mehr bis nach unten. Sie wusste, dass es sinnlos war, jemand so Verbohrtes wie Barbara von ihrem Vorhaben abbringen zu wollen. Aber vielleicht hatte sie mehr Glück bei George Belfour.

»Genügt es Ihnen noch nicht, dass Sie damals Ihren Mann

zum Mitwisser gemacht haben, Barbara? Müssen Sie auch noch die Belfours zu Ihren Komplizen machen, zu Mördern?«

»Netter Versuch, Pat, aber das wird nicht klappen. Wie Sie vorhin selbst bemerkten, auf Mr und Mrs Belfour kann ich mich verlassen. Sie würden mich nie verraten. Während Anne alle Spuren Ihrer Anwesenheit im Haus tilgt, hilft George mir, Sie zu tilgen. Nachher wird er noch Ihren Wagen verschwinden lassen.«

Sie waren unten in der Bucht angekommen, und Barbara wies Belfour den Weg quer über den Strand.

»Schauen Sie mal, Pat«, sagte Barbara und deutete auf einen Sandstreifen. »Genau dort hatten Cy und ich gestern ein herrliches Picknick.«

Sie gingen durch ein dichtes Gebüsch, und dann tat sich eine Höhle vor ihnen auf. Pat kannte sie aus Cys Bericht über das Picknick.

»Die Muschelhöhle!«, entfuhr es ihr.

»Da hat der liebe Cy wohl geplaudert«, sagte Barbara. »Dabei sollte dieser Ort doch unser romantisches Geheimnis bleiben.« Sie tat ein paar Schritte in die Höhle hinein und zeigte auf eine Kuhle in dem mit Muschelsand bedeckten Boden. »Dahin mit ihr, George. Und dann die Steine.«

Belfour legte Pat unsanft mit dem Rücken auf den Boden der Mulde und ging zu einer Stelle der Höhle, wo mehrere große Steine lagen. Er trug den ersten herbei und legte ihn auf Pats Füße. Augenblicklich war der Schmerz in ihrem linken Fuß zurück, und Pat schrie auf.

»Vorsichtiger, George«, sagte Barbara. »Die Arme wird nachher noch genug schreien, fürchte ich. Aber die Bucht ist ja gesperrt, und niemand wird sie hier hören. Weil niemand hierherkommt außer ...«

Sie blickte zum Höhleneingang, durch den mattes Licht hereinfiel.

»Außer?«, fragte Pat, bemüht, die Panik zu bekämpfen, die in ihr aufsteigen wollte.

»Außer dem Wasser. Die Flut kommt bald und wird einen Teil dieser Höhle überschwemmen, auch die Mulde.«

»Aber irgendwann wird doch jemand herkommen, vielleicht mit einem Boot, vielleicht jemand vom Umweltamt. Was ist, wenn man dann meine Leiche hier unterhalb Ihres Anwesens findet?«

»Ganz einfach, die wird dann nicht mehr hier sein. George und ich kommen nämlich vorher mit einem Boot und holen Ihre Leiche ab. Sie sind doch mit einer Seebestattung einverstanden? Übrigens, falls Sie auf eine Handyortung spekulieren: Ihr Handy wird mit Ihrem Auto an einem weit entfernten Punkt der Insel gefunden werden, aber weit und breit keine Pat Holburn – mysteriös. Selbst DCI Cyrus Doyle wird diesen Fall nicht klären können. Ich werde sagen, Sie waren hier, haben mir ein paar Fragen zum Fall Corbin gestellt und sind dann wieder gefahren.« Barbara wandte sich an George. »Das genügt. Unter dem Steinhaufen kommt sie nicht weg, nicht mit auf dem Rücken gefesselten Händen.«

Sie ging mit Belfour zum Höhleneingang, drehte sich aber noch einmal zu Pat um. »Sie mögen ja ein nettes Mädchen sein, Pat, aber Sie sind viel zu naiv.«

Dann waren die beiden verschwunden. Panik wollte in Pat aufsteigen und war kurz davor, sich die Oberhand zu verschaffen. Sie atmete tief durch. Ihre Hände konnte sie nicht gebrauchen. Also gab es nur eins: Wenn sie aus der Höhle entkommen wollte, musste sie irgendwie den Haufen schwerer Steine von ihren Unterschenkeln wegbekommen.

Sie versuchte, sich zu drehen und zu winden, aber die Steine waren zu schwer. Ihr verletzter Fuß schmerzte durch ihre Anstrengungen stärker als die Kopfverletzung. Aber solange sie Schmerzen verspürte, lebte sie wenigstens noch.

KAPITEL 33

Im Gloucester Room, dem Besucherrestaurant des Princess Elizabeth Hospitals, herrschte nur wenig Betriebsamkeit. Die meisten Frühstücksgäste hatten es verlassen, die Mittagsgäste würden erst noch kommen. Doyle, Sergeant Pleshette und die beiden Mädchen saßen vor Tellern, die anfangs randvoll gewesen und jetzt beinah leer waren.

Je satter Vanessa Fournier geworden war, desto mehr hatte sie erzählt. Davon, dass Peter Jehan gleichzeitig der Geliebte der Mutter und der Sugardaddy der Tochter war. Davon, dass diese seltsame Dreiecksbeziehung ihr mit der Zeit immer widerwärtiger geworden war. Davon, wie Vanessas Verdacht, mitschuldig am Tod ihres Vaters zu sein, zur Gewissheit geworden war, als ihre Mutter ihr gegenüber zugab, jemanden gebeten zu haben, sich um Harry Fournier »zu kümmern«. Davon, wie sie nur noch weg wollte von zu Hause, von ihrer Mutter und von Jehan, aber Jehan hatte sie bedroht und eingesperrt.

Die Erkenntnis, das Jehan ihrer Mutter wichtiger war als sie selbst, hatte wohl ebenso zum endgültigen Bruch beigetragen wie der Tod ihres Vaters. Als es ihr am Abend gelungen war, durch ihr Zimmerfenster zu fliehen, war sie per Anhalter und zu Fuß vom Norden der Insel bis an die Südküste gelangt. Zum

Glück hatte sie den Plan, sich hier von den Klippen zu stürzen, nicht verwirklicht. Der Gedanke an Kevin Parley hatte sie davon abgehalten. Sie war noch immer verliebt in den jungen Mann aus ihrer Nachbarschaft, auch wenn ihre Mutter die Beziehung zwischen den beiden zerstört hatte, als sie noch ganz frisch gewesen war.

Vanessa hatte noch viel mehr erzählt, was später Eingang in ein offizielles Protokoll finden würde. So hatte Mrs Fournier aus dem von ihr gegründeten Nähkreis durchaus finanziellen Nutzen gezogen: Meistens zahlten die Sugardaddys in Form von enormen Trinkgeldern, die sie ihr im Golfclub zusteckten. Bares Geld, nirgendwo vermerkt, nur äußerst schwer zurückzuverfolgen.

Auch das Motiv für den Mord an Harry Fournier hatte Doyle erfahren: Fournier war hinter die Machenschaften seiner Frau gekommen und hatte gedroht, den Nähkreis auffliegen zu lassen, falls sie nicht Vanessa freigab, damit die Tochter mit ihm Guernsey verlassen konnte.

Sein Handy spielte die schwungvolle *Van der Valk*-Melodie, und er hatte Mildred dran. Sie klang ungewohnt aufgeregt.

»Sir, Sergeant Baker und Constable Allisette sind von ihren Einsätzen zurück und wollten Inspector Holburn Bericht erstatten.«

»Und?«

»Inspector Holburn ist nicht in ihrem Büro.«

»Vielleicht ist sie gerade – woanders?«

»Ihr Mantel hängt nicht am Kleiderständer, und ihr Auto steht nicht länger auf dem Parkplatz. Sie hat sich aber bei mir nicht abgemeldet. Der wachhabende Constable sagt, er habe sie zum Parkplatz gehen sehen. Das war kurz nach dem Anruf.«

»Nach welchem Anruf? Erzählen Sie schon, Mildred!«

Mildred berichtete von Jane Penroses Anruf, und augenblicklich rief Doyle bei ihr an. Sie war zum Glück zu Hause und ging sofort ans Telefon. Als sie ihm dasselbe erzählte wie zuvor Pat, ahnte Doyle, wohin Pat gefahren war. Eine Sorge, die mehr als diffus war, breitete sich in ihm aus. Wenn der Verdacht, den Jane Penroses Beobachtung schürte, richtig war, konnte Pat sich in großer Gefahr befinden.

Er rief noch einmal Mildred an. »Baker und Allisette sollen sofort zu Barbara Mourant fahren und dort nach Pat suchen. Sie sollen vorsichtig sein. Ich komme auch hin. Sofort, verstanden?«

»Verstanden, Sir«, sagte Mildred. »Noch etwas?«

»Handyortung Holburn. Ergebnis gleich an mich! Das ist alles.«

Pleshette sah ihn fragend an. »Ist etwas passiert, Sir?«

»Ich hoffe, nicht, aber ich muss dringend los. Kümmern Sie sich um Vanessa und Kira?«

»Selbstverständlich, DCI. Ich bringe Vanessa gleich zur Untersuchung.«

»Ich komme mit und warte auf Vanessa«, sagte Kira.

»Gut so«, sagte Doyle mit einem letzten Lächeln und lief auch schon aus dem Café hinaus.

Von St. Peter Port nach Fort George war es ungefähr genauso weit wie vom Princess Elizabeth. Dass Doyle offenbar als Erster beim Mourant-Anwesen war – er sah weder Pats Golf noch sonst ein Auto auf dem Grundstück – mochte daran liegen, dass er sämtliche Verkehrsregeln missachtet hatte, zuvorderst die Geschwindigkeitsbegrenzug. Vielleicht lag es auch daran, dass er sich nicht am späten Samstagvormittag durch die vollen Straßen der Hauptstadt hatte drängeln müssen.

Kein Golf, keine Pat? Doyle fragte sich, ob er eine falsche Schlussfolgerung aus Pats Telefonat mit Mrs Penrose und Pats anschließendem Verschwinden gezogen hatte, aber so sehr er auch sein Gehirn zermarterte, er konnte sich keine Alternative vorstellen.

Er war gerade ausgestiegen, als Mildred anrief: »Wir haben Inspector Holburns Handy geortet und auch ihren Wagen gefunden, Sir. Der Wagen steht am Waldrand in der Nähe von Portelet, und das Handy liegt im Handschuhfach. Vorher war es in dem Funkmast eingeloggt, in dessen Bereich auch das Mourant-Anwesen liegt.«

»Keine Spur von Pat?«

»Leider nicht, Sir.«

»Ich stehe vor dem Haus der Mourants und gehe jetzt rein.«

»Falls jemand zu Hause ist, nehme ich an.«

»Ich gehe jetzt auf jeden Fall rein!«

Er betätigte zweimal den Türklopfer, und Mrs Belfour öffnete ihm. Der Anblick dieser Vogelscheuche auf zwei Beinen war nicht geeignet, seine Stimmung zu heben.

»War Inspector Holburn heute hier?«, fragte er ohne jede Begrüßung.

»Vielleicht wollen Sie lieber mit Mrs Mourant ...«

»Beantworten Sie meine Frage, auf der Stelle!«

Mrs Belfours Gesichtsmuskeln zuckten ganz kurz, dann hatte sie sich wieder unter Kontrolle. »Ja, Inspector Holburn war hier, ist aber vor einer ganzen Weile wieder gefahren.«

»Wohin?«

»Das weiß ich nicht, Sir.«

»Was wollte sie hier?«

»Das weiß ich auch nicht, Sir.«

»Dann bringen Sie mich zu Mrs Mourant.«

»Wenn Sie mir folgen wollen. Sie ist auf der Terrasse.«

Barbara saß mit einem Getränk vor sich unter einem Sonnenschirm und blätterte in einem großformatigen Kunstmagazin. Als Doyle die Terrasse betrat, blickte sie auf und lächelte.

»Cy, was für eine Überraschung!«

»Sicher nicht. Was wollte Pat von dir?«

»Ach, Pat? Sie hatte ein paar Fragen. Es ging um das Waldstück, wo man damals die Leiche dieses Mädchens gefunden hatte. Ob Charlie mir darüber Einzelheiten erzählt hätte. Ich konnte ihr aber nicht weiterhelfen. Sie wollte anschließend wohl selbst hinfahren, wenn ich sie richtig verstanden habe.«

»Lügen helfen dir jetzt nicht weiter, Barbara. Ich habe mit der Zeugin gesprochen, mit der auch Pat gesprochen hat. Wegen so ein paar belangloser Fragen wäre Pat sicher nicht hergekommen!«

»Und jetzt hegst du denselben fatalen Verdacht wie deine Pat?«

»Wo ist sie?«

Barbara lächelte breit. »Pat ist an einem sehr romantischen Ort, und sie vermisst dich sicher wie kaum zuvor in ihrem Leben. Gerade in diesem Augenblick.«

Sie hatte kaum ausgesprochen, da kam Mr Belfour aus dem Salon auf die Terrasse und richtete einen großen, schwarzen Gegenstand auf Doyle. Eine Pistole mit Schalldämpfer. Der Mann sah ganz so aus, als könnte er mit der Waffe umgehen.

»Wenn Sie nicht an Autos herumschrauben, dann an Pistolen, was?«

Doyle sagte das, um Zeit zu gewinnen. Fieberhaft überlegte er, was er unternehmen könnte.

Da traf etwas Belfours Stirn, und der kräftige Mann zuckte zusammen, wohl mehr aus Überraschung als vor Schmerz.

Der Gegenstand, der ihn getroffen hatte und der jetzt auf dem Boden der Terrasse lag, war ein eingepackter Schokoriegel.

Doyle warf sich augenblicklich auf den abgelenkten Belfour und umklammerte mit beiden Händen dessen rechten Unterarm. Mit aller Kraft schlug er Belfours Handgelenk gegen die Hauswand. Etwas knackte leise, und sein Gegner stöhnte auf. Vermutlich war das Handgelenk gebrochen. Die Pistole mit dem Schalldämpfer fiel zu Boden.

Belfour war hart im Nehmen. Er bückte sich augenblicklich nach seiner Waffe und streckte die linke Hand nach ihr aus. Bevor er nach der Pistole greifen konnte, landete Doyle einen rechten Haken unter seinem Kinn. Der Schlag brachte Belfour aus dem Gleichgewicht. Er taumelte nach hinten und wollte sich mit der rechten Hand an der Hauswand festhalten. Das lädierte Handgelenk machte den Plan zunichte. Hilflos wühlte die Hand durch den blühenden Efeu, der sich an der Wand emporrankte, und schreckte ein paar Insekten auf. Belfour fiel auf den Rücken und wirkte für einen Moment wie ein hilfloser Käfer, der nicht von allein aufstehen konnte.

Dann war Sergeant Baker über ihm, drehte ihn auf den Bauch und fesselte mit seinen Handschellen Belfours Hände auf den Rücken. Die Schmerzenslaute, die Belfour ausstieß, als sich die Fessel um sein rechtes Handgelenk schloss, beeindruckten Baker nicht.

»Gut gemacht, Baker!«, rief Doyle und wollte sich nach der Pistole bücken. Aber aus den Augenwinkeln sah er, dass Barbara aufgesprungen war und ums Haus flüchten wollte. Er sprintete ihr nach und warf sich auf sie. Beide gingen zu Boden, und er landete auf ihr, sein Gesicht dicht über ihrem.

Seltsamerweise verzog sich ihr Mund zu einem Lächeln. »Warum bist du nicht schon gestern so stürmisch gewesen, Cy? Dann hätte alles anders kommen können.«

»Gib dir keine Mühe, Barbara. Du hast all dein Gift versprüht und auch all deinen Charme.«

Doyle nahm seine Handschellen, fesselte ihre Hände auf den Rücken, half ihr hoch und setzte sie zurück in ihren Stuhl. Gleichzeitig kam Constable Allisette mit einer gefesselten Anne Belfour durch den Salon auf die Terrasse.

»Die Ratte wollte das sinkende Schiff verlassen. Ich stand, wie mit Baker besprochen, vor der Haustür. Als sie mich sah, wollte sie mir die Augen auskratzen.«

Doyle bemerkte die Kratzspuren auf Allisettes linker Wange. Er bückte sich, um Bakers Schokoriegel und George Belfours Pistole aufzuheben. Den Riegel reichte er Baker, die Pistole Allisette.

»Rufen Sie Verstärkung, Allisette, und geben Sie auf das Trio hier acht. Baker und ich müssen Pat finden, und zwar schnell!«

»Aber wo?«, fragte Baker.

»Unten in der Soldiers' Bay. Da gibt es eine versteckte Höhle, und die verdammte Flut kommt.«

»Woher weißt du …«, entfuhr es Barbara, bevor sie sich auf die Unterlippe biss.

»Deine Bemerkung über den romantischen Ort, an dem sich Pat befindet. Und dass sie mich gerade sehr vermissen dürfte. Wahrscheinlich, weil gerade die Flut kommt. Außerdem hängt an Belfours Hosenbeinen derselbe feine Muschelsand, den ich gestern auch unfreiwillig mitgeschleppt habe.«

Doyle lief los, denselben Weg entlang, den er schon mit Barbara genommen hatte. Baker folgte ihm, konnte aber nicht mit ihm Schritt halten.

Auf dem Trampelpfad, der hinunter in die Bucht führte,

rutschte Doyle zweimal aus. Er gemahnte sich selbst zur Vorsicht, auch wenn er es eilig hatte. Allein der Gedanke, Pat verlieren zu können, brachte ihn fast um den Verstand. Aber wenn er hier einen Fehler beging und in die Tiefe stürzte, war das für Pat auch keine Hilfe.

Baker war noch ein Stück weiter oben, als Doyle in der Bucht ankam. Ein großer Teil des Strands war bereits vom Wasser überspült. Ihm schoss durch den Kopf, dass die Muschelhöhle tiefer lag und das Wasser dort schon weiter vorgedrungen sein musste.

Durch das anflutende Wasser lief er zu dem Gebüsch, das die Höhle vom Strand trennte. Jeder seiner schnellen Schritte ließ das Meerwasser aufspritzen. Er zwängte sich durch die Büsche und betrat die Höhle.

»Pat!«

Sie war fast gänzlich von Wasser bedeckt und reckte ihren Oberkörper und den Kopf nach oben, wer weiß, wie lange schon.

»Cy, schnell … kann nicht mehr …« Sie keuchte, und ihre Stimme war fast tonlos. Todesangst stand in ihren Augen.

Er lief zu ihr, um sie hochzuziehen. Das Wasser schwappte ihm schon bis an die Knie.

»So nicht, Cy. Erst müssen die Steine von meinen Beinen!«

Jetzt erst sah er an der Stelle, wo Pats Unterschenkel sein mussten, einen Haufen großer Steine aus dem Wasser ragen. In wilder Hast nahm er einen Stein nach dem anderen und schleuderte ihn fort. Stein um Stein klatschte ins Wasser. Baker stieß schnaufend zu ihm und half ihm wortlos.

Als Pat endlich von den Steinen befreit war, reichte ihr das Wasser trotz des aufgerichteten Oberkörpers bis ans Kinn. Doyle hob sie hoch und trug sie auf seinen Armen aus der Höhle, gefolgt von Baker. Sie kämpften sich durch das Gebüsch, stapften über den gefluteten Strand und erreichten endlich den Trampelpfad.

»Gehen Sie mit Inspector Holburn vor, Sir«, keuchte Baker. »Ich bleibe zur Sicherheit hinter Ihnen, falls Sie ausrutschen.«

Pat hatte sich etwas beruhigt, und die Panik war aus ihrem Gesicht verschwunden. »Danke, Cy! Ohne dich wäre ich jetzt ...«

»Schon gut, Pat. Noch sind wir nicht aus der Bucht heraus.«

»Wenn du mich von den Fesseln befreist, könnte ich auch selber gehen.«

»Mit deinem Fuß wäre das keine gute Idee«, sagte Doyle und lächelte hintergründig. »Ich trage dich lieber. Ist kein schlechtes Gefühl. Außerdem muss ich die Situation ausnutzen. Wer weiß, wann du mal wieder wehrlos in meinen Armen liegst?«

KAPITEL 34

Als Doyle endlich das Hauptquartier verließ, lag ein ereignisreicher Tag hinter ihm. »Himmel und Hölle«, hätte sein Vater in seiner aktiven Zeit nach einem solchen Tag gesagt, wenn er zu seiner Frau Susan und dem kleinen Cy heimkam, »da war heute wieder was los!«

Das Wichtigste für Doyle war Pat. Sie war gerettet, befand sich in bester ärztlicher Obhut im Princess Elizabeth und würde keine bleibenden Schäden davontragen. Eine geständige Barbara Mourant und ihre beiden Helfershelfer saßen in ihren Zellen, und Doyles Bericht lag auf Chief Chadwicks Schreibtisch. Darin war auch zusammengefasst, was Baker und Allisette ihm mitgeteilt hatten. Baker hatte von Nathalie Fournier nichts erfahren, von Peter Jehan so einiges und von Edmund Kellaway genug, um damit auch die schweigsame Mrs Fournier dranzukriegen. Tom Ogier hatte laut Allisette nichts weiter zur Aufklärung beitragen können, und Doyle war froh, sich nicht in ihm getäuscht zu haben.

Er hätte jetzt nach Hause fahren und sich ausruhen sollen, auch im Hinblick auf den für den nächsten Tag anstehenden Boxkampf gegen Ken Frobisher, aber er hatte sich noch etwas vorgenommen. Immer wieder sah er die so verloren wirkende Vanessa Fournier auf den Klippen vor sich. Also fuhr er noch einmal nach Vale und hielt vor einem großen, gepflegten Haus mit dem Namen »Le Soleil de Vale«. Zwei Reihen mit Sonnenblumen, die meisten jetzt verblüht, schmückten die breite Zufahrt, auf der Doyle den Streetwise anhielt. Nieselregen tröpfelte Doyle ins Gesicht, als er den Wagen verließ und auf das Haus zuging.

»Sie wünschen, Sir?«

Das kam von einer Frau in den vierzigern, die um eine Hausecke gekommen war. Vermutlich hatte sie den Motor des Streetwise gehört.

»Mrs Parley?«

»Ja. Und Sie sind?«

»Detective Chief Inspector Cyrus Doyle, Guernsey Police. Keine Sorge, ich bin privat hier. Ich würde gern mit Kevin Parley sprechen.«

»Mein Sohn ist drinnen und hilft meinem Mann. Wir renovieren gerade ein wenig. Aber was hat Kevin mit der Polizei zu tun?«

»Gar nichts. Wie gesagt, ich bin rein privat hier. Wären Sie so nett, Ihren Sohn zu holen?«

»Ja«, sagte sie, obwohl ihre Blicke Zweifel ausdrückten, und sie ging ins Haus.

Als sie wieder erschien, wurde sie von zwei Männern begleitet, augenscheinlich Vater und Sohn.

Doyle stellte sich erneut vor und fragte: »Kevin, könnte ich mit Ihnen kurz unter vier Augen sprechen?«

Kevin Parley, den Doyle auf ungefähr achtzehn schätzte, trat zögernd auf ihn zu. Er war groß, breitschultrig und hatte ein sensibles Gesicht, das Doyle an James Dean erinnerte. Dicht vor Doyle blieb er stehen, schob die Hände in die hinteren Taschen seiner wohl von den Renovierungsarbeiten verschmutzten Jeans und nahm eine trotzige Haltung an.

»Was wollen Sie von mir?«

»Haben Sie eine Freundin, Kevin?«

»Was soll das? Macht die Polizei jetzt statistische Umfragen?«

»Es ist nur eine private Frage.«

»Ich verstehe nicht, was Sie das angeht.«

»Gar nichts. Aber vielleicht sind Sie so freundlich, mir trotzdem zu antworten.«

»Wenn es Ihnen was bringt: Nein, ich bin derzeit solo.«

»Schön. Empfinden Sie noch etwas für Vanessa Fournier?«

Eine steile Falte bildete sich auf Kevin Parleys Nasenwurzel, und er blickte sich nach seinen Eltern um. Ob hilfesuchend oder peinlich berührt, vermochte Doyle nicht zu sagen.

»Haben Sie Lust, ein paar Schritte mit mir zu gehen, Kevin, durch diesen herrlich erfrischenden Nieselregen?«

»Meinetwegen.«

Sie verließen das Grundstück und gingen schweigend die Straße entlang. Nicht weit von hier lag das Haus der Fourniers, jetzt verlassen.

»Nun sagen Sie schon, Chief Inspector, was soll das alles?«

»Vanessa Fournier liegt im Princess Elizabeth. Körperlich fehlt ihr nicht viel, wohl nur eine leichte Unterkühlung. Aber sie braucht jetzt jemanden, der für sie da ist und ihr beisteht.«

Kevin zog hörbar die Luft ein. »Als ich das wollte, für sie da sein, hat sie mich plötzlich abgelehnt, wie aus heiterem Himmel.«

»Vanessa hat es nicht freiwillig getan, sondern auf Druck ihrer Mutter.«

»Der Drachen! Die wird sich immer zwischen uns drängen.«

»Kaum. Mrs Fournier ist im Gefängnis und wird da wohl ein paar Jahre bleiben, vermutlich sogar Jahrzehnte.«

»So schlimm ist es? Wir haben natürlich mitgekriegt, dass die Polizei bei den Fourniers war, aber so etwas? Hängt das mit dem Mord an Vanessas Vater zusammen?«

»Wenn es Sie wirklich interessiert und wenn Vanessa Sie wirklich interessiert, dann fahren Sie ins Princess Elizabeth und fragen sie persönlich. Was Sie zu hören bekommen werden, wird Ihnen bestimmt nicht gefallen. Sie müssen sich bewusst machen, dass Vanessa unter dem Einfluss ihrer Mutter stand, unter starkem Druck. Aber wenn Sie etwas für Vanessa empfinden, werden Sie sich deshalb nicht von ihr abwenden.«

»Wird man mich denn zu ihr lassen?«

»Wenn Sie sich auf mich berufen, Kevin, auf jeden Fall.«

Kevin schwieg für einige Sekunden und blickte überlegend zu Boden, bevor er wieder Doyle ansah. »Danke, Sir, ich werde noch heute zu ihr fahren.«

»Das freut mich sehr, auch für Vanessa.«

Sie gingen zurück auf das Grundstück der Parleys. Kevins Eltern standen noch vor dem Haus und blickten ihnen entgegen.

Als Doyle schon im Streetwise saß, beugte sich Kevin zu ihm herunter und fragte: »Warum tun Sie das, Sir?«

»Bonuspunkte«, sagte Doyle nur und ließ den Wagen an.

DREI TAGE SPÄTER

Dienstag, 21. Oktober

EPILOG

Mit jedem Tag war das Wetter schlechter geworden, und heute schüttete es schon seit dem frühen Morgen wie aus Kübeln. Ein Grund mehr für Doyle, den Streetwise direkt vor dem Eingang des Princess Elizabeth zu parken und das Schild »Polizei im Einsatz« hinter die Windschutzscheibe zu legen.

Pat, die gerade ihre Jacke überzog, staunte, als er in ihr Krankenzimmer trat.

»Ich bin hier, um dich nach Hause zu fahren.«

»Woher wusstest du, dass ich heute entlassen werde?«

»Ich habe gute Beziehungen zum Princess Elizabeth.«

»Wie heißen diese guten Beziehungen: Dr. Nowlan oder Dr. Gupta-Jones?«

»Namen sind Schall und Rauch.«

»Und wozu die Sonnenbrille?«, wunderte sich Pat. »Guernsey hat schon hellere Tage erlebt.«

Doyle nahm die Sonnenbrille ab und enthüllte das Hämatom über seinem rechten Auge.

»Ein schönes Veilchen«, sagte Pat.

»Heute Morgen war es noch rot, aber jetzt ist lila dran.«

»Dann beginnt das Blut langsam zu gerinnen, ist doch ein gutes Zeichen.«

»Danke für deine tröstenden Worte, Pat.«

»Wer sich in den Boxring stellt, sollte bei so etwas nicht zimperlich sein. Wie ich hörte, ist es für dich nicht so gut gelaufen.«

Doyle grinste etwas verlegen und setzte die Sonnenbrille wieder auf. »Zweiter Sieger. Ken Frobisher ist Sieger nach Punkten. Zu Recht, er trainiert halt schon ein bisschen länger. Hauptsache, vorgestern ist ordentlich Geld für die Ingrams zusammengekommen.«

»Ach ja, die wohnen seit gestern bei dir. Wie macht sich Moira Ingram als Haushälterin?«

»Das weißt du auch schon?«

»Ich hatte hier nichts anderes zu tun, als mir Klatsch und Tratsch anzuhören.«

»Ich bin sehr froh, dass du keine weiteren Verletzungen erlitten hast bis auf …«

»Meinen Turban, meinst du das?« Pat winkte ab. »Sieht schlimmer aus, als es ist. Dr. Gupta-Jones sagte, ich hätte den dicksten Dickschädel, den sie jemals gesehen hat. Wie auch immer, ich gönne mir ein paar Tage zur Genesung, um Kopf und Fuß gleichzeitig auszukurieren. Da lohnt es sich wenigstens.«

»Gute Entscheidung. Du könntest die Zeit im ›Petit Château‹ verbringen. Wir haben Platz genug.«

»Damit Moira sich auch noch um mich kümmern muss? Das ist doch nicht dein Ernst.«

»Eigentlich schon«, sagte Doyle kleinlaut.

»Du hast übrigens meine Frage nach Moira noch nicht beantwortet.«

»Oh, sie macht sich recht gut. Dad kommt auch gut mit ihr aus, das ist natürlich wichtig. Für die Kinder ist es ein großes Abenteuer. Mal sehen, ob sie sich einleben und ob Moira überhaupt bleibt.«

»Was machen unsere Festgenommenen? Singen sie schön?«

»Nicht alle, noch nicht. Barbara und die getreuen Belfours reden recht fleißig. Und Edmund Kellaway redet so viel, dass es aus seinem Mund schon staubt. Es war kein Zufall, dass Harry Fournier bei ihm gelandet ist. Mrs Fournier kannte Kellaway von früher und hat ihn sozusagen auf ihren Mann angesetzt. Das passte ja auch prima mit dem Spielzeugwarenladen. Ich nehme an, sie wusste bereits von Harrys Neigung, den Monopoly-Dieb zu spielen. Schon kurios: Während Harry sie ausgekundschaftet hat, hat Kellaway wiederum Mrs Fournier über Harrys Schritte auf dem Laufenden gehalten.«

»Ist Kellaway so gut mit ihr befreundet?«

»Es gab eine gewisse Gegenleistung.«

»Echt? Willst du sagen, Mrs Fournier hat Kellaway mit Sex bezahlt?«

»Kellaways Wortwahl war eine andere, aber im Prinzip läuft es auf dasselbe hinaus.«

»Und Mrs Fournier? Redet sie auch?«

»Noch nicht, dafür ihre Tochter umso mehr. Aber Nathalie Fournier wird noch mürbe werden, je näher die Verhandlung rückt. Vor allem jetzt, wo Jehan ihr nicht mehr zur Seite steht. Und wenn sie redet, werden wohl noch einige Sugardaddys enttarnt werden. Bis jetzt sieht es übrigens so aus, als hätte unser Freund Maurice Hubert eine weiße Weste.«

»Und dein ganz spezieller Freund Jehan?«

»Er hat erst hinterher erfahren, dass seine Geliebte den Mord an ihrem Mann in Auftrag gegeben hat. Aber das hätte er natürlich zur Anzeige bringen müssen. Sein Schweigen und noch dazu der Druck, den er auf Vanessa ausgeübt hat, dürften ihn die Anwaltslizenz kosten, falls er nicht sogar eine gewisse Zeit hinter Gittern verbringen muss. Wo Cameron Prideaux übrigens nicht mehr ist. Sein neuer Anwalt hat ihn durch eine höchstrichterliche Verfügung vorläufig so lange freibekommen, bis das Urteil gegen ihn offiziell aufgehoben ist. Mein Bericht war eine wesentliche Grundlage für diese Verfügung.«

»Ende gut, alles gut«, sagte Pat und sah auf ihre Armbanduhr. »Ich muss los, mein Taxi kommt gleich.«

»Aber ich fahre dich doch nach Hause!«

»Lass mal, Cy. Ich denke, etwas Abstand tut uns vielleicht ganz gut. Zwischen damals und heute liegen zweiundzwanzig Jahre. Man kann nicht so tun, als hätte es die nicht gegeben. Es tut mir leid, dass du den Weg umsonst gemacht hast. Wenn du magst, kannst du gern meine Tasche tragen. Mit den Gehhilfen ist das so eine Geschichte.«

Doyle nahm Pats Reisetasche, während sie sich mit den Gehhilfen abmühte. Er sagte nichts weiter, weil er wusste, dass es keinen Sinn hatte. Dr. Gupta-Jones hatte in mehr als einer Weise recht, wenn sie Pat den dicksten Dickschädel bescheinigte.

Das Taxi wartete bereits und stand direkt hinter dem Streetwise. Als Doyle Pats Tasche in den Kofferraum stellte, raunzte der Taxifahrer: »Sind Sie so beschäftigt, dass Sie keine Zeit haben, Ihre Frau selbst heimzubringen? Und wenn das Ihr Wagen da vorn ist, als Privatperson dürfen Sie hier gar nicht parken.«

Doyle half Pat ins Taxi, drehte sich dann zu dem Fahrer um und zeigte ihm seinen Dienstausweis.

»Ich bin keine Privatperson. Fahren Sie die Dame jetzt sicher nach Hause und helfen Sie ihr mit dem Gepäck. Wenn ich Klagen über Sie höre, erleben Sie mehr allgemeine Verkehrskontrollen als das Jahr Tage hat!«

Das Plappermaul des Taxifahrers war verstummt, und er klemmte sich mit einem knappen Nicken hinter sein Lenkrad.

Lächelnd winkte Doyle Pat zu, als das Taxi losfuhr und die schützende Überdachung der Zufahrt verließ. Er ging dem Wagen ein paar Schritte hinterher, bis er im prasselnden Regen stand. Das Taxi beschleunigte, und sein Lächeln erstarb schlagartig.

»*Haro! Haro! Haro!*«, sagte Doyle laut, aber der auf Fahrbahn und Überdachung klatschende Regen und das Motorgeräusch des Taxis verschluckten seine Worte.

Einfach
mobil weiterlesen!
So geht's

1 **Kostenlose** App installieren

2 Buchseite **scannen**

3 Einfach **mobil weiterlesen**

4 Bequem **zurück zum Buch**

Hier geht es zur
kostenlosen App:

Jederzeit bequem
zwischen Buch und
digitalem Lesen wechseln!
Mehr erfahren Sie unter:

www.papego.de

Jan Lucas
Cyrus Doyle und der herzlose Tod
Kriminalroman
368 Seiten
978-3-7466-3324-4
Auch als E-Book erhältlich

Wilde Landschaft und grausame Morde

Nach zwanzig Jahren bei der London Metropolitan Police kehrt
Detective Chief Inspector Cyrus Doyle in seine Heimat Guernsey
zurück. Schon bei der Ankunft wartet eine große Aufgabe auf ihn:
Auf der Insel hat es ein Unbekannter auf Polizisten abgesehen. Er tötet
sie mit einem Pfeil in den Hals und schneidet ihnen das Herz heraus.
Was hat das mit den alten Insellegenden – und mit seinem Vater, einer
echten Polizeilegende, zu tun? Dann gerät Cyrus Doyle selbst ins Visier
des Pfeilmörders.

Ein Kriminalfall vor der einzigartigen Kulisse Guernseys

**Regelmäßige Informationen erhalten Sie über unseren Newsletter. Jetzt anmelden
unter: www.aufbau-verlag.de/newsletter**

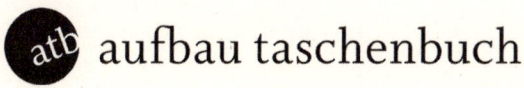

aufbau taschenbuch